湖北省高等学校哲学社会科学研究重点项目《文学批评文体：传统与新变》（编号：21D113）研究成果

黄冈师范学院文学院中国语言文学学科资助出版

吴作奎　陈慧　向萱萱　冯鲁青　付余　李芳　著

古代文论与文体书写

WUHAN UNIVERSITY PRESS

武汉大学出版社

图书在版编目(CIP)数据

古代文论与文体书写/吴作奎等著.—武汉:武汉大学出版社,2022.10
ISBN 978-7-307-23223-5

Ⅰ.古…　Ⅱ.吴…　Ⅲ.①中国文学—古代文论—研究　②文体
论—研究—中国—古代　Ⅳ.①I206.2　②H152

中国版本图书馆 CIP 数据核字(2022)第 168178 号

责任编辑:白绍华　　　责任校对:汪欣怡　　　版式设计:马　佳

出版发行:**武汉大学出版社**　　(430072　武昌　珞珈山)
　　　　(电子邮箱:cbs22@whu.edu.cn　网址:www.wdp.com.cn)
印刷:武汉邮科印务有限公司
开本:720×1000　1/16　印张:17.25　字数:247 千字　插页:1
版次:2022 年 10 月第 1 版　　2022 年 10 月第 1 次印刷
ISBN 978-7-307-23223-5　　定价:69.00 元

目　　录

第一章　儒释思想与齐己诗论研究

第一节　齐己与其诗论

对齐己的生活经历的充分了解，是理解其诗歌内涵的基础，也是探究其儒释交融的思想和在此思想中诞生的诗学理论的开端。在对齐己的诗学思想展开讨论之前，对齐己所处时代环境，个人生平交游经历及其中重要节点进行简要的说明实为必要。在此基础之上，对于本章研究材料的齐己诗歌集《白莲集》与诗歌理论作品《风骚旨格》，本节中笔者也将就其基本情况作出介绍。

一、诗僧齐己

齐己（公元864—937年），俗姓胡，名得生，字迩沩，号衡岳沙门，湖南益阳人。在齐己的一生中，四朝十一帝政权快速更迭，因而也造成了齐己所处的这个时代的灾难。政权的快速更迭带来了频繁的战争和生灵的涂炭。在这样的历史背景之中，齐己的诗歌创作与诗学理论成就却与时代的凋零形成了鲜明对比。齐己著有诗歌八百余首内容丰富，主题广泛，收录于《白莲集》中累十卷之多，创作了关于诗歌评鉴与创作理论的作品《风骚旨格》。

在谈论齐己的成就之前，我们首先必须回到的是齐己人生的起点。幼年齐己曾为湖南大沩山同庆寺司牧，所谓司牧即是管理牲畜，在司牧的日子里齐己与同庆寺僧人的饮食起居节奏一致，平淡宁静，在这段生活经历中佛家文化潜移默化地浸润了齐己的思想，因而在此之后的出家为僧也就成为一种顺其自然。在此后的人生历程中齐己的生活重心始终围绕在作诗与坐禅上展开。虽然齐己历经从唐至后晋朝四朝十一帝极具变动的历史时代，但同时代的另外两位著名诗僧皎然与贯休相较而言，齐己的一生可以说几乎是毫无起伏的平淡。齐己不曾经历皎然在科举失败的阴影中而产生的自我怀疑，也不似贯休惨遭放逐，客居他乡经历人生风霜。齐己一生中最为惊险的经历就是以"东林莫碍渐高势，四海正看当路时"的诗句讽刺唐秦王从荣而险遭治罪。① 这件事在一定程度上可以认为是齐己不畏权贵，品质高洁的证明，但之后齐己却选择了去寻求荆南高季兴的庇护。由此可见齐己心态中的矛盾之处——他曾靠近儒家所谓"仁人志士"，但并不完全是一位坚定的士人君子。总体而言，齐己的一生可划分为三大阶段：第一阶段是居于大沩山出家师从沩仰宗的十年，第二阶段是与庐山东林白莲社缠绕的阶段，这也是齐己一生中交游最为广泛的时期，齐己在金陵（今南京）、镇江、扬州一带活动，与当时文士频繁往来。第三阶段是齐己在荆渚（今荆州）的晚年生活，齐己在去往蜀地的途中投靠荆帅高季兴，获封僧正，直到去世之前一直生活在荆渚。

纵览齐己的一生，停留在湘楚两地的时间占了多数（前半生在湘，后半生在楚），从生活的地理轨迹来看齐己确是一位货真价实的湘楚诗僧。湘楚两地因地理位置的靠近在文化氛围上也多有相似之处，在禅宗派系上湘楚两地也共同归属于南宗禅，在湘楚大地生活的齐己的思想也因而自然地生发出独特的湘楚气质。湘楚美妙的自然风光和兼收并蓄海纳百川的开放文化环境实为一片沃土，在这片沃土上生长出大量的文人雅士，齐己在此广泛交游并获得了不少文人的认可和推崇，这也使得齐己成就诗业的理想更坚定地扎下根来。同时禅宗一花开五叶之一的沩仰宗生长于此，齐己七岁在同庆寺为司牧，后寓居道林寺，深受沩仰宗禅学的濡染，对其个人思想和诗学理论的发展和变化产生了相当的影响，这就奠定了齐己以禅学

① （宋）赞宁撰，范祥雍点校：《宋高僧传》，中华书局1987年版，第751页。

为核心的思想体系。

齐己生平虽并无太多波折，但因为他所生活的时代藩镇割据，战火连天，受到频繁战争的影响，齐己不得不随着人群东奔西走，变动不居的生活让齐己的视野得以拓展的同时又促使他更多地对政治、民生等问题进行思考，这些思考在齐己的现实主义类的诗歌中多有显现，同时在思考这些问题的过程中社会主流的儒家文化与齐己所皈依的佛教文化产生对冲，使齐己的思想得以往更深的境界迈进，让齐己本来单一由禅学所主导的思想中又融入了儒学的特质，并随之也影响了齐己的诗学理论。

齐己对诗歌文化的痴迷和对诗歌艺术的追求，获得了时人的认可。徐仲雅曾在诗歌中称赞齐己道："我唐有僧号齐己……一言悟得生死海，芙蓉吐出琉璃心。格何古……意何新……"①从此诗对齐己的高度赞扬中，可以见出齐己诗歌醉心于诗歌创作实践，以及其诗歌创作"格古""意新"的艺术特征。也正是齐己倾注心血的创作实践丰富了其诗歌批评的视野，使齐己在诗歌理论上也有所建树。

二、齐己的诗歌理论作品

齐己终其一生都将心血倾注于诗歌创作之中，可以说是爱诗成癖。将诗放置于心中至高无上地位的齐己，其诗歌数量在唐五代诗僧诗歌创作中不出意外地居于首位。据此前的研究者统计，《四库全书》和《四部丛刊》收《白莲集》诗均807首，《全唐诗》收诗812首，除去内容相同的《题郑谷郎中仰山居》与《江上望远山寄郑谷郎中》，齐己实际的诗歌数量应为814首以及散作20句。② 在如此丰富的诗歌创作实践之中，齐己也不断地思考钻研着诗歌创作的方法，衡量推敲着评判诗歌优劣的标准，他将这些思考或是用精炼的语言概述成册，或是用自己最为喜爱的诗歌表达出来。前者便是《风骚旨格》，后者则收录于其诗歌集《白莲集》之中。

---

① （清）彭定求编：《全唐诗》卷845，上海古籍出版社1986年版，第78页。

② 马旭：《诗僧齐己研究》，四川师范大学硕士论文，2011年。

1.《风骚旨格》以理阐诗

《风骚旨格》是晚唐五代这一历史时期中具有一定知名度的诗学理论作品，它凝结了齐己对自己诗歌创作的经验，也是齐己推广诗歌创作方法的载体。《风骚旨格》的主要内容是在列举的"六诗""六义""十体""十势""二十式""四十门""六断""三格"八个条目的基础上，各引诗做证。

关于《风骚旨格》的理论价值学界存在着较大的争议。提及晚唐诗僧文论作品，必论及皎然的《诗式》。许多学者认为较之皎然的《诗式》，齐己的《风骚旨格》显然存在着缺陷。皎然的《诗式》在其所列出的每个类目下都有直接的理论表述，较为清晰地传达了皎然的文论观点，反观齐己的《风骚旨格》，则只有十分简短的条目和无任何解释的诗句引证，因为没有任何的阐述性的解释，因此学界有不少人认为《风骚旨格》并无理论价值，与文学理论更是无所关联。但也有后世文人对《风骚旨格》的表达体例提出了赞扬，例如清代文人薛雪在《一瓢诗话》中说："唐释齐己作《风骚旨格》，'六诗''六义''十体''十势''二十式''四十门''六断''三格'，皆系以诗，不减司空表圣。"①薛雪认为齐己的《风骚旨格》列出了类目并以诗为例，甚至将其与司空图相提并论。可见齐己的《风骚旨格》的确在历史上存在着一定的影响力，他所标举的关于诗歌创作的各种说法也确在一定程度上受到后世的认同。当代学者刘方也认为《风骚旨格》的确具有其理论价值和研究价值，虽然书中列出的纲目简短，但内在逻辑结构是完整的。

综合学界关于齐己《风骚旨格》的各类看法，笔者认为《风骚旨格》虽然在表达体例上过于简略，但其内在的逻辑结构是基本完整的，所列例证诗句虽无具体阐释，但存在可解读性。细读齐己所列的纲目和其所举诗例，可以窥见齐己诗学思想中相当的儒学倾向，以及其受佛学思想影响的痕迹。

---

① （清）薛雪著，杜维沫校注：《一瓢诗话》，人民文学出版社 2005 年版，第 178 页。

《风骚旨格》的"六诗"与"六义"在内容上与儒家传统的"六诗说"和"三体三用"的分类阐释高度一致,在一定程度上证明了齐己对儒家的传统在诗学思想上的承继。在承继儒家诗歌传统观念的同时,齐己的创新性也是十分明显的。齐己的"十体""十势""二十式""六断""三格"都是具体的作诗之法,其中"四十门"是关于诗歌风格类型的划分,"六断"是对律诗尾联写法的六种归纳,"二十式"讨论的是诗歌的题材内容的展开模式。这些对具体的诗歌创作技巧的讨论作为一种对诗歌形式之美的追求,在晚唐时期是具有创新意义的。尤其是"势"和"门"的说法带有明显的佛学色彩,这种佛学文化与传统诗歌文化的融合笔者认为确有其研究价值。

2.《白莲集》以诗论诗

学界对《风骚旨格》的诟病主要因为齐己理论表达过于抽象,但散见于《白莲集》中论诗诗对齐己诗歌观念的体现则正好弥补了《风骚旨格》的缺点,它足够具体。

首先关于《白莲集》的名称,莲花是佛教文化中十分典型的象征物,在佛教中国化的历程中,通过佛经的传译对莲花的喜爱也影响了我国的禅宗,《华严经》《法华经》等均取莲花为喻以立经题,莲座、莲台也是佛经中常见的佛座的代称,进一步延伸开来,莲界代称佛国,莲宇代称佛寺。时至东晋,净土宗大师慧远在庐山东林寺与刘遗民、雷次宗等十八人结社,这是中国最早的佛教结社,也是净土宗的滥觞,因为在东林寺有谢灵运开凿的莲花池,种满了白莲,而莲花又与佛教渊源深厚,因而将社团命名白莲社,简称莲社,净土宗后来也被称作莲宗。自此之后,"白莲"便成为了本土禅宗中重要的意象。齐己曾寓居庐山东林寺,这段时光在齐己的生命中留下了深沉的印记,在齐己的八百首诗歌中有接近三十首诗歌论及白莲社,由此可见齐己对白莲社的钟爱,这或许就是齐己将自己的诗集命名为《白莲集》的原因。

齐己的《白莲集》可以说是晚唐五代保存最好的诗人别集。齐己不仅对诗歌创作有着极高的热情,而且对诗歌理论也多有谈论。《白莲集》中论及诗文创作话题及诗歌品鉴类的诗共有近三百首，约占其总数的38%，这些言论虽然零散，但相较于《风骚旨格》，表述具体，很多言论颇有创意，对于释读齐己的诗学思想多有助益。具体来看，《白莲集》中这些零散的言论可分为以下几类：一是对历代诗人及时人诗歌的批评鉴赏，二是诗歌本质的讨论，三是关于具体的诗歌创作技巧的讨论。学者朱大银将散见于《白莲集》中的诗歌主张归结为"诗兴""诗魔""骚雅""诗境""趣味""风格""知音"七个概念，不得不说是有理可据。①《白莲集》中的论诗诗，是齐己从自己丰富的诗歌创作实践中总结出的关于诗歌的本质、艺术风格、创作技巧的认知，这种介于创作与评论之间的理论表达，虽不够系统化，但足够细致，对于理解《风骚旨格》中过于抽象的纲目也提供了参考。

第二节　"事佛为儒趣尽高"——诗儒互照

在中国古代封建王朝时代，学习儒家学说对于当时文人来讲是一种必要，行至唐代，随着三教融合的趋势日渐加强，儒教思想更是站在了引领三教的地位上。晚唐五代思想开放，儒、释、道三教融合的趋势逐渐增强，在"三教合一"的社会风潮席卷之下，禅门弟子及道家信众与社会主流的士大夫阶层之间的往来交流也日渐频繁，佛门中的僧人对儒家"外典"的学习成为了一种必要，这也是晚唐庞大的诗僧群体得以诞生的肥沃文化土壤。齐己便是在晚唐僧人群体中学习"外典"的突出代表，对齐己生平交游的考证表明其一生曾广泛地与当时文人、名士、王侯来往应酬。齐己的思想也在这种往来之间受到社会主流的儒家文化影响，在其日常的诗歌创作之中齐己自然地表达着类似儒家文人志士的思想情感，乃至在进行诗歌创作和诗歌批评时齐己自觉地使用着儒家的诗学标准。

---

① 朱大银：《诗僧齐己及其论诗诗》，《淮阴师范学院学报（哲学社会科学版）》，2012 年第 5 期。

一、齐己与儒

在西汉与东汉交替之际，佛教传入中国，在踏入这片土壤之后，在自我衍生的同时它也受到了中国本土的儒学与道学思想的双重影响。在佛教中国化的进程中，起初佛教就把攀附中国传统文化作为了扎根生长的手段，而中国传统文化的代表便是儒家文化。甚至有学者提出佛教中国化在某种程度上可以说就等于儒学化。① "人性化"与"心性化"作为儒家文化的经典理论，当其进入佛学范畴之中时，便化身禅宗所说的"即心即佛"的佛教道义，禅宗所谓"自心"与儒学所倡的善、恶之心在思想的根基上具有高度的相似性。这或许也是身处"佛门"中的齐己之所以接受并内化儒家思想的原因。

首先，齐己与儒家的关联产生于他广泛的交游之中。在藩镇割据，战火纷飞的时代背景下，齐己一生游历四方。他的青年时期在湖南境内游历，曾到过湘西、湘阴、南岳、衡阳等地，后在寓居庐山东林寺期间，齐己也几乎遍游了整个江西。根据其《白莲集》中的诗歌所提及的地点来看，齐己还去过湖北的江夏、襄樊、荆州等地，江苏的镇江、南京，浙江的杭州以及河南的洛阳。在交通并不便利的唐代，齐己一生的游历经历实为丰富。广泛的游历为齐己结交友人提供了条件，在他结交的好友之中最多的是诗人，也不乏达官显贵。在众多的友人之中，齐己交往最为密切的是郑谷，在齐己的《白莲集》中与郑谷的唱酬之作累计共达 18 首，足见二人关系密切。齐己往来的友人多为文人儒士，最为亲密的友人郑谷也为唐僖宗时的进士，在与这些士人儒士的交往过程中，齐己不可避免地与他们产生思想上的碰撞以及相互的影响。

其次，齐己与儒家的关联还源于他对诗歌的热爱。在诗歌阅读及创作的过程中，齐己不可避免地靠近诗歌传统，而中国诗歌传统与儒家的关联最为密切。在进行诗歌创作时，自发地就会使用儒家的诗歌评价标准和诗

---

① 赖永海：《佛学与儒学》，浙江人民出版社 1992 年版，第 61 页。

歌创作方法来展开自己的写作。

　　关于儒学思想具体地是如何进入到齐己的思想的，由于没有更多史料的支撑目前暂不可考。但儒学思想对齐己的影响是可以在其诗歌创作和诗学理论阐释中找到明显的痕迹印证的。通过对齐己诗歌作品的细读和分析，会发现其中有许多作品其表达的内容主旨和思想情感与儒家思想和儒学情怀具有一致性。齐己的诗歌作品中所体现的儒家思想主要是仁政爱民和积极用世，以下便据其诗歌作品做具体的说明。

　　"仁政爱民"是儒家思想的重要组成部分，齐己的许多现实主义诗歌中所流露的"悯民"的情感是儒家思想的显现。佛教中虽也有对"众生皆苦"的同情，但禅门极少以抨击社会现实的方式来表达这种同情。齐己的"悯民"则是大量在对社会现实和战乱的抨击的基础上表达对悲惨的社会底层人民的同情。以《西山曳》《耕曳》两首诗歌为例，《西山曳》云："西山中，多狼虎……"还在前山山下住。"《耕曳》云："妇耕共劳，儿孙饥对泣……赋税重复急。官仓鼠雀群……这两首诗中齐己将残暴的统治者比喻为狼虎，将贪官污吏比喻为鼠雀，同时对底层人民孤老无依，凄惨对泣的场景展开描绘，足见齐己对统治阶层疯狂盘剥底层人民的不满和讽刺，对社会底层人民深刻的同情和关怀。

　　"积极用世"也是儒家思想的典型代表。身处佛门的齐己并无避世的倾向，反而在诗歌中频繁地表达对各类社会现象的看法，并用儒家的道德标准去衡量人与事的善恶好坏。齐己的诗歌中透露出一种不属于禅门中人的儒家风范。《古剑歌》："何时得遇英雄主，用尔平治天下去。"《浮云行》："大野有贤人，大朝有圣君。……安得东南风，吹散八表外。使之天下人，共见尧眉彩。"齐己在这两首诗歌中所透露出的是对明君贤主的渴望，与儒家思想中"君君、臣臣"的"礼治"主义是吻合的，这种关涉政治的理想才是齐己积极用世的倾向表露。《君子行》："荣必为天下荣，耻必为天下耻。苟进不如此，退不如此。亦何必用虚伪之文章，取荣名而自美?"这首诗中的"荣必为天下荣，耻必为天下耻"非常明确地表达出齐己的道德标准，这种将个人与天下视为一体，"以天下为己任"的道德觉悟与禅门的"空"显然是相悖的，却与儒家"修身齐家治国平天下"的家国情怀不谋而合。诸如此类的观念在齐己的作品中还有许多，这无疑是齐己深受儒家思想影响的明证。

在局势混乱国难深重的晚唐时代，齐己虽身处禅门修行解脱自渡的佛法，但却不似那些四大皆空的僧徒信众不谙窗外之事，他的诗歌写作实践中流露出了明显的因时因事而作的倾向，在思想情感的表达上频繁地应和着儒家文化中"仁政爱民""积极用世"的传统，虽解脱仍不离世间，裰裟不异青衫，正如齐己在诗歌《与崔校书静话言怀》中所说的"事佛为儒趣尽高"（卷七），在他的思想中"事佛"与"为儒"两者同为高尚之事。在以诗歌表达自己对儒家"仁政""礼义"等观念的认同和赞许的过程中，齐己的思维空间也得以在以禅宗思想为主导的基础上拓展，在其诗学思想中表露出遵从儒家传统"诗教"观的倾向和成就"诗业"的高尚理想，这也帮助齐己在文学上最终实现了更高的成就。

二、尊"诗教"

《尚书·虞书·舜典》中记载统治者舜要求乐官以诗歌和音乐等艺术形式对长子进行教育："夔！命汝典乐，教胄子……诗言志，歌永言……"①这是现存对诗歌教化作用的最早的记载。行至被认为是儒家"诗教"创始人的孔子，他在《礼记·经解》中说："其为人也，温柔敦厚，诗教也。"孔子所说的诗即是《诗经》，这被认为是"诗教"观正式出现的标志。孔子认为培养人温柔敦厚，良顺谦恭的美好德性的最好手段就是以《诗经》来进行教化，并在《礼记·中庸》中说"诗教"的两个核心方面就是"尊德性"和"道问学"，即尊圣人之性与读书致知知礼。行至两汉，"诗教"在原有的基础上内容得以扩展，《毛诗序》中"上以风化下，下以风刺上"，直言以《诗经》中的"风"来进行政治讽谏，文学政教观的主流导向树立，此后"诗教"观便沿前路继续发展，但内容并无创新。"诗教"观在封建社会中始终占据社会

---

① 孙星衍撰，陈抗注释：《尚书今古文注疏》，中华书局 1986 年版，第 145 页。

的主流，因而在广泛的认知中，《诗经》被认为是诗歌教化作用的代表，而广义的诗歌也因此被赋予了道德、礼义的教化功能。在时局混乱的晚唐，国家危难、百姓困顿，因此晚唐诗人爱国、爱民思想也蓬发起来。诗教传统在这一新的时期中，呈现为元白新乐府写实主义诗风。

齐己在《酬尚颜》诗中云："取尽风骚妙，名高身倍闲。"①更是在《风骚旨格》首列"六诗"与"诗有六义"，二者的内容与儒家诗歌传统中雅、颂、风、骚的标准高度重合，可见齐己对儒家诗歌典范颇为推崇，对"诗教"说的遵从，儒家思想对齐己诗学思想的影响也毋庸置疑。齐己在"诗教"观的影响下形成的诗学思想概而述之，可以总结为以下两点：

一是推重"风雅"。《风骚旨格》中首列"六诗""六义"。"六诗"说始于《周礼》，《周礼·春官宗伯第三》对"六诗的定义是：风、赋、比、兴、雅、颂。汉代的《毛诗序》在《周礼》的基础上又提出了"诗有六义"的说法。至唐代孔颖达对《毛诗序》展开注解，提出赋比兴是诗歌的创作之法，风雅颂是诗歌的体裁。就齐己《风骚旨格》中"六诗"与"诗有六义"的内容来看，二者相加起来几乎完全与传统的"六诗说"一致。齐己对"诗教"传统的吸收，在具体的条目设置上并无值得探究之处，唯一值得分析的是齐己排列六者的顺序。齐己"六诗"首先标举大小雅，雅，即正声雅乐，言王政兴废，齐己所列的例诗"一气不言含有象，万灵何处谢无私"。具体含义无从考证，根据其完整的诗歌《中春感兴》可知整首诗歌的内容是对政治清明的感发之作，从其语言风格中也可感受到开阔大气之感。反之位于齐己"六诗"之末的"变小雅"，从"寒禽黏古树，积雪占苍苔"的例诗来分析，是对奸臣当道，国政圮颓的隐喻。可知，齐己的"六诗"是与社会政治密切相关的，并且齐己首推"雅"可见其对代表政治清明的正声雅乐的极度推重。齐己的"六义"与孔颖达《毛诗正义》中的"三体三用"的说法基本一致，在此便不作更多分析。"万物都寂寂，堪闻弹正声。人心尽如此，天下自和平。湘水泻秋碧，古风吹太清。往年庐岳奏，今夕更分明。"（《秋夜听业上人弹

_____

① （清）彭定求编：《全唐诗》卷838，上海古籍出版社1986年版，第64页。

琴》)在这首诗中齐己强烈表达了自己对风雅传统的呼唤。

二是尊崇白居易。齐己《白莲集》中的论诗诗有很大一部分是唐代诗人诗作品评鉴赏,其首推的是"二李",即李白与李贺,在此二人之外齐己谈论最多的诗人当属白居易。齐己在《风骚旨格》首标"六诗""六义",在这两个条目中又首推"雅"与"风",论及风雅,齐己最为赞赏的就是白居易。在齐己的诗歌中,白居易与风雅二字几乎是绑定在一起的,如《送僧游龙门香山寺》云:"且寻风雅主,细看乐天真。"又如《贺行军太傅得白氏东林集》云:"乐天歌咏有遗编,留在东林伴白莲。百尺典坟随丧乱,一家风雅独完全。"可见在齐己心中,白居易就是唐代诗歌"风雅"的标杆。

齐己虽然身为释子,但受儒家思想的影响深重,在诗歌思想上尤其受到儒家"诗教"说的影响,推举风雅,重视诗歌的政治功能。尚颜读齐己诗发出了"诗为儒者禅,此格的惟仙"①的感叹,这"儒者禅"的说法正是齐己诗歌中诗教观念的显现。

三、成"诗业"

儒家的诗学传统一向是重视诗歌的社会政治功用的,但并没有将诗歌提升到"经天纬地物"的高度。曹丕《典论·论文》说:"盖文章经国之大业,不朽之盛事。年寿有时而尽,荣乐止乎其身,二者必至之常期,未若文章之无穷。"②这是"以文为业"的观念在中国文学史中的首次出现。曹丕的"文章经国之大业"将文学首次拔高到"业"的地位。此后文人也有类似的论述,以文为业乃至以诗为业的更不乏其人,但"诗业"这个概念是时至晚唐才正式出现,考据现存文献,"诗业"一词最早应是出现在诗僧的诗歌作品中,如贯休的"诗业务经纶"③"诗业那堪至远公",尚颜"力进凭诗

---

① (清)彭定求编:《全唐诗》卷 848,上海古籍出版社 1986 年版,第 64 页。

② (南梁)萧统编,(唐)李善注:《文选》,上海古籍出版社 1986 年版,第 165 页。

③ 彭定求:《全唐诗》,中华书局 1960 年版,第 576 页。

业"①。齐己提出"诗业"则是在《送朱秀才归闽》中"努力成诗业，无谋谒至公"。从他们的诗句中，可以见出诗僧对成就诗业的共同看法是诗业可以通过个人的努力研习而实现。同时，关于如何"努力"，齐己也为创作者做出了范例，提供了具体可行的指导方法。

1. 究"声律"

声律论的发现是中国古代诗歌发展史上一次重要的突破，声律论对诗歌的格律形式展开讨论，创制出的规则化的格律形式，让诗歌在表达内容的同时更具有形式上的优美，平上去入与抑扬顿挫交叠，让诗歌有了动人的节奏与韵律，推动了中国古代诗歌的繁荣。正如徐青《古典诗律史》所说："讲究声律，有积极的目的，这就是充分刨掘和发挥出语言的声韵材料对于文学作品的潜在的表现力和感染力……从而使作品的表现力和对读者的感染力大有提高。"②

唐朝又被称为诗唐，在诗歌文化极度繁荣的唐朝，声律论被发展到前所未有的高峰，涌现出大量声律优美的诗歌作品，齐己的作品也当属其中。在创作实践中，齐己对诗歌声律的追求可堪一论。纵观齐己所留八百余首诗歌，其中绝大部分是律诗，据诗歌数量统计来计算，齐己《白莲集》814首诗歌中的67%为律诗，古体诗只占其中的13%，而律诗中五律又占了多数，足以见得齐己对声律论的极度推崇和切实践行。

齐己不仅在诗歌创作中践行着声律论，他对诗歌声律也有自己的理论认知。在他的论诗诗《览延西上人卷》中齐己说道："今体雕镂妙，古风研考精。何人忘律韵，为子辨诗声。贾岛苦兼此，孟郊清独行。荆门见编集，愧我老无成。"（卷二《览延西上人卷》）说明齐己认为近体诗（律诗）与古体诗的区别在于近体诗更加重视艺术审美上的雕琢而古体诗更精于内容上的研磨考究。并通过表达对贾岛和孟郊二人精于声律的赞赏而表现

---

① 王秀林：《齐己诗集校注》，中国社会科学出版社2011年版，第142页。

② 徐青：《古典诗律史》，青海人民出版社1980年版，第51页。

了自己对声律在诗歌艺术审美上的作用的重视。在《喜彬上人见访》中齐己也说"携来律韵清何甚，趣入幽微旨不疏"（卷八《喜彬上人见访》），极言沈彬诗的韵律之清。在《寄蜀国广济大师》中说："冰压霜坛律格清，三千传授尽门生"（卷九《寄蜀国广济大师》），称赞广济大师诗律清雅。可见齐己对诗歌格律的类型也有自己的认知，并且对清雅的格律尤为推崇和偏好。

作为禅门中人，齐己不仅对诗歌钟爱，更沉醉于对诗歌声韵和谐的追求，这种执着，已然与禅门"空"的观念相悖，而与当时的社会主流，文人雅士颇为相似，齐己诗学思想中的这一方面或许正是在社会主流的儒家文化的影响下产生的。

2. 钟"苦吟"

"苦吟"可谓晚唐五代极为重要的一个关键词，诗人贾岛便是"苦吟"之风的代表人物，乃至有学者称之为"贾岛时代"。无论是社会主流的文人雅士，还是处于社会边缘的禅门诗僧，都被卷入了当时社会的"苦吟"风潮，费尽心力推敲诗句苦吟至终生。贾岛所拥有的追随者众多，齐己便是其中一位，齐己有诗云"白发久慷替，常闻病亦吟"，可视为其钟于苦吟的心志表露。

齐己虽为著名诗僧，但其在才人辈出的整个中国文学史上的地位并不高，传世诗歌虽有八百余首，但只有一首《早梅》知名度较高，而历史上关于齐己的"一字师"的佳话也正与这首诗有关。《五代史补》卷三记载："郑谷在袁州，齐己因巧为诗往谒焉，有《早梅》诗曰：'前村深雪里，昨夜数枝开。'谷笑谓曰：'数枝开早，未若一枝则佳。'……自是士林以谷为齐己一字之师。"①这种对诗歌中逐字推敲讨论，陷落在文字中的执着足以见出其"苦吟"的心志。

---

① 傅璇宗、徐海荣、徐吉军主编：《五代史书汇编》，（五代史补）卷三，杭州出版社 2004 年版，第 2509 页。

齐己在诗歌创作中坚持"苦吟",并将其视为通往成就诗业的道路,但这并不只是一种自发的努力,更是一种自觉的认知,在齐己众多的论诗诗中,可以见出齐己在诗学思想中对诗歌语言展开细致推敲的提倡与重视。在齐己与好友往来赠答的诗歌中,齐己说:"精搜当好景,得即动知音"(《酬洞庭陈秀才》),"莫惜天机细捶琢,他时终可拟芙蕖"(《喜彬上人远见访》),"千篇未听常徒口,一字须防作者也"(《送吴先辈赴京》),"精搜"、"捶琢"、"千篇"、"一字",这些字眼无不展现着齐己对锤炼诗歌语言文字表达的重视,对"苦吟"的创作方式的推崇,同时我们也可以见出齐己对锤炼方法的认知是勤思和多练。

宇文所安在《他山的石头记》中评价贾岛时代"苦吟"的苦,说其既不存在于诗歌中所描绘的情景,也不存在于诗人写作时的心境,是存在于写作的过程之中。① 这也是晚唐时代的"苦吟"之风与中唐"苦吟"之苦的一个重要区别。虽然齐己所倡导的"苦吟"确实侧重于对诗歌语言极致刻苦的雕琢,但"苦"也偶尔显露在其诗歌创作的心境中,如他的《吟兴自述》中说:"一千首出悲哀外,五千年销雪月中。"既是对诗歌雕琢的强调,也显露出一种"苦"的心境。从这个角度上来讲,齐己的"苦吟"其实具有更深的层次。

在晚唐五代的诗僧集体尊"诗"重"教"的文化大环境中,齐己尊"诗教",认为诗歌是一项重要的事业,究"声律",钟"苦吟",把诗歌作为生活的主题,日日沉溺于读诗学诗、写诗吟诗、评诗论诗、组织诗社,在更深的心理层次中,诗歌几乎可以视作齐己的第二生命。

第三节 "禅外求诗妙"——诗禅同契

艺术与宗教的关系向来密切。宗教为艺术提供表达的材料,而反过来艺术也为宗教提供了繁衍生长传播的渠道,不仅如此宗教的某些特性还渗

---

① [美]斯蒂芬·欧文著,田晓菲译:《他山的石头记》,江苏人民出版社 2003 年版,第 198 页。

透到艺术的内部，影响着艺术的表现形式，乃至在思维层面影响着艺术的思维方式。文学是艺术的表现形式之一，也是其中接受面最广，影响力最大的社会意识形式。因而在漫长的佛教中国化的历程中，其与文学之间的关联最为紧密。佛教把文学作为扎根中国文化土壤的工具，与此同时中国本土传统文学也吸收着来自佛教这种异质文化的陌生营养，中国古代的传奇、变文等文学形式都是受佛教影响而诞生，处于中国古代文学核心地位的诗歌的发展更是与佛教中国化的历程有着千丝万缕的联系。时至晚唐，佛教中国化形成了其最终成果——禅宗，它与中国古典诗歌艺术之间的相互影响更为深刻，关联也更为紧密，乃至催生了数量庞大的诗僧群体。唐代禅宗"一花开五叶"，发展演变为沩仰、临济、曹洞、法眼、云门共五个流派，各个流派在禅法、教义等方面都有所差异，所以归属于不同宗派的诗僧因所接受的佛学思想的差异而在诗歌创作的风格上也有所不同，在对诗歌理论进行思考时角度也有所区别。

一、齐己与禅

在对齐己的禅学思想和其诗学思想之间的关联进行考察时，值得关注的是齐己禅学思想曾受到"沩仰宗"和属于净土宗的"白莲社"这两个不同的禅宗流派的影响，这两个流派的禅法都极深地浸润了齐己的思想，并影响了齐己的诗歌创作和对诗学理论问题的思考。

1. 齐己与沩仰宗的渊源

唐代"一花开五叶"，禅宗形成了五家七宗的局面，这也是佛教中国化的最终成果。由沩山灵祐与其弟子仰山慧寂共同创立的沩仰宗是其中最早形成的派系，在五家中开宗最先，兴盛于晚唐，至宋代逐渐衰微，总共传承一百五十年左右而渐渐消亡，淡出历史舞台。关于齐己与沩仰宗之间的关系，学界曾就《宋高僧传》的记载有过简单的推断，如孙昌武的《禅思与诗情》和张伯伟的《禅与诗学》都对此有所提及。直至学者尹楚彬发表《湖湘诗僧齐己与沩仰宗》，齐己与沩仰宗之间的关系才得以明确。

沩仰宗主要在江西、湖南一带传播,在源流上几乎公认其是承继马祖洪州宗,关于这一点有可靠的史料可以证明,《五灯会元》卷九记载:"潭州沩山灵祐禅师,福州长溪赵氏子。……二十三游江西,参百丈,丈一见,许之入室,遂居参学之首。"①《祖堂集》中也有相关记载:"坊山和尚嗣百丈,在潭州。师讳灵祐,……师小乘略览,大乘精阅……"②在禅法上,沩仰宗也基本上继承自马祖—怀海的相关思想。沩仰宗以"无为无事"为宗旨,强调在日常生活中达成自性的觉悟以追求最终的解脱。身为沩仰宗的一员,齐己从幼年时便受沩仰宗影响,从小耳濡目染沩仰宗风,使得齐己禅学思想及诗学思想都与此密切相关。齐己的诗歌中频繁出现坐禅、无为等关键词,可谓沩仰宗禅"无心是道"、"日用是道"的禅学思想的直接体现。

所谓"无心是道","日用是道"是南宗禅的传统思想。"无心是道"本质上是佛教"空"观的具体展开,"色即是空,空即是色,受想行识,亦复如是"。万物皆空,因而也只有达成自性的"空"即"无心"才能悟道。"日用是道"则是对佛教"八正道"的具体化,要求信仰者在日常生活中通过坐禅等方式自然而然地达到心灵的解脱。齐己的《话道》一诗便是对沩仰宗"无心是道""日用是道"宗旨的体现,《话道》中说:"服药还伤性,求珠亦损魂。"所谓求"珠"在此处的意思是获得解脱,开悟,齐己认为服用丹药等方式是有害的,刻意去追求开悟解脱也是会损伤自身的佛性的。说明齐己所认同的是以自然的方式,通过日常的生活,显现本自具足的心之本然而达成解脱。

沩仰宗在教义观念上对齐己的思想产生了引导,同时沩仰宗对禅修重视也影响了齐己。六祖惠能以"顿悟说"为解脱成佛的核心,但沩仰宗认为顿悟之时仍没有将无数世之前积累下来宿业全部断除,在顿悟之后还应继

---

① (宋)普济著,苏抑雷点校:《五灯会元》卷九,中华书局 1984 年版,第 520 页。

② (南唐)静、筠二禅师编撰,孙昌武等点校:《祖堂集》,中华书局 2007 年版,第 721、802 页。

续进行禅修。受沩仰宗对禅修的重视的影响，齐己也把禅修放置在日常生活中非常重要的地位。齐己的诗歌中经常出现"坐禅""静坐"等关于禅修的内容，如以下几首便是例证：

> 劳生莫相问，喧默不相应。（《书古寺僧房》）
> 诗魔苦不利，禅寂颇相应。（《静坐》）
> 万物都寂寂，堪闻弹正声。（《秋夜听业上人弹琴》）
> 语默邻寒漏，窗扉向早朝。（《招乾昼上人宿话》）

这种对禅修的执着进入到齐己的诗歌创作和诗学思想中，一是形成了齐己诗歌中具有独特审美价值的禅风意境，二是禅法规则影响了齐己诗学思想体系的构建。

2. 齐己对"白莲社"的追慕

白莲社诞生于东晋年间，净土宗大师慧远在庐山东林寺"影不出山、迹不入俗"，潜心研读与传播佛教教义，在机缘巧合之下与刘遗民、雷次宗等十八人结社，这是中国最早的佛教结社，也是净土宗的滥觞，因为在东林寺有谢灵运开凿的莲花池，种满了白莲，而莲花又与佛教渊源深厚，故命名为白莲社。白莲社诞生之初有十八位高贤，以同修净业，共期西方为宗旨，熔释、儒、道为一炉，开佛教中国化之先河。

齐己一生的生活轨迹遍布四方，交游广泛，先后寓居于湖南同庆寺和道林寺、江西庐山的东林寺及湖北龙兴寺。其中与齐己的关联最深，对其影响最大的毫无疑问当属湖南道林寺师从沩仰宗的经历，但若要说齐己内心最为眷恋的当属在庐山东林寺的时光。齐己诗作多达八百余首，其中又接近三十首诗歌直接提及这段经历。庐山东林寺何以在齐己的生命中留下如此深刻的痕迹，也许是因为庐山秀丽的自然风景，也许是在这段经历中与志同道合之士的交游，也许还有其他我们不得而知的原因，但可以肯定最重要的是因为此处是白莲社初祖慧远的栖身之地。齐己在诗歌中多次表达对白莲社旧事及东林十八贤士的赞赏和仰慕。

归属于净土宗的白莲社虽然在教义宗旨上与沩仰宗有所区别，但并无矛盾，专注观想念佛的净土信仰，与主张"无心是道""日用是道"的沩仰宗在成佛道路上虽有不同，但念佛观心的最终目的具有一致性。齐己便自然地接受这两种思想对其的影响。

身处沩仰宗之中，齐己对慧远时代的"白莲"遗风追慕，更为他的禅学思想中增加了追求自在身心、境界的坚定，"吟疲即坐禅"成为了齐己在人生道路上始终奉行的法则。

二、引禅入诗境

诗禅双修的人生法则深刻地影响了齐己的诗歌创作，在坐禅与吟诗的日常反复交替之中，齐己思想中的诗世界与禅世界二者之间也不可避免地相互影响。静水流深，修禅时的超然心态进入齐己的诗歌创作实践之中，便化为诗歌高远的境界，进入到齐己的诗学思想中，便化为对诗歌之美的独特追求。品读齐己的诗歌创作，耙梳齐己的论诗诗及其诗论中关于诗歌艺术风格的看法，对"清"的推崇，和对"怪"的追求是其思想中最为突出的特征，也是在考察禅学与齐己的诗学思想的关联性时，尤其具有阐释空间的两个方面。

1. 尚"清"

蒋寅《古典诗学中"清"的概念》对"清"的内涵展开了阐释，他认为中国古典诗学的基本概念分为构成性和审美性的两种，二者的范畴一般是不产生交集的，但唯一的一个特例是"清"这个概念。从蒋寅的论述中，我们获得这样一个信息，"清"的概念是复合的，是处于构成性概念和审美性概念的交叉点上的。借用蒋寅的思路，作为齐己诗歌理论中十分重要的"清"的内涵，也可以从构成性和审美性两个角度去理解：

首先从构成性的角度来说，齐己的尚"清"之"清"确为齐己所认为的诗之所以成立的基本条件，齐己认为在进行诗歌创作时诗人必须保持心境的

"清"，同时诗歌的内容也应该"清"。关于诗人心境之"清"，齐己有许多论诗诗中都有所论及，例如"句早逢名匠，禅曾见祖师。冥搜与真性，清净里寻思"一诗，齐己所说在清净中寻找诗歌创作的灵感与思路，无疑是受到沩仰宗对禅修的重视的影响，沩仰宗认为要在禅修中悟道，齐己将这种观念延伸到诗歌创作中，认为诗歌创作灵感也应在禅宗所谓"清净心"中获得。关于诗歌内容的"清"，《风骚旨格》"诗有十体"的"清奇"条目下，齐己援引的例证是自己的诗句"未曾将一字，容易谒诸侯"，若将此句视作对"清奇"的例证，那么"清"的内涵可以理解为诗歌表达的内容思想情感要高尚清正。若是将此句理解为对诗人创作"清奇"诗歌的具体要求，那么清的内涵可以理解为对诗人品行高洁的要求。无论是哪一种理解，都指向了"清高"这一含义，联系齐己对白莲社的追慕和对十八贤士的追思，二者之间应是存在着相互的关联。

其次从审美性的角度而言，齐己尚清说的内涵是指诗歌风格的"清"。齐己《白莲集》中有许多与坐禅相关的诗歌，在这些诗歌中，齐己采用的普遍的展开方式就是寓情于景，通过对清幽的环境的描绘表现内心的清净无碍，展露出一种清新自然的风格。齐己对"清"的诗歌风格的追求与其生存方式是密切相关的，所谓审美理想实际上是生存理想的体现。

齐己的尚"清"说是一个具有构成性意义与审美性意义双重含义的复合概念，对于中国古典的"清"具有一定程度上的补充意义。

2. 求"怪"

对齐己诗歌风格的认知，学界集中在"清"这个关键词上，齐己关于"清"的理论探讨也较为丰富，齐己《白莲集》的论诗诗和《风骚旨格》中多有对"清"的阐释。但在"清"之外，奇崛怪诞的风貌也是齐己诗歌风格中另一显著特点，求"怪"也是齐己的诗歌风格理论中非常重要的方面，只是目前还没有得到足够的重视。齐己诗歌创作中求"怪"的倾向，放置于当时的时代背景中，首先与"元和之风尚怪"的社会风尚是有不可忽视的联系的，但在此基础上更重要的，就齐己诗歌创作中"怪"呈现的独特性来看，是受佛家禅宗的影响。作为僧人的齐己在社会文化传统之外，额外获取了佛学知识，他所构建的世界观与常人相比要更为广阔。其次作为僧人齐己久居山林，见人所未见，更容易勾勒出奇崛怪诞的世界。齐己在自己的诗作中所作的大胆的探索、创新大致可以归纳为以下三个方面：

其一，搜罗奇特的创作题材。在齐己创作的诗歌中有不少关于奇特的自然现象的描绘，这些描绘极尽夸张，并掺入了大胆的想象：

> 离宫划开赤帝怒，喝起六龙奔日驭（《苦热行》）
> 冰峰撑空寒矗矗，云凝水冻埋海陆（《苦寒行》）
> 蠹依枯节死，蛇如朽根盘（《古松》）
> 刳肠徒自屠，曳尾复何累（《刳肠龟》）

齐己不仅在自己的诗歌创作题材选择上搜奇求怪，而且对"怪"的诗歌风格也有理论性的认知。在《风骚旨格》的"四十门"中齐己所列出的"塞塞""鬼怪""纰缪"，便是其在诗歌风格上自觉求"怪"的印证。遗憾之处在于齐己对以上所列出的三"门"并未作出进一步的具体阐释，因此我们对其内涵的理解也受到了限制。

其二，炼奇字怪句。《四库全书总目提要》对齐己诗歌语言的评价是"诘屈聱牙，尤不足取"。① 的确，齐己诗歌创作时偏爱使用生僻字，尤其是在他的古体诗中生僻字遍布，从前文所列举的齐己诗歌便可见一斑。许多诗歌由于过于密集的生僻字，常常让人难以理解其中意义，这也是齐己研究中进一步深化所面对的客观困难。

其三，崇尚奇特的想象与夸张。齐己所创作的《剑客》《登祝融峰》《老将》一类的诗歌，其中的想象天马行空，无所拘束，十分大胆。在诗学理论上，齐己也对想象与夸张的手法多有推崇。例如齐己的《读李白集》，齐己用"铿金锵玉""丈夫气"来形容李白。再如《谢荆幕孙郎中见示乐府歌集

---

① 永瑢，纪昀等编纂：《四库全书总目提要》，卷一五一《白莲集》。

二十八字》对李白和李贺的评价，以"颠"形容李白，以"狂"字形容李贺，颇具意味。"颠"不仅概括了李白超然世俗的反叛精神，还体现出李白诗歌大胆的风格，"狂"字则很好地概括了李贺无拘无束，天马行空的风格。从齐己对二李的评价可以见出齐己对在诗歌创作中发挥奇特大胆想象的推崇，以及他对雄浑刚健诗风的喜爱。

总体来说，在尚"清"之外，齐己也求"怪"，齐己不仅在诗歌创作实践中有意识地反对美学风格上端正、对称等中国诗歌文学的审美标准而行之，在创作中自觉追求不协调的"怪"的美感，同时也以论诗诗和理论阐述的方式表达了自己"求怪"的诗美观。

三、以禅驭诗法

诗禅双修的人生法则对齐己诗学思想的影响，不仅仅表现在对齐己诗美观的影响，而且更深地影响着齐己关于诗歌创作方法与技巧的思考。齐己的《风骚旨格》曾因其所具有的"形式主义"特征而受到诟病，殊不知对形式主义的追求事实上是文学发展成熟到一定程度之后才出现的现象，《风骚旨格》对形式的关注实际上正是齐己高度的文学敏感性的体现。而探究《风骚旨格》对"形式"高度关注的原因，必论及禅宗对齐己的影响。佛教理论的建构和佛典文本都具有高度形式化的特征，在日常僧侣生活之中，这种对形式美的追求自然地浸润了齐己的思想，因而在创作《风骚旨格》时便自觉地使用了禅门宗派中的分类方法，并借助禅宗的一些概念来进行理论的阐释，在《风骚旨格》的类目中，诗有"四十门"和"十势"，是齐己吸收禅宗思想来讨论诗歌创作方法最典型的例证。

1. 诗有"四十门"

"门"，作为佛教术语来讲，是指众生入涅槃境界的修行方式。在佛教中国化的历程中，"门"这个佛学概念渐渐流入了中国传统文学的范畴，成为中国古代诗歌批评的术语。

晚唐五代的诗格作品中"门"这个概念常常出现，但并没有明晰的关于这一概念的具体内涵及范畴的厘定。总体而言分为两类，其一是借用"门"在佛教语境中的最基础的意思，徐寅《雅道机要》将其解释为"通"："门者，诗之所通也。如人门户，未有出入不由者也。"①借鉴佛典的结构形式和佛教术语，来对诗歌创作方法的各个门类进行命名。

齐己诗有"四十门"，分别是：皇道、悲喜、隐显、惆怅、道情、得意、背时、正风、返顾、乱道、抱直、世情、庚救、贞孝、薄情、忠正、相成、嗟叹、俟时、清苦、骚愁、眷恋、相像、志气、双拟、向时、伤心、监戒、神仙、破除、蹇塞、鬼怪、纰缪、世变、风雅、嗟叹、是非、礼义、清洁。

从内容上来分析，应是关于诗歌类型或风格的讨论。概而述之，大体可以分为两类。其一是对写作范式或题材的思索，如"道交、惆怅、贞孝、薄情、骚愁、伤心"都可以归为作诗的题材。其二是对诗歌表现手法的思考，如"悲喜、隐显、相成、想象、双拟"等。可见齐己将佛教的"门"的概念运用到诗学理论中对诗歌风格进行分析时，主要是借鉴佛典的结构形式和佛教术语，来对诗歌创作方法的各个门类进行命名。

2. 诗有"十势"

在中国传统的文艺理论范畴中，使用"势"这一概念对诗歌创作技巧进行讨论最早始于东汉时期，在当时"势"是书法评鉴中的概念，如蔡邕的《篆势》《九势》，"势"的内涵是指书法的行笔及起承转合。行至魏晋，文人开始使用"势"来讨论文学作品，这一时期最为闻名的是刘勰《文心雕龙》中的《定势》篇。在刘勰的《定势》篇中，"势"即指体势，主要讨论文体和文章体势之间的关系。

时至唐代产生了大量的"诗格"论。论及影响力，诚如学者张伯伟所说："晚唐五代诗格中的'势'论，就其形成而言，有两个来源：一是源于

①　张伯伟：《全唐五代诗格汇考》，凤凰出版社2002年版，第426页。

皎然，另一是齐己。"①皎然在其《诗式》的开篇就对"势"进行了颇有创见的阐述："文体开阖作用之势……奇势在工……奇势雅发……"②在皎然之后，齐己进一步列出了"十势"的条目，其后的虚中、神彧的"势"论等只是在齐己所列"十势"的基础上作了细微调整。根据《全唐五代诗格汇考》所收录的齐己的《风骚旨格》及其后的《诗格》《雅机要道》《诗评》，列出表格，后三者与齐己"十势"之间的关联自是十分清晰：

齐己	徐寅	神彧	佚名
《风骚旨格》	《雅道机要》	《诗格》	《诗评》
狮子反掷势	狮子反掷势		
猛虎踞林势		猛虎踞林势	猛虎出林势
丹凤衔珠势		丹凤衔珠势	灵凤含珠势
毒龙顾尾势			毒龙势
孤雁失群势	孤鸿出塞势	孤雁失群势	
洪河侧掌势		洪河侧掌势	
龙凤交吟势		龙凤交吟势	
猛虎投涧势		猛虎跳涧势	
龙潜巨浸势	龙潜巨浸势		
鲸吞巨海势			鲸吞巨海势

从上所列表格中，可以直接明了地看出后三者对齐己"十势"的借鉴，在"十势"的命名上，与齐己多有相似乃至重合之处。同时从后三者对"十势"借鉴的选择性上，可以看出，十势中的"孤雁失群势""猛虎踞林势""丹凤

---

① 张伯伟：《禅与诗学》，浙江人民出版社 1992 年版，第 15 页。

② （唐）皎然著，李壮鹰校注：《诗式校注》，人民文学出版杜 2003 年版，第 11 页。

衔珠势”三势尤其受到认同。

齐己《风骚旨格》的“十势”虽极具特色，但却没有对条目概念及诗句进行解释，这为研究者探寻齐己的诗学思想着实造成了困难。目前学界关于“势”的内涵尚无定论：其一是认为“十势”指的是十种诗歌意蕴展开的类型范式①；其二是认为“势”指的是诗歌前后两句之间的互补抑或对立关系之间的“张力”②。这也是目前学界普遍认可和支持的一种观点。根据学者们的探讨，目前可以确定的是齐己的“势”论与禅宗相关，其次，结合学者们目前对“十势”所列的诗句例证的解读阐释来理解，齐己的“势”确指诗歌相邻的句段之间的关系。结合齐己的生平经历来看，齐己出生于大沩山，少年便遁入空门师从沩仰宗，受其影响不可谓不深刻。仰山慧寂大师将“势”作为向信众传播佛法道义的载体，“有若干势以示学人”，“分列诸势，游戏无碍”。而齐己师从慧寂大师，作为沩仰宗弟子，自然地学习到了慧寂大师借“势”以示道于学人的教化方式，借用“势”来阐述自己关于诗学理论的看法。

可见，齐己在长期的实践中摸索出诗歌创作的方法理论，并借用佛学的概念对其进行总结，这为学习诗歌创作的人提供了模板，为学诗者提供了创作模式和范例。

第四节　儒学禅风的山水相映

诗僧一词自诞生以来其本身就蕴含着难以调节的根本性矛盾，秉持着“诗言志”传统儒家诗学观念和以“不立文字”为教义原则的佛禅文化对语言文字的功能性和诗歌本质在认知上存在着根本性的分歧，但诗僧却是恰好在这种分歧中诞生，如何处理这种矛盾和分歧是横亘在诗僧面前永恒的问题。时至晚唐，三教融合的趋势渐强，禅门中的诗人对社会主流的儒家思

---

① 涂光社：《势与中国艺术》，中国人民大学出版社1990年版，第196-198页。
② 张伯伟：《禅与诗学》，浙江人民出版社1992年版，第18-25页。

想的学习与接收进一步深化，他们思想深处的儒与禅的矛盾也进一步凸显。齐己少年出家为僧深受沩仰宗影响，后又积极与文人儒士交游展开诗歌创作，因而儒与禅的矛盾在齐己的思想中尤为明显，齐己以艰苦卓绝的努力在诗歌创作实践中探寻解决这一矛盾的途径，这个过程深刻影响了他的诗学思想，最终齐己化解了自己思想中的矛盾，形成了自己关于诗歌理论问题的独特观点，并巧妙地将儒与释的思想融合在了自己的诗学理论作品之中。

一、儒释碰撞之诗学观

齐己关于诗歌理论的看法是其在处理儒与释的矛盾的艰难过程中产生并不断改进的。处于儒与释，禅与诗的特殊交互点上，齐己自然也要面对二者在其思想中交互时必然产生的矛盾。齐己处理这一矛盾的过程无疑是漫长的。

1. 诗禅之间的矛盾与抉择

中国古典的诗歌理论关于诗歌本质的讨论最经典的说法便是《毛诗序》中的"诗言志""诗缘情"。

> 诗者，志之所之化在也为志，发言为诗。情动于中而行于言，言之不足，故嗟叹之，嗟叹之不足故永歌之，永歌之不足，不知手之舞之，足之蹈之也。①

而这一认知也成为了古代中国的诗歌创作和诗学理论发展的基础。

而禅宗却有"不立文字"的传统，如《五灯会元》中所记载的，世尊在灵山会上，拈花示众。是时众皆默然，唯迦叶尊者破颜微笑。世尊曰：

---

① （汉）毛公传，（汉）郑玄笺，（唐）孔颖达等正义：《毛诗正义》，上海古籍出版社1990年版，第15页。

吾有正法眼藏，涅槃妙心，实相无相，微妙法门，不立文字，教外别传，付嘱摩诃迦叶。①

"实相无相"，在禅宗的思想观念里法相只是名为法相，而并不能寻其实体，也即相为空。在五蕴皆空的禅宗教义里，文字作为一种存在的实体自然也是无法把握佛的真性的，因而禅宗讲"不立文字，见性成佛"。

中国传统的诗学理论所认为的诗是诗人内心的外化，内心的想法越是丰富就越能在诗歌创作时厚积薄发，赋予诗歌丰富的内涵和情感。禅的内涵是照见五蕴皆空，在一刹那间洞见自己"未出生时"真正面目的一种思维境界，禅宗对其信众所要求的是内心的"空"。这便是诗与禅的根本分歧，二者之间存在明确的界限。学者崔炼农曾对诗与禅之间的矛盾有如下阐述："诗与禅之间对立关系形如水火，禅人业诗自然为不正之业，后果必然是以诗害禅，以诗废禅。"②确如上所说，在禅宗文化中生长的中国僧人群体无可避免地接受并融入诗歌文化中，甚至自觉地吸纳和发扬着儒家的诗教观念。中国的僧人群体自古就有"爱诗"的传统，尤其行至晚唐五代，诗僧数量繁多。但很多本是禅门中人的诗人，在诗歌创作的过程中逐渐放弃了对禅理的追寻，如贾岛、惠休等人最终都走向了还俗的结局。与此相对比，齐己在进行大量的诗歌创作的同时仍然坚守着僧人的身份，殊为可贵，因而齐己思想中的这一矛盾的产生及发展的过程也颇有值得探究的意义。

齐己的思想起初确是以禅为起点的，作为僧人的他在佛学上的修为是应得到认可的，在他的日常生活中，齐己也严格地遵守着禅门的清规戒律，最初齐己对诗的看法几乎是拒绝的，他认为僧人自踏入佛门，就应当坚初心，对诗的爱好终将导致僧人修为的荒废，是无法得道的。作为佛门弟子，齐己在思想上秉承沩仰宗主"日用是道""平常心是道"的宗旨，在行

---

① （宋）普济著，宋渊雷点校：《五灯会元》（中），中华书局1984年版，第10页。

② 崔炼农：《齐己〈白莲集〉的诗禅观》，《中国韵文学刊》2002年第2期。

为上恪守禅门法规，坚持长时间的坐禅诵经。他以坐禅苦修来修炼"清净心"，以靠近自己心中的禅学理想。

随着齐己诗歌创作实践的日渐丰富，诗歌对他的吸引力与日俱增。诗歌对他的吸引力相比于禅宗有过之而无不及。面对着禅修和诗歌创作的矛盾，齐己起初采取搁置方式，他试图将归属于禅的那个自己和热爱诗歌的自我分裂开来。他一边坚定禅修，一边在禅修之外近乎疯狂地进行诗歌创作。"是事皆能讳，唯诗未懒言"（卷一《居道林寺书怀》），"连日借吟终不已，一灯忘寝又重开"（卷九《得李推官近寄怀》页），"裹中自欠诗千首，身外谁知事几重"（卷八《东林寄别修睦上人》），这些诗句便是他沉迷写诗的明证，齐己在此时将诗歌视为他前世所欠的债，借此以逃避禅与诗的矛盾。

但一味的逃避只能让齐己思想心态中的矛盾不断扩大、增长。作为一个信仰坚定的禅门中人，齐己无法放弃对禅的追求；作为诗人，齐己更加无法放弃对诗歌理想的追寻。生活虽然可以分割，但人的思想和心灵却无法一分为二，齐己意识自己思想中禅与诗的矛盾无法回避，诗歌创作必然影响"清净心"，无法进入禅定的境界便无法提升修为，而"清净心"也必然让自己损失诗歌创作的灵感。如何去调节诗与禅的矛盾是齐己不得不解决的巨大难题。《白莲集》中的大量诗句都记录了齐己那些漫漫长夜中在禅与诗之间的艰难选择。

> 味击诗魔乱，香搜睡思轻。（卷一《尝茶》）
>
> 展转复展转，所思安可论。夜冻难就枕，月好重开口。（卷一《永夜感怀寄郑谷郎中》）
>
> 搜新编旧与谁评，自向无声认有声。已觉爱来多废道，可堪传去更沽名。风松韵里忘形坐，霜月光中共影行。还胜御沟寒夜水，狂吟冲尹甚伤情。（卷七《叙怀寄高推官》）

学者程亚林认为齐己以诗僧的身份表述诗与禅两种文化在其内心中的

矛盾和纠缠，是其对中国古代诗与禅的关系的研究的重要贡献①。

2. 儒释际会的化元归一

但显然齐己的贡献并不仅仅止于对于这种矛盾的呈现和表达，认识到儒学与佛学的碰撞，诗学与禅学的矛盾并不是终点，齐己在化解自己思想矛盾上做出了艰苦卓绝的努力，并最终让二者在自己的思想中圆融为一体。

儒与释，佛与禅在齐己思想中的融合并不是一蹴而就的，这个过程无疑是艰辛且漫长的。"齐己仍不肯认同诗是余事而已，他一面埋怨诗魔，一面又肯定诗可以助禅。……他一直在揣摩诗禅二者离俗、无形、无心的妙合关系。"②齐己迈出解决诗禅矛盾的第一步是对诗与禅的相通性的认识，从白莲集"道性宜如水，诗情合似冰"（卷三《勉诗僧》），"诗也何以传，所证自同禅。觅句如探虎，逢知似得仙"（卷五《寄郑谷郎中》），"道自闲机长，诗从静境生"（卷五《寄酬高辇推官》），"诗通物理行堪掇，道合天机坐可窥。应是正人持造化，尽驱幽细入炉锤"（卷七《中春感兴》），从这些诗句中可以见出齐己觉察出作诗与参禅的相似性，虽作诗时的心境与禅宗的清净心有所不同，但以禅修通向得道的过程和以静思通向诗句创作的过程是具有相似性的，因而齐己放开了自己诗歌创作的愿望，更加积极地展开了诗歌创作。

在认识到禅修与作诗的相似性之后，齐己在进一步的诗歌创作中继续思考和探索二者之间的关系，终于齐己认识到这两种不同的文化之间不仅是相似相通的，而且具有互相补充的关系，作诗不仅不与禅修得道相矛盾，而且作诗可助禅，禅修也可以丰富诗歌创作的内容。关于诗禅相似相

---

① 程亚林：《诗禅关系认识史上的重要环节——读皎然、齐己诗》，《文学遗产》1989 年第 5 期。

② 萧丽华、吴静宜：《从不立文字到不离文字——唐代僧诗中的文字观》，《中国禅学》2003 年第 12 期。

助的关系，齐己的认识可以概括为以下两点：首先，齐己认为禅修与作诗都是"苦"的，参禅需要苦修，作诗也需要不断地推敲思考，得禅道与悟诗道都是孤独寂寥的艰难行走。其次，齐己认为禅道与诗思都是无形的，禅宗不立文字而悟道，而诗歌的意蕴和内涵也不是全凭文字显现的，而是旨在言外。

在齐己认识到诗与禅之间的相通性之后，他毫不避讳地将诗与禅放到了生命中同等重要的地位，在自己的诗歌创作中频繁将二者并称。诗歌对于齐己来说不再是"诗魔"，但齐己的思想中占据主导的仍然是禅宗文化，齐己认为要想实现诗与禅真正的妙合无间，应该用禅学的"清净心"来引导诗歌创作，要在"清净里寻思"。齐己不再去纠结"诗言志"与禅宗"不立文字"的矛盾，而把诗歌作为一种工具，把作诗作为思想外部呈现与探索的一种方式，这样就不会被诗歌所束缚，反而可以以这种方式通向得道。回顾自己诗禅交融的一生，齐己对于自己诗禅双修的人生是感到幸福满足的："禅外求诗妙，年来鬓已秋。未曾将一字，容易谒诸侯"（卷六《自题》）。齐己在一系列艰难的探索和自我叩问之后，从根本上消除了诗与禅两种差异巨大的文化之间的矛盾对立，形成了一条从"诗为魔事"到"诗禅并举"再至"诗禅合一"的通途，诗与禅，儒与佛两种异质文化在齐己的思想中如江河入海化而归一。

二、儒释归一的诗法论

儒与释，诗与禅的融汇形成了齐己思想的复杂性和丰富性，这也促成了齐己对诗歌理论的讨论时对于深度的突破，也是齐己在讨论诗歌创作技巧问题时那些创见的来源。齐己关于诗歌理论问题的思考凝结在《白莲集》的论诗诗和《风骚旨格》中的理论阐释中，为后世禅诗与僧诗的发展以及中国文学批评方法的演进开辟了新的道路，其中最具阐释意义和研究价值的当属以"十体""三格"为中心的风格和题材示例以及"二十式""六断"为中心的创作实践范例。

1. 以"十体""三格"为中心的风格和题材示例

历来齐己《风骚旨格》为人所诟病的便是其过于形式化的特征，很多学者认为其中所列各条目只是关于诗歌写作技巧的讨论，并无深度。实则不然，《风骚旨格》中的"十体"根据其下所列每一具体条目的名称和例诗来分析应是齐己关于诗歌的题材和风格的讨论，"三格"则是对于诗歌内容优劣的评断标准，二者都是关于诗歌本质的思考，绝非浅显的技巧性讨论。

(1)"十体"之首为高古

"体"是中国古典文论中一个十分重要的范畴，同时它还具有多重内涵。纵观历代文伦家关于"体"的论述，"体"的内涵基本可以概括为以下三种：其一是体裁，如骚体、赋体、骈体以及诗歌的古体、近体。其二是体制，如刘勰《文心雕龙》中"因体成势"，此处的"势"便是指文章创作的体制，是对文章展开架构的方式的讨论。其三是体格，如钟嵘《诗品》中的"文体"即指诗的体格，钟嵘评价陶渊明"文体省净"，评价沈约"详其文体，长于清怨"，皆是对作家作品的风格的评价。那么齐己的"十体"应属于以上哪一类别呢？关于这一问题学界目前尚无定论，笔者认为齐己的"十体"是将中国传统诗学中"体"的概念杂糅交织在一起的结果，同时在十体的排列顺序中还受到禅学思想的影响。

首先将齐己的诗之"十体"陈列如下：

> 一曰高古，诗云："千般贵在无过达，一片心闲不奈高。"
>
> 二曰清奇，诗云："未曾将一字，容易谒诸侯。"
>
> 三曰远近，诗云："已知前古事，更结后人看。"
>
> 四曰双分，诗云："船中江上景，晚泊早行时。"
>
> 五曰背非，诗云："山河终决胜，楚汉且横行。"
>
> 六曰虚无，诗云："山寺钟楼月，江城鼓角风。"
>
> 七曰是非，诗云："须知项籍剑，不及鲁阳戈。"

八日清洁，诗云："大雪路亦宿，深山水也斋。"

九日覆妆，诗云："叠嶂供秋望，无云到夕阳。"

十日合门，诗云："卷帘黄叶落，锁印子规啼。"

首先，"十体"中既有关于诗歌体格的说法，又有关于诗歌体制的讨论。"十体"中的"高古""清洁"显然应该归于对诗歌风格的划分，即体格。高古的例句"千般贵在无过达，一片心闲不奈高"出自齐己自己的诗作《逢进士沈彬》，大意应是强调心中要"闲"，超脱于尘世之上，因而"高古"之体可理解为诗句格调要高远古雅。齐己将"高古"至于十体之首可见他对"高古"诗风的推崇，而高古例句中的"闲"字与禅宗的"空"在意蕴上似有关联。"十体"中的"远近""背非"通过解读其例诗，更接近对诗歌展开方式的划分，即体制。"远近"例诗为"已知前古事，更结后人看"，将前代古事总结思考写在诗歌中供后人查看，可知"远近"指的是咏史怀古时要古今结合相对照而言。"背非"的例诗为"山河终决胜，楚汉且横行"，在这一例诗中可以见出的是一种对比鲜明的冲突关系，联系"背非"二字的含义，应是指在诗歌写作时使用对比关系展开内容。其次，细读"十体"的排序，排列在第一第二的"高古"和"清奇"与禅宗的"空"和"清净心"在内涵上有所关联，另外排在第六的"虚无"是一个在中国传统诗学中极少出现的概念与说法，却是禅宗"空"的表征。

（2）"上格应用意"

《说文解字》："格，古百切。木长皃，从木，各声。""格"的本义是指树木的长枝条，后来引申为规范、标准、法式等。"格"进入中国古典诗学理论严格意义上是从唐代开始的，唐代诗学蓬勃发展，出现了许多以"格"论诗的作品。王昌龄的《诗格》便是其中代表。综观各家言论，"格"的含义大概可分为以下两种：一是包括章句结构即艺术风格在内的规范格式，如皎然《诗式》中所说"体格闲放曰逸"便是指特定类型的诗歌艺术风貌的规范；二是诗歌的写作方法及可参照的类型，如王昌龄的《诗格》中所说"诗有九格"便是列举了九种关于诗歌句法结构的方法。

但齐己的"三格"与上述两种含义都不相同，"三格"作为《风骚旨格》中的最后一个类目，应是具有总结的功能，根据其内容来看，其中"格"的意义内涵实际上更加接近中国古典文论中"品"这一概念的含义，如钟嵘《诗品》对诗歌层级的划分，齐己的"三格"是对艺术境界高下的讨论。在齐己看来，诗歌创作者是可以通过对诗歌内容的选择和对创作方法调控来把握艺术境界的高低的，他把诗歌创作划分为三个等级，用"格"作为等级的命名。

齐己"三格"中写"上格用意"，在中国古典文论中，"意"常常所指的是作品要传达的意蕴，具体而言"意"可以是对自然万物的认识及感知，对社会人生的独特理解，对人与人之间流动的感情的体悟。结合其例诗来看"那堪怀远道，独自上高楼"及"九江有浪船难济，三峡无猿客自愁"，这两句诗歌的共同点都是寓情于景，诗句中通过对意象的描绘，营造出某种特定的意境，以此寄托诗人的思想情感，而并不直接显露，同时第一首诗中透露出的怀古的意蕴和第二首诗中表达出的人生凄凉孤苦的意蕴确属于前文所述的中国古典文论中"意"的内涵。因此推断齐己所谓"上格用意"意指诗歌着重对意蕴的传达，要达成一种"言不尽意"的艺术效果，诗歌应具有"言外之意"。齐己的这一观点无疑是其诗僧身份的鲜明体现，齐己在化解诗禅矛盾时是将诗作为一种思想外部呈现与探索的途径来理解的，因而他认为作诗时不应被语言所束缚，要追求在语言之外更深刻更高远的意蕴，也因而推崇"上格用意"。

"中格用气"。"气"是中国古典文论中的一个经典概念，其审美内涵包括审美主体即作者的气质与审美客体即诗歌内容或作品的气韵。"气"进入文论的范畴是从曹丕的"文以气为主"的论述开始的，此后刘勰《文心雕龙》中"气伟而采奇""气盛而辞断"也是关于"气"这一文论概念的经典论述。齐己"中格用气"的例诗"直饶人买去，还向柳边栽"与"四海鱼龙精魄冷，五山鸾凤骨毛寒"，前者表现的是审美主体的刚直之"气"，后者表现的是审美客体的雄浑开阔之"气"。从这两句例诗可以看出的是齐己对刚健之"气"的推崇。

"下格用事"即不欣赏在诗歌创作中用事，表意直接。从齐己的上、中、下三"格"的区分可以见出齐己所欣赏和推崇的是以诗歌表意，要求诗歌表现创作者的独特气质，体现创作客体具有的审美气韵的特征，而反对平铺直叙地在诗歌中直接描写事物或事件。

2. 以"二十式""六断"为中心的创作实践范例

如果说"十体""三格"为诗歌创作提供了风格、题材的示例，那么"二十式"和"六断"便是更具体地为学诗者在进行诗歌创作实践时提供了具体可行的借鉴。

（1）诗有"二十式"

"式"一词在中国古典文论中出现的频率并不高，在唐代的诗格作品中偶有出现但不系统，大意接近诗歌的写作规范，因而并没有得到学界的重视与关注。"式"的出现与诗僧是紧密关联的。佛门弟子修行练功讲究"招式"，也是一种规范和法则，晚唐诗僧众多，并积极参与到诗学理论的讨论中，因而在晚唐诗学中"式"的出现或许正是受到禅门中人参与的影响。在齐己之前，皎然《诗式》说："夫诗人造极之旨，必在神诣……今所撰《诗式》，列为等第，五门互显，风韵铿锵，使偏嗜者归于正气，功浅者企而可及，则天下无遗才矣。"可见其"式"是关于诗歌具体的写作技巧的讨论。

齐己的式，分列二十项："一曰出入，二曰高逸，三曰出坐，四曰回避，五曰并行，六曰艰难，七曰逢时，八曰度量，九曰失时，十曰静兴，十一曰知时，十二曰暗会，十三曰直拟，十四曰返本，十五曰功勋，十六曰抛掷，十七曰背非，十八曰进退，十九曰礼义，二十曰兀坐。"①由于例诗共二十句，篇幅过长便不在此一一列举。齐己"二十式"根据例诗和名目结合来分析，其"式"的内涵应是与皎然《诗式》之式相同，即是诗歌写作时的二十种关于题材风格等方面的范例，细分之大致可划分为三类。其一，"高逸""静兴"等是指对自然万物的感知。其二，"功勋""礼义"与社会中

----

① 张伯伟：《全唐五代诗格汇考》，江苏古籍出版社2002年版，第404页。

的政治文化关联较近，应是指对现实社会的功名为题材的诗歌创作。其三，"腹悱"等类目指以社会题材创作对象。其例诗"越人自贡珊瑚树"即是对进贡之事的讽刺。其四，"出入""返本""抛掷""兀坐"都与禅学相关，表现出齐己对禅学的热爱，和其弥合诗与禅的不懈努力。由于齐己并未对条目和例诗进行具体阐释，在对其意涵的解释上确实存在困难，目前对齐己"式"的标举法展开研究的学者较少，学者刘方将其称为"结构动力学"，并称如果现代诗学眼光理解齐己"式"的概念，会发现其是与诗歌整体结构上的构成方式相关的命题。① 笔者认为这种解读确有合理之处。

（2）"诗有六断"

"诗有六断"之断字含义不明，但从所引六联诗例均是诗歌的尾联可以见出"诗有六断"是对诗歌尾联的写作方法的讨论。诗歌尾联作为一首诗的结尾或总结，对于整首诗歌水平的高低好坏起着至关重要的作用。正如姜夔的《白石道人诗说》中所说"一篇全在尾句"②，齐己对于诗歌尾联创作之法的关注，说明齐己对诗歌创作理论的思考进入了一种极深微的境界。

"六断"分别是"合题""背题""即事""因起""不尽意""取时"。其中"合题""背题""不尽意"是三个较为受到关注的尾联写法，在此择取这三项展开分析。

所谓"合题"当是尾联所表之意与整首诗歌的主旨内容相契合，"合题"的例诗是齐己自己的《中秋月》，原诗如下：

空碧无云露湿衣，群星光外涌清规。东楼莫碍渐高影，四海待看当午时。

还许分明吟皓魄，肯教幽暗取丹枝。可怜半夜婵娟月，正对五侯残酒卮。

---

① 刘方：《齐己〈风骚旨格〉的诗学理论架构初探》，《浙江树人大学学报》2003年第2期。

② 何文焕：《历代诗话》，中华书局1981年版，第682页。

整首诗歌所描写的是清冷残破的月夜景象，虽为中秋但"露""东楼""影""皓魄""幽暗"等词都透露出一种残破之感，因而尾联中写到"可怜""残酒卮"与前文产生了呼应。

所谓"背题"当是追求变化，通过尾联与前诗内容的区别反差来突出诗歌的主旨。"背题"的例诗是齐己的《古松》，为便于观察尾联与前诗的关系，现将原诗全文陈列如下：

> 雷电不敢伐，鳞皴势万端。蠹依枯节死，蛇入朽根盘。
> 影浸僧禅湿，声吹鹤梦寒。寻常风雨夜，应有鬼神看。

尾联"寻常风雨夜，应有鬼神看"，"寻常"二字便是与前文内容的一种反差，前三联所描绘的并非寻常的场景或事物，但在尾联中齐己却以"寻常"来对前三联的景象做总结。

所谓"不尽意"，齐己在"三格"讨论诗的境界层次时已有论及，即诗歌要有"言外之意"，在"六断"对诗歌尾联的讨论中，齐己则是进一步对如何在尾联写作中达成"不尽意"艺术效果作出了具体的创作指导。例诗是齐己《咏怀寄知己》：

> 已得浮生到老闲，且将新句拟玄关。自知清兴来无尽，谁道淳风去不还。
> 三百正声传世后，五千真理在人间。此心终待相逢说，时复登楼看莫山。

在齐己对友人的寄语中，齐己在尾联戛然而止，"此心终待相逢说"，停止表达自己对友人的思怀，要把自己的心意留待后日相逢时再去诉说，使得整首诗歌颇有余味。

"六断"与"二十式"相同，都是非常具体的诗歌创作方法的阐述，虽然阐述简略，但通过对其例诗的分析仍然能够为学诗者提供具有高度可行性的具体创作指导。从对这二者的分析，可以见出齐己对诗歌创作极为细致的思索和探讨，在这种思索和探讨之中充分显现了齐己对传统诗教理论的接受和发展，也体现了其作为僧人而所具有的禅意漫卷的审美情怀。

在解决诗与禅的矛盾问题时齐己对诗歌创作方法的讨论涵盖的范围颇广，包揽了题材、风格、句法、结构等多方面的内容，从这个角度而言，齐己诗学理论实际上是具有完整结构性和体系化的。在儒家诗教思想的影响和佛家禅学思想的双重影响下，齐己对诗歌的题材、风格、具体创作技巧等多个方面都作出了自己的思考，并努力为后世学诗者提供诗歌写作的范例。虽然许多概念并非齐己的原创，但这些理论的思考是诗僧群体积极参与诗唐的诗学盛典的明证。

佛教自传入中国以来，在漫长的中国化的过程中，对中国的文学史产生了巨大的影响，处于中国古代文学核心地位的诗歌更是与佛教文化有着盘根错节的联系。时至晚唐，佛教中国化的最终成果是禅宗蓬勃发展，禅门更是向当时社会输送了一大批极为优秀的诗歌创作者即诗僧群体，他们以数量繁多、质量优异的诗歌作品极大地丰富了诗唐的文化底蕴。同时受到唐代诗人普遍参与诗学讨论的风潮影响，诗僧也积极参与到诗唐的诗学盛典中，发表自己对于诗歌批评及诗歌写作等诗学理论的观点与看法，为唐代诗学注入了新鲜的活力。

诗僧是一个处于传统文化与外来异质文化的交汇点上的特殊群体，在晚唐这个特殊的时间点上，因开放的文化环境和复杂多变的国家形势，影响诗僧群落的思想心态的因素更为繁多，因而他们的诗歌创作和诗学理论表达的内涵也更趋丰富。齐己便是这一时代的诗僧群落中极具代表性的人物，他处在诗与禅，儒与释，出世与入世交叉点上，他的诗学思想在晚唐诗僧群体中最具有儒释交融的典型性。

作为诗人，虽然齐己与儒家之间的具体关联只能从他的交游史中进行推测，无法展开具体考证，但其诗歌创作中儒家思想的风貌却一览无余，齐己在时局混乱战火纷飞的年代里，自觉接受了儒家"仁政爱民"的思想传统，用诗歌积极表达自己对于社会万象的思索与看法。在诗歌批评中，齐己继承并发扬了儒家诗教传统中雅、颂、风、骚的标准，并提出了"努力成诗业"这一具有鲜明的儒家积极用世色彩的诗歌理想。为实现"成诗业"的理想，齐己究声律，钟苦吟，并以此勉励同时代乃至后来的诗歌创作者。

作为僧人，齐己自幼年时代便遁入空门，佛禅文化是齐己思想生发的起点。在师从沩仰宗与寓居白莲社丰富的禅门经历中，齐己的禅学思想得以丰富和深化。禅学佛法对齐己是润物细无声的滋养，禅学思想更是以一种极为圆融的方式进入齐己诗学理论的创作中的，无论是其崇尚的"清"与"怪"的诗美观，还《风骚旨格》中其所列的"四十门"与"十势"的条目，都十分鲜明地显现了禅学佛法的特殊气质，这与儒家思想在齐己诗学思想中呈现的模式是极为不同的。

作为诗僧，处于儒与释，禅与诗的特殊交互点上，齐己自然也要面对二者在其思想中交互时必然产生的矛盾。齐己处理这一矛盾的过程无疑是漫长的，但齐己始终没有放弃，在近乎疯狂的诗歌创作中，齐己终于慢慢找到了儒与释和平共处的方式，诗与禅之间相互感应的共同点，他最终是把诗作为一种通向解脱的法门来达成诗与禅的和解的。这种和解形成了齐己思想的丰富性与深刻性，也影响了他诗学思想的形成，让他得以建构起一个具有儒释交融色彩的诗歌范例体系。

晚唐诗僧群落是一个具有集体共同特色的群体，因为他们所处的历史环境思想心态上都具有高度的相似性，对于齐己的诗学思想与儒释之间关联的考察研究，无疑对于推进同时代的其他诗僧的研究具有参考意义，对于整个诗僧群体观念史考察也将有所助益。

第二章　晋宋佛道之争与谢灵运山水观之变

第一节　晋宋佛道相争之概况

本节主要叙述晋宋佛道之争的概况，涉及佛道论争的文化背景、具体内容、对社会思潮的影响，为之后论述谢灵运山水观之变做铺垫。晋宋佛道之争，主要指思想文化层面的争论，两种异质文化的冲突与激荡，带来了社会思潮与风气之变：如在形神关系上通过对"神""形"探讨从而激发前所未有的重视；形成亲近自然、观照山水的宗教文化；文人萌发的隐逸倾向与避世思想等。佛道之间既是理论争锋也是义理探讨，既有相排相斥，又有互融互摄，这都有利于社会思潮的进一步开放，有利于哲学思想向文艺领域的渗透。探究晋宋佛道争论的具体内容，可为探究谢灵运山水观形成的具体影响因素奠定理论基础。

一、佛道之争的文化背景

晋宋佛道之争主要指思想文化层面的义理之争。魏晋南北朝时期，道教进一步发展，大量吸取当时盛行的玄学思潮来丰富深化自己的理论。佛教盛行般若学，依附玄学。以老庄来解释佛教思想的风气颇为盛行，促成了魏晋佛玄合流的哲学思潮。

1. 魏晋玄学从贵无到崇有

魏晋时期是中国历史上一个特殊时期：公元 200 年，曹操打败袁绍赢得官渡之战，统一北方。而在曹魏政权根基未稳、天下太平未久的情况下，司马氏篡权夺位，灭吴之后实现了短暂的全国统一。之后又经八王之乱、五胡乱华，西晋灭亡。317 年，晋朝宗室南迁建康，建立东晋，虽苟安一隅，但北方外患犹存，世家大族与王权对抗，中央与藩镇对立，社会依旧战争频发，动荡不安。在长达近 200 年的无序、黑暗时期，知识分子面临着政治高压下的血腥与残暴，过着朝不保夕、命如草芥的生活。他们在严酷的政治现实中自我生命意识觉醒，开始寻找新的出路，他们亟需一种新思想，填补其精神空缺。

玄学作为一种异于传统的学术新思潮，主要流行于魏晋上层社会，包括世族与知识阶层。它主要宣扬老、庄思想，因为它用三"玄"（《周易》《老子》《庄子》）解经，故被称为"玄学"。"玄"字，源于《老子》的"玄之又玄，众妙之门"。玄学并不是横空出世、一蹴而就的，它的产生和发展经历了漫长的历史时期与理论积淀。西汉晚期，道学家严君平提出了"虚静为万物之本"的思想，他把"无"当作宇宙的本源，也是人类社会本源。他"清净为本，虚无为常"的思想，成为魏晋玄学产生的先河[1]。之后，何晏提出"以无为本"，和王弼一起树起"贵无论"的理论旗帜，玄学发展进入第一阶段——"正始玄学"。"贵无论"使东汉末才性论上升到玄学本体论的哲学高度，是汉代宇宙论转向本体论的标志，对中国哲学产生巨大的影响。此外王弼、何晏祖述老庄，试图用道家解释儒家经典，调和自然与名教的关系，他们继承东汉清议的风气，对一些哲学命题反复辩论，成为玄学发展的"清谈"之风。

以嵇康、阮籍、向秀为代表的竹林玄学，为玄学的第二阶段。玄学在这个阶段往"崇本息末"与"崇本举末"两个方面发展；嵇康、阮籍崇尚自然，鄙薄名教，认为二者不可调和，要"越名教而任自然"；向秀争锋相对，认为自然与名教并不矛盾，认为"称情""得性"就是"自然"，主张人的欲望不可与自然相悖。在有无关系上，向秀提出"自生""自化"的概念，

---

[1] 郜珏：《魏晋六朝文艺思想的生态审美意蕴》，山东大学硕士论文，2019 年。

认为有一个"不生不死"的生物之本，它是万物生化的依据。

以裴頠、郭象为代表的西晋玄学是玄学发展的第三阶段。这个阶段，玄学仍有两条发展轨迹：一是贵无派将嵇、阮"越名教而任自然"的思想发展到极端，一些名士酗酒作乐，放浪形骸，贵无派逐渐失去了思想上的创造力，走上了没落之路；二是裴頠、郭象的崇有论，他们沿着向秀的思想前进，裴頠作《崇有论》，肯定名教的作用，他认为万物"自生而必体有"，完成了从贵无向崇有的过渡。郭象在裴頠崇有思想上进一步提出一系列新的哲学命题，如："无不能生有""物各自造而无所待焉"等，并依据万物"自生"，提出"独化"概念，把崇有论推向高潮。

第四阶段是以张湛为代表的东晋玄学。面对日趋复杂的社会矛盾，玄学围绕"齐生死、逍遥论"等问题展开。张湛注《列子》，试图把崇有论和贵无学说融汇贯通，在他看来，世界是瞬息万变的、人生是虚伪无常的，因此主张极度纵欲，玄学由此进入绝境。

玄学作为一种学术思潮和哲学思想，主要是为了解决自然与名教的关系。它以辩证"有无"为核心，以世界本体为探究内容。同时，玄学家们在辩论的过程中形成了一套规范性要求和固定程式，例如讨论问题要"辨名析理"、重视义理论证等。在这种文化背景下，魏晋时期的众多文化精英都热衷探讨玄理，谈玄论理蔚然成风。不止如此，还有众多文学家的热情介入，导致玄风渗透到文学领域，尤其是在诗歌领域，新的文学体裁如玄言诗、游仙诗等大量涌现。

2. 魏晋佛教从依附到独立

方立天先生认为，魏晋南北朝时期佛教"总的来说属于吸收印度佛教、消化佛教义理的时期"[①]。魏晋时期，佛教逐渐兴盛，佛教通过大译经典、西行求法，不断完善自身的内部建设；佛教既具有宗教的形象又具备思辨的哲学，通过不断调整完善"说法方式"吸引了大批信众。上自王公贵族下

---

① 方立天：《魏晋南北朝佛教》，中国人民大学出版社2006年版，第346页。

至布衣庶人都广泛信仰佛教。

佛教传入中国之初，在儒道的夹缝中艰难求存，为了更好地适应本土，它采用"格义"的方式，"以经中数事，拟配外书，为生解之例，谓之格义"①，就是用佛教的概念去比附中国传统文化中相类似的概念。

随着佛教的进一步发展，佛教大乘般若学传入中国，它开始依附当时流行甚广的玄学来谋求发展，由于对般若思想的理解不同，出现了所谓"六家七宗"的争论。其中"本无宗""即色宗""心无宗"三家影响最大。"本无宗"的代表人物是道安和慧远，他们认为"无在元化之前，空为众形之始"。"即色宗"的代表人物是支道林，他认为色不异空，空不易色；色即是空，空即是色。"心无宗"的影响也很大，以支愍度、道恒为代表。"心无者，无心于万物，万物未尝无。"②他们认为，说诸法空，并不是说万物和心都是空的。外物是实有的，只是对外物不要生计较执着之心，所以说它空。

"'六家七宗'的出现是般若学中国化的突出表现。"③般若学与玄学互相阐发、相互交融。魏晋时的佛教名僧十分倾心老庄，擅长玄谈，他们在生活方式上也向名士靠拢，具有名士风度；玄谈家们也醉心沙门义理，热衷于与名僧交往，更有甚者，不务世事，以清谈为务。分名析理、谈玄论空，成为时代的风尚。

到东晋后期，为鸠摩罗什的高徒僧肇在他的著作《不真空论》《般若无知论》中总结批评了"六家七宗"的学说。僧肇将老庄玄学与佛教般若空宗理论融汇贯通，提出"物不迁义"和"不真空论"。他认为，时间是古今断裂的，处于时间中的物只属于一刹那；"万物不真，非有非无，故为空"。僧肇是般若学的集大成者，也是佛教史上承上启下的人物，他的理论表明中国佛教开始真正去解读印度大乘佛教的精神内涵，开始脱离对玄学的依

①　(梁)释慧皎撰，汤用彤校注：《高僧传·卷四·竺法雅传》，中华书局1996年版，第152页。

②　侯外庐：《中国思想通史·卷三》，人民出版社2011年版，第393页。

③　方立天：《魏晋南北朝佛教》，中国人民大学出版社2006年版，第413页。

附，走上独立发展的道路。①

三、佛道之争的具体内容

晋宋佛道之间的争论十分激烈，既有宗教、政治上的矛盾，也有理论上的分歧。两者在政治、宗教方面的矛盾对本章所论述的谢灵运山水观影响不大，所以本节主要探讨两者理论上的分歧。两者既有根本观念上的冲突，如佛教持"缘起性空"的"空"观，而道教讲"自然而化"，实际上是中国传统思维"有"；也有宗教性质的差异，一个是厌弃世俗的出世哲学，一个是安身适世的世俗哲学；还有哲学义理上的辩论，如对形神问题的不同思考。

1. 围绕"逍遥游"的入世、出世之争

"逍遥"语出庄子《逍遥游》，是道家哲学的重要命题，历史上对"逍遥游"的阐释可谓众说纷纭，可见"逍遥"在中国哲学史或思想史的影响和地位是显而易见、举足轻重的。针对"逍遥"的内涵，儒、道、佛都给出了自己建设性的阐释，其中佛道代表了两种不同的阐释路径。西晋玄学家郭象的"适性逍遥论"与东晋佛学家支遁的逍遥论是两家的代表之言，背后是道家入世、佛家出世的理论分歧。

唐代经学家陆德明评价说："唯子玄（郭象）所注，特会庄生之旨，故为世所贵。"②可见郭象是研究《庄子》之学的集大成者，其逍遥论无论对当时还是后世，都有很大的影响。郭象的核心观点是"夫小大虽殊，而放于自得之场，则物任其性，事称其能，各当其分，逍遥一也，岂容胜负于其间哉！"③他认为无论是居庙堂之高的帝王将相，还是处江湖之远的无名小卒，只要"物任其性"就可以实现逍遥。因为对具体的个体来说，生成时是

① 张瑞玲：《僧肇般若思想研究》，安徽大学硕士论文，2013 年。
② 吴承仕：《经典释文序录疏证》，中华书局 1983 年版，第 161 页。
③ （晋）郭象，（唐）成玄英：《南华真经注疏》，中华书局 1998 年版，第 1 页。

有先天的禀赋和资质的，如郭象说的"天性所受，各有本分，不可逃，亦不可加"（《庄子注·养生主注》），所以，要尊重自身的天性，不要随波逐流、效仿别人。在郭象看来"物任其性"要放在"自得之场"，即一个可以满足个体生存与发展的大环境。个人逍遥的实现是离不开他人、他物的。"与人群者，不得离人。"（《庄子注·人间世注》）郭象所实现的逍遥是一种世俗生活的、社会层面的，是人与人之间相互需要、和谐共处的生活。郭象理想的社会是一个大家各司其职、秩序井然的"君臣上下"社会，他反对避世隐居的非人世生活。郭象"逍遥论"反映了一种在现实社会里个人按照其积极性自我实现的"入世"精神。

支道林是"即色宗"的创始人，他酷爱庄学，他用佛理阐释的"逍遥论"甚至超越了郭象义，不仅轰动一时，对后世也有深远影响。支道林心目中的"至人"能够乘天地正气而遨游无穷，能够利用万物而不被万物所累，逍遥自在，没有任何拘束不适。支道林所说的"逍遥"是一种感应万物、随物而化，既不脱物又不执著的精神自由。他认为人的精神是能量无穷、无所不能的，为了享有崇高的精神生活，必须厌弃世俗生活；人们要想实现逍遥，就要摒弃各种世俗欲望，清心寡欲。其逍遥论反应的是佛教超越世俗、重视精神的出世思想。

自佛教创立以来，禁欲始终是佛教的一个基本生活态度。世俗生活充满各种诱惑，出世是佛教的精神追求。而魏晋的道教吸收儒家成分，致力于调和自然与名教的冲突，更好地适应世俗生活。"向郭义"和"支理"的讨论与分歧，背后是道家"入世的世俗哲学"与佛教"出世的宗教哲学"的矛盾。

2. 围绕"神不灭论"的形神之争

形神论是我国传统哲学中一个古老且极富价值的命题。"形"和"神"理论最早可追溯到庄子哲学，从先秦到魏晋南北朝一直是道家哲学的基本术语和核心命题。随着佛教在魏晋的流行，它逐渐脱离依附道教的状态，大力宣传生死轮回、因果报应、地狱天堂等佛教思想，"神不灭"是佛教各种思想的理论基石。随着晋宋佛道的进一步发展，双方围绕"神灭"与"神不灭"展开了激烈的论争。

魏晋南北朝，关于形神问题的争论，从宗教角度看，高峰出现在范缜的《神灭论》。从佛道义理之争来看，慧远的《形尽神不灭》已经将形神问题推到了义理上的高峰。单从佛教角度，慧远已基本完成了对形神关系的阐释①。

在《形尽神不灭》中，道家对佛教的诘难由三个层面的问题展开：第一，形神一体、形神俱化。道家认为"气"是宇宙的根源，万物禀气而生。形神也不例外。万物气聚而生，气散则灭，所以神和形一样，不是永恒不灭的。第二，神之处形、形离神散。假使"气"并非形神之本，物由形神共同化合而出，那么神之于形就像火之于木，火依托木柴而生，木尽而火灭，同理，形逝而神散。第三，生死一次，不可轮回。道家引用庄子的话："人之生，气之聚。聚则为生，散则为死。"

针对道家的责难，慧远论述了自己的形神观，对道家进行了有力的反驳。他首先叙述了形神的内涵，对"形"，佛道的认识没有本质差异，都认为是有形的、具体可感的存在，比如人的身体。但是慧远的"神"有其独特的涵义，不同于道家，他不把"神"看作"微妙之气"，更倾向于佛教的"法性"。"神也者……感物而非物……假数而非数，故数尽而不穷。"②慧远所说的"神"非常精妙，它不是灵魂，它没有形状，无法用言语来形容。它可以感应到物而有生机，但它本身不是物，所以它不会随着物之生灭而生灭，它是永恒的；它凭借名数运行，但它本身不是名数，所以它不会随着名数消散而消失。此外，"神"还是有情的，有冥移的功能，这导致生命的流转，产生了生死轮回。

在厘清"神"的内涵后，慧远通过"薪火之喻""父子之喻"来具体论述它的形神思想。道家用薪火来比喻形神，用薪尽火灭来论证形尽神灭，慧

---

① 谭雪叶：《庐山慧远的形神思想研究》，中国政法大学硕士论文，2013 年。

② （梁）僧祐：《弘明集·卷五·沙门不敬王者论形尽神不灭》，中华书局 2011年版。

远用同样的比喻，另辟蹊径来驳斥道家。"火之传于薪，犹神之传于形；火之传异薪，犹神之传异形。前薪非后薪，则知指穷之术妙；前形非后形，则悟情数之感深。"①慧远认为，神如火，形如薪，精神在形体内的生存像火在薪柴的存在一样，但是和道家不同的是，道家认为，薪灭则神灭，慧远认为火可以从此薪到彼薪，一直生生不息，精神也可以从一个形体传到另一个形体，而不会消散。不仅针锋相对地驳倒了神灭论，还将作业受报纳入阐释范围。因为人的轮回也是如此，此生完结了，业报不会消失，还有来生，这就解释了生死轮回和因果报应。

针对道家的"形神俱化，同禀所受"，慧远用"父子之喻"来反驳。道家认为人是同禀所受，都是靠元气而生，气散而死，形神都一起消散了。慧远提出质疑："假令神形俱化，始自天本，愚智资生，同禀所受。问所受者：为受之于形耶？为受之于神耶？若受之于形，凡在有形皆化而为神矣。若受之于神，是为以神传。"②假设形神是一体的，"同禀所受"，那么所受是形还是神呢，假设是前者，父子之间形体是相似的，那么他们的德性应该也是相似的，为什么还有父子品行差别巨大的例子呢？所以，在形之前就有了"神"，决定了人是智是愚，是善是恶，由此可知，形神不是同生同灭的。

道教对佛教"神不灭"的非难，出自排斥佛教、争夺宗教地位的目的。佛教的针锋相对，也是为了进一步宣扬佛教思想，更好地在中国生存发展。这次形神之争，在思想界引起轩然大波。六朝时期，佛道围绕此问题，继续展开激烈的论争。

3. 围绕"缘起性空"与"自然之化"的"空""有"之争

道教的基本教义就是靠修炼实现长生不老的神仙信仰，最早追溯到

---

①　(梁)僧祐：《弘明集·卷五·沙门不敬王者论形尽神不灭》，中华书局 2011年版。

②　(梁)僧祐：《弘明集·卷五·沙门不敬王者论形尽神不灭》，中华书局 2011年版。

《庄子·逍遥游》中对神仙的向往与描述。神仙最大的特点是肉身不会随着年龄而衰老，是可以长久地存活的。"定无极之寿，适隐显之宜，删不死之术，撰长生之方。"①"合阴阳顺道法，还年不老，大道将还，人年皆将候验。"②因为肉身可以长生不老，所以要十分重视肉身，重视现实的生存。魏晋时期，社会上层的道徒和远遁山林的道徒联合起来，对包括太平道教和五斗米道教在内的早期道教进行改革，变革其基本教义，建立完善的神仙道教理论，并最终促成魏晋时期神仙道教的形成。神仙道教的主要思想就是，认为神仙确实是存在的，依靠金丹和内养的修炼方法，人是可以成仙的。"古之仙人者，皆由学以得之。"③

葛洪是神仙道教的代表人物，他在《抱朴子内篇》中称："天道无为，任物自然，无亲无疏，无彼无此也。"④强调人与自然万物都是"道"的化生，人是道的中和之气所化生。道家认为万物是道的自然之化，是承认"人"作为一个主体的存在；人是可以通过自身努力得道成仙的，体现出一种重视生命，热爱生命的"重生""无死"思想。

和道教教义有着根本分歧，佛教相信"缘起性空"。尤其是大乘佛教认为万事万物没有一个自成不变的实体，一切都是因缘和合，缘起而聚，缘灭而散，本性为空。大乘佛教的空观思想主要来源于佛教经典《般若经》，《般若经》从汉末到刘宋时代，在中国佛教界十分流行，其基本思想是缘起性空说。东晋时期，由于对般若学空观的不同理解，出现了"六家七宗"的局面。东晋有"解空第一人"盛誉的僧肇作《肇论》，对"六家七宗"作了总结并提出自己的空观。他在《不真空论》中认为诸法亦非有相，亦非无相。万物是"缘合而生、缘散而灭"，因此它就不是常有，也不是常无，而是待缘而有的，待缘而有，即非真有。僧肇用名实不当的道理进一步否定了万有的真实性，他认为万物不是真实的，只是一个假号。佛教的"因果报应"

---

① 王明：《太平经合校·卷一至十七》，中华书局1960年版，第2-3页。
② 王明：《太平经合校·卷一至十七》，中华书局1960年版，第11页。
③ 王明：《抱朴子内篇校释》，中华书局1985年版，第239页。
④ 王明：《抱朴子内篇校释》，中华书局1985年版，第136页。

"三世轮回"等思想，都是在核心思想"空"的基础上进行阐发的。它否认了万物作为实体的存在，否认了作为"生"的主体的"我"的存在，实际上是"无生""无我"的。佛教本质上是讲"空"的，这和中国传统哲学讲"有"存在根本分歧，佛教的"无我""无生"和道教"真我""无死"存在着本质上的理论矛盾．

四、佛道之争与文艺思潮

佛道在思想文化、宗教义理方面是存在分歧与矛盾的，两家在发展过程中的冲突与调和，恰恰也是文化交流的两个方面。佛道之争对晋宋的社会思潮有深远的影响，如促进隐逸文化走上独立化发展道路，促进形神理论向文学艺术领域渗透，促进自然山水向哲理、文学靠近等，这对后世的文艺思想、文学理论都产生了深远的影响。

1. 隐逸文化

隐逸就是隐居、归隐山林的意思。隐逸文化是我国传统文化重要且极其特殊的文化现象。隐逸者避世不仕，逃匿山林，通常为追求宁静、平和、简朴、自由的生活。隐逸文化和世俗文化是相对的，它是一种出世思想，它发轫得很早，先秦时期就有道家的道隐与儒家的儒隐。

汉代以前，隐逸文化并未摆脱以道德伦理为核心的儒家价值观①，直到魏晋南北朝时期，随着文化环境的改变，佛道两家文化影响力日益增大，道家文化追求的个体逍遥与佛教极力宣传的精神自由使隐逸文化逐渐摆脱儒家道德伦理的束缚，逐渐走向独立化发展的道路。更重要的是，它开始渗透到文学艺术领域，并对后代文学产生深远的影响。

道家以"自然"为核心的文化，在魏晋以后，力求摆脱名教束缚，实现精神自由。魏晋玄谈名士阮籍以"礼岂为我辈设"（《世说新语·任诞》）的

---

① 霍美丽：《隐逸文化在魏晋六朝的演进》，《淮海工学院学报（人文社会科学版）》2019 年第 8 期，第 86-88 页。

任性率真开一代风气之先河。张翰则有"人生贵得适志"(《晋书·张翰传》)、王羲之有"我卒当以乐死"(《晋书·王羲之传》)等,都是对真率任情的隐逸文化的呼应。此外魏晋名士爱好山水,很多名士不仅游历大好河山,还结庐其间,和自然山水形成了纽带关系,促进了隐逸文化与山水文化的联结。

魏晋南北朝时期,随着佛教日趋显著的影响力,其对隐逸文化的推动也是显而易见的,"佛教义理对隐逸文化的成熟起了很大的影响"①。佛教作为出世哲学,十分重视人的精神自由,这点由支道林对《逍遥游》的阐释可见一斑,这和魏晋的玄学意趣相投,魏晋佛教与玄学在义理上的会通,使很多名士、隐士谈佛、崇佛、事佛。佛教是厌弃世俗生活的,它轻视物质生活,重视精神需要,一些大德高僧,也会选择隐居山林,钻研佛法,如慧远的庐山僧团。慧远隐居庐山弘法,一生不受爵加禄,成为中国山林佛教的先驱,吸引了众多隐者追随其后。值得注意的是,佛家有一套完整的修行体系,这为隐士提供了具体的目标和方法论。佛教认为人生来皆苦,有情皆苦,要通过修行摆脱轮回,获得极乐,这对人生失意的人是很有吸引力的,他们可以选择归隐来逃避世俗人生。魏晋佛教的出世精神充实了隐逸文化的内涵,促成魏晋六朝隐逸文化的巨大进步,对中国的文化与文学都产生了深远的影响。

2. 形神兼顾

魏晋六朝是形神理论由哲学领域向文学艺术领域转化的关键时期。"玄、佛在形神理论向文艺领域的转化过程中起着巨大的推进作用。"②晋宋佛道围绕神灭、神不灭问题的争论,增加了两家思想的思辨性,引发了人们对形神问题的深入思考,丰富了人们对精神现象的超越性、广延性认识。

---

① 周锋,陈坚:《中国隐逸文化的嬗变——以魏晋南北朝佛教为中心》,《江西社会科学》2020年第4期,第29-34页。

② 张少康:《神似溯源》,上海古籍出版社1981年版,第309-324页。

　　慧远在和道家的辩论过程中，主张"神"不死不灭、随物流转，是永恒存在的，神的永恒性、独立性，构成慧远形神学说的基础。但是慧远的"神"虽然无生无息、精妙绝伦，但是却要寄寓"形"内。"夫形神虽殊，相与而化；内外诚异，混为一体。"①慧远虽主张"神不灭"，但对寄"神"之"形"十分重视，他认为要把握"神"的存在，必须从"形"入手。包括佛教雕像和自然山水在内的外在之形，可以帮助人们领悟神理。神是寄寓在形体之中的，悟"神"需要赏"形"，所以慧远十分重视山水之形。慧远选择幽栖庐山就是认为"此山足以栖神"，"幽岫栖神迹"，他认为"庐山秀美的自然景色中处处寄寓着高深的神理"。② 慧远这种形神兼顾的理论，影响着文艺领域的重神、重形思想。

　　重神理念的代表人物顾恺之也在画中强调形体的重要性，他的"以形写神"开辟了人物画的新纪元。他在绘画时，非常重视传"神"。《世说新语·巧艺》中记载：顾长康画人，或数年不点目精。人问其故，顾曰："四体妍蚩本无关于妙处，传神写照正在阿堵中。"③眼睛是心灵的窗户，最能体现人的风骨气质。可见顾恺之十分重视人的精神、性格、神态、气质。同时，他也不忘形体的重要性，他在《魏晋胜流画赞》中认为形体的长短大小、上下深浅、刚软浓淡、广狭粗细，只要有一丝一毫的误差，那么"神"就有所不同了。传神的效果取决于外在"形"的表现方式。他提出了"以形写神"说，认为如果一个人手揽眼视，而前方是空洞无物的，没有形体的存在，就根本谈不上去传神。顾恺之在重神的同时也是强调神所寓居的形体的，是形神兼顾的。

　　宗炳曾师从慧远，他也是一个神形兼顾的画家，他提出"山水质有而趣灵""应会感神""畅神"等理论，认为在山水之形中寄寓着高深的佛理，诗画中"妙写"寓"神"之"形"是必不可少的。谢灵运在神形兼顾思想影响下，他的山水诗十分重视自然万物之形的刻画，形色描写甚至细如毫微，

　　①　（日）木村英一：《慧远研究之遗文篇》，创文社，昭和三十五年（1960 年）。
　　②　萧驰：《佛法与诗境》，中华书局 2005 年版。
　　③　徐震堮：《世说新语校笺》，中华书局 1984 年版，第 388 页。

对景物进行精雕细琢的描绘。钟嵘的《诗品》就以"形似""巧似"评价了张协、谢灵运、颜延之等人。

3. 观照自然

魏晋时期，无论是道教还是佛教，对自然山水的关注都到了新的层面。自然成为道家阐释玄理的媒介，也成为佛教彰显佛法的化身。

魏晋以前，游山玩水就是上层社会享乐的一种方式，在山水之间，可以体悟到大自然的丰富多彩。晋以后，自然山水渐渐提升到顺应自然的哲学高度。西晋郭象在老庄哲学基础上提出"崇有""独化"。他消解了"无"，确立了"有"的主体地位，沟通了"道"与"物"的关系，认为"道"在"物"中，"道"是"物"的自然状态，人们可以透过自然去体悟"道"。那么自然山水自然也是体"道"的方式，在"体道"的过程中，人与自然山水便实现物我契合、游思与哲理得以融会贯通。郭象的"崇有"说，提高了自然山水的地位，使其具有"中介"作用，开了赏山游水之门。东晋的玄学家们对山水的关注更是进一步提高，山水不仅娱人耳目，还是感悟玄思的绝佳途径，甚至可以雅化人生。左思《招隐诗》云："非必丝与竹，山水有清音。"游山玩水、吟咏自然、清谈玄理已经是东晋名士不可分割的生活方式，他们借自然之趣写玄思之妙。山水借助玄思开始向文学领域过渡。

魏晋时期，佛教对自然山水的观照也到了一个新的历史阶段。印度佛教有山林修禅的传统。自佛教传入中国后，中国的僧人沿袭了这种修行悟道方式。"天下名山僧占多"，很多寺院都建在名山胜水处。东晋般若学流行，很多佛教高僧都纷纷阐释般若空观。其中支道林提出"即色游玄"说，并最早以山水入诗。他认为"色不异空，空不异色，色即是空，空即是色"。色是现象，空是自性，色和空是相依相存，不可分割的，通过事物的色可以把握到空，把握空的时候不可偏废色。"即色游玄"理论对应在自然中，可以理解为形形色色的自然山水都是色相，而空就蕴含之内，通过对形象繁复的山水的实际接触，可以悟到"佛理"。此外，慧远的"法身"思想也和自然山水建立了紧密、特殊的关系。慧远的"法身"是建立在"神不灭"的理论基础上的，他认为，"法身"和道家的"道"是一样的，是无所不在的，可以运化万物。"神道无方，触象而寄"，包含自然山水、鸟兽虫鱼、花草树木在内的世间万象都是如来的化身。那么透过自然山水自然可以感悟佛理。

第二节　佛道之争与谢灵运新山水观

本节主要介绍谢灵运山水观的演变，首先系统梳理了先秦至魏晋的山水自然观，其次论述了在佛道相争相融的文化背景下，谢灵运心态之变，包括佛教带来的知识与信仰结构变化、佛道共同影响下崇尚山水的生活方式、谢灵运个人遭际与隐逸思想的萌生等，其实这种心态就孕育了新的山水审美意识，最后分析东晋中后期的玄言诗与谢灵运山水诗中山水审美的不同特点，通过对比，看出谢灵运山水观在继承基础上的演变。

一、先秦至魏晋山水观之演变

在中国的山水文化中，"山"和"水"并不是一开始就结合在一起的。山水和其他自然物一样，都是自然界的一部分。山和水从自然中分离出来，结合成一个词，形成"山水"，构成一种隐喻和象征，是经过中国哲学长足发展、达到一定水平之后的事情。"山水"一词的广泛使用，是从晋宋才开始的。所以晋宋以前的山水观，主要指以山水为中心的，包括原野丘壑、花草树木、虫鱼鸟兽、风霜雨雪等构成的自然而言，即自然山水观。

人与山水的相遇经历了山水崇拜到山水审美的复杂过程，先秦至魏晋，自然山水逐渐渗透到文学概念中。从先秦对山水的实用性眼光到两汉对山水的具实描摹再到魏晋山水审美意识的大觉醒，自然山水作为审美主体在晋宋之际最终进入文学领域。

1. 先秦山水观的功用性

俗话说，靠山吃山，靠水吃水。中国最早对山水的认识是以它们的实用性为基础的。山和水作为人类赖以生存的自然资源，具有巨大的社会功用。《国语·周语》中记载了伯阳父对幽王二年发生的一场地震的评析："夫水土演而民用也……山崩川竭，亡之征也。"①他认为，水流畅通、滋润土地，百姓才能安居乐业。水流不畅导致百姓财用匮乏，国家会因此灭亡。并举出例证，伊水和洛水的枯竭导致夏朝灭亡，黄河枯竭导致商朝灭亡。国家的兴盛一定要依靠山川，山崩水竭，是一个国家败亡的征兆。在这里，山水是自然界生命力的具体化身，是上天供养人类的资源，它能反映出上天的意志，能反映出社会的秩序变化，同时它也是王权兴衰的征兆，因此要对山川充满敬畏之心。这种敬畏与崇拜是因为山水在人们的生活中作用太大，关系百姓生活、国家存亡，所以被神秘化、宗教化了。

战国时期的荀子也从实用性的角度赞赏过山川之美。在荀子看来，天地间的一切事物，都是"尽其美、致其用"，以山水为中心的大自然的"致用"功能就是事物美的依据。他认为"山林川谷美"，美就美在山林多木材，河川可灌溉，这也是一种实用之美。但荀子的"尽其美、致其用"已经有人力改变自然山水的痕迹了，人开始摆脱对自然的畏惧，它不再神秘了，这是人类认识自然、改造自然的必然过程。

随着社会的发展，人类逐渐摆脱直接的物质功利性，转向关注山水的精神功利性。儒家山水比德，用道德伦理来比附山水，就是强调山水的精神功利作用。孔子的"知者乐水，仁者乐山"的著名观念，对后世的山水观产生了很大的影响。孔子认为高山具有仁者的"厚重""无私""博爱""沉稳"；而水滋润万物却不居功自傲，它是广博的、灵动的，具有生生不息的生命力。山和水的这些特征，像孔子对仁者、智者在品性和道德方面的要求。儒家的比德观念，是人与山水对话交流中的一次重大突破，它意味着人们由物质利益关系上升到精神和观念上的一种实用和满足，山水除了满足人们的物质生活以外，它还有精神上的功用，但其实质仍然是一种功用论——道德功用论。

① 仇利萍校注：《〈国语〉通释》，四川大学出版社 2015 年版，第 33 页。

在先秦功用型山水观的影响下，文学作品中的山水并没有独立的审美意义。《诗经》中的自然山水，常常起到即物起兴的作用，自然山水只是人们借以加强诗的美感、强化抒情效果的工具。《诗经》里的一山一水、一草一木大多是引发诗情的媒介，起到渲染气氛的作用。如："崧高维岳，骏极于天。"①（《诗经·大雅·崧高》）"节彼南山，维石岩岩。"②（《诗经·小雅·节南山》）要么是以山的高峻比喻权势，要么以石的巍巍、水的缓弱象征一方政治势力的盛衰，山水本身不是诗歌的中心。

楚辞中的自然山水和《诗经》一样，大多用作比兴，不同的是，更具有象征意味。刘勰在《文心雕龙·物色》中说："若乃山林皋壤，实文思之奥府。……抑亦江山之助乎！"③意思是说，山林原野是启发人文思的宝库，屈原能写出那么好的作品得益于大自然的帮助。在《离骚》中，屈原借自然抒情，能够达到"心"与"物"的交感。在楚辞中，诗人对山水已经少了几分畏惧，多了些许温情，自然山水已经呈现出神幻想象的浪漫色彩，人对自然山水已经有了更多的亲近感。

2. 汉代山水观的写实性

老子"人法地，地法天，天法道，道法自然"，这是说人要顺应自然，以自然为法则。孔子"智者乐水，仁者乐山"以山水比德，也体现出了儒家对自然的尊敬与热爱。自然山水开始被人格化、社会化、道德化，被深深地打上人文精神的印记。先秦时人们还没有发现自然山水之美，是站在功利实用的角度来看待自然山水的，山水只是用来比附道德的工具，没有进入诗歌吟咏与描写的主题。但《诗经》《楚辞》中对自然山水的生动描写体现出人与山水的距离在逐渐拉近，逐渐往精神领域靠近。

在继承诗骚文学传统和先秦哲学的基础上，汉代赋作家在汉朝大一统

---

① 杨合鸣：《诗经鉴赏辞典》，崇文书局2015年版，第294页。
② 杨合鸣：《诗经鉴赏辞典》，崇文书局2015年版，第205页。
③ （梁）刘勰著，范文澜注：《文心雕龙注》，人民文学出版社2006年版，第694-695页。

的强盛国力下，对外界环境充满自信，不再戚戚然一味畏惧，而是将自然置于眼前来审视，并且根据自己的需要来设定、布置、虚构脑海中的自然。然而，一旦赋家遇到人生的挫折，落魄失意，往往会对道家的天道自然观产生强烈的共鸣，便会在自然山水中寻求心灵的宁静与和谐①。

汉赋内容广泛，大到宇宙，小到草木，不遗其微、包罗万象，用铺陈的手法记录了自然风景、草木鸟兽、都邑建筑、宫殿苑囿、节候物产、游览纪行、畋猎祭祀等，其中的山水自然是和其他题材交织在一起的，依附于其他主题之中。汉赋中的山水自然虽然不是独立的，但是对自然的审视形成了异于前代的独特的角度和风格，塑造了独特的自然山水审美内涵，对后世的影响也是极其深远的。

西汉实现了政治和文化上的大一统，气势恢宏的时代氛围在文化上表现为汉赋的铺张扬厉、囊括宇宙的宏大气概。赋作家们会花费大量的笔墨和篇幅来描绘、铺陈大自然，他们模山范水、写景状物，极力罗列出自然的千姿百态。这样的自然描写一般有两个目的，一是炫耀遣词造句的写作才华，更重要的是进行道德劝谏。赋作家描写宫苑或其他地域的山水风光，花草树木，虽然是为了衬托皇家威严或国家富裕安定，但是对自然景物客观细致描摹也带来山水审美上的突破，毕竟他们用心看到了自然，自然成了描写的对象。

司马相如的《子虚赋》中，对普通苑囿——云梦的空间形态做了酣畅淋漓、穷形尽象的再现，对其中的一山一水、一草一木都一一罗列。如："其西则有涌泉清池，激水推移，外发芙蓉、菱华，内隐钜石白沙……其下则有白虎玄豹，曼蜒貙犴。"②刘勰在《文心雕龙》中评论道："长卿之徒，诡势瑰声，模山范水，字必鱼贯。"③扬雄《蜀都赋》中也描绘了蜀都山川河流之隽美、物产种类之繁多、花草树木之茂盛。此外，张衡的《南都赋》也对南都的山川风物一一列举，描绘出一幅昌盛富丽的图景。

---

① 李红雨：《汉赋中的自然描写及自然观》，华侨大学硕士论文，2011年。
② 赵逵夫：《历代赋评注（汉代卷）》，巴蜀书社2010年版，第121页。
③ （梁）刘勰：《文心雕龙》，齐鲁书社2001年版，第197页。

张衡的《归田赋》中对自然有这样的描述："于是仲春令月，时和气清……落云间之逸禽，悬渊沉之鲅鲡。"①张衡通过对自然的描写来表达归园田居的愿望。景物呈现出自然朴实、和谐怡然、优游自得的景象，具有老庄逍遥之态，是道家自然观的回归。

汉赋对山水自然的呈现，主要通过客观细致地描绘天地山川之秀美、草木虫鱼之生机、物类地产之丰盛，来赞颂汉朝的繁荣鼎盛，其对山水自然的描绘具有体物写志的文体特征。汉赋主要采用铺采摛文的手法，对自然山水进行客观的罗列，以此实现体物喻志的目的，其山水观呈现写实精神和特点。

3. 魏晋山水观的媒介性

魏晋时期，自然开始作为审美客体、作为人类情感体验的对象而出现。"自然界"作为有别于人类社会的概念逐渐得到确认。魏晋时，"山水"二词连用现象逐渐增多，这里的山水泛指以山水为主体的整个自然界，包括与山水息息相关的草木虫鱼、风霜雨雪、飞禽鸟兽等自然物②。抽象的自然之道开始具象化、实体化，影射在山形水色中，产生了山水审美。

魏晋是一个纷乱复杂的年代，儒学式微，玄风炽热，士人的自我意识觉醒，在观照自然中，强调自我价值，寻求智慧与深情。先秦道家的"圣人"，合乎"自然之道"，具有顺性自然、质朴本真之理想人格。至魏晋，"圣人"人格成为士人钦慕的对象，他们追求虚静恬淡、适性无为、超凡入圣的境界。这种人格理想也影响着他们人物品藻的标准，"清""神""淡""真"等成为判断人物之美的标准，他们常常会使用"蒲柳之姿""清风朗月""松柏之质"等个性鲜明、形象具体的自然物来描绘人的风神气质，这种以自然山水来衬托人物性情的做法，背后是对山水自然自觉主动的审美意识。

---

① 赵逵夫：《历代赋评注（汉代卷）》，巴蜀书社 2010 年版，第 722 页。

② 李文初：《中国山水文化》，广东人民出版社 1996 年版，第 2-3 页。

陆机《文赋》中有："遵四时以叹逝，瞻万物而思纷。悲落叶于劲秋，喜柔条于芳春。"①诗人看到节序流转联想到时光的流逝，进一步感概人生匆匆。自然界的万物容易引起纷繁复杂的思绪，好比看到秋风扫落叶会产生悲伤之情，柳条在春天中舒展其婀娜的身姿会让人心情愉悦。作者被自然界的景物所感动，悲喜随物流转，这时自然外物与人的心情形成了对应关系，心物相融，精神与客体相统一。

此外，东晋"以玄对山水"，士人纷纷走向自然山林，体玄悟道，直接接触大自然，体会山水之乐。东晋名士孙绰在《庚亮碑文》中，认为庚亮能够超脱尘垢，内心纯净湛然，是因为"固以玄对山水"②。"湛然"，是一种澄澈、干净、虚静的心境，"以玄对山水"就是要超越机心，挣脱名缰利锁，以一种虚静淡然之心面对山水，欣赏自然山水之美。徐复观认为，以一颗湛然、虚静之心来观照山水，才能真正领略山水之姿，达到人与自然的高度融合③。东晋士人摆脱道德枷锁，甚至排除世俗情感，用一种空灵澄澈之心来观照山水，从而能够发现山水之神采与空灵，从而构造出山水纯粹的审美意境。

魏晋审美型山水观较前代而言，对山水自然之美的欣赏，已经有很大的飞跃，但是这种审美是在玄学影响下的审美意识，虽然魏晋名士有走向山水、体会山水之美的情感需求，但是依然出于玄学思维的指导，将山水视为通达老庄境界的媒介，目的是"包玄理于山水"。他们对自然的赞赏和热爱并不出于自然本身，只是求"道"的热情使然。真正把山水自然作为独立的审美客体，对山水进行专注的描写与赞美，直到谢灵运的出现才得以实现。谢灵运自觉的山水审美意识，促进了魏晋山水观的转折，开启了山水文学的新时代。

---

① （晋）陆机撰，张少康集释：《文赋集释》，上海古籍出版社1984年版，第14页。

② 余嘉锡：《世说新语笺疏》，中华书局2014年版，第535页。

③ 徐复观：《中国艺术精神》，春风文艺出版社1987年版，第201页。

二、佛道之争与谢灵运心态之变

晋宋佛道之间的斗争与融合，对社会思潮与文人思想都有很大影响，从而进一步影响到文人心态。具体到谢灵运身上，可以看到他在知识与信仰结构上更趋多元；在生活方式上渐趋自然山水，以此走上颇具开创意义的山水之旅；在晋宋隐逸之风盛行之下，加上政治倾轧、仕途失意，谢灵运从积极入世、渴望建功立业转向寻求内心的超脱与宁静，从而萌生归隐之念。

1. 知识与信仰结构之变

谢灵运祖籍陈郡，其家族是在东晋崛起的谢氏大族。谢灵运的祖父谢玄信奉道教，与钱塘天师道世家来往密切，与杜明师交谊深厚。谢玄对道家的方士方术有着虔诚的信仰，这体现在他病危上书皇帝之时。《晋书》记载了上书的内容："伏愿陛下垂天地之仁……归诚道门……"①在生命奄奄一息之时，他渴望皈依道门，得到神仙的庇护。谢灵运的父亲在他出生后不久就与世长辞了，谢灵运被寄养在钱塘杜家。据钟嵘《诗品》记载："初，钱塘杜明师夜梦东南有人来入其馆，是夕灵运即生于会稽，旬日而谢玄亡，其家以子孙难得，送灵运于杜治养之。至十五方还都，故名客儿。"②十五岁之前，谢灵运都生活在一个道学氛围浓郁的环境里，在耳濡目染中，汲取了很多道家的精神养料。道家对谢灵运的影响可谓潜移默化、电照风行。谢灵运名字中的"灵"就有道家的影子，道家思想也一直是谢灵运思想的底蕴。

而佛教在谢灵运生活中的出现，改变了谢灵运的知识与信仰结构。佛教在魏晋时期受到社会各层的青睐，拥有广泛的信徒。"到东晋，风气变了，社会思想平静得多，各处都夹入了佛教的思想。"③东晋以来，世家大

---

① （唐）房玄龄：《晋书》，中华书局1974年版，第2085页。

② （梁）钟嵘著，曹旭注：《诗品集注》，上海古籍出版社2011年版，第10页。

③ 鲁迅：《鲁迅全集》，人民文学出版社1973年版，第505页。

族崇佛风气日炽，名士与高僧亲厚有加、交游过密，甚至很多人"一身两任"，具有名士名僧的双重身份。谢氏家族中也有近佛、亲佛人士，如名士谢安与名僧支遁就有密切的交游往来。谢灵运政治生涯的早期，面对社会腐败、仕途失意，他开始逐渐接触佛教。谢灵运对佛教的逐渐亲厚是从结识高僧慧远开始的。《高僧传·慧远传》记载："陈郡谢灵运负才傲俗，少所推崇，及一相见，肃然心服。"①谢灵运在慧远和其他名僧，如昙隆法师等的影响下，思想中的佛学因素逐渐增多。

谢灵运生活在晋末宋初多元文化并存、各种思想活跃迸发的背景下。他从小在道教信仰中长大，在道家氛围的熏陶下，他精通《老子》《庄子》等道家经典；长大后又与众多名僧交往，参与佛经的修订等，思想中又增添了佛教的内涵。正如蔡元培先生在《中国论理学史》中所认为的，"魏晋文人的思想，并非是单一儒、道、佛一家思想的影响，各家文化不是可以截然分开的，文人的思想呈现杂糅并包的特点"②。蔡元培先生的观点放在谢灵运身上也是再恰当不过的，佛教的影响，使谢灵运的传统道家知识与信仰有所改变，增补了很多异质的文化因素，形成了杂糅的思想体系，这也影响着他的文学观念与创作。

2. 生活方式与山水之旅

谢灵运出生的谢氏家族具有热爱山水的传统。从谢安开始，便选择环境优美、山水灵秀的地方安居，谢安是真心喜好山水的，他曾有"出则渔戈山水，入则言咏属文，无处世意"③，可以看出他归隐的愿望。在谢安仕途得意之时，有权臣猜忌排挤他，他便生了"东山之志始末不渝……自江

---

① 慧皎：《高僧传》，中华书局 1996 年版，第 381 页。
② 蔡元培：《中国论理学史》，江苏文艺出版社 2011 年版，第 8 页。
③ （唐）房玄龄等撰：《重刊点校百衲本二十四史》，黄山书社 2007 年版，第 457 页。

道还东"①的念头。谢鲲也自认"端委庙堂，使百僚准则，臣不如亮。一丘一壑，自谓过之"。② 可见谢鲲是爱好山水、醉心老庄的。由此可见谢氏家族中老庄精神与醉心山水的渊源之深。

此外谢安、谢鲲等都喜欢创作山水诗，他们的诗歌在某种程度上改变了过去的玄言诗风，这对谢灵运的山水诗创作也有影响。家中长辈喜爱山水的品性，谢灵运从小耳濡目染，对山水产生了浓厚的兴趣，对山水的亲厚可以说是青出于蓝而胜于蓝。年少时，谢灵运喜欢与族中子弟在建康附近游山玩水，他放言："将穷山海迹，永绝赏心悟。"③谢灵运的山水游览是建立在世家大族庄园经济基础之上的。东晋很多世家大族都有自己广大、豪华的庄园，他们生活富裕、衣食无忧，具有游山玩水的闲情逸致，此外，庄园本身具有优美的自然风光，为游山玩水、赋诗作物提供了便利。谢灵运由于祖父谢玄的关系，也拥有一个规模庞大、风景秀丽的庄园。《宋书·谢灵运传》载："灵运父祖并葬始宁县，并有故宅及墅……傍山带江，尽幽居之美。"④玄学清谈也成为世家大族的专利，士族文人的主要生活方式就是游山玩水与清谈玄理。很多高僧也加入清谈行列，名士和名僧交游频繁，清谈的内容既有高深的玄理，又有精微的佛法。《世说新语》中就记载了支道林的讲演被文人学士赞许不已的场面。支道林是东晋的高僧，可见清谈的内容包括佛理在内。

佛教对士人走进山水、亲近山水也是有推动作用的，其修炼方式、体悟佛法的方式等，助长了名士观照山水的热情。在《世说新语·赏遇》中，孙兴公甚至认为，眼里没有山水的人是写不出来好文章的。说明山水是清谈必不可少的一部分。这样的生活方式为谢灵运开启了山水欣赏的大门，他游山玩水、任性逍遥，在山水间追寻超迈潇洒的生活。

---

① （唐）房玄龄等撰：《重刊点校百衲本二十四史》，黄山书社2007年版，第458页。

② 余嘉锡撰：《世说新语笺疏》，上海古籍出版社1993年版，第513页。

③ 逯钦立辑：《先秦汉魏晋南北朝诗》，中华书局1987年版，第1159页。

④ （梁）沈约：《宋书》，中华书局1974年版，第1745-1775页。

3. 个人遭际与隐逸之心

刘宋时期，面对复杂的政治斗争、统治阶级内部的权力倾轧，避世归隐不失为全身远祸的明智之举。道家道法自然、遁世无争的哲学和佛家厌弃世俗、自我解脱的修行方式都为归隐思想提供了依据。纵观谢灵运的一生，他的思想由于时代及个人遭际的影响，经历了异常复杂的变迁，以至于出现隐而复仕，仕而复隐的人生历程。而谢灵运归隐之念的产生，与个人遭际和魏晋隐逸之风的盛行密切相关①。

谢灵运走上隐逸之路的过程是十分曲折的。在隐逸之风盛行的晋宋，谢灵运很早就接触了隐逸思想。他对隐士的生活是十分向往的，他在《苦寒行》②中，对隐士安贫乐道、超然物外、放浪形骸的生活态度持一种欣赏与钦慕的心态。刘宋王朝在 420 年建立后，谢灵运面对着复杂的社会局面和政治斗争，开始萌生隐逸思想。在刘裕称帝之前，谢灵运处在晋王室与刘裕集团矛盾斗争的漩涡之中，和刘裕之间就有嫌隙，后来昔日并不和睦的同僚变成君臣，谢灵运的处境更加艰难。首先，谢灵运的爵位被降，由康乐县公到康乐县侯。其次，谢灵运遭到徐羡之、傅亮等一众大臣的排挤。最后，在永初三年，谢灵运被排挤出权力中心，担任永嘉太守离开京城，仕途失意让他归隐的思想逐渐萌生并日趋强烈。

在赴任途中，谢灵运就写下诸多诗篇，其中很多诗篇都有归隐念头的萌发。在《邻里相送方山》中，谢灵运表达了亲友相送，依依惜别之情，其中"资此永幽栖，岂伊年岁别"③，意思是要过永远幽居的生活，这并不是一年半载暂时的分别。这时的谢灵运对仕途并没有完全心灰意冷，只是由于不甘心而故作放达。在《永初三年七月十六日之郡初发都》中，他说："曰余亦支离，依方早有慕。"④支离，是《庄子》里的支离疏，他躯体残缺、

---

① 鲍赫：《时代思潮与谢灵运诗文创作研究》，东北师范大学，2012 年。
② 顾绍柏校注：《谢灵运集校注》，中州古籍出版社 1987 年版，第 215 页。
③ 顾绍柏校注：《谢灵运集校注》，中州古籍出版社 1987 年版，第 40 页。
④ 顾绍柏校注：《谢灵运集校注》，中州古籍出版社 1987 年版，第 35 页。

畸形，导致无用武之地，也正是由于这个先天不足，它可以全身避祸，得以保全。谢灵运将《庄子》里的人物拿来和自己对照，是说自己正好可以因为才能不足而躲开政治斗争，保全自己。此诗的最后两句"将穷山海迹，永绝赏心悟"①是说自己将断绝知交，纵情山水。这首诗里无论是支离疏的典故，还是游山玩水的意愿，归隐的念头已经在仕途失意时悄然滋生。

谢灵运在赴任途中经过故乡始宁时，写下过《过始宁墅》，诗的前半段写了自己在官场上竞逐失意，做官并不符合自己的心志，有损自己的品格与志趣，导致自己身心俱疲；后半段写出在故乡山水风光中内心受到感发，想要隐居故乡过归真返璞的生活。在《富春渚》②中，他认为一旦内心摆脱俗世的纷扰，万事就被置之身后了。一旦心胸豁达，就不会像龙和蠖一样委曲求全了。这首诗中，谢灵运开始鄙视屈心抑志的权谋，说明他开始厌弃儒家的名利观念，倾向道家思想。

《七里濑》诗："遭物悼迁斥……异代可同调。"③谢灵运经过当年隐士严光垂钓的地方，感慨万千。想到自己受到排挤，被逐出京城，忧伤不已，但是能够全身远祸、自我保全，又何尝不符合"道"之义呢？这么看来，虽说自己和严光不是同一个时代的人，志趣心性又有什么区别呢？

分析谢灵运作于赴任永嘉途中的这些诗，可见谢灵运在政治倾轧下、仕途失意之时，已经厌弃权力争夺、俗事缠身，想要在山水之间寻求一种宁静和平和，此时已经有了归隐的念头。

三、谢灵运山水观之新变

东晋时期，名士高僧往往以玄对山水，自然山水已经是谈玄论道不可或缺的重要部分。到了后期，玄言诗注入了很多新的因素，山水描写的成分不断增多，且山水的地位逐渐变得重要。庐山僧团、谢混等的诗歌创作，写景较前代已经有很大的突破，这为谢灵运自觉的山水审美意识的形

---

①　顾绍柏校注：《谢灵运集校注》，中州古籍出版社 1987 年版，第 35 页。
②　顾绍柏校注：《谢灵运集校注》，中州古籍出版社 1987 年版，第 45 页。
③　顾绍柏校注：《谢灵运集校注》，中州古籍出版社 1987 年版，第 51 页。

成奠定了基础。谢灵运把山水作为独立的审美主体，对其进行客观细致、真实具体的描摹，开创了山水诗的新时代。

1. 东晋后期玄言诗中的山水

随着魏晋玄言诗在说理枯燥、淡乎寡味的轨道上越走越远，东晋中后期，一批玄言诗人开始另辟蹊径，投入大自然的怀抱，借助山水景物来体悟"道"，于是，玄言诗中山水描写的成分不断增多，玄言诗呈现出新的气象。其中玄言家孙绰的兰亭诗很有代表性。《兰亭诗二首》其二："流风拂枉渚……忘味在闻韶。"①这首诗先从整体上描写当时的环境，微风从水面轻抚而来，远处的山上大朵的白云遮荫着大地。在这样一个风清气朗、天地清和的日子里，谈玄悟道的诗人们聚在一起，周围茂林修竹，可以听莺声燕语，不远处，游鱼偶尔跃出水面，似乎想要参与诗人们的聚会。诗人们各自抒发自己的感悟，心情的舒畅甚至让人忘记了品尝美味佳肴。其中涉及玄理部分只有"微言剖纤毫"和"忘味在闻韶"，山水景物描写十分优美动人。由此可见，东晋中期，玄言诗中已经有正面的山水描写，玄理的体悟要借助山水。需要明确的是，这类玄言诗对山水的描写虽然具有文学性，但是玄理感悟仍然是创作的旨归。

到了晋末，玄言诗中出现了以佛理入诗的现象。东晋后期，以慧远为中心的庐山僧团创作的诗歌，和以前的玄言诗有很大的不同。这些庐山隐士们隐居在风景秀丽的地方，平时喜欢游山访水，通过亲临自然山水来悟道体法，实现佛家的修行。这和玄学家们体悟玄理的方式是一样的。但是在诗歌的主题上，换玄为佛，这些僧人以佛理入诗；此外，山水在诗歌中的分量和地位更加重要。如慧远的《庐山东林杂诗》："崇岩吐清气……一悟超三益。"②开篇两句写出了世外桃源般的幽境，紧接着写山谷的清幽、静谧，正是群籁的存在使林谷更加清幽。客人在这样的环境里，神与物

---

① 逯钦立辑校：《先秦汉魏晋南北朝诗》，中华书局 1983 年版，第 901 页。

② 逯钦立辑校：《先秦汉魏晋南北朝诗》，中华书局 1983 年版，第 1085 页。

游，忘怀所有。"冥游"，精神上实现了无滞无碍，由此游山与悟佛、审美与理悟，融为一体。诗的中间部分写出了诗人对佛法的沉思与修行，最后感悟到"妙同趣自均，一悟超三益"的佛理。诗歌中的山水描写生动逼真，赏景即是悟佛，二者合二为一。晋末庐山僧团的诗歌创作，改变了传统意义上的玄言诗，它也是在访山问水的程式中展开哲理思索，诗中的玄理因素虽偶尔有之，但主要以佛理佛法入诗。

　　继庐山题材诗歌之后，以谢混、殷仲文等人为代表的诗歌创作，"山水意象更加鲜活生动，玄言成分消减，是晋宋诗风转变的先声"①。谢混的《游西池》中的景物描写和玄言诗可以说是大相径庭。"悟彼蟋蟀唱……南荣戒其多。"②诗人在游玩过程中，景物描写部分，连用来八个动词"被、眺、荡、屯、鸣、湛、顺、引"来写景，景物的生机、灵动跃然纸上。飞霞明灿灿地映在城楼之上，惠风和畅，白云飘浮，宛若一幅悠然空旷的图画。接下来，此起彼伏的鸣禽之声和静谧的晚霞，构成了动静结合，静谧中又有生机盎然之趣的画面。"水木湛清华"写出了西池的山明水秀、清新明亮之美。紧接着，诗人看到芳草萋萋的小洲，便挽起衣襟轻轻走过，看到柔美的枝条婀娜多姿，便随手攀折了一枝。看到这样的美景，想到良辰易逝，容颜易老。转念一想，何必想那么多、徒增烦恼呢？以此收束全篇。这首诗的写景已经有高低层次、远近距离之感，同时又使用视听结合、动静结合的手法，使人身临其境。更重要的是，这种图画式的景物描绘，不再是为了谈玄说理服务，而是真实、客观地描绘所见之景，所感之情。这首诗已经突破了玄言诗的窠臼，玄言哲理已经退出，山水意象生动自然，表现出客观、真实、纯粹的山水之美，寄托了诗人的人生之叹。

　　东晋中后期，玄言诗中山水描写新气象出现，哲理玄言逐渐消退，山水描写成分逐渐增多，山水意象逐渐走向纯粹客观、生动鲜明、景、情、

---

①　杨洪燕：《论魏晋玄言诗与山水的关系》，安徽师范大学，2013 年。

②　逯钦立辑校：《先秦汉魏晋南北朝诗》，中华书局 1983 年版，第 934-935 页。

理逐渐相融，这是山水诗时代到来的先声。

2. 谢灵运山水诗中的山水

韦勒克、沃伦在专著《文学理论》中提醒研究者要对"思想在实际上是怎样进入文学的"引起足够重视。他们认为思想进入文学，并对其产生影响，必须与文学作品的内在肌理真正交织交融。哲学并不是直接作用于文学的，它首先转化为一些特定的、因人而异的生活观念或者一定的生活情趣，这些生活观念和情趣进一步积淀后，随着作家的创作，变成风格迥异的文体。这对研究谢灵运的山水观之变有很大的启发意义。对谢灵运山水观的把握，要从代表其风格的山水诗中感知与探究。

谢灵运山水诗中的山水是"以玄言对山水"到"自觉的审美对山水"的创造，他在山水诗创作中非常注重形似而传神，这样一种创作实践实开山水诗写作的先河。

谢灵运山水诗中，山水字眼出现的频率极高，山水形色多样，琳琅满目。据统计，"与山有关的表述中，"山"出现了 43 次，其次为"石"出现33 次，"岩""岭""崖""峰""丘""巅"分别为 11 次、10 次、5 次、4 次、4次、3 次；与水有关的表述中，"水"出现 14 次，"流"出现了 19 次，此外，"海"字出现的次数也很多①。

谢灵运笔下的"山"和"水"，具有写实倾向，山水是自然独立，和其他自然景物混溶一体的。例如刻画"山"的本真面目："日落山照曜"②(《七里濑》)写的是谢灵运赴任途中，经过七里滩，注意到激流清浅、水色澄澈，日光倾泻而下，与水中山的倒影交相辉映，山色显得干净明亮。"山水含清晖"③(《石壁精舍还湖中作》)写的是朝夕光线变化中，山呈现出的清淡之气；"远山映疏木"④(《过白岸亭》)写的是诗人远眺之景，通过稀疏参差

---

① 谢嘉颖：谢灵运山水诗研究，广西师范大学，2005 年。
② 顾绍柏校注：《谢灵运集校注》，中州古籍出版社 1987 年版，第 51 页。
③ 顾绍柏校注：《谢灵运集校注》，中州古籍出版社 1987 年版，第 112 页。
④ 顾绍柏校注：《谢灵运集校注》，中州古籍出版社 1987 年版，第 74-75 页。

的林木，远方的山隐隐约约，难以捉摸。此外，"山"也暗含了作者摆脱尘世，归隐山林的愿望。"想象昆山姿"①(《登江中孤屿》)把眼前之山看作仙山，隐逸之心溢出言表；"想见山阿人"②(《从筋竹涧越岭溪行》)也是因眼前之景而向往隐士高人；"敬拟灵鹫山"③(《石壁立招提精舍》)则表达对佛教境界的向往。这些"山"，是他内心世界的向往，都暗喻了谢灵运厌弃俗世，想要归隐的内心。

谢灵运对"水"的描写是非常灵动的。他笔下的水，姿态万千，有飞泉、有瀑布、有清流、有险滩，有淙淙的溪水，还有汹涌的波涛。在水的一系列意象中，"飞泉瀑布"是谢灵运提到最多的。"石室冠林陬，飞泉发山椒"④(《石室山诗》)。石室山高耸挺拔、直插云霄，一条山泉飞奔而下，声势浩大、惊心动魄。"企石挹飞泉，攀林摘叶卷"⑤(《从斤竹涧越岭溪行诗》)。谢灵运半蹲在石头上，不惧急流之危险，企图用手舀取瀑布之水。谢灵运在描写"水"时，往往结合整体的自然环境，对其进行细微的观察、精心的描摹。他不仅描写溪谷中静静的水流弯弯绕绕地漫过卵石，也刻画波涛浪涌、一望无际的画面。这些场景都和海岸、沙滩、山谷、卵石相结合。例如"溯流触惊急，临圻阻参错"⑥(《富春渚》)、"川渚屡径复，乘流玩回转"⑦(《从斤竹涧越岭溪行》)。

谢灵运笔下的山水既有山水本身的姿态，又和周围的景物、环境相得益彰，融为一个整体。同时，山水又具有一定的象征意义，或用典故，或用暗喻，来衬托内心世界的向往。他笔下的山水有自己鲜活的特色，具有独立的审美意味，是灵动的、生机盎然的。

① 顾绍柏校注：《谢灵运集校注》，中州古籍出版社 1987 年版，第 84 页。
② 顾绍柏校注：《谢灵运集校注》，中州古籍出版社 1987 年版，第 121 页。
③ 顾绍柏校注：《谢灵运集校注》，中州古籍出版社 1987 年版，第 110 页。
④ 顾绍柏校注：《谢灵运集校注》，中州古籍出版社 1987 年版，第 72 页。
⑤ 顾绍柏校注：《谢灵运集校注》，中州古籍出版社 1987 年版，第 121 页。
⑥ 顾绍柏校注：《谢灵运集校注》，中州古籍出版社 1987 年版，第 45 页。
⑦ 顾绍柏校注：《谢灵运集校注》，中州古籍出版社 1987 年版，第 121 页。

3. 谢灵运山水观的审美性

谢灵运在南朝可谓文坛领袖，声名不仅煊赫当时，且流芳后世，他是第一位大量创作山水诗的诗人，也是第一位将山水自然作为独立的审美对象的诗人，他的山水诗开南朝一代风气之先，开辟了山水诗的新时代。

和前代诗人相比，谢灵运有自觉的山水审美意识，他充分尊重自然的真实性、客观性，充分发挥审美主体的主动创造性，用毕生精力刻画、描摹自然山水，呈现出自然的万千姿态。在对自然山水无限的热爱中，他树立了"赏心"的审美意识。谢灵运对自然山水的推崇，使山水从文学的陪衬与附属地位一跃成为审美的主体，启发人们从美学的高度去重新认识自然、热爱自然。

古诗发展到南朝宋，有两方面的转变，从写意到摹象，从启示性语言到写实性语言。"谢灵运对自然山水的刻意描摹，他在山水诗中对艺术技巧的追求，使他成为变革诗歌体制，提高诗歌审美价值的划时代的诗人。"①例如《石壁精舍还湖中作》，诗中的自然山水不再具有象征意味，也不起媒介作用，而是诗歌中独立客观的部分。谢灵运对自然有着全新的感受，客观地描述和评价着自然美。

开头四句，写晨昏之间，山水清晖怡人，让人流连忘返。中间八句写游览过程，早上出门的时候朝阳初升，浏览光景中时光飞逝，乘舟归去时已经是夕阳西下了。黄昏时分，暝色已经笼罩着整片森林，夕阳落山处，云朵在彩霞的映衬下格外明灿。湖边的蒲稗和荷叶层层叠叠，蔚为大观，远远望去，像是互相依偎在一起。诗人悠闲地走在南边的小路上，回到住所就伏在窗户旁边赏美景边休息。不为外物所累，一切事物看起来就轻松自在了，身心惬意才算没有违背真理，这就是诗人想告诉世人的道理。这里边的晨昏朝夕、山水清辉、林壑云霞、芰荷蒲稗等自然风景都是诗人游

---

① 李文初：《中国山水文化》，广东人民出版社1996年版，第220页。

览过程中亲眼所见，大自然呈现出的是一片清新自然、生机勃勃之景，作者在宁静恬淡的山水间有所感悟也是自然而然的，自然并不是体"道"的工具。

和前代诗人相比，谢灵运对自然山水有着异常的感受力，他能敏锐地捕捉到自然山水的千姿百态，同时又可以通过真实具体的描绘展现客观、生动的山水。实情实景，真挚热烈，毫无舞文弄墨、矫揉造作之嫌。

如《登池上楼》前六句写自己进退两难的处境：深潜的虬龙、引吭高歌的飞鸿，各自在适合自己的环境里施展才华，而自己做官不能施展抱负，退隐又力不从心，浮云飞鸿也好，深渊潜龙也罢，和它们相比，诗人是自惭形秽的。中间六句写自己久疾卧床，起身临窗远眺的情景，通过视听结合，写所见之景。极目所眺，林木萧索，波澜阵阵，呼啸而来。接下来进入具体的景物描写：寒去春来，万象更新，池塘边嫩黄色的小草已经探头，院子里的柳树上，鸟儿在鹅黄色的柳条上鸣叫。"池塘生春草，园柳变鸣禽"是千古名句，代表着谢灵运的写景风格，语言极平实，毫无修饰，但是在极自然之中，又细致地捕捉到春天的一片生机与活力。细加琢磨，为什么是池塘边的春草呢？因为有池塘的存在，周围的土地比较湿润，加上初春的阳光照耀，这个地方的草比别的地方更早探出嫩嫩绿绿的脑袋。园子里有什么变化呢，叽叽喳喳的鸟儿分明就是春天的使者。诗人敏感地觉察到了春天的气息。这两句写景十分平实自然、敏感细腻、通过对自然现象的真实描写，写出初春的清新自然、明媚生机。在最后六句中，诗人为自己离群索居、光阴虚掷感到不安，转而自我劝慰，避世又何尝不是一种修行呢，由此作者心情明朗起来了。这首诗中，作者的语言十分平实自然、毫无修饰与雕琢，写景生动自然、清新活泼，让人感受到初春的明丽与新鲜，具有身临其境之感。

谢灵运充分发挥自己的主观能动性，把自然山水当作独立的审美对象和审美客体，对自然山水进行真实、细致、具体的描述和描绘，同时又用他异乎寻常的敏锐感知力来捕捉自然之美，用真景写真情，扭转了前代诗歌创作中矫揉造作的诗风，开辟了山水诗的新时代。

第三节 佛道思想在谢灵运山水诗中之呈现

谢灵运在佛道影响下，山水诗整体上呈现出"风流自然"和"富艳难综"两大特点。其中，道家对生命的重视和热爱，让谢诗具有强烈的生命意识，表现为重生之情；以老庄为主的玄学影响，使谢诗充满玄思之韵；道家对"清""淡"境界的追求，使谢诗具有清淡之味。在佛教尤其是佛教色空观的影响下，谢诗十分重视对声色的描写，对色空的辩证，对佛教"空"的证悟与追求，因此具有声色之美、理趣之辩、意境之空的特点。

一、道家影响之"风流自然"

谢灵运从小受道家思想浸润，加上玄风影响，他的山水诗中道家的思想痕迹是显而易见的。比如道家的"贵生"思想，追求全身远祸，让谢灵运十分珍视生命，诗歌中有强烈的"重生之情"；魏晋玄学的影响，使谢灵运的山水诗带有"玄理的尾巴"，为诗歌注入哲思之韵；老子、庄子对"清""淡"品格的追求和审美倾向，使谢灵运山水诗呈现出清远、淡泊之味。正是在道家影响下，谢灵运诗歌整体表现出"风流自然"的风貌。

1. 重生之情

谢灵运从小生活在道家思想的浸润下，在耳濡目染，潜移默化中吸纳了很多道家思想。在道家"贵生"观念影响下，他对生命流露出格外的关切与热爱，包括对自然中的一草一木，他都倾注了无限的热情。通过反复揣摩他的诗歌，可发现在他笔下的意象总是一片生机盎然，他对自然景物投入了自己生命的爱恋与热情，所以他笔下的景物是"人"化了的。

对于谢灵运山水诗中表达出的对生命的热爱之情，很多人都有提到。清代著名思想家王夫之曾评论："人情之游也无涯，而各以其情遇，斯所贵于有诗。是故延年不如康乐而宋唐之所由升降也。"①赵昌平先生对此的看法可谓鞭辟入里。他认为谢灵运山水诗以山水消愁的特征是十分明显的，在他的诗歌中有对自然深沉的热爱和眷恋，这点与道玄之学在本质上寻觅生命的真谛，寻求生活的快乐是一脉相通的。要领会这点需要从整体上把握谢灵运的山水观，不可断章取义②。谢灵运的山水诗中有很多地方都体现出他对自然鲜活生命的热爱。如他在一些景物中投入他的感情，在敏锐感知自然的过程中，加上了自己的体认。如《初往新安至桐庐口》："绵绵虽凄其……对玩咸可喜。"③

这首诗作于七八月之交，诗人对秋景写秋情。前两句点名时节，作者在初秋怀着尚子、许生般的高洁出世之心，去观照万物。"江山共开旷，云日相照媚。景夕群物清，对玩咸可喜。""旷"既是江山寥廓，给人的空旷之感，也是作者以高蹈绝尘之心去看景物，自己心胸开阔、襟怀磊落的体现；"媚"是一个具有拟人色彩的词，云日相映，相交成媚，一个"媚"字把静态的云和秋阳写得灵动鲜活，十分生动有趣，这样的生机之象来自作者对生命强烈的体验和热爱。"清"和"喜"是诗人的主观的感受，在这样的情境下，诗人排除了物累，排除了纷纷扰扰，内心清和，他和周围的景物相互之间都是喜悦的。最后这几句景物描写，是他天真烂漫、无拘无束、恬淡自适的心态的流露，而这样的心境正是在道家及魏晋玄学影响下，道法自然，摆脱物累，纵情任性的生活态度的写照。

此外，谢灵运山水中运用大量的拟人手法去描绘大自然的景物，这种大量使用拟人手法的诗歌创作在以前的诗人中是没有的。谢灵运将山水景物赋予人的特点，背后是强烈的生命意识。据统计，谢灵运共有二十多首诗歌运用了拟人手法，约占全诗的四分之一。下面列举一些：

---

① （清）王夫之著，夷之校点：《姜斋诗话·卷一·诗绎》，人民文学出版社1961年版，第140页。

② 赵昌平：《赵昌平自选集》，广西师范大学出版社1997年版，第119页。

③ 顾绍柏校注：《谢灵运集校注》，中州古籍出版社1987年版，第47-48页。

《岁暮》："朔风劲且哀。"①

《过始宁墅》："白云抱幽石、绿筱媚清涟。"②

《登池上楼》："潜虬媚幽姿。"③

《登江中孤屿》："孤屿媚中川。"④

谢诗中用了很多词如"劲""哀""抱""媚""含""敛""收""依""弄""欢""悦"等，这些用于表现人的动作和感情的词，大量用在景物身上，使景物具有生命与活力。说明谢灵运描摹的自然景物，虽然是客观如实描写，实际上投入了诗人的主观感情，他对生命强烈的热爱之心，赋予了自然山水灵魂。

谢灵运对生命的强烈意识还体现在他能赋予普普通通的物象以生机，这是通过对景物存在状态的高度关注实现的，正是在聚精会神的观照下，他才得以展现景物的生命状态。如《从斤竹涧越岭溪行》中"岩下云方合，花上露犹泫"，⑤ 其中"方"展现了云舒云卷的过程，"犹"说明花上的露珠已经停留了很久。这就按时间的先后把事物变化的过程呈现出来了。《登池上楼》诗"池塘生春草，园柳变鸣禽"⑥中，"生"则展示了小草由无到有的阶段，小草似乎还是"草色遥看近却无"的阶段。"变"能体现出院子由于鸟儿的到来一下子变得热闹起来。《酬从弟惠连》诗"野蕨渐紫苞"⑦中的"渐"自写出野菜生长渐变的过程。和其有异曲同工之妙的还有《游南亭》中的"泽兰渐被径，芙蓉始发池"⑧，其"渐"字写出泽兰逐渐蔓延生长，覆盖整个小径的过程；"始"写出池中芙蓉才绽的景象。谢诗中这样的例子不一

① 顾绍柏校注：《谢灵运集校注》，中州古籍出版社1987年版，第22页。

② 顾绍柏校注：《谢灵运集校注》，中州古籍出版社1987年版，第41页。

③ 顾绍柏校注：《谢灵运集校注》，中州古籍出版社1987年版，第63页。

④ 顾绍柏校注：《谢灵运集校注》，中州古籍出版社1987年版，第84页。

⑤ 顾绍柏校注：《谢灵运集校注》，中州古籍出版社1987年版，第121页。

⑥ 顾绍柏校注：《谢灵运集校注》，中州古籍出版社1987年版，第64页。

⑦ 顾绍柏校注：《谢灵运集校注》，中州古籍出版社1987年版，第170页。

⑧ 顾绍柏校注：《谢灵运集校注》，中州古籍出版社1987年版，第82页。

而足，谢灵运十分关注自然物生命的变化过程和运动状态，他不是用一种一成不变的眼光去看待事物的，他关注的是事物的内在生命形态。他笔下的景物是司空见惯的，无非是岩下的白云、花朵上的露珠、池塘边的春草、院子里的鸟叫、路径上的蔓草、还有原野上的野蕨、池子中的芙蓉等，但是他对其生命运动的关注，让这些寻常物景变得具有生命力，显得生机盎然。

谢诗对生命的重视，在自然景物中赋予其灵魂，和道家的思想是十分契合的，说明谢灵运受到道家的影响至深。

2. 玄思之韵

玄学作为魏晋的主流思潮，对当时的文学也产生了巨大的影响。郭象"崇有"论在士族文人中间产生了巨大反响，随着这一观念的深入人心并逐渐进入文人生活，玄言便逐渐渗透到诗歌领域。以玄入诗成为一种社会新风尚，诗歌中注入玄思因素，为诗歌发展开辟了更广阔的领域。在现实生活、现实情感之外升华了一个自由自在、无所拘束的思维世界。传统诗歌无外乎描写景物、表达感情或者抒发个人抱负与志向，玄思可以提升诗歌到玄远超迈的境界。具有哲理性的思考启迪人的思维，使人超越语言的局限，获得语言无法到达的深远之地。玄学思辨的感染力可以在虚实相间、有无相间中，打开思辨的空间，让诗歌余味无穷。

晋宋时期的文学家笔下多少都有玄学的影子。谢灵运也是如此。他的诗中引用《老子》《庄子》里的典故的地方很多，他在玄学思维影响下，将个人情感与哲理玄思结合起来，通过自然山水抒发内心情感的同时呈现出自然流动、世界变化背后的玄理。例如《过白岸亭》，诗人拂衣缓步，来到白岸亭畔。近处山间小涧从密麻繁多的石头上淌过，远处青山映入眼帘，由于距离过远，山上的树木稀稀落落的，看不真切。看到这般空翠之景，语言竟无以言明。"强名"出自《老子》，"吾不知其名，字之曰道，强为之名曰大"。看到山间溪流，想到垂钓，进一步想到鱼钩之弯直，便引申出老子"曲则全"的哲思。就这样，作者将眼前之景与玄学之思有机地结合在了一起。接着，诗人手持青萝，倾听青崖之声，似乎感受到屈原那般伤春之心。紧接着的四句化用《诗经》中的典故，表明官场上荣辱不定、休戚无常，忠臣含屈、小人得志的例子比比皆是。由此生发了回归自然、抱素守真才能趋利避害、全身养性的玄理。这首诗，情景交融，十分自然，同时玄理的注入，为诗歌增添了悠远的哲学境地，由此，景、情、理，十分和谐。

又例如《登江中孤屿》中描写江中小岛。对诗人来说，江南风景已经是司空见惯，不再具有新鲜感了。江北还有广阔的天地等待诗人去探寻，于是诗人到江北去寻山访水。正是在求新求异的心态中，他走上了更远的道路，遇到了不同寻常的风景。渡过湍急的河流，一座孤零零的小岛就屹立在河流的正中央。历尽如此艰险的道路，最终会寻觅到什么样的风景呢？云日辉映，色彩明艳；水天一色，纯净悠远。这么神奇俊美的大自然，却人迹罕至、无人欣赏，大自然蕴含的真理又能向谁传达呢？由此联想到神采不凡的昆山，应该坐落在虚无缥缈的地方吧。直到邂逅这江中的孤岛，才相信能够养生修福的长生之术。诗人对小岛的自然环境描写为"云日相辉映，空水共澄鲜"①，寥寥数字，写出了孤岛清新脱俗、纯净超凡之景，由这么罕见的脱俗超拔之景，诗人自然而然地产生了哲理之思。玄理的出现，将这奇异清新之景往前又推进了一步，引发了人们对神仙世界的想象，引发了人们对大自然的好奇，使诗歌充满韵味。

又如《石室山》中，为了探索幽僻奇异之观，诗人乘船渡江，又越过郊野。江中沙洲，水草茂盛，兰蕙丛生，水流湍急，诗人乘舟激流勇进，远方青苔遍布的青山从隐隐可见到逐渐清晰高大起来。石室山在森林一角奇峰异出，格外挺拔高峻，山上有泉水倾斜而下，像瀑布一般。水势宽广，山色峥嵘，这都不是一朝一夕间形成的。即使生活在乡村里的打柴之人也绝对没有见过这种奇异之景，他被云霄阻隔了。看到如此超凡绝尘之景，诗人后悔年轻的时候没有去游历山河，但是想到小时候自己其实已经在羡

---

① 顾绍柏校注：《谢灵运集校注》，中州古籍出版社 1987 年版，第 84 页。

慕王子乔升仙之路了。身处这灵异之景，领会到韬光养晦之意，似乎自己和王子乔是心意相通的。站在合欢树下，无法用语言传达此时的心情，就摘下它的花瓣玩赏它略带寒意的枝条。

诗的中间部分，写江流澄澈，石室挺拔，但是它们由于地处险峻，无人赏识。由此，诗人超越眼前具体的景象，想到江水奔流，千载如一日；山峰峥嵘，万年如一时。江流也好、石室也好，都蕴含着发人深省的玄意却无人知晓，于是作者顿生感慨，道出自然的真谛：往往那些诡怪秀丽之景，地处偏远，很难被赏识。诗后半部分叙述作者对王子乔升仙一事的钦羡，写出石室山的灵异秀美，给诗歌增添了空灵的神仙境界。

此外，需要注意的是，谢灵运的山水诗在结构上有一个通用的特点，那就是"记游—写景—抒情—悟理"的书写模式。其中"悟理"部分，受到了道家思想的影响，体现了鲜明的玄理性抒情特点①。

例如，《游赤石进帆海》，这首诗就是典型的"记游——写景——玄言"模式。开头部分，诗人搜奇觅胜，游览赤石。初夏时节，芳草萋萋，在小船上夜宿，无法区别晨暮之景，天空时而阴云密布，时而彩霞满天。泛舟游览岸边的景物，诗人感到十分厌倦，况且一直漂游，困顿已久。河神庇护，水面波澜不兴。在风平浪静中，诗人突发奇想，想要扬帆起航，采集石头的风采，拾捡海上的月亮。大海一望无际，十分广大，空荡的小舟可以超迈前进。鲁仲连并不领受齐国的封赏，公子牟却十分贪恋高官厚禄。功名利禄微不足道，顺从自己的天性就不会有那么多的物欲了。自己将遵从任公之言，抛下功名利禄，保全天性。其中"矜名道不足，适己物可忽。请附任公言，终然谢天伐"②的哲理性感悟，将诗人的所历之景做了升华。世界像大海一样广大，只有一颗没有物累的心才可以像虚舟般轻盈行驶，自由自在地穿梭在大海之上、世俗之中。那么想要在人世间获得自由潇洒、没有负累的生活，就要听从任公之言，抛下荣华富贵以保全自己的天

① 裴健伟：《谢灵运的佛道思想与其诗文》，中南民族大学硕士论文，2013年。
② 顾绍柏校注：《谢灵运集校注》，中州古籍出版社1987年版，第78页。

性。这首诗中，玄理的阐发十分自然，耐人寻味，给人启迪。

3. 清淡之味

老子曾说："天得一以清；地得一以宁。"崇"清"是道家一以贯之的倾向。玄学继承了这一倾向，并把它视为品评人物的重要标准。"清高"是古人推崇的品质。名士多追求清高、清远。如形容人"清风朗月"则是对其人格之美的高度赞扬。清浊相对，"清"则是一种不具形骸、轻视物质、追求精神生活的高雅气质。由魏晋的"清谈"可见，魏晋名士认为"清"是一种超越现实功名利禄、一种崇尚精神的审美追求。

谢灵运的山水诗在道家影响下，首先，呈现出一种"清旷"之境。"首夏犹清和，芳草亦未歇。"①这首诗的开头就写出初夏的清河之气，初夏天气还没有进入烈日炎炎的酷热，芳草还很茂盛，碧草连天，繁华点点。奠定全诗一股恬淡清新的境界。"澹潋结寒姿，团栾润霜质"②(《登永嘉绿嶂山》)。湖水潋潋，微波荡漾，透出一股清寒之气；竹子青青，冷霜侵润，展现一抹清冷之翠。这里也传达出一股清冽氛围。"白云抱幽石，绿筱媚清涟"③(《过始宁墅》)。洁白如玉的云朵团绕在清幽的岩石周围，苍翠欲滴的竹叶倒映在纤尘不染的清涟之上。写出了一片清幽的环境。这里的"清"是用来形容水的清澈，但是和云的"白"，石的"幽"结合在一起，就烘托出一种清幽的境界。"中园屏氛杂，清旷招远风"④(《田南树园激流植援》)。"清旷"是形容远风阵阵拂来，给人的清爽旷达之感，也可以用来理解为园中景物清净，园内空旷辽阔。结合上下句，诗人因病在居所静养，排除了一切俗事俗物，挡住了外界喧嚣，所以清旷是作者此时的心境，不只是远风的特点或者园子的氛围。品味诗歌的"清淡之味"更重要的是去体会诗人神闲气定、清明旷达的一颗心。

---

① 顾绍柏校注：《谢灵运集校注》，中州古籍出版社1987年版，第78页。
② 顾绍柏校注：《谢灵运集校注》，中州古籍出版社1987年版，第56页。
③ 顾绍柏校注：《谢灵运集校注》，中州古籍出版社1987年版，第41页。
④ 顾绍柏校注：《谢灵运集校注》，中州古籍出版社1987年版，第114页。

"时竟夕澄霁，云归日西驰。密林含余清，远峰隐半规"①(《游南亭》)，写的是雨霁天晴，空气中弥漫着清淡的水汽，天空干净纯粹，没有一片云。已到傍晚时分，远处幽幽的山峰遮挡住了夕阳的半边脸。这是一张色彩清新，画面灵动的雨后初晴图。密林中的"清"有很多种解释，可以视为林中水汽蒸发导致弥散，一缕缕往四周扩散；也可以是阵雨过后，林子中的清凉；还可能是雨洗林木后，叶子愈加青翠，密实的树林呈现出一股清新之象，还可能是雨后作者神清气爽，看到焕然一新的林木，内心更加清和。总之，诗人通过呈现出一种若有若无，虚无缥缈的感觉，使人走进一种清旷悠远、纯洁宁静的意境。

此外，谢灵运山水诗中的意象也是清新明快的。我国有悲秋的文学传统，所谓"悲叶落于劲秋，喜柔条于芳春"②(陆机《文赋》)。谢灵运诗歌中的秋天虽然也有别离之感、羁旅之愁，但大多数都是清新明丽之景。

例如《初去郡》中"野旷沙岸净，天高秋月明"③，写出原野茫茫，旷然无际，天高云淡，秋月分外明朗，在皎洁的月光下，沙岸显得格外明净。这个秋景图是明快的，没有任何凄清氛围。"云日相辉映，空水共澄鲜"④(《登江中孤屿》)，写出云日相映、水天一色的明丽秋景，没有任何凄伤黯淡之感。

胡应麟曾引薛考功语："曰清、曰远，乃诗之至美者也，灵运以之。"⑤点明了谢诗清远的特点。陆时雍还将"清"单独拎出来："熟读灵运诗，能令五衷一洗，白云绿筱，湛澄趣于清链。"⑥意思是说谢灵运诗中"清"的意象或者"清"的意境，可以涤人心扉，澄人心性。

"淡"是谢灵运在道家玄学影响下的另一个诗歌特点。魏晋以玄对山

①　顾绍柏校注：《谢灵运集校注》，中州古籍出版社1987年版，第82页。

②　(晋)陆机撰，张少康集释：《文赋集释》，上海古籍出版社1998年版，第14页。

③　顾绍柏校注：《谢灵运集校注》，中州古籍出版社1987年版，第97页。

④　顾绍柏校注：《谢灵运集校注》，中州古籍出版社1987年版，第83页。

⑤　(明)胡应麟：《诗薮》，上海古籍出版社1979年版，第151页。

⑥　(明)陆时雍：《诗镜总论·历代诗话续编》，中华书局1983年版，第1407页。

水，山水是寻玄觅道的媒介，诗人写山水，山水本身并不是要表现的对象，山水蕴含的"道"是诗歌创作的目的。大自然千姿百态、千俦万品，纷繁复杂、变化多端，而背后的"道"是永恒不变的，所以要回溯到产生万物的"道"上，那么诗歌就要有终极追求，有一种超迈、超越之气，表现出来的风格就是"淡"，即淡然之味。

以谢灵运《初至都》为例："卧疾云高心，爱闲宜静处。寝憩托林石，巢穴顺寒暑。"①作者回忆了在始宁的隐居生活：虽然身体抱恙，但是有一颗高韬出世之心，不为外物所纷扰，十分喜欢悠闲的隐居生活，少了几分喧闹嘈杂，多了几分宁静。有时候累了就在林子里或者岩石上休憩，顺应着大自然的四季变化、寒来暑往。这首诗诗人流露出一种宠辱不惊、顺天任化、去留随意、淡泊宁静的心绪。这种心绪体现在作品中，便呈现出一种淡然无为的诗歌之味。

要体会谢灵运山水诗的"淡"，可以从作品、作者、读者三个维度出发。从作品来看，"淡"不是寡味，不是浅薄，"淡"是一种余音绕梁，一种言有尽而意无穷，一种在谢诗模山范水下体会出的意味深长。"云日相辉映，空水共澄鲜。表灵物莫赏，蕴真谁为传"②（《登江中孤屿》）。在描绘出一幅清丽的山水图后，谢灵运把"蕴"一语带出，留下思索品味的空间。对于作者的创作来说，"淡"是创作的一种心态、一种精神状态，是一种淡泊超然之心。"彭薛裁知耻，贡公未遗荣。或可优贪竞，岂足称达生"③（《初去郡》），诗人引用西汉彭宣、薛广德的典故，说他们只是近乎知耻，并不算高士，而贡禹也不是一个可以抛下荣华富贵之人。诗人借他们表达自己不仅要摒弃"贪竞"之心，还要实现"达生"境界。正是在这样一个淡泊名利、超然出世的心绪下，作者才有闲情逸致去游玩，才能写出"野旷沙岸净，天高秋月明"④（《初去郡》）这样的淡然纯净之景，才有"憩石挹飞

---

① 顾绍柏校注：《谢灵运集校注》，中州古籍出版社1987年版，第134页。
② 顾绍柏校注：《谢灵运集校注》，中州古籍出版社1987年版，第83页。
③ 顾绍柏校注：《谢灵运集校注》，中州古籍出版社1987年版，第97页。
④ 顾绍柏校注：《谢灵运集校注》，中州古籍出版社1987年版，第98页。

泉，攀林搴落英"①(《初去郡》)的淡然之姿态。从作者角度看，"淡"是谢灵运展现出来的气质特点。如"观此遗物虑，一悟得所遣"②(《从斤竹涧越岭溪行》)，展现出的作者形象是一个没有物累、没有俗事杂念，领悟真理、超然物外的极简极淡之人。"矜名道不足，适己物可忽"③(《游赤石进帆海》)也体现出诗人超越名利，适性自足的淡泊人格。

二、佛教影响之"富艳难踪"

谢灵运生活在崇佛风气盛行的晋宋，他和很多高僧都有交往，其中受慧远影响较大。在佛教"色空不二""法身论"等思想影响下，谢灵运把自然山水看作佛的化身，对其进行精雕细琢的描绘，极具声色之美；同时"色""空"辩证的思维让谢灵运的山水诗充满了理趣；谢灵运在佛教影响下，通过心灵之"空"来映射山水万象，诗歌往往具有空灵澄澈的意境。

1. 声色之美

谢灵运和佛教有很深的渊源。他和众多高僧、佛教居士都有密切的交往，积极参加佛事活动，也参与佛经修订。他们相互唱和或结伴出游，切磋佛理、钻研佛法。在主动接触佛教的过程中，谢灵运吸收了很多佛教思想，对他的诗歌创作产生了很大的影响。佛教对山水的看法和道教有些不同，道教推崇清远、淡然的意境，追求超然高妙的玄理，而佛教将自然山水看成佛法的现身，所谓郁郁黄花，无非般若；青青翠竹，尽是法身。自然界的风雷雨电、花草树木、鸟兽虫鱼，千品万类，繁然杂陈，都可以证得真如，所以要对自然山水体察入微，秋毫之间皆有乾坤。也就是说观察自然要穷形尽相，通过精细地描摹刻画，呈其"象"，悟其"空"。在佛教影响下，谢灵运山水诗呈现出精雕细琢的声色之美。

---

① 顾绍柏校注：《谢灵运集校注》，中州古籍出版社 1987 年版，第 98 页。
② 顾绍柏校注：《谢灵运集校注》，中州古籍出版社 1987 年版，第 121 页。
③ 顾绍柏校注：《谢灵运集校注》，中州古籍出版社 1987 年版，第 78 页。

谢灵运山水诗的声色之美首先体现在意象的丰富上。白居易曾评价谢灵运的诗"大必笼天海，细不遗草树"，意思是谢诗的意象种类繁多，异常丰富，大到高空远海，小到杂草细树皆可入诗。细微的意象如绿蓧清链、晓霜晚枫、白芷绿蘋、芰荷蒲稗等，宏大的意象如潜虬飞鸿、高天远霭、厚岩薄霄等。在谢灵运山水诗中，山水花草、竹石林木、日月星辰、朝曦晨露都是描写的对象。有时候，一句诗就出现多个意象。例如："岩下云方合，花上露犹泫"①（《从斤竹涧越岭溪行》）中就有岩石、白云、花朵、露珠四个意象；"石浅水潺湲，日落山照耀"②（《七里濑》）中出现了浅石、流水、夕阳、高山等。佛教观照自然山水，认为自然是形色参差、千变万化的，而法性是稳定不变、始终如一的。"色"表现在具体的事物上或者表现在事物的某个形态、某个阶段、某种性质上，而"空"就是万物不变之自性，要通过"色"来把握"空"。谢灵运山水诗中，一个意象就会有各种各样的呈现，有着多姿多彩的面貌，其实就是佛教空观思想的体现。如对"云"意象的描述："白云抱幽石，绿蓧媚清链"③（《过始宁墅》）；"云日相辉映，秋水共澄鲜"④（《登江中孤屿》）；"林壑敛暝色，云霞收夕霏"⑤（《石壁精舍还湖中作》）；"春晚绿野秀，岩高白云屯"⑥（《入彭蠡湖口》）；"时竟夕澄霁，云归日西驰"⑦（《游南亭》）；"遂登群峰首，邈若升云烟"⑧（《入华子冈是麻源第三谷》）；"明登天姥岑，高高入云霓"⑨（《等临海桥初发强中作，与从弟惠连，见羊何共和之》）；"日末涧增波，云生岭逾叠"⑩（《登上戍石鼓山》）等。其中有环绕幽石的云团、日光照耀下的云彩、

---

① 顾绍柏校注：《谢灵运集校注》，中州古籍出版社1987年版，第121页。
② 顾绍柏校注：《谢灵运集校注》，中州古籍出版社1987年版，第51页。
③ 顾绍柏校注：《谢灵运集校注》，中州古籍出版社1987年版，第41页。
④ 顾绍柏校注：《谢灵运集校注》，中州古籍出版社1987年版，第84页。
⑤ 顾绍柏校注：《谢灵运集校注》，中州古籍出版社1987年版，第112页。
⑥ 顾绍柏校注：《谢灵运集校注》，中州古籍出版社1987年版，第191页。
⑦ 顾绍柏校注：《谢灵运集校注》，中州古籍出版社1987年版，第82页。
⑧ 顾绍柏校注：《谢灵运集校注》，中州古籍出版社1987年版，第196页。
⑨ 顾绍柏校注：《谢灵运集校注》，中州古籍出版社1987年版，第166页。
⑩ 顾绍柏校注：《谢灵运集校注》，中州古籍出版社1987年版，第68页。

与彩霞争辉的云、与岩石比高的云层、夕阳下即将消逝的云、流动如烟的薄云、高邈辽远的云霓、卧岭而生的层云等，云有各种各样的姿态之美，谢灵运详细地描摹了云朵的各种样貌。谢灵运山水诗中也展示了一个事物的各种状态，以水为例，他用了"江、湖、海、溪、涧、流、飞泉、乱流"等。

钟嵘在《诗品序》中说："元嘉初，有谢灵运，才高词盛，富艳难综。"钟嵘认为谢灵运在写景状物、模山范水时，能够将目之所及的自然万物，不遗细小、毫无保留地写在诗歌中，有时候难免有繁杂复赘的缺点。但是，他非同一般的细腻体察、色彩浓艳的辞藻又让他的诗歌十分出众、独占鳌头。他的山水诗色彩十分丰富，给人一种锦绣山水、琳琅满目的感觉。下面列举一下含有色彩的诗歌：

> 白云抱幽石，绿筱媚清涟。①（《过始宁墅》）
> 白芷竞新苕，绿苹齐初叶。②（《登上戍石鼓山》）
> 未厌青春好，已睹朱明移。戚戚感物叹，星星白发垂。"③（《游南亭》）
> 山桃发红萼，野蕨渐紫苞。④（《酬从弟惠连》）
> 春晚绿野秀，岩高白云屯。⑤（《入彭蠡湖口》）

在这些诗句中，雪白与清绿、洁白与嫩青、灰白与朱红、桃红与浅紫、深绿和浅白等各种颜色掺杂交错，杂糅在诗歌中，让诗歌色彩缤纷，夺人眼目。诗人对颜色的描绘并不是有意的筛选，也不是出于个人好恶，而是如实反映大自然的多彩多色。谢灵运笔下，大自然的光线有明有暗，

① 顾绍柏校注：《谢灵运集校注》，中州古籍出版社1987年版，第41页。
② 顾绍柏校注：《谢灵运集校注》，中州古籍出版社1987年版，第68页。
③ 顾绍柏校注：《谢灵运集校注》，中州古籍出版社1987年版，第82页。
④ 顾绍柏校注：《谢灵运集校注》，中州古籍出版社1987年版，第170页。
⑤ 顾绍柏校注：《谢灵运集校注》，中州古籍出版社1987年版，第191页。

色彩有暖有冷，互相对比衬托，就像一幅色彩明丽、惟妙惟肖的自然画卷。如"白云抱幽石，绿筱媚清涟"（《过始宁墅》）中，在云之"白"的衬托下，深山里的岩石更加"幽"静；"绿"筱映照在"清"涟之上，再加上湖"蓝"天"湛"的大视角，有远有近、有高有低、有深有浅、有明有暗，画面色彩丰富又有层次感。再比如"春晚绿野秀，岩高白云屯"中，在晚春青草渐老的大背景中，绿油油的原野一片生机，这是远景，也是大景；山岩高耸，一团白云悠闲地静卧其上。这是仰视，也是小景。远近结合，大小结合，写出大自然不同层次的色彩与美感。

水诗除了意象丰富多样、色彩缤纷绚丽之外，还融合自然界的各种声音，构成"有声有色"的鲜明特点。

例如：

早闻夕飙急，晚见朝日暾。崖倾光难留，林深响易奔。[1]《石门新营所住四面高山回溪石濑茂林修竹》）

鸟鸣识夜栖，木落知风发；异音同致听，殊响俱清越。[2]（《石门岩上宿》）

清宵扬浮烟，空林响法鼓。[3]（《过瞿溪山饭僧》）

活活夕流驶，嗷嗷夜猿啼。[4]（《凳石门最高顶》）

荒林纷沃若，哀禽相叫啸。[5]（《七里濑》）

池塘生春草，园柳变鸣禽。[6]（《登池上楼》）

在这些诗里，谢灵运把风疾、林响、鸟鸣、风发、烟浮、流奔、猿

---

[1]　顾绍柏校注：《谢灵运集校注》，中州古籍出版社1987年版，第174页。
[2]　顾绍柏校注：《谢灵运集校注》，中州古籍出版社1987年版，第183-184页。
[3]　顾绍柏校注：《谢灵运集校注》，中州古籍出版社1987年版，第90页。
[4]　顾绍柏校注：《谢灵运集校注》，中州古籍出版社1987年版，第178页。
[5]　顾绍柏校注：《谢灵运集校注》，中州古籍出版社1987年版，第51页。
[6]　顾绍柏校注：《谢灵运集校注》，中州古籍出版社1987年版，第64页。

啼、禽鸣等各种动植物的声音都生动地传达了出来。大自然寒来暑往，春华秋实，经历着不停的改变，而每个细微的变化，谢灵运都捕捉得到：枝条冒芳华、花团吐嫩蕊、雪消天初霁、溪水流淙淙、烟收云雾散、水落石始出……这些自然界的"小动作"时刻拨动着他的心弦，他去倾听大自然的语言，在诗中将大自然的声音呈现出来，还原出一个多姿多彩、有声有色、生机活泼的自然界。

此外，谢灵运在描写大自然的声色之美时，很少聚焦于某一个孤立的意象，也不是用静止不变的、平面的视角看待事物，他把事物置于周围的环境中，放在一个关系网中去描写。意象往往经历一个时间的历程或者空间的移动，总是变化的、鲜明的、互相联系的。比如"池塘生春草，园柳变鸣禽"①《登池上楼》，春草置于池塘这个大环境中，鸣叫的鸟儿也站立在一棵柳树上，柳树又置身在园子里。比如"蒲稗相因依"②(《石壁精舍还湖中作》)，蒲稗是互相依偎生长的，并不是各自孤立的；又比如"绿篠媚清涟"③(《过始宁墅》)，绿篠和清涟之间像人一样，有个彼此的互动，彼此的吸引。

还有一点需要注意，谢灵运山水诗多采用"记游"方式，依照"游"的行程，由一个地方转换到另一个地方，场景是流动的，这个游赏的过程经历着时间、空间的变化。通过这样一个变化的过程，诗中的画面是流动的，景物是异彩纷呈、纷至沓来的，有琳琅满目的丰富感。

以《从斤竹涧越岭溪行》为例，在诗歌中，作者边走路边观赏，首先有个时间上的变化，从晨曦出发，那时花上的露珠还没有被初生的太阳蒸发，随后在时光流逝中，作者移步换景，"山谷、岩下、山岘、小涧、栈道、舟上、石上、林间"等，地点不断变换。这种动态、联系、立体的视角，让整首诗充满变化，体现出自然界的姿态万千，富于声色之美。

如此大胆使用各种色彩，全神贯注倾听自然之声的诗人，在谢灵运之

---

① 顾绍柏校注：《谢灵运集校注》，中州古籍出版社1987年版，第64页。

② 顾绍柏校注：《谢灵运集校注》，中州古籍出版社1987年版，第112页。

③ 顾绍柏校注：《谢灵运集校注》，中州古籍出版社1987年版，第41页。

前，是没有的。谢灵运致力于对自然物象进行精雕细琢，将"富艳精工"的诗歌风格体现得淋漓尽致。正如文学批评家刘勰在《文心雕龙·明诗》中所说："情必极貌以写物，辞必穷力而追新。"①这和佛教的长期侵染是息息相关的。谢灵运在佛学影响下，认为自然山水本身就是佛法的现身，从自然的声色之中就能把握高深的佛法。因此，他便充分调动自己的感官去观照自然、体悟山水，描摹色相，诗歌充满了自然山水的声色之美。

2. 理趣之辩

在佛教影响下，尤其是之遁的"色空不二"及慧远的"法身论"思想影响下，晋宋文人对自然山水空前重视，把自然山水视为证悟诸法实相的媒介，借山水阐发精妙的佛理。佛教所说的"诸法实相"是佛教的最高真理，就是"空"，佛教空观认为，世间的一切事物都是因缘和合而成，缘起而聚，缘灭而散，没有一成不变之自性，故为"空"。我们所看到的实物其实是"假有"，"假有"不是没有，也不是实有，它是"空"的一种色相，我们可以通过"假有"来感悟"空"的真理。所谓"色不异空，空不异色"，所以自然界的万事万物都是一种"假有"，都可以看作是法身的表现形式，都能体现出佛的高超的智慧。

受佛教影响，谢灵运十分重视用来体悟"空"的"色"，非常重视对物象本身的形状、颜色、状态进行细致入微的体察。同时他将"色"与"空"的辩证关系动态地呈现出来。他的山水诗中自然景物往往处于相依相待、紧密联系的缘起境地，通过逼真生动的表象来表现万法皆空的缘起性空思想。因此，他的山水诗往往将写景状物与说理结合起来，充满了理趣。

《石壁精舍还湖中作》前六句交代游览石壁的时间历程，旭日初升时出门游览，回到舟中已经是夕阳西下，只因为山水清新怡人，诗人陶醉其中，流连忘返。其中，晨昏转换、朝暮交替则是大自然的规律。紧接着"林壑敛暝色，云霞收夕霏"则开始进入佛理阐释。山水秀美、湖色撩人，

---

① 周振甫：《文心雕龙今译》，中华书局 1986 年版，第 61 页。

林谷深幽、云霞交灿，尽管能够"娱人"，最终都是要消失不见的。这就是佛教说的"假有"。一切事物都没有一成不变之自性，都是因缘和合而来，而"芰荷迭映蔚，蒲稗相因依"则是事物之间相互联系、相互依存的状态，芰荷、蒲稗也好，人也罢，都和其他事物之间存在着各种"缘分"，正是千丝万缕的因缘，构成了事物此时此刻的存在状态。从夕阳坠山、暝色渐重到芰荷叠映、蒲稗因依，这刚好印证了佛教"空"既"有"又"无"的内涵以及因缘而有，缘灭而散的特点。万事万物都是假有，缘聚而来，缘灭而散，没有一个稳定的自性，我们看到的则是它们在某个条件下的"相"，"相"既不是"没有"，也不是"有"，它是一种"假有"，那么，我们又何必那么执着于虚幻的外界呢，何不放下执着，用一种"空"的观点看待事物。这样就"虑澹物自轻，意惬理无违"。用佛理来看，相非实相，这对诗人的思维方式有很大的影响，佛教这种看待事物的新视角，使谢灵运的山水诗充满了佛理的浸润。

再如《从斤竹涧越岭溪行》，开头两句点明从斤竹涧出发时时间尚早，猿啼声预示着黎明即将到来，但是谷深光幽，暂时看不到朝阳。岩石边的云团似乎才刚闭合，花朵上的露珠晶莹犹存。这是对自然之景象的客观描摹。诗人沿着逶迤崎岖的小道前行，又遇到险山尖岭需要翻越，翻山越岭后还要涉水而过，最后才又登上山间小道。"逶迤傍隈隩，苕递陟陉岘。过涧既厉急，登栈亦陵缅"描述了登险山、遇急滩的旅途，展现诗人克服路途崎岖、艰难跋涉的过程。

接下来，诗人转入了对溪上景象的描述。小溪千回百转、九曲连环，让人摸不着头脑，溪上"蘋萍""菰蒲"随水浮沉，在它们的映衬下，溪水也更加清冽、清浅了。"企石"以下六句，引用典故，由景到情，写出诗人的失落心情，借此抒发自己怀才不遇、壮志难酬之叹。但是诗人因为看到了某些事物就抛却了种种忧愁烦恼，是哪些东西让他有所感悟呢？是那些白云、露珠、浮萍、菰蒲，它们自生自灭的活着，以本来的自然状态存在着，没有人赏识，也从来不需要被赏识。诗人由此想到，万物生生灭灭，没有永恒的存在，那些世人孜孜以求的功名利禄又何尝不是过眼云烟，转瞬即逝呢，如果执着于这些"物"，心便为之所"累"。诗人从万物按照自己的状态存在着，既是"无常"又是"无我"的，他感悟到了"空"。此时他怀才不遇的郁闷之情逐渐平静下来，也就是"观此遗物虑，一悟得所遣"。

再看诗歌《石门新营所住，四面高山回溪石濑茂林修竹诗》，诗歌前四句写石门新居的清幽偏远，不仅道路险峻，而且高耸入云，因为高险，人迹罕至，青苔满院、润滑难行，葛藤柔嫩，难以借此攀援。险幽的地理位置、青苔、葛藤等体现出诗人不接凡俗、不入世流、超尘高洁、孤高自傲的人格追求。接下来写节序转移，秋去春来，秋风已逝，春草萋萋，诗人由时光流逝想到人世的聚散离别，美人已去，佳期不再。"美人游不还，佳期何由敦"借用《楚辞》象征手法，写出对人情聚散的感慨。"芳尘凝瑶席，清醑满金樽"写出诗人对好友重聚，把酒言欢的殷切期待。然而却是"洞庭空波澜，桂枝徒攀翻"，只有失望和沮丧。诗人殷切期待好友相聚，渴望那份对酒当歌的欢乐，结果望而不得。

"空""徒"则充分体现诗人内心的失落情绪，这是一种无可奈何的人生境遇。这种情感排解的方式就是佛教的"空"，就是放下执着。秋去春来，自然是不断变化的，聚散无常，人世也是不断变化的，缘起缘聚、缘灭缘散，学会放下对事物的执念，尊重事物之间的因缘和合。"结念属霄汉，孤景莫与谖"则写出自己的形单影只、孤独寂寞。接下来四句，作者视听结合、动静结合、俯仰结合，通过"俯、仰""濯、看""早、晚""闻、见"等词语，从不同时间、不同角度写景，因为地势高峻，四面高山环峙，危崖倾斜，可以俯视石下深潭、仰看猿猴攀援、更早听到晚风飙飙、更晚见到朝阳初生。"早闻""晚见"把山的险峻幽深描写得十分逼真。

这几句景物描写，说明诗人从聚散无常的失落苦闷心情，转移到对自然山水的观照之中，"崖倾光难留"这本是自然之理，又何必为时光流逝而伤感呢？同理，聚散无常、命运无定，也是自然之理，诗人也就不必伤感了。由此，诗人从山水中获得心灵的启迪，顿悟了佛理，明白了万事万物都要看淡，不可执着于心，超然物外才能拥有清静之心。最后六句是诗人抒发的感慨和议论，自然山水中蕴含的真理，并不是世俗之人可以体会到的，只有那些同样有所感悟的智者可以一起分享。

此外，诗歌《登石门最高顶》中，"路塞""径迷"可以视为诗人现实中的心态，"重山叠嶂、竹密如麻"，似乎无路可行，让人心乱如麻。但诗人在"沉冥"之后，感悟到不应该太执着于眼前所见，太看重眼前景象就会心生迷惑，而要从万物性空的大前提下去看眼前之景，这样就会有豁达开阔的心胸。色空不二、有无相即的般若思想就蕴含诗中。谢灵运山水诗《石壁立招提精舍》中："挥霍梦幻顷，飘忽风电起"①和《金刚经》中"一切有为法，如梦幻泡影，如露亦如电，应作如是观"都是表明诸法"假有"的。又如《过瞿溪山饭僧》》中"清霄庵浮烟，空林响法鼓"②这两句，富含浓厚的理趣。浮烟、法鼓为"有"，清宵、空林为"空"。浮烟掩于清宵，法鼓响于空林，寓实于空。

佛教影响下，在谢灵运山水诗中，山水万象中皆有佛法，色空不二的辩证思想中，诗歌理趣横生，充满理趣之辩。

3. 意境之空

谢灵运在佛教影响下，通过心灵之"空"来映射山水万象，诗歌呈现出空灵澄澈的意境。

谢灵运山水诗中"空、幽、寂、清、净、灵"等字眼频繁出现，这些字眼使诗歌呈现出一片静谧、空寂、幽谧、寂静、清净、灵动的氛围。其中，隐藏在字里行间，没有直接显露的"空"数不胜数，直接出现字眼"空"就有十三处。列举如下：

> 徇禄反穷海，卧疴对空林。③（《登池上楼》）
> 海岸常寥寥，空馆盈清思。④（《游岭门山》）

---

① 顾绍柏校注：《谢灵运集校注》，中州古籍出版社1987年版，第110页。
② 顾绍柏校注：《谢灵运集校注》，中州古籍出版社1987年版，第90页。
③ 顾绍柏校注：《谢灵运集校注》，中州古籍出版社1987年版，第38页。
④ 顾绍柏校注：《谢灵运集校注》，中州古籍出版社1987年版，第59页。

飞客结灵友，凌空萃丹丘。①（《缓歌行》）

空班赵氏璧，徒乖魏王瓠。②（《永初三年七月十六日之郡初发都诗》）

安排徒空言，幽独赖鸣琴。③（《晚出西射堂》）

云日相辉映，空水共澄鲜。④（《登江中孤屿》）

清霄扬浮烟，空林响法鼓。⑤（《过瞿溪山饭僧》）

禅室栖空观，讲宇析妙理。⑥（《石壁立招提精舍》）

洞庭空波澜，桂枝徒攀翻。⑦（《石门新营所住四面高山回溪石濑茂林修竹》）

空翠难强名，渔钓易为曲。⑧（《过白岸亭》）

虚馆绝诤讼，空庭来鸟雀。⑨（《斋中读书》）

务协华京想，讵存空谷期。⑩《酬从弟惠连》）

三江事多往，九派理空存。⑪（《入彭蠡湖口》）

　　在这些诗句中，通过"空"的使用，谢灵运山水诗的佛学底蕴可见一斑。例如"徇禄反穷海，卧疴对空林"，诗人来到偏远之地做官，又疾病缠身，只能对着"空"林神思。这个"空"，可以理解为树木还没发芽，枝干光秃秃的，所以为"空"，但同时也是作者厌倦官海沉浮，加上身体抱恙后，内心的一种失落，因此感到的一种幻灭之感，是一种孜孜以求到淡然视之

①　顾绍柏校注：《谢灵运集校注》，中州古籍出版社1987年版，第243页。
②　顾绍柏校注：《谢灵运集校注》，中州古籍出版社1987年版，第35页。
③　顾绍柏校注：《谢灵运集校注》，中州古籍出版社1987年版，第54页。
④　顾绍柏校注：《谢灵运集校注》，中州古籍出版社1987年版，第84页。
⑤　顾绍柏校注：《谢灵运集校注》，中州古籍出版社1987年版，第90页。
⑥　顾绍柏校注：《谢灵运集校注》，中州古籍出版社1987年版，第110页。
⑦　顾绍柏校注：《谢灵运集校注》，中州古籍出版社1987年版，第174页。
⑧　顾绍柏校注：《谢灵运集校注》，中州古籍出版社1987年版，第74页。
⑨　顾绍柏校注：《谢灵运集校注》，中州古籍出版社1987年版，第61页。
⑩　顾绍柏校注：《谢灵运集校注》，中州古籍出版社1987年版，第170页。
⑪　顾绍柏校注：《谢灵运集校注》，中州古籍出版社1987年版，第191页。

的过渡状态。又比如，"海岸常寥寥，空馆盈清思"，这句诗充分体现了
"空"的内涵，海岸是连绵不尽的，是实有的，但是也是寂寥的，空的，
"空馆"是空旷无人的，却充满了情思，那么到底何为"空"呢？事物呈现的
样子并不是它的自性，也非本质，它呈现出的表象是变化不定的，而自性
只有一个就是"空"。再如"云日相辉映，空水共澄鲜"，云日辉映、相互映
灿或可理解，"空水鲜澄"则是大自然罕见之景，这样的神秘景象，烘托出
一种空灵澄澈的意境。这些诗句中，"空"字为整首诗歌增添了神秘高深的
宗教氛围，使诗中的自然山水更显空灵幽寂。

　　谢灵运的诗歌中，除了直接出现"空"字眼的，还有那些含蓄隐藏在字
里行间的"空"的意蕴与内涵，在山水景物之间渗透着浓郁的宗教情感，在
灵山秀水中呈现着佛教意蕴。如"首夏犹清和，芳草亦未歇"①(《游赤石进
帆海》)，春夏相交，清和犹在，芳草萋萋，茂盛依存。这两句写出事物之
间是一个联系的过程，景物描写清新自然，烘托出一种平和恬淡的宗教氛
围。再如"析析就衰林，皎皎明秋月"②(《邻里相送方山》)，秋天来了，树
林已经由夏天的繁盛走向秋天的衰黄，在一片析析声中，仿佛听到叶子坠
地的声音，而明月在这秋高气爽的天气里格外皎洁明亮。这种盛衰对比，
显出自然界的无常，但是认识到这种无常，以一种无惑的状态看待实物，
就会发现明月是那么明亮美好，这不就是佛教所追求的豁达明朗境界吗？
其中，"皎皎"形容出月色的透白明净，灵动澄明的意境跃然纸上。谢灵运
山水诗经常有"云""水""月"等意象，云洁白无暇、飘逸无踪；水灵动秀
气、清澈澄明；月静亮无尘、冰清玉洁。云、月、水，都给人一种纯净超
尘、毫无世俗之气的澄澈空明之感。此外，谢诗往往采用一种动静结合的
手法去烘托诗歌空灵的意境。如："鸟鸣识夜栖，木落知风发"③(《石门岩
上宿》)。鸟的鸣叫声让人感知到夜晚的幽静，叶子簌簌下落让人意识到秋
风的存在。自然界中，有些事物是看不到、摸不着的，但是可以感知到

---

① 顾绍柏校注：《谢灵运集校注》，中州古籍出版社1987年版，第78页。
② 顾绍柏校注：《谢灵运集校注》，中州古籍出版社1987年版，第40页。
③ 顾绍柏校注：《谢灵运集校注》，中州古籍出版社1987年版，第183页。

的，比如夜的幽静、风的轻微，这就要用一种澄明寂静的心对待自然万物。同时，鸟叫声、风吹叶落的声音也烘托出了更为清幽孤寂的氛围。"荒林纷沃若，哀禽相叫啸"①(《七里濑》)，虽然荒山无人，但是林木郁郁葱葱，自顾自地生长，各种禽鸟安身其中，长啸不息。这里，事物按照自己的自性生存着，没有人看到，那么它就是"无"；但它却是实实在在存在的，又是"有"，其实就是佛教所说的"空"。

谢灵运在佛教影响下，认为万物"性"空，山水草木、鸟兽虫鱼皆有佛性，山水景物中自然也蕴含着高深的佛理。他在观照山水中感悟佛理，在流连美景中体会佛法，有些诗直接表达对佛教境界的向往和憧憬，有些诗则含蓄深沉地烘托出佛教神秘的宗教氛围。佛教神秘莫测、空灵幽寂的境界是诗人苦苦追求的精神殿堂，在这样的精神诉求下，他的诗歌自然而然地显露出一种空灵澄澈的意境。比如《过瞿溪山饭僧》《石壁立招堤精舍》等。

以诗歌《过瞿溪山饭僧》为例，这首诗一二句是诗人饭僧路途中所见之景。伴随着旭日东升，在陡峭的山间小路上，旁边流淌着灵动的溪水，诗人跋山涉水来到水滨。接下来的四句具体讲述僧人山中隐居生活的艰苦朴素：拾捡地上折断的树枝用来钻木取火，在河岸依山搭建出简陋的屋舍，门窗也十分凑合，是用泥土涂塞而成；耕种的田地地力贫瘠，荒草疯长。这四句写出了荒野深僻幽静、简朴无华的特点。"同游息心客，暧然若可睹"，"息心客"指佛僧，诗人认为和僧人在一起，在深幽的环境中，在简朴的生活方式下可以领悟佛法。"暧然若可睹"就是"不然不灭"的意思。暧然，不分明、不真切的样子。"清霄扬浮烟，空林响法鼓"这两句用虚实结合的手法，烘托出一种神秘庄严的宗教意境。薄薄的烟雾漂浮在清霄之中，空荡的林间传来法鼓声。"空"则是一种若有若无、时隐时现的状态，体现出山僧居住环境的寂静空幽。"忘怀狎鸥鲦，摄生驯兕虎"写出僧人和山中动物友爱和谐、融洽相处的情景，在佛教看来，众生平等，僧人也是

---

① 顾绍柏校注：《谢灵运集校注》，中州古籍出版社 1987 年版，第 51 页。

慈悲为怀的，也说明这是一片友好和善的净土乐园。"望岭眷灵鹫，延心念净土"诗人看到这片圣地，想到了佛教圣地"灵鹫山"，如果内心有佛，翟溪山又何尝不是念佛圣地呢？山河大地不都是佛法的化身吗？这句可见诗人对佛教圣地是心怀向往的。诗人由此感悟到"四等观""三界苦"诸佛理，并希望自己能对佛法有所领悟，从而可以摆脱生死轮回之苦，挣脱欲界、色界、无色界这三界，迈入佛教的极乐世界。这首诗中诗人有对清幽环境的描写，有对佛教"空"的感悟，有对佛教净土的憧憬，也有对极乐世界的向往，整体呈现出空灵悠远的境界。

在《石壁立招提精舍》这首诗中，诗人把石壁山比作灵鹫山，也就是佛祖讲经圣地。招提精舍前的飞流瀑布、蔚蔚高林都映入眼帘，成为佛法的化身，成为诗人体悟的对象。诗里描写的诸多意象，如"梦幻""闪电""瀑布""高林"等，都可以衬托出佛法的庄严肃静，悠远高深。尤其是"梦幻"二字体现出诸法皆空的思想，使诗歌空灵的意境显露无疑。

谢灵运更多的山水诗没有直接表露，而是以一种含蓄蕴藉的方式，体现出对佛教空寂高深境界的向往。诗人总要经历一个艰难的求索过程，这个过程中也往往产生很多沮丧低落、失意困顿，为了宣泄心中的抑郁幽愤，他会自然而然地关注到那些幽深灵异的景物，经过一番感悟，他最终能摆脱物累，实现内心的平静。他在幽愤状态中捕捉到的山水意象，也是新奇幽异的，给人耳目一新的感觉，让人精神随之振奋，从而摆脱愤愤不平之意，实现心灵的平静与和谐，使人达到豁然开朗、清明空灵的境界。也正是在这一精神追求下，他的诗歌整体上体现出空灵澄澈的风貌。如《登江中孤屿》《登永嘉绿嶂山》《石室山》《游南亭》等。

以诗歌《登江中孤屿》为例，前两句点明诗人登上孤岛的原因，因为他把江南江北游玩遍了，为了有新的收获，诗人又踏上了寻找幽异、奇特景观的道路。"道转迥""景不延"说明诗人越走越远，经过长途跋涉，想象中的奇观异景却没有出现。于是失望沮丧、困顿失意之情不免而生。临近放弃的边缘，诗人产生了乱流横渡的想法，这次尝试没有白费，果然渡江之后别有洞天。诗人看到怎样的景象呢？云日相映，一片灿烂；空水澄鲜，一片空茫。在这充满新异、充满空灵之景中，诗人感慨这样的奇佳风光竟深藏偏远之地，难以为人所知，更不可能为人称颂了。自然和人一样，如此灵秀却被埋没，难免让人有种怀才不遇之感。但是，即使无人赏识，大自然依旧按照自己的状态存在着，依然神奇秀美、奇异空灵。反观诗人自身，又何尝不是英才末路、有志难酬呢？在山水积极盎然状态的感染下，诗人便不再怨天尤人，而是豁然开朗，有所感悟，不再执着于名利，不再将个人遭际郁结于心。"表灵物莫赏，蕴真谁为传"，这两句使诗歌空灵意境油然而生。欣赏到这番新异绮丽之景后，诗人突然觉得自己距离俗世的功名利禄很久远了，摆脱名缰利锁后，内心一片平静，并找到了颐养天年的好方法。

此外，诗歌《游南亭》中："时竟夕澄雾，云归日西驰。密林含余清，远峰隐半规。"[1]微雨初霁，云雾弥漫，夕阳将尽未尽，远峰若隐若现，葱郁的山林在一片青烟中似有似无，诗歌的意境是多么清美空灵；《初去郡》中："野旷沙岸净，天高秋月明。"[2]旷野无边无际，方显沙岸之明净，天地无穷无尽，尽显明月之皎洁，这是一幅干净明朗、广阔澄净的画面。就是这样罕见的美景却没有人欣赏它们的"灵"和"蕴"，诗人产生了无限感慨。他也在山水美景中看到诸法皆空，领悟了"假相"与"诸法实相"的真谛。于是他在《石室山》中说："灵域久韬隐，始与心赏交。"[3]在《登石门最高顶》中说："沉冥岂别理……共登青云梯。"[4]诗人已经开始淡泊名利、远离世俗羁绊，能够用一颗平静恬淡的心去看待世事无常，放弃执着的愿望至此也已经十分强烈，不再囿于"自我"的执着里，于观照山水中断去了"无明"状态，诗歌豁达空灵、澄澈空明的境界跃然纸上。

本章主要探究佛道之争对谢灵运山水观念形成的影响，佛教作为外来文化，从一开始就和本土文化格格不入，对宇宙人生的思考，对人性的看

---

[1]　顾绍柏校注：《谢灵运集校注》，中州古籍出版社1987年版，第82页。
[2]　顾绍柏校注：《谢灵运集校注》，中州古籍出版社1987年版，第97页。
[3]　顾绍柏校注：《谢灵运集校注》，中州古籍出版社1987年版，第72页。
[4]　顾绍柏校注：《谢灵运集校注》，中州古籍出版社1987年版，第178页。

法，对伦理纲常的认识方面，它具有和本土文化迥然有别的思考。这样一种新的思维方式打开了中国人看待世界的另一个视角。这也就决定了它在和本土文化相遇时无可避免的碰撞与冲突。魏晋时期，佛教在中国社会十分流行，得到了许多上层人士的支持与拥护。土生土长的道教经过长足发展，到魏晋时期，在士人阶层掀起炙热的玄风。两家为了争取各自在政治、经济、文化等方面的权益和地位，开始了激烈的斗争与冲突。

佛教作为异质文化，它和本土道教在义理层面展开激烈冲突时，实际上也是两种文化相互汲取，互融互摄的过程，在争锋过程中，社会思潮中有了很多新因素。名士逐渐走进自然、亲近自然，在观照自然中感悟真理；名僧名士交往密切，谈玄论道一时成风；隐逸思想得到进一步发展，归隐山林、息心宁志不失为一种人生适意的选择；形神问题逐渐进入文艺领域，重"神"和重"形"成为文人思考、阐发的话题，进一步引起对"形神兼顾"思想的重视。

社会思潮中的新因素会给特定时代带来诸多方面的变化。例如佛教的进一步流行，传入许多新的知识和全新的信仰体系，会促进文人学士知识与信仰结构的多元化；佛教对自然山水的关注，其山河大地皆为佛体、万物皆有佛法的思想，促使文人形成亲近自然、观照山水的生活方式；佛道的"空"与"有"之辩，"入世"与"出世"之争，不仅引起文人的理性思考、哲学思辨，甚至影响着他们入世与出世的道路选择。这些新因素进一步影响着文人心态和创作理念等。

谢灵运在佛道之争的背景中，受到社会思潮新因素的影响，其山水观念和前人相比，确实产生了较大的变化。先秦山水观具有功用性、工具性特点，汉代山水观具有写实性、客观性特点，魏晋山水观虽然具有审美性，但其对山水的审美主要是为了体悟玄理，山水是阐发玄理的媒介。而至谢灵运，对山水的审美具有自发性，他将山水自然作为独立的审美对象，进行客观具体、细致入微的刻画。山水不是为了说理而存在，它是存在本身。他笔下的自然山水，极具声色之美，是灵动的、鲜活的、有生气的。

　　对谢灵运山水观念的探究不能脱离具体的作品。其山水诗集中反映了他的山水审美观念，本章对谢灵运山水诗进行细致的研读与分析，立足文本，概括出谢灵运山水诗的两大特征：风流自然与富艳难综，可见其佛道影响的痕迹是显而易见的。最后具体分析佛道影响的不同侧面，论述道家影响下的重生之情、玄思之韵、清淡之味，佛教影响下的声色之美、理趣之辩、意境之空。通过对谢灵运山水诗风格特点的概括，将佛道之争对谢灵运山水观念的影响具体、清晰地呈现出来。

第三章　对话：《齐物论》思想及其表述

第一节　惠子思想探赜

一、惠子其人

1. 惠子生平

惠子，姓惠名施①，名家重要代表人物之一，史册无其传记，生卒年颇多争论。胡适《哲学史大纲》据《吕氏春秋》所记齐梁徐州相会之事定惠施之年"约在西历前三八〇与前三〇〇之间"②，略显粗泛。钱穆据魏齐马陵之战与魏相田需死后魏相可能人选的推测中无惠施，定惠施当卒于田需前，即卒于魏襄五年(公元前314年)使赵之后，魏襄九年(公元前310年)前，"寿盖六十左右，生当在烈王之世"③，即生年在公元前375至公元前369年间。其后诸家多用生于公元前370年之说，卒年有公元前300年、公元前310年、公元前318年三说。杨俊光发掘《庄子》材料对研究惠子生

① 据《汉书·艺文志》"惠"，亦作"慧"，《韩非子·说林上》即写作"慧子"，卢文弨《韩非子拾补》曰："慧、惠同"，则以音同通用耳。段玉裁《说文解字》注云："经传或假'惠'为'慧'"，"慧""惠"二字古已通用，明之。

② 胡适：《中国哲学史大纲》，江西教育出版社2019年版，第148页。

③ 钱穆：《先秦诸子系年》，九州出版社2011年版，第395页。详说见钱穆：《惠施公孙龙》，九州出版社2011年版，第9-12页。

平的重要性,据马陵之战的对话与《则阳》中惠施见梁惠王之事将惠子生年向前推算,定为公元前380年,据现存史料所记惠子活动反对卒于公元前318年、公元前300年二说,而采钱穆之见①,其推断颇有道理。至此,惠子生卒年虽无明说、确说,却可勾勒大致范围,生于公元前380年前后,卒于公元前314年至公元前310年间,寿约七十。

　　惠施籍贯,目前多数学者据东汉高诱《吕氏春秋·淫辞》注,以宋人庄子与惠子相交为证而采"宋人"之说。郭湛波言此据不可靠,但未曾详论,冯友兰则是有保留地称"相传为宋人"②。杨俊光否认此见,认为高诱前的学者便已不知惠子籍贯,高注亦是根据庄惠交游密切而来,但事实上,何至于宋人庄子不可入魏,他国人惠子不可入宋,异国二者不可相交呢?故杨俊光指出在没有更多证据的情况下可以依据惠子多在魏国活动采"魏人"之说③。余以为,杨说虽未作肯定之词,但其"魏人"之说亦有不当。首先,高诱东汉时人,当时流传的史料较后世更为丰富,故在没有明确证据的前提下还是以前人之说为佳。即使早于高诱的班固、许慎均未言及惠子乡里,但或许是当时未曾有文献发掘,及至高诱方见。其次,战国时期,楚王邀宋人庄子为楚相,鲁人孔子周游列国推行主张,此国之人至彼国为官实属常事,根据惠子多在魏国活动便采"魏人"之说本就不可靠。而且,《说苑·杂言》载有梁相死,惠子前往梁国欲为相,途中落水,为船人所救一事,可见惠子很有可能前期没有生活在魏国,不是魏人,只是去魏国为官而已。因此,在没有足够的证据推翻前人之说时,不妨因循旧说,以惠子为宋人为佳。

　　根据目前史料,我们大致可以勾勒惠施生平。《说苑》落水一事是至魏之前的记载。《吕氏春秋·不屈》载有"白圭新与惠子相见"④之事,一个

---

　　① 杨俊光著:《惠施公孙龙评传》,南京大学出版社1992年版,第6-11页。

　　② 冯友兰:《中国哲学史》,商务印书馆2011年版,第210页。

　　③ 杨俊光:《惠施公孙龙评传》,南京大学出版社1992年版,第11-14页。

　　④ 《吕氏春秋·不屈》(汉)高诱注:《吕氏春秋》,上海书店出版社1986年版,第230页。

"新"字表明此为白圭与惠子第一次见面，也应是惠子初至魏。白圭不以惠子之言为善，《吕氏春秋·应言》便记有白圭向惠王称惠子言论美而无用①之语。

目前，据现存史料可以推断，最晚是自马陵之战后，惠子被惠王信用②。据《战国策·魏策二》记载，齐大胜魏于马陵后，魏王欲发兵攻齐，惠子劝惠王"变服折节而朝齐"③可使楚怒而伐齐，惠王从之，于后元元年，与齐会于徐州相王。此间，匡章据惠子"去尊"之学反对其"王齐王"的主张，而惠子以朝齐免魏民之死辩之。果然，楚王大怒，大败齐于徐州④。经此一事，惠子愈发见信于梁惠王，多主持政治、外交大事。如惠王后元十一年，"孟尝君怨秦，以齐为韩、魏攻楚"⑤，惠子为使韩、魏二国相交，让太子在齐国做人质⑥；如惠子受惠王命出使楚国时，赢得楚王"郊迎"的礼遇⑦。这段时间，梁惠王更是以之为仲父⑧，甚至欲以国让之⑨，惠子权势达到巅峰。匡章便称惠子出行，至少有几十辆车随扈，几十人随

① 《吕氏春秋·应言》(汉)高诱注：《吕氏春秋》，上海书店出版社1986年版，第231页。

② 惠子被惠王信用的时间或许更早。魏惠王欲攻打齐国以报国仇，如此大事与惠子商议便定，足见惠子可能在马陵之战前便见信于惠王。

③ 《战国策·魏策二》(西汉)刘向编集，贺伟、侯仰军点校：《战国策》，齐鲁书社2005年版，第262页。

④ 《战国策·魏策二》(西汉)刘向编集，贺伟、侯仰军点校：《战国策》，齐鲁书社2005年版，第263页。

⑤ 《史记·孟尝君列传》司马迁：《史记》，线装书局2006年版，第329页。

⑥ 《战国策·魏策二》(西汉)刘向编集，贺伟、侯仰军点校：《战国策》，齐鲁书社2005年版，第263页。

⑦ 《战国策·魏策二》(西汉)刘向编集，贺伟、侯仰军点校：《战国策》，齐鲁书社2005年版，第261页。

⑧ 《吕氏春秋·应言》(汉)高诱注：《吕氏春秋》，上海书店出版社1986年版，第231页。

⑨ 《吕氏春秋·不屈》(汉)高诱注：《吕氏春秋》，上海书店出版社1986年版，第228页。

行，多的时候更是都以百计①。庄子曾在这段时间适梁见之，《秋水》载有惠子搜庄子于魏三日三夜之说。在此期间，惠施欲推行主张，但多遭旧势力打压，《吕氏春秋》中白圭、匡章等对惠子便多有诘难。惠子为惠王制定法律，民人、惠王皆善之，独翟翦以为善而不可行，以"郑卫之音"讥之②，可见其主张很有可能不得顺利推行。这些旧势力也成为后期惠子被逐的隐患。

至于梁惠王后元十三年(公元前322年)，张仪入魏，惠子于魏国朝中已几无同道。《韩非子·内储说》记载张仪与惠子政见不合，群臣都赞同张仪③，惠王此时对惠子也没有了从前的信任，听张仪之说，惠子被逐而去楚④。《不屈》载惠子"易衣变冠，乘舆而走，几不出乎魏境"或当此时。但至楚不久，楚之冯郝为不得罪张仪劝楚王"奉惠子而纳之宋"⑤，楚王善其言，送惠子至宋。这期间，惠子与宋人庄子或许有不少交游。后元十六年(公元325年)，惠王卒，《战国策》《吕氏春秋》均记载惠子此时劝魏太子丧葬改日之言，故而此时惠子已返回魏国，且从犀首尊称"惠公"之词可以推测惠子受到了一定的礼遇。

其后，魏襄王立，惠施得到襄王所用。襄王元年(公元前318年)，五国伐秦，襄王派惠施前往楚国欲一同求和，惠施没有完成使命而归魏，襄王不悦⑥。五年(公元前314年)，齐国攻破燕国，襄王命令淖滑和惠子前

---

① 《吕氏春秋·不屈》(汉)高诱注：《吕氏春秋》，上海书店出版社1986年版，第229页。

② 《吕氏春秋·淫辞》(汉)高诱注：《吕氏春秋》，上海书店出版社1986年版，第228页。

③ 《韩非子·内储说上》冀昀主编：《韩非子》，线装书局2007年版，第161页。

④ 《战国策·楚策三》(西汉)刘向编集，贺伟、侯仰军点校：《战国策》，齐鲁书社2005年版，第169页。

⑤ 《战国策·楚策三》(西汉)刘向编集，贺伟、侯仰军点校：《战国策》，齐鲁书社2005年版，第169页。

⑥ 《战国策·楚策三》(西汉)刘向编集，贺伟、侯仰军点校：《战国策》，齐鲁书社2005年版，第169页。

往赵国，请求联合攻齐，保全燕国①。公元前 310 年，田需以魏相职卒②，《战国策》记载"田需贵于魏王"当为襄王时，这段时间惠子有以杨树为喻劝田需"善左右"③，此言为惠子政治生涯的经验总结，以惠子相魏的经历可证之。此后直至去世，再无法确考惠子事迹。

惠子之仕以张仪入魏大致可分为两个阶段，前段时期虽受诘难，但总体上仕途得意，为惠王信任，拜为梁相，参决政治大事；后段时期政治记载不多，且无见信于惠王时的场面出现，仕途平平。他一开始便欲为梁相，目标明确，其后为梁惠王出谋划策攻打齐国，具有政治家的远见和手段，他也从始至终未曾放弃从事政治活动，即使狼狈被逐，也要在后期进入朝堂，参知政事，具有积极入世的人生态度。如此，惠子便与拒楚王之请，愿"曳尾于涂"的庄子截然不同。

2. 传世文献中的惠子

惠子虽无作品传世，《史记》也未曾为之专门立传，但其身影散见于先秦两汉典籍之中。《吕氏春秋》《战国策》《荀子》《韩非子》《庄子》等均载有惠子的言辞和事迹，汉代的《说苑》《淮南子》等作品中亦有不少记载，从这些传世文献中，我们可以进一步了解惠子。

首先，惠子善言、善辩。《韩非子·说林下》以羿射箭，陌生人也愿为之举靶与小儿射箭，母亲也要躲到屋子里两种不同行为的对比，表现出面对不同情形时人们不同的反应。④《吕氏春秋·爱类》中，匡章以惠子之学"去尊"难其"王齐王"之举，惠子没有详细解释"去尊"，而是从政治的角度看问题，以"头重石轻"这个简单的比喻指出百姓才是最重要的，"王齐

---

① 《战国策·赵策三》(西汉)刘向编集，贺伟、侯仰军点校：《战国策》，齐鲁书社 2005 年版，第 213 页。

② 《战国策·魏策二》(西汉)刘向编集，贺伟、侯仰军点校：《战国策》，齐鲁书社 2005 年版，第 263 页。

③ 《战国策·魏策二》(西汉)刘向编集，贺伟、侯仰军点校：《战国策》，齐鲁书社 2005 年版，第 263 页。

④ 《韩非子·说林下》冀昀主编：《韩非子》，线装书局 2007 年版，第 128 页。

王"能保全百姓，故可为之①。《不屈》中匡章难惠子不耕而食，惠子以修筑城墙之人各司其职比喻自己也是在其职，谋其事，治理之人自不必稼穑，而是管理稼穑②。类似的道理亦可见于《说苑·杂言》。惠子落水为船人所救后，船人以惠子不善水，笑惠子无可治国，惠子以人各有所长驳船人之言③。《不屈》中魏王认为以惠子之贤，若为君主可止天下贪念，欲让位于惠子，而惠子思维敏捷，以布衣之身辞万乘之国更能止贪而对，辞而不受，其善言可见之也。

善言、善辩与惠子政治家的形象结合在一起便是善谏。《吕氏春秋·开春》《战国策·魏策二》均载有惠子以"文王之义"劝魏太子之事，二者文辞相似，可以互证。大雨大雪的恶劣天气下，太子不用群臣之言，固执己见，不体恤百姓，执意下葬惠王，惠子先以文王高义感之，使太子明白改葬之事古有先例，后世并不以为不义，继而以急葬之弊劝之，使太子明白急葬只会适得其反，最后将现实情况与先王之事对照，劝谏太子仿效文王。如此言论，终于使得太子更择葬日④。马陵之战后惠王欲报国仇时，惠子是先以"王者得度，而霸者知计"的王者、霸者风范为言论提供立足点，继而分析实情，指出发兵攻齐之弊，最后从各国之间的形式上提出良策。一番言论，有理有据，成功使惠王改变想法。《韩非子》中也有不少惠子进谏的记载。《说林上》便载有惠子说邹君不杀田驷之事，惠子没有一味以道理规劝，而是以瞽者双目皆盲，不得不"闭"上眼睛朝见君王比喻田驷欺骗他人也是不得不做、习惯去做的，在邹君面前保全了田驷⑤。《内储说

---

① 《吕氏春秋·爱类》(汉)高诱注:《吕氏春秋》，上海书店出版社 1986 年版，第 282-283 页。

② 《吕氏春秋·不屈》(汉)高诱注:《吕氏春秋》，上海书店出版社 1986 年版，第 229 页。

③ 《说苑·杂言》(汉)刘向、范能船选择:《说苑选 注释本》，福建教育出版社 1986 年版，第 282-283 页。

④ 《吕氏春秋·开春》(汉)高诱注:《吕氏春秋》，上海书店出版社 1986 年版，第 275-276 页。

⑤ 《韩非子·说林上》冀昀主编:《韩非子》，线装书局 2007 年版，第 118 页。

上》载有惠子"欲以齐、荆偃兵"之事，面对惠王、群臣皆赞成张仪伐齐楚的境况，惠子从现实情况出发，先是表现自己对此事一国上下意见一致的疑虑，进而点出谋划之事的本质是存疑的，赞成否定参半，举国皆同需谨慎处之，最后指出惠王为人所"劫"，被他人蒙蔽、左右，希望君主能反思此事①。

纵观惠子之言，可以发现惠子善譬，上述诸多材料皆可证之。《战国策》中也有惠子以杨树为喻告诫田需善待周围之人的记载。《说苑·善说》更是明言惠子善譬，"无譬不能言矣"②，且在阐述譬的作用和意义时，惠子仍以"弹"为喻③，指出"譬"是介绍事物的基本途径，其能成立的基本条件是两件事物的性质或者形状有相似之处，如此方可以人所知之物喻人所不知之物。

其次，作为一个政治家，惠子的形象也十分复杂，诸多记载各有侧重。《吕氏春秋》中惠子劝谏惠王"折节而朝齐"，应对匡章"王齐王"之难都表明惠子于朝政富有远见，惠子的权势也曾达到顶峰，可谓一位成功的政治家。但《吕氏春秋》多带有主观色彩，其塑造的惠子很多时候只是一个投机取巧、邀名无实之徒。《不屈》中惠王以国让惠子，惠子辞而不受一事，在他看来，就只是惠王为博得尧舜美名，惠子为博得许由辞让之誉的作秀行为而已，二人皆不诚心，故惠王曾被囚禁在鄄地，惠子落到无法跳出魏国的境地④。对于惠子的善言，《吕氏春秋》也颇不认可。《不屈》中对惠子与白圭的辩论十分不屑，认为不过文字游戏，难登大雅之堂。甚至《吕氏春秋》有将惠子理政的不力与其善言结合起来的倾向，认为后者乃前者之因，前者乃后者之果。在匡章以不耕而食难惠子后，《吕氏春秋》评

①　《韩非子·内储说上》冀昀主编：《韩非子》，线装书局2007年版，第161页。
②　《说苑·善说》(汉)刘向、范能船选择：《说苑选　注释本》，福建教育出版社1986年版，第175页。
③　《说苑·善说》(汉)刘向、范能船选择：《说苑选　注释本》，福建教育出版社1986年版，第175页。
④　《吕氏春秋·不屈》(汉)高诱注：《吕氏春秋》，上海书店出版社1986年版，第229页。

曰,惠子用"大术"治理魏国,魏惠王之时,五十次战争有二十次落败,被杀之人无数①,其治国理政毫无建树,可谓国之大害,浪得仲父虚名,因此"大术"即指惠子言说大而无实,治国亦大而无用。《应言》中借白圭之口称惠子之言"视之蝐焉美,无所可用"②,这些记载都表明在《吕氏春秋》的作者眼中,惠子善言善辩,对国家治理弊大于利,惠子很多时候被塑造成强词夺理的诡辩者和徒有其名的政治家。《战国策》中的惠子形象却有些苍白,很多时候并不是故事所要凸显的主角,如"魏王令惠施之楚""令太子鸣为质于齐"等都是为了记他人之辞。作为政治家出现时,惠子也多是不甚成功的。先是被张仪逐而出魏之楚,又被楚王奉而入宋,成为一个政治谋略的对象,任人摆布。而五国伐秦时,惠子使楚一事中惠子更是被杜赫所摆布,没有成功完成出使任务。但是《战国策》中仍有显示惠子善谏的一面,记载了他劝太子改葬、劝惠王朝齐之事。这两种形象的出现可能与《战国策》多记载战国时政治家的游说之辞与言行策略有关,书中的惠子虽能言善辩,但作为政治家的形象不甚突出。

再次,作为一个名辩家,这是其善言在形而上领域的反映。《庄子》中惠子的这一形象在《天下》中被塑造到了极致,惠子"不辞而应,不虑而对""南方倚人之问""遍为万物说,说而不休,多而无已,犹以为寡,益之以怪,以反人为实,而欲以胜人为名"③。庄子对此批判道,"其道舛驳,其言也不中"④。因此《庄子》中的惠子是一位劳役无功、不被认可的名辩家。《荀子》中的惠子名辩色彩更加浓重。《不苟》将惠施邓析并列,认为除去这二人,无人能持"'山渊平','天地比','齐秦袭','入乎耳,出乎口',

---

① 《吕氏春秋·不屈》(汉)高诱注:《吕氏春秋》,上海书店出版社1986年版,第229页。

② 《吕氏春秋·应言》(汉)高诱注:《吕氏春秋》,上海书店出版社1986年版,第231页。

③ 《庄子·天下》(清)郭庆藩撰,王孝鱼点校:《庄子集释》,中华书局2018年版,第975页。

④ 《庄子·天下》(清)郭庆藩撰,王孝鱼点校:《庄子集释》,中华书局2018年版,第975页。

'钩有须'，'卵有毛'"①之说。"山渊平""天地比"是惠子"历物十事"中"天与地卑，山与泽平"的简化说法，可见荀子对惠子名辩思想的关注。而对于这些思想，荀子以"蔽于辞而不知实"②称之，认为其华而不实，不过玩弄文辞而已，于是在《非十二子》中具体批判他"不法先王，不是礼义"③，好怪诞之说，玩弄琦辞，愚弄百姓，对社会治理毫无用处。《儒效》中也未将其列入君子之列。究其根源，荀子处在礼崩乐坏、战乱频发、民不聊生的时代下，虽然他也要求正名，但却秉持"名定而实辩，道行而制通"④的原则，以正名分辨客观事物，使人们的思想得以交流，政治主张便于施行，从而恢复礼法、建立统一的集权国家。因此荀子最终还是落到了"行"上，强调"行"的重要性，《儒效》便认为"行"超过"闻""见""知"，是最高境界⑤。而惠子只是玩弄文辞，使得天下是非混乱，于实无益，于行无用，绝不可称善⑥。如今来看，荀子的这种看法确实关注到了惠子重"名"的一面，但是基于其自身立场，他对惠子的批评不免有失偏颇。后世学者，如班固、司马迁、韩婴等多承袭荀子，将惠子归入名家，惠子渐渐被塑造为有名无实的名辩家形象。

不过，值得重视的是，《庄子》中的惠子也是庄子的辩友。《逍遥游》中"小大"的争论，《德充符》中"有情无情"的争论，《秋水》中"鱼乐"的争论，《至乐》中"死生"的争论等都体现出庄惠二者的思想差异。但庄子没有全然否定惠子，《徐无鬼》中便有庄子以惠子为唯一之"质"的记载。究其根源，惠子"历物"命题的提出体现出惠子对物的观察和体认，独树一帜，超越了当时很多学者，故庄子有借助惠子提出思想的可能性。

---

① 《荀子·不苟》(唐)杨倞注：《荀子》，上海古籍出版社2010年版，第19页。
② 《荀子·解蔽》(唐)杨倞注：《荀子》，上海古籍出版社2010年版，第247页。
③ 《荀子·非十二子》(唐)杨倞注：《荀子》，上海古籍出版社2010年版，第51页。
④ 《荀子·正名》(唐)杨倞注：《荀子》，上海古籍出版社2010年版，第261页。
⑤ 《荀子·儒效》(唐)杨倞注：《荀子》，上海古籍出版社2010年版，第79页。
⑥ 《荀子·非十二子》(唐)杨倞注：《荀子》，上海古籍出版社2010年版，第49页。

最后，惠子是一位实用主义者，一个世俗主义者。《韩非子·外储说》中墨子制作的木鸢飞了一天就落下，惠子对此评曰："墨子大巧，巧为輗，拙为鸢。"①结合《墨子·鲁问》，墨子以"利于人谓之巧，不利于人谓之拙"②作为评价标准，指出公输子做的木鹊不如木工做的车辖，以几截短木承担很重的东西。可见在惠子眼中，制作木鸢费时费力，且对人没有帮助，而车却制作迅速，可以负载重物，对人的生产生活有益，所以车比木鸢有用。《庄子》中惠子的这一形象更为突出。《逍遥游》中惠子认为大瓠太大，不可为瓢，亦不可盛水浆，是为无用，庄子以"不龟手之药"为例，指出惠子短见，认为不如以大瓠为大樽，而浮于江湖。惠子又认为大树不中绳墨，不可做木器，大而无用，庄子以"狸狌"为例，认为使人逍遥寝卧于其下，便是其用③。从这些对话中可以看到，相比于庄子，惠子是一个彻底的实用主义者，他固然如《天下》所记载的那般重视万物，但是却受限于世俗眼光，仅关注到物的实际功用，看重现世的一切，如此也不难理解《至乐》中惠子以死为哀，以生为乐，《秋水》中为保梁相之位于梁国境内搜寻庄子三天三夜，诸多文献中追求高官高位，出行"从车百乘"了。

总而言之，从身份上划分，传世文献中的惠子综合来看有以下两种形象：第一，作为政治家，他始终自愿奔走在官场上，而且无论是从为官的角度还是从治理的角度看，他都既有成功的一面，也有失败的一面；第二，作为名辩家，他在先秦两汉大致不受认可，学者多认为他有名无实。至于西晋，鲁胜《墨辩》为惠子翻案，认为惠子、公孙龙皆以墨学为祖，重正名实，庄子、荀子"皆非毁名家，而不能易其论也"④，虽然惠子是否属于"别墨"仍有待考究，但其对惠子的评价已经趋向正面了。而在两种身份

---

①　《韩非子·外储说左上》冀昀主编：《韩非子》，线装书局2007年版，第207-208页。

②　《墨子·鲁问》墨翟：《墨子》，上海古籍出版社1989年版，第107页。

③　《庄子·逍遥游》（清）郭庆藩撰，王孝鱼点校：《庄子集释》，中华书局2018年版，第41-42页。

④　王讚源著：《墨经正读》，上海科学技术文献出版社2011年版，第210页。

之外，也有两点值得重视：第一，作为一名善言者，惠子对答如流，不虑而谈，善譬善喻，其能成为辩士、谏士，成为庄子之"质"莫不与其善言有一定关系；第二，作为一名实用主义者，惠子注重世俗生活，追求实际效用。可以说，这两点是惠子作为政治家、名辩家不可忽视的底色。因此，相比于总是呈现出超凡脱俗面貌，不愿为官的庄子，惠子显得更加入世，更加现实。

二、惠子的思想

《汉书·艺文志》载"《惠子》一篇"①，今佚。诸多学者中，归有光首先对《惠子》开展了辑佚工作，后马国翰虽然补充了内容，但尚有欠缺。材料的缺乏对我们系统研究惠子思想造成了一定的困难，如今，我们也只能从传世文献的记载中拾取关键，结合惠子的形象进行分析。

1. 惠子的政治思想

惠子的思想主要涉及到政治和名辩两方面，其政治思想只能从《吕氏春秋》《战国策》《韩非子》等文献记载中粗略窥探。

首先，惠子"去尊"，爱民。《吕氏春秋》《战国策》均有惠子"王齐王"的记载，匡章以其学"去尊"责之，惠子并没有反驳这一说法。惠子之"去尊"如今已无从考究，不过匡章以此责难惠子"折节而朝齐"，那"去尊"或许意为不以权贵为贵，人人平等。而惠子回答要保全万民，一方面体现出其政治上的远见，另一方面也是一种"去尊"，如果将百姓当作报仇的工具而白白牺牲，这就是最大的不平等。《吕氏春秋》《战国策》中也记载了惠子劝魏太子择日下葬惠王一事。太子等统治者认为，惠王之葬涉及到"子"与"先王"两个层面，作为儿子，拖延父葬是为不孝；作为太子，因为百姓劳苦和官民费用推迟王葬是为不义。在他们眼中，百姓地位远低于君王，因为百姓之忧而变更王族大事，妨碍王室之情实属不该。但惠子存有爱民之

---

① 班固：《汉书》，中华书局 2007 年版，第 1372 页。

心,看到了民众之苦,故劝之。或许我们可以进一步揣测,在惠子的"去尊"思想中,民众与王族是相等的,王族行事不应以民众为代价,故惠子劝阻魏太子。《淫辞》中的记载更有说服力。惠子为惠王制定法律,为法已成,先是"以示诸民人","民人皆善之"后方呈给惠王,这样的呈现顺序也可窥见惠子重视民众,主张去君之尊。但是,在群雄逐鹿、君贵民轻的战国时期,"去尊"只不过是一个良好的愿望,此说失传不足为奇。

其次,惠子强调人各司其职。《说苑·杂言》中应对船夫之难已可见之。《不屈》中应对匡章"不耕而食"之难时,他又以修筑城墙之人各有职守为例,指出人人都是各有所司的,自己是管理农夫之人,不必稼穑。由此可见惠子是要建立一个有序的、人人尽其职而不越位的社会,这与儒家的"不在其位,不谋其政"[1],"欲各专一于其职"[2]的政治思想有相通之处。

最后,惠子指出为政要善待他人,不宜树敌。《战国策》惠子以杨树为喻劝诫田需"善左右"。惠子一生,虽得惠王信用,但多遭白圭、匡章责难,最后在朝堂几乎孤立无援,故而此言是惠子政治生涯的总结,也是惠子政治伦理的体现。

目前,惠子的材料匮乏,学界也有惠子主张"偃兵"之说。搜集到的材料中,明确提到"偃兵"的有《韩非子·内储说上》和《战国策·魏策一》,面对张仪想要联合秦、韩、魏"伐齐、荆"的情况,惠子"欲以齐、荆偃兵"(《战国策》作"案兵")。这可能是惠子的政治思想,主张止戈求和,毕竟马陵之战后惠子也是"折节而朝齐",希望避免战争,保全民众;五国伐秦时,惠子更是作为使者被派遣入楚求和。如此,"偃兵"可与"去尊"爱民联系在一起,正是出于"去尊",爱护百姓,才要"偃兵",避免百姓为了君主之欲而牺牲。而从另一个角度看,"偃兵"的提出或许只是针对当时的具体情况,目前并没有证据表明这是惠子一贯的主张。且《审应》中公孙龙称:

---

① 《论语·泰伯》刘宝楠著:《论语正义》,商务印书馆 1933 年版,第 70 页。
② 《论语·泰伯》刘实楠著:《论语正义》,商务印书馆 1933 年版,第 70 页。

"偃兵之意，兼爱天下之心也"①，《应言》亦有"公孙龙说燕昭王以偃兵"②的记载，所以"偃兵"有可能是当时不少人的主张，非独属于惠子也。

2."历物十事"

惠子今无文本传世，《汉志》记载《惠子》一篇。依刘向校书体例看，此一篇之《惠子》约含几十则简短叙事。合之传世文献所见惠子叙事，《惠子》散佚或不严重。其思想学说之宗旨，核之以《天下篇》记载的"历物十事"，大本尤在。

今之繁体写"历物"为"厤物"，对"厤"解释的不同造成此句解释不一。第一，对"厤"没有具体解读。《释文》云："厤，古歷字，本亦作歷。歷物之意，分别歷说之"③。第二，《尔雅·释诂》云"歷，数也"④。章炳麟曰："厤，即巧歷之歷。数也……'意'，心之所无虑也。《广雅·释训》'无虑，都凡也'。在心计其都凡曰意。在物之都凡亦曰意。歷物之意者，陈数万物之大凡也"⑤。高亨指出《广雅·释诂》释"阅"为"数也"，则历、阅同义，此篇盖广述阅察万物之指趣，下文"遍为万物说"，是其类也。⑥ 第三，《说文》："厤，治也。"⑦杨柳桥作研究解，"历物之意"即探究物理大意，陈鼓应认为是"究析事物之理"⑧，马叙伦结合段玉裁注："厤，从秝。

---

① 《吕氏春秋·审应》(汉)高诱注：《吕氏春秋》，上海书店出版社1986年版，第218页。

② 《吕氏春秋·应言》(汉)高诱注：《吕氏春秋》，上海书店出版社1986年版，第231页。

③ (清)郭庆藩撰，王孝鱼点校：《庄子集释》，中华书局2018年版，第966页。

④ 《尔雅·释诂》(晋)郭璞注；王世伟校点：《尔雅》，上海古籍出版社2015年版，第20页。

⑤ 章炳麟著，上海人民出版社编：《庄子解故》，上海人民出版社2014年版，第189页。

⑥ 张丰乾：《庄子天下篇注疏四种》，华夏出版社2009年版，第217页。

⑦ 许慎著，段玉裁注：《说文解字》，上海古籍出版社1981年版，第68页。

⑧ 陈鼓应：《庄子今注今译》，商务印书馆2007年版，第1020页。

秭者,稀疏适秭也",认为"秭物",谓治物而使有疏解,意谓大意。① 余以为,作"数""治"解均可。按《释文》,"秝"与"歷"为古今字,"秝"本身包含了"歷"的意思,而"秝"作本义"治"解时,"历物之意"为研究事物之旨趣。后"歷"字分化出来,作"数"解时,"历物之意"为历数万物之旨趣,也就是章炳麟所说的陈数万物之大概。不过无论作何解,总归"历物之意"是在说惠子将眼光放到了"物"上,他的思想是在观察或者研究万物中产生的。

《天下》中记载的"历物"命题共有十条,后世统称为"历物十事"。目前,学界对"十事"主要有以下几种划分:顾实认为以"谓之"和"此之谓"字样为界说,可以将前四条命题作为一大段,后六条命题作为一大段②。此说仅从文辞字样上划分,可实际上,"谓之"仅出现在第一条命题,"此之谓"仅出现在第五条命题,此据具有偶然性。钱穆分为三部分。第一部分是"物之本体",分三节,第一条命题至第三条命题为一节,第四条、第五条命题各为一节;第二部分论"物之变相",第六条命题至第九条命题合为一节;第三部分是最后一条命题,阐述应物正道,当为结论③。朱前鸿赞同钱穆之见,认为庄子本身已经按照一定的标准给"历物之意"进行排列,其思想内容体系都有序可寻④。章炳麟则分为三组,第一组包括第一、二、三、六、八、九条命题,论数量的测度和空间的区别并非实有;第二组包括第四、七条命题,论时间的区别并非实有;第三组包括第五、十条命题,论事物之同异并非实有⑤。

黄克剑将命题(一)、(五)、(十)作为元论题,认为"它们是其他若干命题的意义最后得以确定的依据"⑥,"其余论题是在论题(一)的前提下对

---

① 张丰乾:《庄子天下篇注疏四种》,华夏出版社 2009 年版,第 298 页。

② 张丰乾:《庄子天下篇注疏四种》,华夏出版社 2009 年版,第 57 页。

③ 钱穆:《惠施公孙龙》,九州出版社 2011 年版,第 13-18。

④ 朱前鸿:《名家四子研究》,中央编译出版社 2005 年版,第 80 页。

⑤ 章炳麟:《国故论衡》,商务印书馆 2017 年版,第 183-185 页。

⑥ 黄克剑:《名家琦辞疏解——惠施公孙龙研究》,中华书局 2010 年版,第 200页。

论题(五)所作的取譬式发挥"①。若要选择最合适的分类，便需一一精解这十个命题：

(1)至大无外，谓之大一；至小无内，谓之小一。

冯友兰将将"至大""至小"与稷下唯物学派的"道"联系在一起②。据《管子·心术》记载，稷下黄老学派确有"道在天地之间，其大无外，其小无内"③之语，与惠子文辞有相似之处，但内涵已超出惠子"物"的视域。

《庄子》中有两段记载便能说明问题。《秋水》中面对河伯"至精无形，至大不可围"之问，北海若言"精，小知微也""无形者，数之不能分也"，则"至精"即"至小"，"无形"即"无内"。北海若答曰"夫精粗者，期有形者也"④，既然要谈论细微广大，就是在说有形之物。《则阳》也说到"精至于无伦"，"无伦"即"无比"，"至小"也；"大至于不可围"，"不可围"即无外，"至大"也，二者都"未免于物而终以为过"⑤。这些都表明惠子是在"物"的层面而非"道"的层面讨论问题。

有学者认为"大一"是由"小一"构成的。郭沫若将"小一"类比为现代的原子电子，"大一"为黄老之"道"，认为"大一"是万物的本体，"小一"累积成现实之万物⑥。但郭沫若用"道"来阐释"大一"，固已非是，又用"原子"类比至小之物，那此物仍是物质空间的，即使可以积累，那也只能是物质空间的"至大"，不会是超越时空的"道"。胡适从"宇"的角度进行阐释，认为"'大一'是'宇'的总体；'小一'是'所'，是'宇'的一部

①　黄克剑：《名家琦辞疏解——惠施公孙龙研究》，中华书局2010年版，第201页。

②　冯友兰：《三松堂全集：第七卷》，河南人民出版社1989年版，第347页。

③　(春秋)管仲撰：《管子》，浙江人民出版社1987年版，第410页。

④　(清)郭庆藩撰，王孝鱼点校：《庄子集释》，中华书局2018年版，第508页。

⑤　(清)郭庆藩撰，王孝鱼点校：《庄子集释》，中华书局2018年版，第805页。

⑥　郭沫若：《先秦天道观之进展》，载《郭沫若全集·历史编：第一卷》，人民出版社1982年版，第244页。

分"①。胡适将范围限定到"物"上,本没有错,但将"大一""小一"看作整体与部分(即使是极小的部分)的关系便有待商榷。"小一"无内,无数个"小一"不断积累也还是无内,不可能构成有内无外的"大一"。因此积累说本身便存在问题。

此项命题中,"至",极也。"大一"极大以至于无外,是绝对的"大","小一"极小以至于无内,是绝对的"小","大一""小一"是"大""小"的两极,之间没有积累、构成关系,都指向"物"。《秋水》中北海若面对河伯"大天地而小毫末"之言回答道,毫末非至小,天地非至大,因为毫末虽小,但或许有更小的物,天地虽大,或许有更大的物,只是这"至大""至小"之物不为人所知罢了。与其不断寻求比毫末更小的 a,比 a 更小的 b,比天地更大的 A,比 A 更大的 B,无穷无尽,不如跳出经验世界,在想象中将物无限放大以至于无外或者无限缩小以至于无内,这种无外、无内之物是否真正存在是未知的,那么不妨纯粹以"名"而言,用"无外"定义"至大"的"大一",用"无内"定义"至小"的"小一",于是"大一""小一"突破了经验世界而延伸至思辨领域,指涉"物质的形上规定性"②。如此再看《秋水》,既然"夫精粗者,期有形者也",那么所谓"至精无形"的"无形"也并非与"期有形也"的"有形"(物质世界)相对,而是指行迹无法被把握,人们不能真正接触到这样的物质存在。

惠子对"大一""小一"的想象可以看作一种动态思维的结果。现实中,人以毫末为至小,以天地为至大,但这毫末之外尚有更小,天地之外尚有更大,人的认识无法直接经验到"至大""至小",为描述之便,惠子跳出经验之外,"以'大一'为至大之假名,以'小一'为至小之假名,此假名足表其概念"③,由此可见惠子"专决于名"的特点。"大一""小一"也成为惠子"历物"的开端,其所言之"物"处于"大一""小一"的两极之间,是可以经

---

① 胡适:《中国哲学史大纲》,江西教育出版社 2019 年版,第 149 页。
② 朱前鸿:《名家四子研究》,中央编译出版社 2005 年版,第 84 页。
③ 张丰乾:《庄子天下篇注疏四种》,华夏出版社 2009 年版,第 218 页。

验到的物。

（2）无厚不可积也，其大千里。

"无厚"是当时讨论较为激烈的话题。现存名家材料中，惠子有此命题，《邓析子》有《无厚》之篇。而《荀子·修身》载"坚白，同异，有厚，无厚之察，非不察也，然而君子不辩，止之也"①；《韩非子·问辩》也称"坚白、无厚之词章，而宪令之法息"②。正如《战国策》记载有"刑名之家，皆曰白马非马"一样，从《荀子》《韩非子》来看，名辩家可能多对"无厚"作解说，只是现存材料不多而已，否则独独一人，何以乱宪令之法，君子又何欲止其说，唯有蔚然成风，方才有此效果。

梁启超曾言："厚即几何学上之体，无厚者指点线面也"③。冯友兰进而根据《庄子·养生主》中的"刀刃者无厚"指出，无厚就是几何学上的"面"，没有体积，但有可大至千里的面积④。其后，以"面"解释"无厚"几成定论。可是，先秦时期的惠子是否能从"体"中抽象出"面"颇为难说。黄克剑从冯友兰自身解读入手，指出冯友兰一方面引用"刀刃者无厚"说明惠子的"无厚"落在"实"上，另一方面又以"面"将"无厚"作为没有具体形象的非"实"之物，在逻辑上"自相乖离"⑤。于是黄克剑指出"无厚"应该指向实在的经验世界，即金箔、锡箔等极小、极薄之物，它们"在上下维度上薄而又薄的动态延展中却在长宽维度或四围维度上可大到千里"⑥。

有学者则将"无厚"与"大一""小一"相联系。胡适认为"无厚"是分割空间而至于点，是"宇"的一部分⑦，这是前一项命题失误的延续。顾实将

---

① 《荀子·修身》（唐）杨倞注：《荀子》，上海古籍出版社2010年版，第14-15页。

② 《韩非子·问辩》冀昀主编：《韩非子》，线装书局2007年版，第343页。

③ 梁启超：《清代学术概论》，东方出版社2012年版，第213页。

④ 冯友兰：《中国哲学史》，商务印书馆2011年版，第214页。

⑤ 黄克剑：《名家琦辞疏解——惠施公孙龙研究》，中华书局2010年版，第54页。

⑥ 黄克剑：《名家琦辞疏解——惠施公孙龙研究》，中华书局2010年版，第55页。

⑦ 胡适：《中国哲学史大纲》，江西教育出版社2019年版，第149-150页。

"小一"等同于"无厚",但"小一"至小无内,"无厚"却可大千里,既然千里何至于无内,固其说非是,且顾实所谓至微之物,无形而充虚移易之说也无内证。

黄克剑的解读可以为我们提供思路。但"无厚"并不能落在"金箔""锡箔"等实有之物上,因为这类看起来已经很薄的物实则还是有厚度的,我们只能以"金箔"来做一个比方,形容物之薄。若将一物置于动态空间中不断延展,在它不断扩大的同时,厚度不断减小。在思维中,这种拉扯延展永无止境,厚度就永远可积,其大便可在延展中至于千里。若是从"大一""小一"的逻辑解读来看,正如永远有比秋毫更小的 a,比天地更大的 A 一样,永远会有比金箔更薄的 c,只是人无法经验到,与其无休无止地追究下去,不如跳出经验之外,给"无厚"下定义,"无厚","不可积也",合乎逻辑,"其大千里"是惠子对"物"动态思维的结果,也是"无厚"的特性,至于现实中是否真正存在这种"无厚"之物,则不可知。

因此,惠子的思维模式绝不是世俗经验世界中固有的、僵化的思维模式,而是动态的、无限变化的。此时,"有厚""无厚"之异可在思维延展中物达到某一临界点转化而同。"历物"正是在"大一""小一"之间"有厚"的"物"的世界展开。

(3)天与地卑,山与泽平。

孙诒让曰:"卑与比通"①,古"卑"声"比"声相近,字多通用,故《荀子·不苟》中亦作"天地比"。目前,学界对这项命题主要有以下几种看法:

唐人杨倞注《荀子》中此句曰,"比"就是"齐等"。"天"没有实际形状,"地"上方的空虚之处都可以称为"天",如此天地相随,并无高下之分;既然地与天的距离相似,那么山与泽也就没有高低之别②。《经典释文》引李颐,认为如果站在地上看天,那么天高地低,如果站在极高的地方("宇宙之高")看天和地,那么天地都是低的,在这种情况下,山泽也都是一样高

---

① 孙怡让:《札迻》,中华书局 2009 年版,第 190 页。
② (唐)杨倞注:《荀子》,上海古籍出版社 2010 年版,第 20 页。

的①。冯友兰认为这条命题指，向远处看，天地似乎相接，高地的湖泊可能与低地的山同高②。赵炎峰对"天与地卑"的解读与冯友兰相同。"山与泽平"有两种解读：一是指一座山山虽然比泽高，但相对其他更高的山却是低的；二是指山包括从山脚到山峰的所有部分，山峰比泽高，但是山脚与泽一样高③。胡适认为地是圆的，不断旋转，上面有天和泽，下面分别也有天和山④。高亨与冯友兰对"天与地卑"的看法相似，不过他进一步指出，我们单独说道"天""地""山""泽"时，分别不包括"上""下""高""深"之意⑤，因此这项命题是成立的。

其余诸说流传不甚广，不一一列举。以上六种说法中，胡适之说建立在现代科学的基础上，但先秦时期应当没有这么高的科学水平，古人仍以"天圆地方"为正，现存先秦典籍中也没有"地圆"的揣度，因此在无外证的情况下，认为战国时期的惠子已经大大超越当时的科学视野而有"地圆"的认识并不妥当。高亨之说建立在公孙龙离物与指的基础上，此说在解释"火不热"等命题时虽有一定道理，但应用到这项命题中只会是"天不高""地不低""山不高""泽不低"，而不会有"天与地卑，山与泽平"之说。杨㤚重新定义"天"，赵炎峰重新定义"山"。但先秦时期，人们对"天"的认识仍然是头顶高高在上之天，《诗经·黍离》言"悠悠苍天"可以为证。按名家对名实相副的追求，若言"山"，必是整座山，单单山脚只是"山"的一部分，不可言之为"山"，故二说均有不当之处。冯友兰之说有一定道理，但却忽视了惠子的空间观念。

余以为，《释文》虽然对"卑"的解读不当，但颇有启发性。如果以极高的视点看天地、山泽，那么天地、山泽在这样的空间中，高低差异可以忽

---

① （清）郭庆藩撰，王孝鱼点校：《庄子集释》，中华书局2018年版，第967页。
② 冯友兰：《中国哲学史新编：上》，人民出版社2007年版，第336页。
③ 赵炎峰：《先秦名家哲学研究》，山东大学博士学位论文，2011年，第63-64页。
④ 胡适：《中国哲学史大纲》，江西教育出版社2019年版，第150页。
⑤ 张丰乾：《庄子天下篇注疏四种》，华夏出版社2009年版，第219页。

略不计，都是一样的。这与第九条"天下之中央"对空间的认识具有相似性（见下文对第九条命题的阐述）。

从对这项命题的解读中，我们发现，寻常认为天高地低，山高泽低，长此以往，人们便固定地认为天与山都"高"，地与泽都"低"。惠子突破这一僵化的思维，他将事物置于无限的空间下，认识到"高"与"低"都只是反映了物与物之间的关系属性而非本质的物质属性，在此基础上打破了人们常规的名实分配，使得"高"与"低"的绝对对立被打破，"高"与"低"彼此相异却又可以相同。

（4）日方中方倪，物方生方死。

这项命题并不难把握，目前，多以时间流动为视点进行解读。蒋锡昌认为日之中倪，物之生死，不可停留，在惠子眼中，时间永不停留，物便永远处于变化之中，那么"日方正中，便已西斜；物方生出，便已死去"①。此说对"日方中方倪"的解释比较恰当，对"方生方死"的解释尚存诡谲之处。但是自此，这种阐释角度逐渐被陈鼓应、黄克剑等学者接受，其中黄克剑的解释最为准确。他以张默生之解正蒋注之失，进一步解释道，物"生"的过程与"死"的过程同时进行，不可分割，一旦"生"的过程结束了，"死"的过程也就结束了，因此"生"与"死"在同样一个生命的物上如影随形，物"生"的每一瞬间既是"'生'的相续，也是'死'的相续，这叫'方生方死'"②。余以为，此解精确地捕捉到惠子对事物运动变化的细致观察，将"日方中方倪""物方生方死"从同一角度进行解读，较为合理。因此，惠子的这一命题旨在表明在流动的时间中物永远在变动，太阳刚到正中的那一瞬间便已偏斜；生和死并非静态，也并非某一时间截点，而是两个动态的过程，那么万物既处在生的过程中，同时也处在死的过程中，向死亡迈进。

通过以上分析，可以看出惠子同样是在动态的时间中思考问题，他打

---

①　蒋锡昌：《庄子哲学》，成都古籍书店 1937 年版，第 269 页。

②　黄克剑：《名家琦辞疏解——惠施公孙龙研究》，中华书局 2010 年版，第 60页。

破世俗"中""倪""生""死"的绝对对立，使"中""倪"对于"日"相异又却同于"正午"这一时间点，"生""死"对于"物"相异却又同于"物"的变化过程。

（5）大同而与小同异，此之谓小同异；万物毕同毕异，此之谓大同异。

唐人杨倞注《荀子·修身》时云，万物都在天地之中，此乃"大同"，但万物各有种类归属，此乃"小同"，"大同与小同异"；万物都可以称为"物"，此乃"毕同"，但每一物都有区别于他物的地方，此乃"毕异"。这对"大同异"的阐述颇为有理。

冯友兰指出所有的人都是动物，但动物不一定是人，所有人作为人的相同大于人作为动物的相同，这种同异就是"小同异"。万物作为"万有"都是相同的，可是，每个物又都是独一无二的个体，又都有着相异的个性，这种同异就是惠子的"大同异"①。胡适的看法与其相似。可黄克剑认为，仅就"小同异"的命题而言，冯友兰的解释可通，但若将"大同异"与"小同异"相较，"大"应是"'万物'这一范围的大，与此相应，同一论题中所说的'大同'之'大'亦当指范围或外延的大而非程度或内涵的大"②，那么"'大同''小同'的大小之分便不应着眼于事物的相同程度，而应注重事物相同的范围"③。

黄克剑之说注意到同一命题中两条论题的关系，有一定道理。转换冯友兰之说，便是人与人都是相同的，人又都是动物，作为动物的相同在范围上大于作为人的相同，故作为人的相同是"小同"，作为动物的相同是"大同"，这种"大同"与"小同"相异。万物都有作为"物"毕同的一面，但也各具特性，有毕异的一面，这是大范围的同异，相比较这种"大同异"，前面的"大同"与"小同"相异只能是小范围的同异了。黄瑞云认为"大同"

① 冯友兰：《中国哲学简史》，岳麓书社2018年版，第80-81页。

② 黄克剑：《名家琦辞疏解——惠施公孙龙研究》，中华书局2010年版，第63-64页。

③ 黄克剑：《名家琦辞疏解——惠施公孙龙研究》，中华书局2010年版，第63页。

"小同"分别指为属与种的关系①,也是认识到"小同异"中"大同"与"小同"以范围言。

"大同异"与"小同异"论题具有范围大小之别,但二者之间未必没有相关性。将"小同异"的范围无限扩大,推演到极致,便是"大同异"。"大同""大"到极致可以是万物"毕同","小同""小"到极致可以是万物毕异,此时"小同异"转化为"大同异",范围同样发生改变。唐人杨倞注"小同异"论题时,将"大同"推演至于"毕同"乃为一例,只是其对"小同异"的阐述仍有不足。

因此,"小同异"指经验事物种或属内的同异,"大同异"是经验世界中万物之同异。但需要注意的是,即使言毕同也是暗示了差异,我们言万物作为物毕同,其实就是表示"物"之外尚有"非物","泛爱万物"即是将人与万物分割,"人"非作为物而存在,濠梁之游不知"鱼乐"可证也。因此惠子此命题是要使原先可异的物同,使原先可同的物异,同异之名(包括高低、生死等)在物上可以同一,但惠子根本上没有取消差异,这也是他存知用名的局限性。

(6)南方有穷而无穷。

对这项命题的解读主要有以下几种观点:预设惠子知晓地圆之说。上已辨之,此说不妥。从地理的角度解读。冯友兰言,战国时的人们普遍认为"南方无穷",但随着地理知识的进步,惠子之时的人们已经认识到南方有海,南方有穷②。如此,这项命题成为一个地理知识的问题,体现不出惠子的哲学意蕴。从相对方位的角度解读。钱穆言南北是就方位而言的,我言为南之地对于他人来说不一定为南,总是如此,则南方无穷;当我与他人均不以某地为南时,南方有穷③。此说对"南方有穷"的理解尚有欠缺,"各不自以谓南",即彼我所在之处再没有更南的地方,但何以能如

① 黄瑞云:《惠子命题试释》,《社会科学研究》1982 年第 5 期,第 107 页。
② 冯友兰:《中国哲学史新编:上》,人民出版社 2007 年版,第 337 页。
③ 钱穆:《惠施公孙龙》,九州出版社 2011 年版,第 16 页。

此，钱穆未曾明言，故其对相对性的发挥不足。高亨以"标"言，便于理解，从经验中看，南方不可穷尽，故无穷也。但南北以标作为分界，"标立而南北定。标移而南北变"①，将标不断地向南移动，南方就能够不断地变为北方，如此推测，南方在经验之外能够全部变为北方，可谓有穷也，命题可以成立。余以为，高亨以相对性解读"南方有穷"，逻辑上十分通达，但他没有一以贯之，反而从现实的角度解读"南方无穷"，未曾理解惠子的思维模式。黄克剑一以贯之地指出，"任何一个被称作'南方'的地方对于比它稍南的地方来说都是北方，在'实'的世界或经验世界里，永远不会有绝对意义的'南方'"②，南而有南，故南方无穷；但是在这种情况下，无论怎样的南均可相对地变为北，则南可尽变为北，故南方有穷。此说可谓取钱、高二家之长，完全发挥出方位的相对性。此时，南方也是任何一方的代表。

在寻常认知中，"南"与"北"，"有穷"与"无穷"的划分都是固定的，彼此相隔如鸿沟。而惠子意识到"南""北""有穷""无穷"相对而生，在动态的空间思维中，"南"可变为"北"，"北"可变为"南"，"南""北"可相互转化而同于某一点；此时，"有穷"可变为"无穷"，"无穷"可变为"有穷"，空间的有限性和无限性也可相互转化而同于某一方位。

（7）今日适越而昔来。

对这项命题的理解主要有以下几个观点：从"地圆"的角度解读。上已辨之，此说不妥。从今昔混同的角度解读。成疏认为有今昔之别则不可有此命题，但若无今无昔，则可言之③。此说不明惠子命题之本，有以庄释惠之嫌。后世唐君毅也说此命题言无今无昔，不可取。从"心"的角度解

---

① 张丰乾：《庄子天下篇注疏四种》，华夏出版社 2009 年版，第 222 页。

② 黄克剑：《名家琦辞疏解——惠施公孙龙研究》，中华书局 2010 年版，第 67 页。

③ （清）郭庆藩撰，王孝鱼点校：《庄子集释》，中华书局 2018 年版，第 968 页。

读。宣颖云："知有越时，心已先到"①。钱基博赞同此解，认为此说"一以证心量之狭，不足以尽大宇之广。一以见行程之迟，不足以称心驰之速"②。王先谦、林希逸亦持此说。从不同时、不同地解读。高亨认为从启程的时间、地点看，此日是今，此行是"适"；从抵达的时间、地点看，此日是昔，此行是"来"。名家虽然有今昔之别，但"日"是同一日，"行"也是同一行程，因此"今昔""适来"可同，有此命题③。从相对的角度解读。冯友兰认为"'今'与'昔'都只是相对的。今天所说的昨天，就是昨天所说的今天；今天所说的今天，到明天便成为昨天了"④，此说在一定程度上发现了时间的流动，但未曾跳出"今昔"的常态解读。而蒋锡昌则称"吾人刚说'今日(上午十时十分)到越'，则此所谓'今日'者，已早成过去而为'昔来'矣'"⑤。蒋注将此命题与"日方中方倪，物方生方死"的命题结合起来，仍以"万物运动变化"为视点展开论述，发现散乱的惠子思想中的相似之处，可谓有所洞见。而且，蒋论中虽将"今"作"今日"，但取喻已有作"现在的时间点"而言的倾向，这种倾向的合理性从字词考证上亦可证实。《说文》言"今，是时也"⑥，段注曰："云是时者。如言目前。则目前为今。目前已上皆古。"⑦段注可为这项命题的"今"字做注，则"今"非独作"今日"解，含有"今时""现在"之意，表示到达越国的当下，乃瞬间词；如此，"昔"非独作"昔日"，而是与此处之"今"相对，即"当下的相对而不只是某个较长时段的相对"⑧。如此，蒋论只是文辞表达上不当而已，解释的逻辑

① (宋)宣颖撰，曹础基校点：《南华解经》，广东人民出版社2008年版，第203页。
② 张丰乾：《庄子天下篇注疏四种》，华夏出版社2009年版，第137页。
③ 张丰乾：《庄子天下篇注疏四种》，华夏出版社2009年版，第222页。
④ 冯友兰：《中国哲学简史》，岳麓书社2018年版，第81页。
⑤ 蒋锡昌：《庄子哲学》，成都古籍书店1937年版，第271页。
⑥ 许慎著，段玉裁注：《说文解字》，上海古籍出版社1981年版，第223页。
⑦ 许慎著，段玉裁注：《说文解字》，上海古籍出版社1981年版，第223页。
⑧ 黄克剑：《名家琦辞疏解——惠施公孙龙研究》，中华书局2010年版，第70页。

仍然可通。黄克剑汲取蒋说精要，解释更为通达，他认为这项命题与"方中方倪"旨趣一也，可以抽象为"方今方昔"，"'适'越在'今'，但'今'在刹那间即变为'昔'"。① 简单来说就是：时间如流水，永不停留，如说现在便已过去。在到达越国的这一刹那，虽是言今，但"今"这一瞬间已经立刻逝去，变为曾经。

余以为，进一步来看，"适"者，"往"也，与"来"相对。在到达越国的一刹那，时间上"今"变为"昔"，行程上"适"也即刻变为了"来"。这才可言"今日适越而昔来"。如此解读，与惠子其余命题对时空的认知一致，故第三、第四种解读方式也有待商榷。

寻常的认知中，"今""昔""适""来"互不可通，但惠子在动态的时空下看问题，使得"今""昔"之异，"适""来"之异在到达越国这一时间点上可同。

（8）连环可解也。

对这项命题主要有以下几种观点：以不解解之。成玄英认为连环"贯于空处"，两环之间互不干涉，可以称为解②。近人张默生沿着这一思路，进一步指出应是用双手使连环分离，才能真正称为解开连环③。以实际之解解之。任继愈认为打碎连环可谓之解。此说根据《战国策·齐策》君王后引椎椎破连环而解也。但这只是体现齐王后的机智，"解"与打碎也并不相同，此说不可行。以庄子解。钱基博认为庄子喜欢以连环比喻"道"，而《寓言》中"天钧""天倪""始卒若环，莫得其伦"，只要明白"天倪"的意义，就解开连环了，这也恰恰证明了"惠施为庄学之别出"④。此言以庄语解惠，混同庄惠，不妥。以万物运动变化为视点。冯友兰由"日方中方倪，物方生方死"推至"连环可解"，可谓有所洞见，只是"现为连环，忽焉而已

---

① 黄克剑：《名家琦辞疏解——惠施公孙龙研究》，中华书局2010年版，第70页。

② （清）郭庆藩撰，王孝鱼点校：《庄子集释》，中华书局2018年版，第968页。

③ 张默生原著，张翰勋校补：《庄子新释》，齐鲁书社1993年版，第755页。

④ 张丰乾：《庄子天下篇注疏四种》，华夏出版社2009年版，第138页。

非连环"①之语让人难以理解,连环何以"忽然"便不是连环呢?而蒋锡昌认为"物方生方死"与"连环可解"分别描述有生命的物和没有生命的物,连环从诞生伊始,就一直处在"解"的过程中,所以说"连环可解"。此外,他又将这项命题作为《齐物论》中"其分也,成也;其成也,毁也"的思想基础②。余以为,以《齐物论》之言释之,极容易陷入误区。不若先跳出《齐物论》,单独从惠子"历物"来看。如此,蒋说依然成立。不过黄克剑意识到"毁"很有可能被误以为是君王后"引椎椎破之"的"毁",因此特地指出"方生方死"的"死"不是横死,"解"自然也不是骤然毁坏,既然生死"相从于物在时空中存在的每一个刹那……那么'连环'一旦以环相连的方式出现于时空,它也就开始了它的刻刻都在发生的解体的过程"③。

相较于以不解解之,从运动变化的观点来看"连环可解也"的命题更能与"历物"其余的命题相联系,更符合惠子的动态思维。故而两相比较,以蒋锡昌、黄克剑之解为优。"不解"即物物相连,互相干涉,"解"即物物不相连,互不干涉,第一种解读的"解"只能合乎环与环不相连,但环与环之间还是相互干涉的,一个环受到另一个环的影响绝对不能360度转动,因此第一种解释并没有"解"环,尚存不妥之处。

寻常认识中,连环是"不解"的代名词,有连环绝不可谓之"解",如此"解"与"不解"互不可通。但惠子打破这种僵化的思维,将连环置于动态的时空之中,使"解"与"不解"之异同于连环处于世的这一过程之中。

(9)我知天下之中央,燕之北,越之南也。

对这项命题主要有以下几种观点:以"地圆"释之,此说已作辨别。重新定义"中央"。高亨认为中央者乃是域,域可小可大,小的域包含的范围非常狭小,大的域包含的范围却非常宽广,若是"扩大中央之域,则燕之

---

① 冯友兰:《中国哲学史》,商务印书馆2011年版,第216页。
② 蒋锡昌:《庄子哲学》,成都古籍书店1937年版,第271-272页。
③ 黄克剑:《名家琦辞疏解——惠施公孙龙研究》,中华书局2010年版,第72-73页。

北越之南固可包于其中"①。余以为，"中央"之域如果很大，那么在这个"中央"之域中又会产生新的中央。举例来说，若扩大中央之域a以至包括"燕之北，越之南"，则中央a中会产生中央b，那么天下的中央便会变为b，即使再去扩大中央b，那又会产生无穷的新的中央，以至于天下之中央成为一个点。因此这种定义并不能成立。以无穷观之。司马彪认为，燕越二地的距离是有穷的，但是南北之间的距离是无穷的，从无穷看有穷，燕越二地不可分割。正如环的任意一处都可以是起点，天下无穷无尽，任意一地也都可以成为天下的中央②。黄克剑亦持所说，认为"只是有限之域，才有'中'或'中央'……对于无边无际的天下说来，本无所谓'中央'，若是一定要悬设其'中央'所在，则亦无处不可——'燕之北'固可，'越之南'亦未始不可"③。

第三种解读更为合理。不过惠子应该没有"无所谓'中央'"的认识，他还是承认存在"中央"的，只是他打破边际，在动态的空间视点下看待问题，使"中央"处于无尽的空间中而可以变化。举例而言，本言a为天地之中央，但天地无穷，b又可以为中央，此时a又不是中央了，用"方生方死"的语词模式来说，a、b皆可谓"方中方不中"，"中央"与"非中央"之异在无穷无尽的空间中同一。

（10）泛爱万物，天地一体也。

诸多学者认为"泛爱万物"与"天地一体"存在因果关系，其意趣与重心或落于前者，或落于后者。

虞愚认为此项命题是惠子"历物"的结论，也是惠子最根本的哲学思想。他认为从"泛爱万物"可以推出"天地一体"。他根据《吕氏春秋》言惠子之学"去尊"指出惠子没有尊卑、贵贱、善恶之别，故可"泛爱万物"，使

① 张丰乾：《庄子天下篇注疏四种》，华夏出版社2009年版，第223页。
② （清）郭庆藩撰，王孝鱼点校：《庄子集释》，中华书局2018年版，第968页。
③ 黄克剑：《名家琦辞疏解——惠施公孙龙研究》，中华书局2010年版，第75-76页。

天地与我同为一体①。

但大多数学者以"天地一体"为因,以"泛爱万物"为果,将论题的重心置于前者,认为"泛爱"乃惠子哲学最终之旨归。蒋锡昌联系"大同异""小同异"的命题,指出"万物毕同"可推出"天地一体","天地一体"可推出"泛爱万物"②。冯友兰则扩大到历物的其余九条命题,指出上面九个论点都表明差别是相对的,可以相互转化,继而他联系《吕览·有始》中的"天地万物,一人之身也,此之谓大同",指出"'一人之身',正是'天地一体'的意思。既然'天地一体',所以要'泛爱万物'"③。郭沫若从"大一""小一"来看,认为千差万别的万物均"出于'大一',同为'一体',也就须得'泛爱'"④。

虞愚之说以"去尊"发端,但"去尊"或许是政治思想,应用到哲学中不一定妥当,不若仅从"历物"的内在逻辑谈起。相比于郭沫若、蒋锡昌之解,冯友兰之说在总结"历物"其余命题的一致内涵后,与最后一条命题联系,逻辑可通,如此,"泛爱万物,天地一体"方可成为作为"历物"命题之旨归。

有学者,如胡适、顾实等认为"泛爱"即墨家之"兼爱"也。余以为此言有待商榷。首先,"兼爱"的对象是人,是政治主张,体现出一种政治伦理,而"泛爱"的对象是物,是思辨领域的哲学命题,体现出一种世界观和价值观;其次,"泛爱"以"历物"为基础,是在深刻理解事物同异关系后得出的结论,而"兼爱的基础是'天志',是一种命定论"⑤。

惠子"历物",关注并研究万事万物,在物的层面上思考问题。在细致的体察中,他发现世俗处在固定的时空中,以僵化的思维言物,故而"有厚"与"无厚""高"与"低""中"与"倪""生"与"死""南"与"北""有穷"与

---

① 虞愚:《中国名学》,正中书局 1937 年版,第 109 页。
② 蒋锡昌:《庄子哲学》,成都古籍书店 1937 年版,第 272 页。
③ 冯友兰:《中国哲学史新编:上》,人民出版社 2007 年版,第 338 页。
④ 郭沫若:《十批判书》,人民出版社 1976 年版,第 233 页。
⑤ 赵炎峰:《先秦名家哲学研究》,山东大学博士学位论文,2011 年,第 61 页。

"无穷""今"与"昔""适"与"来""解"与"不解""中央"与"非中央"之间界限森严，非此即彼，互不可通。于是他将万事万物置于动态的无限大的时空中，以动态的思维言物，正如胡适所称，惠子"历物"以"连续不断的，无限可分的，经常变化的时间和空间"①为思想基础，由此他打破对立之间的界限，使得对立双方之名在一定条件下可以相同。

但是，惠子没有否认对立。惠子所言今、昔、中、倪、生、死既是抽象之"共名"，也是具体事物之名，当使用共名描述具体事物之实时，会因为二者的"相牵相连而使描摹者让'名'在奇异的相互限定中构造出蕴意诡曲的论题"②。从根本上说，惠子相信今、昔、中、倪、生、死这些人为给定的状态，也承认他们之间的对立关系，只是希望在既有语言和既有划分的基础上更好地阐述事物。因此惠子"合"的前提乃是"异"，他只不过从事物的运动变化出发，使得今昔、中倪、生死可同于一物，将"非此即彼"的判断转变为"非此即彼"而又"亦此亦彼"的判断，产生"方此方彼"的琦辞。究其根本，惠子承认物名，在概念思辨中齐事物同异之名，未曾触及同异之实。故而在现实中，惠子认为生、死截然不同，人应当以生为乐，以死为悲(《至乐》)；承认大、小截然对立，"大瓠"最终无所用也(《逍遥游》)。所以惠子眼中的"物"还是千差万别的，庄子认为惠子囿于万物，"逐万物而不反""散于万物而不厌"一针见血，直陈惠子之弊。

由此，惠子剥离名实。惠子"历物"虽没有直接提到"名实"关系，但终究是以这些命题告诉人们"究'实'当如何用'名'"③。对于世俗来说，生就是生，死就是死，万物只有生或死其中一种状态，故生死截然对立。但惠子认为万物永远在变化，始终处在动态的时空中，运动着的物不能用静止的名去限制，世俗单言"生"或者单言"死"的方式并不能对应万物的实际。

---

① 胡适：《先秦名学史》，学林出版社 1983 年版，第 99 页。

② 黄克剑：《名家琦辞疏解——惠施公孙龙研究》，中华书局 2010 年版，第 37 页。

③ 黄克剑：《名家琦辞疏解——惠施公孙龙研究》，中华书局 2010 年版，第 36 页。

如此世俗之名实之间就不是一一对应的关系，而是疏离的。于是惠子希望用一个更好的"名"去言说万物生死同途之"实"，这便产生了"方生方死"的琦辞。这种以"名"更好表述事物正是惠子"重正名实"的尝试与努力。

我们可以看到，惠子承认名。在他的思想中，生死之名还是对立的，只是要重新给物赋名而已。但是命名固然使得万物秩序井然，但这种"知"与"识"也打破了万物之前的圆融和浑沌①。惠子终究不可能达到万物齐一的状态。因此，惠子考察的是事物之间同和异的两个方面，并没有否定具体的差异。万物毕同，同样可以毕异，物与物之间可以异中求同，也可以同中求异，"异"始终在惠子这里占据了一席之地。他眼中的万物一定是有所区分的。"历物"最后的"天地一体"只是从同的角度看，是思辨上的一体，实质上却是包含差别的一体；"泛爱万物"其实是将自己独立于万物之外，认识万物，内心是承认万物之别的，正如沃森称"爱是以把人们将注意力集中于分立的个别实体之上作为前提"②，这也反过来证明了惠子对名的认可，毕竟命名这一活动根本上是人对事物的认知，若是物我合一也便无名存在了，因此惠子终究只能在物"名"上做文章。荀子指责惠子"蔽于辞"，后世多评其"专决于名"也都有一定道理。惠子终究流于名辩，于实无益，不能遏制世间是非，自己也陷入是非之中。

目前很多学者认为惠子哲学以第五条命题，即"同异之辨"为核心，认为惠子是以"合同异"分析物的世界中名的关系。现在来看，确实如此。惠子以"合同异"为思想之精髓，同异之名可同于一物，"异"为前提，"同"为条件。"异"不能消除，最终惠子困于异，其说无穷无尽，无怪乎庄子称惠子"说而不休"。由此我们重新看待"历物十事"的分类，第一、二条命题规定了"物"的范围，为"历物"之开端，第五条命题为"历物"之精髓，最后一条命题是结论，乃"历物"之旨归，故而这三条命题可自成一类；而其

---

① 黄克剑：《名家琦辞疏解——惠施公孙龙研究》，中华书局 2010 年版，第 1-2 页。

② 转引自 本杰明·史华慈著，程钢译、刘东校：《古代中国的思想世界》，江苏人民出版社 2004 年版，第 262 页。

余七条命题中第三、六、九条命题体现了惠子的空间观，第四、七、八条命题体现了惠子的时间观，都是第五条命题的具体应用，可自成一类。

三、惠子与其他名家

惠子与公孙龙等人同为名家，思想上定有相通之处，将惠子与其他名家进行比较，可以进一步挖掘惠子思想的实质。

《汉志》于"名家"一条下列有邓析、尹文子、公孙龙子、成公生、惠子、黄公、毛公七人。其中，成公生、黄公、毛公三人已无迹可考，其余名家人物也多无思想材料可寻。因此，有研究价值、可以与惠子进行比较的仅剩邓析、尹文子、公孙龙子三人。但学界对现存《邓析子》《尹文子》的真伪问题莫衷一是，邓析的思想尚可从其余典籍中探索，尹文子的思想却不行，且诸家对尹文子的归属学派争论不休，故本章暂不将尹文子列入讨论范围。

另外，《天下》在列举了惠子"历物"的十条命题后，记载了二十一条天下之辩者与惠子相和的命题①。因为涉及多位辩者，他们思想的核心可能不同，现存相关的资料又不足，我们无法准确解说，只能大致按名家的两大派别——"合同异""离坚白"论之。而"合同异""离坚白"之精髓可在比较惠子与公孙龙子时阐述。剩下的一些命题因为缺乏思想体系的支撑，会产生多种解读，涉及诸多方面，无法准确地与惠子比较，故不论。

1. 惠子与邓析

邓析，春秋时期郑人，与孔子、老子等人同时，早于惠子、公孙龙子。《汉志》载有《邓析子》二篇，现已亡佚。今本《邓析子》学界多以伪作

---

① 二十一条命题："卵有毛。鸡有三足。郢有天下。犬可以为羊。马有卵。丁子有尾。火不热。山出口。轮不蹍地。目不见。指不至，至不绝。龟长于蛇。矩不方，规不可以为圆。凿不围枘。飞鸟之景未尝动也。镞矢之疾，而有不行、不止之时。狗非犬。黄马骊牛三。白狗黑。孤驹未尝有母。一尺之棰，日取其半，万世不竭。"（参见（清）郭庆藩撰，王孝鱼点校：《庄子集释》，中华书局2018年版，第969页。）

视之。《吕览》《荀子》《列子》《说苑》等典籍中保留了邓析的一些材料。目前来看,现存《无厚》之篇乃邓析的政治思想,与哲学关系不大,诸多材料中最能体现其哲学思想的乃"两可"之说。

"两可之说"源于《吕氏春秋·离谓》的"洧水甚大"①,得尸者想要高价卖尸,赎尸者想要低价赎回,双方形成矛盾,邓析用"安之"这一相同的话语回答了矛盾双方,站在每一方的角度,他的回答都是有道理的,因为买卖双方是唯一的。而且,邓析洞悉买卖双方有一个共同的心理状态:急。因为尸体会腐烂,所以得尸者急于卖尸,赎尸者急于买尸。但得尸者的急可以通过赎尸者的急转化为不急,反之亦然,亦可"安之"。从这样的角度来看,"急"与"不急"可以相互转化而同一。因此,张晓芒称,邓析把相对的"可"与"不可""置入一个动态的是非判断中,使得对立双方的矛盾性质在事物的发展变化中具有了一定的同一性"②,"两可"也就是同时认可两种相反或者对立的事物。

但是,《吕氏春秋》看到邓析转化可与不可,丧失了明确的标准,使得标准日益变化③。固然,"两可之说"认为"急"与"不急"可同,但这种同是在承认双方对立的前提下。邓析到最后也没有消除这种对立。因此故事到最后,买卖的双方只会一直僵持着,产生无尽的争执,无法达成统一,后世认为邓析"操两可之说,设无穷之词"④即源于此。

由此我们可以探究邓析思想中的名实关系。邓析看到名实之间的疏离,相同的"名"("急")对应的"实"(得尸者的急之实是"卖尸",赎尸者的急之实是"买尸")并不相同,这就是"同名异实"。于是他使二者的急之名在一定条件下等同,那么得尸者的急之实可以用急名之,也可以用不急

① 《吕氏春秋·离谓》(汉)高诱注:《吕氏春秋》,上海书店出版社1986年版,第224-225页。

② 张晓芒:《先秦辩学法则史论》,中国人民大学出版社1996年版,第129页。

③ 《吕氏春秋·离谓》(汉)高诱注:《吕氏春秋》,上海书店出版社1986年版,第225页。

④ (战国)邓析撰:《邓析子》,上海古籍出版社1990年版,第1页。

名之，赎尸者的急之实("买尸")亦然，如此才更符合实际。于是他的"两可"，实际上也是剥离世俗之名实，希望以更好的"名"言说"实"。

邓析的思想与惠子相似。世俗认为"可"与"不可"是固定不变的，但"两可"打破了这种"非此即彼"的僵化思维定式，与惠子的"历物"命题旨趣相通①。葛兆光也认为，邓析用"两可""消解经验知识给人们带来的确定和语言认知给人们带来的固执"②，使人们以变化、动态的思维看待问题，而惠子看到了邓析。因此，邓析之"两可"与惠子"历物"一样，都是要否定寻常的一偏之见，在承认对立的前提下转化对立而同。无怪乎《荀子·非十二子》将惠子与邓析并列。只是，相较而言，如果说邓析是因为自己颂师的身份，在处理现实问题时形成了"两可"认知，那么惠子因为对物细致的观察而具有独特的时空观，在哲学领域建立起"历物"体系，继承并发展邓析之说，真正成为庄子眼中的名家第一人(《天下》)。

2. 惠子与公孙龙

名家学派中，影响最大的非公孙龙子莫属。公孙龙，字子秉，战国末期赵人，年代应稍晚于惠子。目前，一些学者认为如今的六篇本《公孙龙子》与《汉志》记载的十四篇本数目有异；《汉志》之后，直到《旧唐书》才出现有关《公孙龙子》的记载；现存《迹府》又明显不是公孙龙子之作，故今本当为伪作。但是，在大多数学者看来，这些理由并不能成立。首先，今本可能只是残缺使得数目有异。其次，"《汉志》与《旧唐书》之间的数百年中此书不见于正史记载，但是却散见于各个时期文人的笔记、著作之中"③，如《墨辩注序》《文选》《隋书》等都有记载和引用。最后，从《迹府》中"公孙龙，六国时辩士也"这句颇具总结性的话来看，此篇当是后人手笔，但先秦典籍据今甚远，出现后人掺杂实属正常，以此并不能断定现存其余五篇

---

① 黄克剑：《名家琦辞疏解——惠施公孙龙研究》，中华书局 2010 年版，第 31 页。

② 葛兆光：《中国思想史：第一卷》，复旦大学出版社 2001 年版，第 188 页。

③ 赵炎峰：《先秦名家哲学研究》，山东大学博士学位论文，2011 年，第 81 页。

为伪。这些观点言之成理，现存《公孙龙子》当为真，具有很高的研究价值。

《白马论》："白马非马"是一项公共命题。《韩非子》记载宋人兒说以"白马非马""服齐稷下之辩者"①；《战国策》也记载"形名之家，皆曰'白马非马'"②。因此公孙龙可能只是发展并系统严谨地阐述了这一命题，以至于成为其成名之论。《孔丛子·公孙龙》中公孙龙自言其学以"白马非马"为要，若去之，则无以为教③。如此"白马非马"是公孙龙最重要、最根本的命题，其哲学思想基本与"白马非马"相通。

《白马论》中，公孙龙以主客对辩的方式对"白马非马"展开论说。在寻常认知中，"白马"是"马"的一种，"白马非马"乃为诡辩。但在公孙龙眼中，"马"之名对应的是"马"这种动物的外形之"实"，"白"之名对应的是白色这一颜色之"实"。而"白马"是"白"与"马"结合的复合概念，同时指称外形之实和颜色之实，因此"白马"之实与"马"之实并不相同，"白马"的概念与"马"的概念也不相同，"白马非马"自然可以成立。

《坚白论》："坚白"也是当时流行的命题。《墨经》对"坚白"有很多讨论；《天下》中称别墨诸家"以坚白同异之辩相訾"④；《韩非子》"坚白无厚之词章，而宪令之法息"，与无厚一样，如果不是"坚白"之论蔚然成风，何至于扰乱法令。公孙龙发展并系统严谨地阐述了此命题，而有"坚白论"。《坚白论》中的核心主张乃是"离坚白"，开篇指出"坚""白"只能以不同的方式被认识到，在认识其中一个的时候，另一个便"自藏"，由"藏"而概念之间相离，这尚且部分站在了经验主义的立场。而接下来的"物白焉，不定其所白；物坚焉，不定其所坚"，这与《白马论》中的"白者不定所白"

---

① 《韩非子·外储说左上》，冀昀主编：《韩非子》，线装书局 2007 年版，第 210 页。

② 《战国策·赵策二》，（西汉）刘向编集，贺伟、侯仰军点校：《战国策》，齐鲁书社 2005 年版，第 202 页。

③ 《孔丛子·公孙龙》，（秦）孔鲋撰：《孔丛子》，上海古籍出版社 1990 年版，第 36 页。

④ （清）郭庆藩撰，王孝鱼点校：《庄子集释》，中华书局 2018 年版，第 947 页。

相同，都已经转向概念层面，将"白""坚"的概念从具体事物中抽离出来，接着又从"坚"与"白"概念独立性的角度离"坚白"，这与《白马论》中的"白"与"马"的概念相离旨趣相同。与《白马论》比较，公孙龙更进一步点出"藏"和"离"，认为概念(名)是隐藏在具体之物中的无形存在，概念与概念之间相互独立。

《通变论》：《通变论》的核心和主旨乃是"二无一"，就是说由两个独立概念所复合而成的新概念与原来任何一个概念并不相等，这一点在"白马非马"的论题中已能体现，不再详述。

《指物论》：《指物论》全篇的核心主旨乃是"物莫非指，而指非指"①，意思是万物都是要通过概念去认识，但是用以指认物的概念一旦被附着到物上，变为"与物之指"，就不再是原来的概念了。结合《白马论》中的"白者不定所白……定所白者，非白也"就可以理解，"白"本身是一个不定所白的抽象、独立的概念，一旦与马结合，产生"白马"这一概念，"白马"中的"白"就不是有所限定的，不是原来无所限定的"白"的概念了。因此，这一篇中，公孙龙摆脱有"白马""石"等容易引起误会的具体之物，而是纯粹从概念而言，强调概念的独立自存性以及概念与物之间的相"离"，建立起形而上的、独立存在的"指"的世界。

《名实论》：某物如果体现了这类物所具有的实质而没有偏差，就是"实"，它体现出物的实质，所表现的是事物自身存在的质的规定性，体现的是"一类事物的共相"②。当共相或实质完满到没有欠缺，体现出"至高范型"③就是"实"处其"位"了。当"实"越出这一位置是不当其位的，只有"实"位其所位，才是"正"。而面对现实中"出位"的情况，公孙龙认为要

① 公孙龙撰，谢希深、辛从益注：《公孙龙子 公孙龙子注》，中华书局1991年版，第12页。

② 黄克剑：《名家琦辞疏解——惠施公孙龙研究》，中华书局2010年版，第187页。

③ 黄克剑：《名家琦辞疏解——惠施公孙龙研究》，中华书局2010年版，第189页。

以正位匡正出位,因为"位"是实的完满,故而正位就是正实,验正一事物是否体现此类事物的共相。然而,"实"又是物之实,是物之本质和共相,需要由某一概念("名")来称谓,那么"正实"就是要"正名"。继而公孙龙提出"唯乎其彼此"的正名原则,就是说要用彼名称彼实,此名称此实,用恰当的名指称一定的实,使得名实相应,达到"正"。举例来说,以前瓺的样子,上圆下方,现在瓺的样子,上下都是圆的,瓺的样子都变了,还是叫瓺,这就是名不副实,公孙龙就认为需要仍然变为上圆下方,正其实,才能称瓺,名实相副,后期变化的"瓺"只可以用其他名称。最后,公孙龙提到"名者,实谓也",这进一步强调要名实相副,并建立起了纯逻辑层面的名实理论。

由此可见,公孙龙强调天下的物都可以用概念指称,但概念独立于物,概念之间也相互独立,概念一旦与具体之物结合就不再是原来的概念。公孙龙于此发现正名的契机:"离",即区分共相之"名"和称谓某一事物之"名",并以共相之名校正同样被这个"名"指称的某一事物[1],通过正名使得每一个"名"都有唯一与之对应之"实"。

若与惠子相较,首先,公孙龙与惠子的"实"不同。公孙龙之"实"指向一类事物的共相,而不是某一具体事物;而惠子之"实"是指每个物的实际情况,其实并没有一个确定的标准或者尺度。于是公孙龙之实是恒定不变的;而惠子之实是动态的,在时间和空间上都有很强的变动性。其次,公孙龙与惠子对"名"的使用不同。现实中认为"白马是马",公孙龙看到这一说法背后的"名实散乱",提出"正名",使得名实一一对应,他所谓之名是从具体事物中抽离出来的共相之"名"。而惠子之"名"既称某一事物,又称一类事物,"终究同共相脱不了干系"[2]。可以说,惠子也看到了世俗中名实关系的疏离,名实散乱,想要正名实。但是他指向的是具体之物,其名

---

[1] 黄克剑:《名家琦辞疏解——惠施公孙龙研究》,中华书局2010年版,第238页。

[2] 黄克剑:《名家琦辞疏解——惠施公孙龙研究》,中华书局2010年版,第37页。

也需要与具体之物相结合，故而他没有如公孙龙一般脱离物，也没有建立去纯粹的"名"的世界，只能"散于万物而不厌""遍为万物说"。最后，学界通常将惠子作为"合同异"的代表，将公孙龙子作为"离坚白"的代表。这就是说，惠子"历物"，注重现实万物，在对万物的观察和体认中，惠子发现万物均有同的一面，也都各不相同，彼此的对立虽然存在却可以相互转化而同。而公孙龙着眼于"名"，指出名是独立于物存在的，不同的名对应不同的实，名和名之间可以相"离"，但不可相互转化。虽然他们都是要正名实，但是一个采取"离"的方式，一个采取"合"的方式，前者需要超越经验世界，在形而上的层面推绎形式逻辑；后者需要以辩证思维在经验世界中阐述动态时空中的具体事物①，因此公孙龙建立起独立的名的世界，惠子"遍为万物说"。

但是公孙龙与惠子既然能被后人归结为一派，表明二者还是有相通之处的。首先，惠子与公孙龙都是承认"名"的，也就是说他们都承认人对事物的认识，反映在认识论上，就是他们采取主客二元的认识方式。惠子的"历物"就是"我"对万物的观察与体认，最后得到的"泛爱万物"，就是将"我"独立在物之外。濠梁之辩中更为明显，惠子认为我与物相隔不可相知，那么我不可能知鱼。而公孙龙更是直接说"天下无物，谁径谓指？"②这个"谁"显然就是认识主体，"物"是认识客体。"物莫非指"中也是强调认识主体对物的认识能力，《坚白论》中认识主体可以用眼睛看，用手摸石去认识物。其次，惠子和公孙龙都是在名上做文章。惠子"专决于名"，公孙龙建立起独立的"名"的世界。他们都看到世俗中名实散乱，想要重正名实，只是方式不同罢了。故而司马谈认为名家"控名责实，参伍不失不可不察"③，《汉志》也称名家长于正名。最后，公孙龙并非没有提到"合同

---

① 黄克剑：《名家琦辞疏解——惠施公孙龙研究》，中华书局2010年版，第38页。

② 公孙龙撰，谢希深注，辛从益注：《公孙龙子　公孙龙子注》，中华书局1991年版，第14-15页。

③ 司马迁：《史记》，线装书局2006年版，第545页。

异",《通变论》中"牛""羊"除了有无上齿的区别外,其他很多地方可能是相同的,所以它们可能是同一类,这与惠子"合同"思想是一致的。而"牛""羊"虽然都有角,但是他们在其他地方不同,这与惠子的"异"也是相同的。惠子也并非没有提到"离坚白"。惠子的"名"包含共相之名,他与公孙龙一样,将名从物中抽离出来,此为"离",只是由于他最终落在万物上,才将"名"与具体之物结合,没有真正将"离"进行下去。因此《秋水》中公孙龙称自己可以"合同异",《天下》中也有命题("指不至")与惠子相和。

第二节 《齐物论》中庄惠对话探赜

一、《齐物论》文本中的对话

1."吾丧我"

《齐物论》以南郭子綦与颜成子游的对话引出"吾丧我"。要理解"吾丧我",首先便需理解"丧耦"。《说文》载"枱广五寸为伐,二伐为耦"①,"耦"本是农用工具,自诞生之初便与"二"这个数字密不可分,后引申可作"匹""对"解,《齐物论》言"彼是莫得其偶","偶"与"耦"同,皆为"对"意。故"丧耦"为"丧其对",郭注"失其配匹"②得之也。

历来多将"耦"理解为"形神相对",也有理解为"真我""假我"相对,也有直接理解为"对立"的。从文意看,到不如先直接解为"形"。在外人眼中,南郭子綦"荅焉似丧其耦","形如槁木""心如死灰",《应帝王》中壶子示季咸以"地文",季咸曰"吾见湿灰焉""弗活矣"③与此相同。在子游看来,南郭子綦丧"身"丧"形",失去生机,故有"今之隐机者,非昔之隐机者"之问。而在南郭子綦本人眼中,自己达到了"吾丧我"的境界。此时的

---

① 许慎著,段玉裁注:《说文解字》,上海古籍出版社1981年版,第184页。
② (清)郭庆藩撰,王孝鱼点校:《庄子集释》,中华书局2018年版,第44页。
③ (清)郭庆藩撰,王孝鱼点校:《庄子集释》,中华书局2018年版,第272页。

"丧耦"便不仅仅是外人理解的"丧形"了，更是丧失一切对立之意。壶子示季咸以"地文""天壤"时，季咸能作出"死""生"两种截然不同的判断，而示以"太冲莫朕"时，季咸便无法判断，示"未始出吾宗"时，季咸更是立刻逃走。对于季咸来说，四种情况有很大的区别，所以反应不同，但对于壶子来说，四种情况无差无别，是可以随心展示的，他心中只有一种境界——"道"，也就是他要告诉列子的"道之实"。二者最大的不同在于，季咸有"死生、存亡、祸福、寿夭"等分别之心，且为之有喜有悲，而壶子去除一切分别，唯存"道"境，因顺自然，则无喜无悲。因此，南郭子綦与壶子相同，子游与季咸相同，后者只看到前者"死灰"之貌的表面，不得"死灰"之貌背后道之"实"的真实境界。

"吾丧我"既是由"丧耦"发端，自然有消除对立之意，而对立是人后天在与物接触的认知过程中产生的，乃我之成见。因此，"吾丧我"便是要去除包含一切对立的成见之"我"，返归"吾"所代表的道境。"吾""我"截然不同，并非包含关系。历来注家认为"丧我"是丧"假我"，丧形等其实都可以由丧成见而来。"假我"处于世俗之中，存私心、存知，从"我"出发认知世界万物，必然存在彼我之分。即使是提出"泛爱万物"的惠子根底上也承认万物有异，"我"不可知鱼乐，从而产生无穷的是非争论，"说而不休"。因此去知、去私心的去"假我"是消除成见的一种。同样，庄子认为人"一受其成形"便"与物相刃相靡"，不忘成心以待尽，那么丧成心成见便包括了丧形。

可以说，子綦、子綦都是庄子的虚拟，他们消除对立，游心于"道"，因顺自然，而子游、季咸都是惠子的虚拟，他们承认对立，承认划分，未达"道"境而产生诸多困惑，易陷入成见之中。

2. "三籁"

南郭子綦继而以"三籁"导之，对"吾丧我"再做申说。"三籁"中，着重描写的是地籁，文本详细形容了窍穴的不同形状和风吹窍穴发出的各种声音。而"天籁"则在"地籁"的基础上提醒一笔："吹万不同，而使其自己也,咸其自取,怒者其谁邪?"

从"自己""无怒者"的角度看,"天籁"即自然。从接续"吾丧我"的角度看,"天籁"即"道",二者并不违背。"地籁"虽万窍怒号,各有不同,但其作也,无使之作者;其止也,亦无使之止者,皆"自鸣"而已,乃自然之显现。正如冯友兰所言"(地籁)'自己'和'自取'都表示不需要另外一个发动者"①。"人籁比竹",为箫管乐器所发出的声音,与"地籁"一样,各有不同,但皆无使之者。"三籁"最大的区别只在于,地籁、人籁皆从"有"上说起,为有声之音。天籁从"无"上说起,为无声之音,如此,地籁、人籁乃是是"道"在"物"上的显现,可复通为道,"天籁"是绝对意义上的非显现,是"道"之本体。

文本中,"地籁"之声千差万别其实是人出于成见而听"地籁"所导致的。若是去除差别之心,去除各种成见,以"吾丧我"返归道境,则"地籁""人籁"皆是"天籁"。清代姚鼐便称南郭子綦所说的都是"天籁",只不过"丧我"者听到的都是"天籁";"有我"者只能听到"人籁"和"地籁"②。刘凤苞也认为"丧我"者,以心闻无声之"天籁","有我"者,从"我"之成见出发,只能以耳闻有声之"地籁""人籁",产生诸多不同。由此,庄子指出,物皆无差,其差皆出成心。

钟泰言"声音之道,亦可以通于物论"③,对杂奏不齐的地籁进行铺陈,是在"暗示下文所以会产生种种物论的不齐现象"④。"地籁"之不同乃是由成见产生,对地籁的描绘确实是对物论纷杂情况的描绘。但"地籁"本质上与"道"相通。《齐物论》称"言非吹也",明确表明了言论与吹,也就是与"三籁"的差异。究其原因,物论乃种种成心之见,与"地籁"出于"道"有着本质不同。释德清称,"风吹窍号"的"地籁"乃"无心之言","了

---

① 冯友兰:《中国哲学史新编》上,人民出版社2007年版,第299页。
② 转引自钱穆:《庄子纂笺》,北京·生活·新知三联书店2010年版,第13页。
③ 钟泰:《庄子发微》,上海古籍出版社1988年版,第29页。
④ 方勇,陆永品:《庄子诠评 全本庄子汇注汇评》,巴蜀书社1998年版,第40页。

无是非"，"人籁"乃"曲屈而无机心"①，"彼地籁无心，而人言有心，故后文云'言非吹也'"。② 释德清提到的"无是非之言"，其实就是不出于成心的"道言"，与"三籁"一致，但物论之争未能忘机，乃"有心"之见，这便与"道言"完全不同。"地籁"作时，众人不闻其一，只闻其差；"地籁"作后，众人不知其止，只见"调调、刁刁"，暗喻"道言"随自然而发，众人不明其无有是非，执于己之成见，产生差别之论，即使其止，亦固执己见，留有无穷之辞，庄子由是产生"言恶乎存而不可"之叹。

作为惠子替代的颜成子游不解"吾丧我"，作为庄子替代的南郭子綦便以"三籁"再度释之。《天下》中惠子"说而不休"、与人争辩，产生具有分别、对立的种种成见物论，故闻"地籁""人籁"之不同。而在庄子眼中，"地籁""人籁"皆为"道"，并无差别。

3."大知闲闲，小知间间……旦暮得此，其所由以生乎！"

"三籁"描写了种种无心、自然之"吹"，接着庄子便开始阐述与"吹"相对的有心之"言"，直指惠子与其纷杂之物论。

《释文》云："闲闲，广博之貌"，"间间，有所间别也"。成疏云："炎炎，猛烈也""詹詹，词费也"③。《天下》中提到"方术"仅"得一察以自好"，以己之学别于他学，尤其是惠子，欲"胜人之口""以反人为实，而欲以胜人为名"，以自为是，以他为非，细分如此。而诸家之言，尤其是惠子之类的辩者，"遍为万物说""说而不休"，词费如此。故而虽惠子、儒墨诸家可尽归"方术"之列，均可谓"小知""小言"，但此处针对惠子的意图更为明显。《老子》以大为"道"的代名词，曰："有物混成，先天地生……吾不知其名，字之曰道，强为之名曰大。"④庄子承老子，其所谓"道术"又"无乎不在"，则与"小知"不同的"大知"即"道知"，广博而无所不包，与

---

①　(明)释德清著：《庄子内篇注》，华东师范大学出版社 2009 年版，第 20 页。
②　(明)释德清著：《庄子内篇注》，华东师范大学出版社 2009 年版，第 25 页。
③　(清)郭庆藩撰，王孝鱼点校：《庄子集释》，中华书局 2018 年版，第 52 页。
④　冯国超译注：《老子》，华夏出版社 2017 年版，第 52 页。

"小言"不同的"大言"即"道言",可清荡诸多小言,还世间清明。释德清也指出这一节举古今"小知"之人为例,他们存有成心,有仁义、是非之别,执己为是,至死不悟,实在是不明大道①。因此,"大知""大言"均是"道"的代名词,"小知""小言"均是惠子"方术"的代名词。这与"小知不及大知(《逍遥游》)"不同,《逍遥游》中,惠子以己之学为大知,故有比较之语,但在庄子眼中,惠子与世俗无异,实为小知(见下面《逍遥游》辨析),故《齐物论》中庄子一方面以"小知""小言"批判惠子,一方面以"道知""道言"立论,希望摆脱惠子的困境。

接下来,庄子以"其寐也魂交,其觉也形开"言惠子等辩者"寐觉"时不安的表现形态。"与接为构,日与心斗"即每天与外物交接,其心为万物所役,有如战斗。对读《天下》,惠子"散于万物而不厌",劳役其心,欲"反人之实""胜人之口"就是"小知"辩者的典型。

"缦者、窖者、密者。"成疏曰"窖,深也""密,隐也","缦",借为"慢"。"此盖心计交接之异"②。与外物相接,先是缓慢,后逐渐深入,最后表面脱离物却于心中相斗更甚。他们劳役心智,有各种差异和不同,睡与醒均无法自安,时刻处在恐惧之中,小恐忧惧不宁,大恐惊恐失神。他们骤然发言时,速度如飞箭一般快,意在抓住时机挑弄是非。他们留言不发时,又如受到誓盟约束,意在等待时机胜过对手。对读《天下》,惠子"说而不休,多而无已,犹以为寡,益之以怪,以反人为实,而欲以胜人为名"③"与众不适",辩时存是非、欲胜人与此何其相似。

辩者劳役心神,如秋冬般日益衰颓;他们沉溺在外物之中,沉溺在言辩之中,不可复归自然;他们心灵闭塞,执着于一己之见,有如被绳子束缚,到了晚年,更加不可自拔;他们心神衰颓,凝滞于物,近于死亡,无法恢复生气。对读《天下》,惠子口谈"自以为最贤",但其实只是"穷响以声,形与影竞走也,悲夫",只不过《齐物论》将"悲"具体阐述

① (明)释德清著:《庄子内篇注》,华东师范大学出版社2009年版,第25页。
② (清)郭庆藩撰,王孝鱼点校:《庄子集释》,中华书局2018年版,第53页。
③ (清)郭庆藩撰,王孝鱼点校:《庄子集释》,中华书局2018年版,第975页。

出来。

辩者有喜、怒、哀、乐诸多心态，有多思、多悲、多反复、多忧惧等诸多情绪反应，有浮躁、放纵、张狂、假装等多种行为。惠子正是如此。他坚持"人有情"，劳役心神，"以好恶内伤其身（《德充符》）"；又"遍为万物说"，多思多虑，陷入情绪之中，以生为乐，以死为悲（《至乐》），忧大瓠无所用（《逍遥游》），恐失去高位（《秋水》），不能自宁。

在庄子看来，惠子辩者之心，多变无定，正如"乐出虚，蒸成菌"一般"虚而无根"①。这些心态、情态又每日交替出现，不知从哪儿萌动而来，与其不断探求萌动之所，不如停止劳神费心，毕竟若是很快就能知道产生之所，就能进一步明白他们产生的根源了。在庄子眼中，惠子之徒囿于外物，劳役其心，困于是非，其心飘忽不定，随万物反复无常，"不能觉悟丝毫"②。

4."非彼无我……吾独且奈何哉"

（1）"非彼无我……无益损乎其真"

"非彼无我，非我无所取"。王叔岷言"'非我无所取'犹言'非我无彼'耳。钱穆引严复曰'彼、我对待之名'"③，没有彼就没有我，没有我也就无所用彼，二者相互对立又相互依存。庄子认为这种存有对待已经很接近惠子是非问题的症结所在了，但还是不知道"彼""我"背后真正的主使（即不明"道"之主使，方产生对待）。

下面庄子阐述了"真宰"。"真宰""特不得其朕，可行己信，而不见其形，有情而无形"④，这几句可与《大宗师》的"夫道，有情有信，无为无

---

① 方勇，陆永品：《庄子诠评　全本庄子汇注汇评》，巴蜀书社1998年版，第44页。

② 蒋锡昌：《庄子哲学》，成都古籍书店1988年版，第117页。

③ 王叔岷：《庄子校诠》，乐学书局1999年版，第53页。

④ （清）郭庆藩撰，王孝鱼点校：《庄子集释》，中华书局2018年版，第55页。

形"①互为参看，故"真宰"应是"道"之别名。

百骸、九窍、六藏都完备地存在于我的身上，我更加亲近哪一部分呢？你都同样喜欢，还是会产生偏好呢？如果都喜欢，那么是将它们都当成服从于我的奴婢吗？既然都是奴婢，那他们之间就不能互相统治吗？还是让它们轮流为君为臣呢？以上虽是问句，但庄子的意思却是肯定的，百骸、九窍、六藏，都是"我"的组成部分，谁也不能成为主宰。而其中"汝皆说之乎？其有私焉"一句不再说"吾"，明显是有一个对话对象存在，这个对象只有可能是惠子，惠子言"泛爱万物"即"皆说"之意，庄子继而问道，你是真的"皆说"而无私吗？从惠子思想来看，其实惠子还是有私心，有偏好的，否则也不会觉得大瓠无所用，车比鸢更好了。庄子正是察觉到这一点，才有此问。

下面庄子阐述"真君"，"真宰"之别名而已。有这样一个真君存在，使得百骸、九窍、六藏各自返归本来的"道"之面目，无高下尊卑之分，自然无有偏爱。无论我们现实中能否找到"道"的真实情况，对于其本来面目来说，都是无损无益的。因为"道"本身是无形的，"自古以固存"。

(2)"一受其成形……人亦有不芒者乎"

"吾丧我"的内涵包括丧"形体"，那"一受其成形"即又恢复了先前有形之"我"，对物有高下贵贱的成见。

接着庄子再度申说"与接为构，日与心斗"，内容多可对读：

"与物相刃相靡，其行尽如驰而莫之能止(与物相摩擦，一天天走向死亡，不能停止)"与《天下篇》中评惠子"散于万物而不厌"相似，均是说执着于物；

"终身役役而不见其成功"的两处对读：一是《齐物论》后面说到包括惠子在内的三人虽然"知几矣"，但是他们"唯其好之也，以异于彼，其好之也，欲以明之。彼非所明而明之，故以坚白之昧终"②，实乃"无成矣"；

① (清)郭庆藩撰，王孝鱼点校：《庄子集释》，中华书局 2018 年版，第 225 页。
② (清)郭庆藩撰，王孝鱼点校：《庄子集释》，中华书局 2018 年版，第 73 页。

二是《天下篇》中单评惠子曰"由天地之道观惠施之能，其犹一蚊一虻之劳者也"，亦是暗示惠子之"无成"；

"荼然疲役而不知其所归"与《天下篇》"逐万物而不反"对读，表明言论无休，有始无终，不可返归道境；

对于这种情况，《齐物论》不禁发出"不亦悲乎""可不哀邪"的感叹，《天下》评惠子后亦有"惜乎""悲夫"之叹。因此自"与物相刃相靡"至"其心与之然"，针对惠子明矣。这样的惠子，随着形体衰老，随着死亡的一天天到来，精神也一天天被束缚，而愈加哀伤，即所谓"其厌也如缄，以言其老洫也；近死之心，莫使复阳也"。接着庄子对前面惠子"与物相刃相靡"的劳役之态发出疑问，人是生下来，就如此愚昧吗？还是自己愚昧，旁人有的不愚昧呢？

（3）"夫随其成心而师之……吾独且奈何哉"

最后庄子点出惠子如此之根源：成心。世人皆有成见，若以成见作为判断是非的标准，那么无论是聪明还是愚笨的人都有一个标准。

"未成乎心而有是非，是今日适越而昔至也。是以无有为有。无有为有，虽有神禹且不能知，吾独且奈何哉"①。此句中，"今日适越而昔至"之言，与惠子命题的表述相合；而且《齐物论》中"昭文之鼓琴也，师旷之枝策也，惠子之据梧也"②，文本中已然有惠子的身影，直接将惠子作为批评对象；整部《庄子》中更是多次直接出现的庄惠之争。这些都能表明这此处很可能并非巧合，而是引自惠子的"历物十事"。

前人对庄子此处的用意看法不一，陈鼓应以两种看法为代表，一是认为"庄子借惠子之说表明成心形成于昔日，今日之是非不过是成心的外在表现"③；二是认为在庄子看来，"'今日适越而昔至'绝对不能成立，此句意在表明没有成心便没有是非，是非皆出成心"④。两相比较，第一种理解

---

① （清）郭庆藩撰，王孝鱼点校：《庄子集释》，中华书局 2018 年版，第 56 页。

② （清）郭庆藩撰，王孝鱼点校：《庄子集释》，中华书局 2018 年版，第 72 页。

③ 陈鼓应：《庄子今注今译》，商务印书馆 2007 年版，第 63-64 页。

④ 陈鼓应：《庄子今注今译》，商务印书馆 2007 年版，第 64 页。

似乎不能与"是以无有为有"顺接。"是"表明承接前文,内涵包括前面的"未成乎心而有是非"和类比它的"今日适越而昔至"两者。从"以无有为有,虽有神禹,且不能知,吾独且奈何"可以看出,庄子并不赞同"以无有为有",也就是不赞同前面两种说法。由此庄子直接否定了"今日适越而昔至"。庄惠并非在同一意义层面使用此说,惠子明显是作为论题而言,从哲学思考的角度将之变为现实;庄子只是作为一种修辞手法,"今日适越而昔至"在寻常的时间认知下并不能成立,以此表明一定是先有成心,再有是非。庄子此处非用惠子思想,仅用惠子的表述而已。当然,这种直截了当的否定其实也暗暗表明了庄子根底上并不赞同惠子。庄子以惠子为"质",暗与惠子对话可知也。

小结:这一小段中,庄子直到最后才点出惠子彼我对待乃是出于"成心"。他所言"真君""真宰"不过是与"成心"相对照,表明彼我都是道之显现,常人不明于此,而有对立。接着庄子又描述惠子劳役无功之态,言其师乎"成心"。如此可将此段分割:

a. "非彼无我"四句:庄子评惠子。

b. "若有真宰……无益损乎其真":庄子言己之"道",与惠子对照。

c. "一受其成形……人亦有不芒者乎":庄子评惠子。

d. "夫随其成心而师之……吾独且奈何哉":庄子点出惠子劳役的根源,庄子的反思。

如此,庄子将其"道"建立在对惠子的反思之上。我们重新捋一遍段意:惠子不能明于"道",不忘其成心,存有对立,为物所迷,逐物不反,导致"遍为万物说",言论不休,争论不休,这样根本不能算是成功。而且如惠子这般,守其"知",不达于"道",徒使自己形体劳损,疲惫不堪,于"道"却无所损益,实在是愚昧的做法。而明"道"之人,保其真君、真宰,超脱万物,无成心亦无是非。

5. "夫言非吹也……则莫若以明"

承接"成心"一段而来的"言非吹也",开启了新的关于"言"的话题。

言论与"吹"不同，"吹发自然"，是"道"之显现，出于无心，而"言出机心"①，是有成心的。因此"言者有言"中的"言者"是指有成心之人，承上文所说应为惠子。其言既然出于成心，故不能作为衡量是非的真正标准，如释德清所称，人的言论是有机心的主观偏见，不是出自"真宰"，因此不知到底是否正确②。既然如此，惠子之言便仍然无法遏制或结束世间是非，自以为有作用，其实与"有声无义"的"鷇音"并无二致。接着，庄子针对这种情况发出疑惑："道恶乎隐而有真伪？言恶乎隐而有是非？道恶乎往而不存？言恶乎存而不可？"③此时的"言"与"道"并列，指"大言""道言"。下面庄子自答，指出原因所在：惠子之学乃"道术"分裂下的"方术"，仅为小成，故只能以"坚白之昧终"，遮蔽大道。惠子之言为浮辩之词，华美之言，《天下》记载"惠施能不辞而应，不虑而对""南方倚人之问"，能"遍为万物说，说而不休"，能"反人为实""而以胜人为名"，以"善辩"著称等均可为证。这种言论出于成心，滞于华辩，遮蔽了至言。因此惠施之学虽有合同之处，却终以对立为本，不仅不能消除自身是非，亦不能阻止儒墨诸家"是其所非而非其所是"，甚至导致辩者用各种命题与自己相互应和，终身无穷，他们"胜人之口，不能服人之心"，产生新一轮的争论，陷于是非之中。此时天下之物论不仅仍然纷杂，甚至更多了。于此，庄子不再多言，直接提出自己的观点："莫若以明"。

需要注意的是，以王夫之为代表的治庄者据"儒墨之是非"认为庄子是在针对儒墨两家，但一方面正如《徐无鬼》中记载，庄子将惠子当做唯一之"质"，此处又何必针对儒墨呢？另一方面惠子虽仍然以异为根本，但其合同却有超越儒墨诸家的一面，因此庄子不必越过好友惠子指向儒墨，此处只不过以儒墨为成见、物论的代表而已。

如此，"莫若以明"与惠子"合同异"以对立为前提、存有是非物论相

---

① 蒋锡昌：《庄子哲学》，成都古籍书店1988年版，第125页。

② 释德清：《庄子内篇注》，华东师范大学出版社2009年版，第31页。

③ （清）郭庆藩撰，王孝鱼点校：《庄子集释》，中华书局2018年版，第53、62页。

反。从"道隐于小成,言隐于荣华"来看,既然有小成、有成心都会有物论,那去除"小成""荣华",恢复"道"之本来面目,即是"莫若以明"之意。前代诸家以"道"解"明",可也。从"道"的角度看,万物"复通为一",差别自消,物论自消。

6. "物无非彼……万物一马也"

(1)"物无非彼……因非因是"

以"是以圣人不由而照之于天"一句为截点,可将其前后文本断开。而前段文本从"物无非彼,物无非是"至"因是因非,因非因是",以"故"(曰)、"虽然"相续,逻辑上没有太大的松散。"故"是因果连词,总结前文;"虽然"是转折连词,前后表达有所不同,以"虽然"为界,可再次划分出文本 a 与文本 b。

a:物无非彼,物无非是。自彼则不见,自知(是)则知之。故曰:彼出于是,是亦因彼。彼是方生之说也。

按严灵峰说,上下文均以"彼""是"对文,"自知而知之"本作"自是而知之"①。此言有理,得到不少学者的赞同。这几句以"彼是方生"为落脚点,概括前文。但前文仅以"彼""是"相对,并未将"生""死"对言,则此处的"方生"非"方生方死"的"方生"。按《说文》:"方,并船也"②,"方"有"并列"之意,则"彼是方生"为"彼是并生",结合前文可以看出文本 a 意在说明:"彼"与"此"并非自身存在,而是有彼才有此,有此才有彼,"彼"与"此"相对而生,相互依存,不可分割。"彼此"相对待而生,与上面的"彼我"相对待而生意义相同。惠子在此基础上提出"合同异"。

---

① 严灵峰:"自知而知之"本作"自是而知之"。"作'知'于义不合,本节上下文并以'彼''是'对文,此不当独作'知'。疑涉下'知'而误。上句'自彼则不见',则下句作'自是则知之';'彼'与'是'对,'见'与'知'对,文法井然。因依上下文义臆改"。此说合乎逻辑,有理有据,得到不少学者的赞同,如陈鼓应、陈启天等学者均依此改正。严灵峰:《道家四子新编》,台湾商务印书馆 1968 年版,第 527 页。

② 许慎著,段玉裁注:《说文解字》,上海古籍出版社 1981 年版,第 404 页。

b：虽然，方生方死，方死方生；方可方不可，方不可方可；因是因非，因非因是。

以"虽然"为转，续以六句文辞结构相似之言，"方"与"因"类，均可抽象为"方'A'方'非A'"，如此可在相同的思路下理解文本b。正如"今日适越而昔至"引惠子"历物"命题的原因一样，"方生方死"亦是惠子命题之一。"方死方生"只是调换了"方生方死"中"生""死"的前后顺序，理解上并无二致。万物既处在生的过程中，同时也处在死的过程中，"生"与"死"对立却可同于一物。"方可方不可，方不可方可""因是因非""因非因是"即可与不可、是与非等对立判断都可以随着物的变化或看问题视角的变化而转变同一，一如邓析之"两可"，举例而言，水瓢盛水可也，作小船不可也，可与不可虽可同于水瓢这一物，但言可仍有不可与之相对，乃惠子"合同异"的表述。

(2)是以圣人不由而照之于天，亦因是也。是亦彼也，彼亦是也。

"是以"表明此句承接上段文本而来，则"不由"需要联系上文进行理解。圣人"不由"即"不由彼是方生""不由方生方死"，其实就是要取消这些说法中隐藏的一切对立，即郭象所谓"不由是非之涂"也①。

圣人主张以全新的方式——"照之与天"看待问题。"天，自然也"②，"照之于天"意为"从自然的角度观照"。"自然"即排斥人为，返回物之本然，则是与非这些世俗的认知、对立都将不复存在。成疏明之：圣人"直置虚凝，照以自然之智。只因此是非而得无非无是，终不夺有而别证无"③。历来注家多将"照之于天"与"莫若以明"同解。"自然"与"道"不可分割，从自然的角度看待事物就是从道的角度看待万物，此时万物为一。如此，庄子取消惠子仍存对立、陷入是非之弊，超越惠子。

"亦因是也"。"是，此也"④，上文"是以"即此处之"因是"。圣人因

---

① （清）郭庆藩撰，王孝鱼点校：《庄子集释》，中华书局2018年版，第66页。
② （清）郭庆藩撰，王孝鱼点校：《庄子集释》，中华书局2018年版，第66页。
③ （清）郭庆藩撰，王孝鱼点校：《庄子集释》，中华书局2018年版，第66页。
④ （清）王先谦编著：《庄子集解》，成都古籍书店1988年版，第9页。

为发现是非对待之无穷，所以不走是非之途而"照之于天"。

如此，我们反思庄子引惠子"方生方死"的用意。"方生方死"与后五句同归"合同异"，紧接着有"是以圣人不由，而照之于天"之言。《庄子》行文虽汪洋恣肆，但是至少从"物无非彼"截至此言，呈现出逻辑上的严密性。"是以"即"因此"，是一个逻辑连词，表明此句是建立在前文基础上而言，同时也说明了庄子对惠子思想的利用。那么"不由"从文本逻辑上来看就是否定了前文，也就是否定了包括"方生方死"之论在内的各种说法，由此庄子完成了由利用惠子到表述自己思想的跨越。而且，惠子存对立的思想还是引出了无穷是非，那庄子便立刻重申关要，"照之于天"，主张以另外一种、必然不同于"方生方死"的方式观察事物，以脱离是非。因此庄子虽援引惠子，但最终还是与惠子分道扬镳。蒋锡昌也意识到这一点，直接指出"彼""是"之相对待"就是惠施"方生方死"之说，只会造成是非之辩，永不得穷，而后面的"圣人不由"，就是不由"方生方死"，不由"'彼''是'之途而唯明之自然"①，庄子虽引惠子，却已然直指惠子之弊，此乃"'以子(惠)之矛攻子(惠)之盾'"②也。

(3)彼亦一是非，此亦一是非。果且有彼是乎哉？果且无彼是乎哉？

人人各师其成心，"彼"与"此"各有一套是非准则，惠子"合同异"能在名上合同，却没有办法改变这种情况，惠子自身也以己之是非与人争辩，欲求得论之胜。

庄子继而反思道，世间到底有没有彼与此的区别呢？王先谦云"分则有彼此，合则无彼此"③。若"照之于天"，则彼是合二为一，没有分别；若按惠子，彼是、是非尚有分别。这里应该是庄子对"照之于天"和惠子思想的思考。

(4)彼是莫得其偶，谓之道枢。枢始得其环中，以应无穷。

"偶，对也。""彼是莫得其偶"即取消"彼""是"对立，使二者不成对

---

① 蒋锡昌：《庄子哲学》，成都古籍书店1937年版，第130页。

② 蒋锡昌：《庄子哲学》，成都古籍书店1937年版，第130页。

③ (清)王先谦编著：《庄子集解》，成都古籍书店1988年版，第10页。

待。成疏："枢，要也"①"道枢"则是"大道的关键"。大道入于得环中，可应无穷。环无起点，亦无终点，《寓言》"始卒若环，莫得其伦"亦是此意。由此，庄子对是非问题做出恰当的回应：与其言是言非，是非对立转化，最终无穷无尽，不如以无是非为正。

（5）是亦一无穷，非亦一无穷也。故曰莫若以明。

成疏认为万物莫不自是而相非，因此世间之是非无穷尽。刘武言是非相互依存，"循环相生"，对某一事、某一物都有"是""非"两种不同的认识，"是"在某一天也可能因为各种情况转变为"非"，反之亦然，所以无论"是"还是"非"都永远没有穷尽②。陈鼓应以刘武之解为正，进一步指出"'彼''此'人物、环象、事态的转换对立中产生无穷的是非判断"。③

惠子正是如此，他师乎"成心"，从自己的角度出发去看问题，欲"反人之实""胜人之口"，故而有无尽之是非。即使他提出了"合同异"，转化对立而同，但对立存在，是非仍然无穷尽。而庄子认为与其如惠子般陷入是非无法自然，不如"以明"，从道的角度去看问题，即取消对立是非。

（6）以指喻指之非指，不若以非指喻指之非指也；以马喻马之非马，不若以非马喻马之非马也。天地一指也，万物一马也。

"白马非马"是名家的代表性命题。"指"有人认为是手指，有人认为是《指物论》中的表述概念的"指"。钱穆认为，公孙龙子在庄子后，故"指"与《指物论》无关。余以为二说并不矛盾。表示概念的"指"，只是脱离了"马"这些现实中有所指的"物"，纯粹从概念上阐述思想，内涵上"白马非马"与"指非指"并无二致（上文已释）。王叔岷反对钱穆系年，他通过"形名之家，皆曰白马非马"认为"庄子此言指、马之喻，当属周季恒言"④。《天下》中将惠子作为辩者之先，后面的二十一条命题中公孙龙也有命题与惠子相和，《秋水》又记载公孙龙自认学有"合同异"，则惠子当为公孙龙等

① （清）郭庆藩撰，王孝鱼点校：《庄子集释》，中华书局2018年版，第66页。
② 刘武：《庄子集解内篇补正》，中华书局2019年版，第418页。
③ 陈鼓应：《庄子今注今译》，商务印书馆2007年版，第71页。
④ 王叔岷：《庄子校诠》，乐学书局1999年版，第61页。

人的先导。据此,"遍为万物说"的惠子或许对"指"也有所说,只是后来被公孙龙汲取、发展至大成,公孙龙此说流传了下来,而惠子此说散佚。

庄子借助事象使"道"之主张易于理解,但他借助与名家、或者说与惠子会十分密切的"马""指"事象便耐人寻味了,这也在一定程度上证明了庄惠对话的潜在性。庄子认为,与其预设"马"这样一个对象和语词的存在,继而辩驳"白马非马",产生无穷的争论,不如首先就取消这样的预设,从"道通为一"的角度看问题。天下本无马,任何东西(比如羊)都可以被命名为马,与其说白马非马,不如以羊(也就是"道")比喻白马不是马(而是道之显现)。"天地一指也,万物一马也",此时的"一马"不是世俗认知下具体的"马",而是概念意义上的"道"的代名词,如此将理念寓于事象之中,无理念与事象之分,世俗所称的牛、车、犬等皆可称为"马"。这么看来,这世间本就没有"马",自然也就没有对"马"的称谓,"白马非马"便无须再争,物论自止。而庄子也有戏谑惠子之意,惠子认为名实可以剥离,在这个基础上正名实,庄子认为与其去正名实,不如彻底在概念上做文章,随机赋名,将不是马的东西也称之为马,如此天地间所有东西都可以被称为"马"。

7."可乎可……是之谓两行"

(1)严灵峰采纳王先谦之言,根据《寓言篇》校正为:"道行之而成,物谓之而然。有自也而可,有自也而不可;有自也而然,有自也而不然。恶乎然?然于然。恶乎不然?不然于不然。恶乎可?可于可。恶乎不可?不可于不可。"[1]校正后文气通畅,应取其说。

这几句罗列了众多抽象性语句,颇似名家之论。由"道行之而成"引入"物谓之而然",表明"'物'成为'如此如此之物',并非客观存在是如此,实是在认知活动中被心灵认知为如此"[2],对物与名的关系十分警惕。在惠

---

[1]　严灵峰:《道家四子新编》,台湾商务印书馆1968年版,第531-532页。

[2]　劳思光:《新编中国哲学史:第一卷》,广西师范大学出版社2005年版,第203页。

子等名家的思想中，他们承认"物"之名，认为"物"都是要靠人的认识才能被认知，因此惠子"历物"，通过对物的观察重新赋名，想要名实相符。公孙龙提出"物莫非指"，表示"物"都是人以某一名或某一概念予以指认的。物与名之间并非天然地相互配合，而是可以剥离，这是所有名家的前提，否则"白马非马"这些命题便不能成立，"历物"的诸多命题也不能成立，一如"方生方死"，若是"物的存在"之实与世俗所谓的"生"之间已经天然对等，又何来"方生方死"之说。这种对物之名的认识与此处的"物谓之而然"理解上并无二致。冯耀明在分析惠子之"一体"时直接将"道行之而成，物谓之而然"的世界作为"人为语言概念建构的、有封的世界"①，其实正是隐约看到此句应为惠子的表达。

既然物是被主观认知的，那么从自身出发便有然与不然、可与不可的诸多判断。这是"物谓之而然"之后的衍生。惠子在这个基础上提出"方可方不可"等"合同异"思想，这正是惠子超越一般名家的地方，也是庄子选择惠子为"质"的原因。但同时，惠子对世俗的反思正是庄子对惠子的反思，惠子之辩也是其出于是非而来，与世俗无异。

(2)物固有所然，物固有所可。无物不然，无物不可。

《论语》曰："子绝四：勿意，勿必，勿固，勿我"②，"勿固"谓不固执、不执着。则"固"可表示固着，成疏曰"物情执滞"正是此意。"物固有所然，物固有所可"的字面意为"固着于物便会有所然、有所可"。"然"与"可"是前面诸多成见的代表，亦可以说"物固有所不然，物固有所不可"。

惠子"逐万物而不返""遍为万物说"，本就是固着于物。如太阳处在正午这样一个节点时，世俗中，有人以为"中"，有人以为"倪"，他们承认"中""倪"互不干涉，执着于"中""倪"两种状态，从而争论不休。惠子在动态时空下观察并体认万物，将"中""倪"置于变化移动之中，发现对立之间转化同一的可能，提出"日方中方倪"。惠子固然比世俗更近一步，但还

---

① 冯耀明：《鱼乐、真知与浑沌——濠梁之辩的逻辑分析》，《逻辑学研究》2017年第4期，第60页。

② 刘宝楠著：《论语正义》，商务印书馆1933年版，第84-85页。

没有取消"中""倪"对立,故而万物仍有所差别。在这个基础上他对所有的物重新赋名,有所然、可,无法回到世界本身圆融的状态,只会陷入是非,与人争辩,"反人之口"。

因此,"物固有所然,物固有所可。无物不然,无物不可"乃是庄子对惠子的反思。成疏"物情执滞,触境皆迷,必固谓有然,必固谓有可,岂知可则不可,然则不然邪"①"群品云云,各私其见,皆然其所然,可其所可"②,正是隐约看到此句隐含的庄子的反思,并没有如后世一般,认为此句正面阐述庄子之"道"、申齐同之旨。正是在反思中,庄子不再固于物,从"物"中解放出来,从"道"的层面建立起自己的理论体系。

从《寓言》篇看,这种解读也是可行的。从"卮言日出"至"未尝不言",乃是庄子自明其旨。"卮言""和以天倪",即要无是非成见,"言"是对道的破坏,"无言"方可达于道。继而"有自也而可"至"不可于不可"是惠子之言,惠子以琦辞"方 A 方非 A"能实现对立之间的转化,但他仍存对立,有然可等诸多成见。庄子看到他固于"物","遍为万物说"而如此,指出在这种情况下,只能依靠"卮言"取消是非。因此,《寓言》中,庄子仍是以惠子为"质",只是与《齐物论》侧重于阐发"道"不同,它以一"非"字,在对惠子"言"的反思中确立起"卮言"的必要性。

(3)故为是举莛与楹,厉与西施,恢诡谲怪,道通为一。

惠子固于物,师其成心,不能抛下成见,使是非对立仍然存在,自身也陷入然、可之中。意识到这一点,庄子从千差万别的"物"中脱离,提出"故为是举莛与楹,厉与西施,恢诡谲怪,道通为一"。"是"就包括惠子等人主于私见和物情所导致的各种可与不可、然与不然之论争,此时,小大有别、美丑有别,那索性就拿莛与楹、厉与西施这几种东西打比方,以说私见和物情主导下种种"恢诡谲怪"的差异。庄子认为,面对这种情况,不妨脱离"物",从"道"的层面进行思考。道"无所不在",万物在根本上

---

① (清)郭庆藩撰,王孝鱼点校:《庄子集释》,中华书局 2018 年版,第 69 页。
② (清)郭庆藩撰,王孝鱼点校:《庄子集释》,中华书局 2018 年版,第 69 页。

与道相通。《知北游》中东郭子问庄子"道，恶乎在"，庄子以"在蝼蚁""在稊稗""在瓦甓""在屎溺"答之，继而以"汝唯莫必，无乎逃物"[1]表明没有物可以逃离道而单独存在，"道"为物之本。既然如此，从道的层面看，无论物与物之间差异有多大，也是可以通而为一的。既为一，则无物，各种私见和物情主导下的幻象自然就恢复了道的面目，各种论争也就消失了。由此，"道"成为"取消差别"的条件。这是庄子针对惠子提出的对争论的解决方案，正诠释了前面的"一指""一马"之理。

郭沫若认为，"可乎可，不可乎不可"存在相对性，"无物不然，无物不可"乃是狂断，"莛与楹，厉与西施"无分和"天与地卑，山与泽平"同为诡辩，其实正是隐约察觉到惠子的逻辑，只是认为《齐物论》都是庄子的表达，对庄惠二者也未作进一步区分，混同庄惠，最终将以上(1)—(3)作为庄子的诡辩。

(4)其分也，成也；其成也，毁也。凡物无成与毁，复通为一。

万物本可以"道通为一"，但是惠子存在差异，给万物赋名，打破原本为"一"的状态，这种区分看似有所小成；可这种小成，其实也毁坏了通而为一的原始状态。

《齐物论》可作为注脚，从"未始有物"的道境逐渐分化到"是非之彰"的俗境，是人依据主观，对事物认识的结果，也是对"道"的破坏。《天下》篇亦举墨翟、宋钘、田骈、惠施诸家，不否认诸家学说有体现"道"的一面，认为"古之道术有在于是者"，但最终还是以"方术"而非"道术"称之。"方术"乃"道术"之分化，是"世之学者，不幸不见天地之纯，古人之大体，道术将为天下裂"[2]的后果，庄子对这种不见大道的学说都一一给予批评。因此分裂"道术"固然有"方术"之小成，但其实还是对"道术"的破坏，《齐物论》"道隐于小成"不外如是。

"凡物无成与毁，复通为一"。《老子》言："万物并作，吾以观其

---

① 释德清：《庄子内篇注》，华东师范大学出版社 2009 年版，第 661 页。

② （清）郭庆藩撰，王孝鱼点校：《庄子集释》，中华书局 2018 年版，第 939 页。

复"①,"反者道之动"②,道是循环往复的,道生万物,万物也可返归于道。那么庄子"复通为一"即所有的物都可以消除惠子"分"所导致的小成与毁道,回到原来无分无毁的道通为一的状态。

(5)唯达者知通为一,为是不用而寓诸庸。庸也者,用也;用也者,通也;通也者,得也;适得而几矣。因是已。已而不知其然,谓之道。

严灵峰认为包括"庸也者"的二十字个是"前人为'用'字作注"③,混入了正文。他又将此句与前文的"为是不用而寓诸庸,此之谓以明"联系,认为前文没有这二十字,此处也应当没有。陈鼓应也认为删去之后,剩下"为是不用,而寓诸庸;因是已",正与前文的"圣人不由,而照之于天;亦因是也",后文的"为是不用,而寓诸庸;此之谓以明","句法一律"④。二说有理。但大致上,以"用"释"庸"可解释此句,是删是留,无伤文本之义。

"庸,用也,而兼有常义,即《礼·中庸》之庸"⑤。历代注家也多以"常"释"庸","寓诸庸"就是"寓于常",即"寓于常理常用"。"常"意味着无须刻意追求,所谓"日用而不知",即每日都在行为中有所体现,绝不有意以"知"求之,达到"已而不知其然",与"朝三暮四"的"不劳神明"意义相似。如此不用"知"而入混沌,实则便是因任事物之自然变化(即下文"因是已"),去除差异,"一以己为牛,一以己为马","两行"而"道通为一"。因此"以常为用"⑥,"无心于得,而适然得之,则尽乎道矣"⑦。由此,"寓诸庸"以下的二十个字不仅解释了"庸",也逐步解释了达者得道的

---

① 冯国超译注:《老子》,华夏出版社2017年版,第34页。

② 冯国超译注:《老子》,华夏出版社2017年版,第84页。

③ 严灵峰:《道家四子新编》,台湾商务印书馆1968年版,第536页。

④ 陈鼓应:《庄子今注今译》,商务印书馆2007年版,第79页。

⑤ 钟泰:《庄子发微》,上海古籍出版社1988年版,第42页。

⑥ (宋)林希逸著,周启成校注:《庄子鬳斋口译校注》,中华书局2009年版,第26页。

⑦ (宋)宣颖撰,曹础基校点:《南华解经》,广东人民出版社2008年版,第17页。

过程。

"因是已"。王先谦注曰："任天之谓也"①，陈鼓应注曰："'因'，谓因物自然"②。通达之人在常用中恰得大道，尽道之妙，这就是说方式其实就是不刻意追求、因顺自然。

"已而不知其然，谓之道"。林希逸认为此句之"已"是庄子游戏作文的体现，蒋锡昌认为是庄子的省字法，诸多学者虽对庄子用意的看法不同，但都认为"已"承上句"因是已"之"已"，全言之应为"因是已，而不知其然，谓之道"。则此句可以如此理解：（联系前文，通达之人在常用中恰得大道，却可尽道之妙，这就是方式其实就是不刻意追求、因顺自然。）这种因顺自然却不有心追求的方式，才可以称为真正的（达）道。由此，"因是已""已而不知其然，谓之道"两句其实与"适得而几矣"意义相近，并对达者"寓诸庸"的方式给予了肯定。

(6)劳神明为一而不知其同也，谓之"朝三"……名实未亏而喜怒为用，亦因是也。

闻一多指出了此句针对惠子③。所谓"劳神明为一"者，实惠子也。惠子劳其智，观察、体认万物，从世俗对物的划分中求所同，而后有"为一"之结论，即"历物"所谓"天地一体"也。这种欲知其然，刻意求一的方式，出发点是纷繁之外物，必会神为知役，为外物表象所囿，陷入是非，"囿于目前之一隅"④。因此惠子的方式与庄子主张的"已而不知其然"完全相反。如果说"朝三暮四""朝四暮三"的猴子，不知三、四之名和其总和之实（七）之相同，而被颠倒的现象所迷，产生喜怒，那"劳神明为一"的惠子就是不明大道之同，而被主观成见左右，困于是非之中，产生无穷争论。如此，庄子上文言"达者"也都是针对惠子而发，与惠子形成对照。

---

① （清）王先谦编著：《庄子集解》，成都古籍书店1988年版，第11页。
② 陈鼓应：《庄子今注今译》，商务印书馆2007年版，第79页。
③ 孔党伯，袁謇正主编：《闻一多全集9 庄子编》，湖北人民出版社1994年版，第83页。
④ （清）王先谦编著：《庄子集解》，成都古籍书店1988年版，第11页。

（7）是以圣人和之以是非而休乎天钧，是之谓两行。

针对惠子这种情况，庄子以"是以"作转，提出自己的主张。"和之以是非"即混同是非，不分彼此。《齐物论》对"天钧""天倪"的形态虽没有直接描述，但《寓言》篇云："万物皆种也，以不同形相禅，始卒若环，莫得其伦，是谓天均"①，故"天钧"当为圆形，崔撰云"钧，陶钧也"②得其真意。如此，"天钧"与"环"相似，意在消除是非对立，从而无是无非。"休乎天钧"即要像天然陶钧一般自然流转，不分是非。诸多注家以"自然"释"天钧"，如"天钧者，自然钧平之理也"③，"听万物之自然也"④，这些解读虽与庄子本义不违背，但皆不若明"天钧"之圆形结构妥当。

郭象注"两行"为"任天下之是非"⑤。举例来说，《应帝王》篇云泰氏"一以己为牛，一以己为马"正是圣人"两行"的体现，圣人好像在对"己"为何作出判断，似乎处于是非之中，可实际上他们明于"道"，看到牛马"道通为一"的面目，故而认为以己为牛、为马均可，他们心中并无是非之分。如此，"两行"与"两可"不同，它是以道通为一为前提，没有成心，无所偏好，好像处于是非之中，却又超出是非，混同是非而无有是非。王夫之认为惠子之说与庄子"两行"相近⑥，虽把握到庄惠的关系，但对庄惠二者区分不明。

8."古之人，其知有所至矣……为是不用而寓诸庸，此之谓以明。"

庄子先是从高到低划出四个层次：未始有物——有物未始有封——有封未始有是非——是非之彰。"未始有物"之境完整无分，是古之悟道者所

---

① （清）郭庆藩撰，王孝鱼点校：《庄子集释》，中华书局2018年版，第833页。
② （清）郭庆藩撰，王孝鱼点校：《庄子集释》，中华书局2018年版，第72页。
③ （清）郭庆藩撰，王孝鱼点校：《庄子集释》，中华书局2018年版，第72页。
④ 冯友兰：《中国哲学史》，商务印书馆2011年版，第251页。
⑤ （清）郭庆藩撰，王孝鱼点校：《庄子集释》，中华书局2018年版，第72页。
⑥ （明）王夫之：《庄子解》，王夫之：《船山全书》，岳麓书社2011年版，第475页。

达到的"至矣，尽矣"的"道"境，此时无存"物"、唯存"道"。次一等的境界乃道在物上显现，物与物之间没有界限，如道体现为马与花。再次一等有物与物的界限，却没有对物进行是非判断，如马与花虽有区分，但还没有以是否美丽评价二者。最后是非之彰，开始争论马和花哪一种更好看，哪一种更有用。大道在这样的层次下渐渐亏损，各种私心、成见接踵而至。

接着庄子反思道亏、爱成之有无。结合郭注理解①，昭文鼓琴，是有所选择地成就音乐，此时存有私心，有亏于道之圆融；而不鼓琴时，诸多乐调存于心中未发，没有选择，不存私心，无成亦无损于大道。

继而庄子虽以惠子与师旷、昭文并举，但实是意在惠子。首先，《德充符》中庄子谓惠子"天选子之形，子以坚白鸣"②，与此处"以坚白之昧终"意近。其次，正如王叔岷所称，与"白马非马"的情况一样，战国时持"坚白论"的人很多③，第二章也证实了"坚白"是当时的流行命题。那么惠子或许也曾有此说，只是如今散佚。最后，与公孙龙之"指"可能源出惠子一样，既然《秋水》《天下》中都表示出公孙龙学缘惠子，那么极有可能"坚白之论"也汲取并发展了惠子思想。如此旧注将"坚白"仅归入公孙龙，非也。在庄子看来，"坚白"问题仍是"以好恶内伤其身"，对物有所偏私，有所划分，实在是亏损大道的愚昧做法。如此，这里又申述了"道隐于小成"之旨意。

紧接着，庄子指出，昭文之子以学习鼓琴之技而终其身，但终身没有成就。于此庄子提出疑惑，这样子便可以算作有成吗？那么即使我们无成，也可算作有成了。如果这样都不能算有成，那么他人和我也都不能算作有成了。这四句，语气似乎飘忽不定，但庄子之意十分明确，即以道观之，惠子等人之所好皆为小技，他们是"小成"之人的代表，沉湎于"小知"，一叶障目，不见大道，茫昧而终，再度申述"道隐于小成"。

① 郭庆藩撰，王孝鱼点校：《庄子集释》，中华书局 2018 年版，第 74 页。

② 郭庆藩撰，王孝鱼点校：《庄子集释》，中华书局 2018 年版，第 203 页。

③ 王叔岷：《庄子校诠》，乐学书局 1999 年版，第 68 页。

"滑疑之耀,圣人之所图也",此句历来有两种解读:一是如释得清,"图"为谋求,圣人希望并追求的是"光而不耀"①,即不炫耀自己;二是如蒋锡昌,"图"借作"啚",按《说文》,"啬"也,省啬之义也,与下文"不用"相应。按《释文》,"滑"即"乱","滑疑"指辩者之言使人心乱生疑。因此圣人摒弃、不用辩者之说②。而闻一多认为原本为"啚","鄙"意也。只是"'鄙'古只作'啚',校者误为'图'字,遂改为图也"③。余以为,"为是不用"的"为是"即"因此",表明"不用"要承接上文而来,故而第二种解读更为妥当。在庄子看来,惠子小成,遮蔽大道,以辩说滑乱人心、使人心生疑惑,圣人想要摒弃这种方式,故不用惠子夸耀于人之说,而是"以明"("莫若以明"),回到通而为一的"道境"。

9. "今且有言于此……无适焉,因是已"

(1)"今且有言乎此……其果无谓乎"

庄子意识到言论出于成心,造成是非,但自己也发了言论,他没有辩解自己之言与他人之言是否不同,只是说"虽然,请尝言之",表明其不得不言,充分体现出对言的警惕。

其言为何呢?庄子从现象界层层上溯,从"有始也者"一直推到"有未始有夫未始有无也者"。"盖惧立一名便生一执,故步步扫除,直使人无从以意见攀缘"④,庄子欲用此种方式破除所"执",使人明白有天地、万物之后才有是非之分,在泰始之初,未有天地、万物之时,"固无所谓是非也"⑤。一旦世界上产生了有和无,但未知此"有"是否真的为"有","无"是否真的为"无",谓万物有无不可认真,不可执着。接着庄子怀疑自己:

---

① (明)释德清著:《庄子内篇注》,华东师范大学出版社 2009 年版,第 41 页。

② 蒋锡昌:《庄子哲学》,成都古籍书店 1988 年版,第 143 页。

③ 孔党伯,袁謇正主编:《闻一多全集 9 庄子编》,湖北人民出版社 1994 年版,第 35 页。

④ 钟泰:《庄子发微》,上海古籍出版社 1988 年版,第 47 页。

⑤ 蒋锡昌:《庄子哲学》,成都古籍书店 1988 年版,第 145 页。

现在我说了这些话，但我到底有没有说话呢？这与前面说惠子"果有言邪？其未尝有言邪？"一句相似，表明庄子认为一旦有所言说，其实就是与惠子相类了，于此再度申说言之不得已也。

（2）"夫天下莫大于秋豪之末，而太山为小；莫寿乎殇子，而彭祖为夭"此句文辞诡谲，似名家之风。

郭象以"性分"解，仍谈小、大，最后却诡异地回归无小无大的庄子逻辑，非也。严北溟虽认为这句话是诡辩，但也指出其中隐藏的"相对主义"①。陈鼓应沿着这个思路进一步指出在庄子看来，大小、长短都是相对的②。秋毫虽小，与比它更小的东西相比，它仍是大的；太山虽大，与比它更大的东西相比，它仍是小的；夭折的婴儿虽短命，与比它更短命的东西相比，他仍是寿命长的；彭祖虽活了八百岁，与比它更长命的相比，他仍是寿命短的。如此大小、长短均可以归于一物，对立虽在名上可同，但在某一实际状态中仍然有差，正是惠子之"合同异"。而且，严北溟在阐述时进一步提到庄子意在突破感官认识，借助抽象思维发现空间中大与小的相对性，"只有无限大和无限小，才是绝对的"③，这其实与惠子"至大""至小"截然对立，而经验事物大小可在名上相通的思想一致。严先生出于对文本严谨性的推崇将此句归入庄子，不免有些不妥。而胡适认为"'郢有天下'即是庄子所说，'天下莫大于秋毫之末，而泰山为小'之意"④，他发现两句的相通，本没有错，但他还是将《齐物论》作为庄子文本，在这个基础上将《天下》中明确的辩者命题视为庄子之说，并不妥当。不过换一个角度看，严、胡两位先生正从两个方面将此句与庄子思想的割裂展示了出来，故余以为，庄子此处引惠子，欲在惠子基础上阐明己见而已。

---

① 严北溟：《从道家思想演变看庄子哲学》，《社会科学战线》1981 年第 1 期，第 17 页。

② 陈鼓应：《庄子今注今译》，商务印书馆 2007 年版，第 89 页。

③ 严北溟：《从道家思想演变看庄子哲学》，《社会科学战线》1981 年第 1 期，第 17 页。

④ 胡适：《中国哲学史大纲》，江西教育出版社 2019 年版，第 156 页。

（3）天地与我并生，而万物与我为一。

惠子"泛爱万物，天地一体"，文辞与此相似，容易混淆。细究其本，"天地一体"根源于"合同异"，"合同异"中，"异"为根本，"同"是在"名"上同。而其所谓"一体"是从"同"的角度看，故为概念之"一体"，实际上是具有差别对立之"一体"，需要物名对千差万别之物一一指认。"泛爱万物"，既然有"爱"这样的情感体验，便是将自己独立于物之外，承认物我有别，"泛爱"是人在认识差别万物的过程中产生的理性思辨的结果。沃森便称"爱是以把人们将注意力集中于分立的个别实体之上作为前提，因而就损伤了我们与作为整体而存在的'道'的关系。当'道'受到损伤之时，爱就变成'完全的了'"①，《齐物论》的"道之所以亏，爱之所以成"就是这个意思。而"万物与我为一"，庄子舍弃物我之分，则无私人情感的偏向。其所谓"为一"指在道的疆域中，万物可道通为一，此乃齐万物之"实"，无需用名认知物。庄惠的"实名之别"于此凸显。因此惠子的"一体"与庄子的"为一"文辞相似，意实不同。前者表示虽然万物有别，但却属于一个有机整体，即"all in one"；后者却意识到语言和概念建构出的分别世界并非世界之本然。世界从本质上来说没有差别的，呈现出通而为一的浑沌状态，即"all as one"②。故而庄子此句意为：我抛弃成心，与物冥合，在道的层面通而为一，则此时无物无封，又何谈长与短、大与小呢？于此，庄子推翻前面的惠子之言。

（4）"既已为一矣，且得有言乎？……无适焉，因是已"

庄子没有止于超越惠子，反而再一次表明自己的问题：既然合为一体，还能再说什么呢(即不需要言语打破万物的"通而为一"的圆融状态，分别万物)？既然说出了"合为一体"的话，还能说我没有说话吗(庄子反思自己，我已有言)？万物与我为一，加上我说的"万物与我为一"的话，就

① 转引自本杰明·史华慈著，程钢译、刘东校：《古代中国的思想世界》，江苏人民出版社 2004 年版，第 262 页。

② 冯耀明：《鱼乐、真知与浑沌——濠梁之辩的逻辑分析》，《逻辑学研究》2017年第 4 期，第 60 页。

是二个；既然有二，便不可言"万物与我为一"，于是就有了三去解释，如此有言之后，递递相生，即使是善于计算的人也不能算清楚到底会有多少言，何况世俗凡人呢？庄子以此表明一旦有言，言就会一再衍生，最终产生无限之论，如此再申"言"之不可，展现"言"之困境。庄子继而反思道，现在我为了说明道的大致情形，从"万物与我为一"的不需要"言"说到"有言"已经至少达到了"三"的地步，何况是惠子这些辩者本身就是从纷繁的外物出发，从有言开始谈，逞机辩之言呢？因此到此为止吧，不要再往下说了，还是因任自然，回归道境吧！

10. "夫道未始有封……此之谓葆光"

本段对言、辩的否定与庄子是相似的，但是"有左有右，有伦有义，有分有辩，有竞有争"①的"八德""春秋经世先王之志，圣人议而不辩"②、"仁常而不成，廉清而不信"③的文辞颇有"调和儒道"之意，不仅与庄子之旨相悖，也非出于儒家(则不为庄子与儒家的对话)，更非惠子之说。从文本流传的角度看，陆德明《释文》在"夫道未始有封"下引崔撰注，认为早在东汉班固理书时，这一段极有可能属于外篇，并未归入《齐物论》。张寿恒《庄子新探》具体从《齐物论》的思想、语言风格、可外证的篇目等方面与本段作比，得出此段为《齐物论》羼杂部分的结论。余以为，其从主旨方面的阐述最为精当④。张浩将此段分为三节，认为有庄子之说，有后人羼杂。但余以为，张浩的理由不能成立。首先，"仁常而不成，廉清而不信"等文

---

① 郭庆藩撰，王孝鱼点校：《庄子集释》，中华书局 2018 年版，第 80 页。
② 郭庆藩撰，王孝鱼点校：《庄子集释》，中华书局 2018 年版，第 80 页。
③ 郭庆藩撰，王孝鱼点校：《庄子集释》，中华书局 2018 年版，第 81 页。
④ 张寿恒："《齐物论》全篇的中心问题，是等齐死生，泯除是非，都是些脱离现实的玄想问题：'六合之外，圣人存而不论'，'六合之内，圣人论而不议。春秋经世，先王之志，圣人议而不辩。'显然这是一种调和儒、道思想的议论。不但'春秋经世，先王之志'一类话，和《齐物论》主要思想相反，而所说圣人一词，亦和庄子以及一般道家的圣人很不相类。后世解庄家，对这一点不加区别，反而引此数语，宣称庄周是'尊孔之至'，甚至说什么'庄子胸中未尝须臾忘夫子也'，确为误解。"张寿恒：《庄子新探》，湖北人民出版社 1983 年版，第 53 页。

辞仍是调和之言,庄子本人并不赞同"仁""廉""勇"等儒家观念,自然不会申说;其次,"五者园而几向方矣"非"圆""方"对举,本作"无弃"①,有赞同儒家意也,非庄惠言,多为掺杂。因而本段不应归于《齐物论》,此处不再申说。

11. 五则寓言

与惠子对话后,庄子以五则寓言重申观点。

(1)"尧问于舜"

舜以十日普照万物,无所偏私,喻圣人无成心私见,达到逍遥。此时的尧或是隐喻惠子,尧欲攻打三个小国是出于私心,则心受其累,"不得释然",正如惠子不能放下成心,陷于是非,"荼然疲役"。而舜或是庄子的化身,主张取消成心,"照之于天",物我是非,置之不辩。

(2)"啮缺问乎王倪"

王元泽认为,啮缺是"道之不全者",王倪是"道之端",庄子以二子"明道全与不全而与端本"②。啮缺问王倪,三问而三不知,不用己知论万物也。王倪以"虽然,请尝言之"暗示言本不必,此乃不得不言,继而他用几个例子表明一切标准都是不确定的,这些都是从"我"的角度,以一己之是非认知万物的结果,因此仁义的标准、是非的标准纷然杂乱,无法分辨,此乃"不知"之根由也。

世俗言是言非,惠子"合同异"转化是非,都无法抛下其用"知"所定的标准,只会陷入是非之中,惠子的"历物"也只是从自我认知的角度重新建

---

① 奚侗:《淮南子·诠言训》载此文作"五者无弃而几向方矣"。高《注》:"方,道也,庶几向于道也。"《尔雅·释诂》:"弃,忘也",意谓能无忘此五者,其庶几向于道矣。疑古本《庄子》"無"作"无","弃"字破烂不可辨,钞者乃作口以识之。后人不察,误"无"为"元",又与口相合为"园"。解者遂以为"圆"之俗字,而误"方"为"圆"之对文,而书旨大晦。是当据《淮南子》订正之。引自陈鼓应:《庄子今注今译》,商务印书馆 2007 年版,第 94 页。

② (宋)王雱:《南华真经新传》,王水照编:《王安石全集》第 9 册,复旦大学出版社 2016 年版,第 219 页。

立是非标准。庄子认为与其如此，不如看到是非混乱的实际情况，取消"知"和一切标准，超出是非。于是王倪之言实是通过是非不定激人省察自己所谓之"知"，暗示世俗所谓"知"不过是主观是非的标准判断而已，最终以"我恶能知其辩"走上了与惠子不同的道路。

王倪继而提到"至人"旁礴万物以为一，不以物为事，故无"知"，物论消弭，世俗之是非、利害、生死无乱其心。于此，庄子突破惠子固着于物，再一次重申其旨，以道齐物进而齐世间是非物论。

（3）"瞿鹊子问乎长梧子"

瞿鹊子和长梧子的问答，表明梦与觉不可区分。众人不察，以其知为"觉"，逐于是非之境，区分君牧，如此求知不止，劳役不息，不亦"固哉"？而圣人意识到知实非"觉"，于是不逞己智，浑然无知，任世俗是非樊然淆乱而不顾，我自无分隶尊，与万物合而为一，脱离是非，"故虽万岁之久，事变之杂""混然纯备，无今古而忘死生也"①。

长梧子继而指出世人皆有成心，是非标准无从建立，辩则无胜，不如"和之以天倪"。按《寓言》，"天钧"就是"天倪"，也是圆形结构，欲明无是无非。继而文本中有一句"是不是，然不然"颇有迷惑性。蒋锡昌引《秋水》公孙龙自言"然不然，可不可，困百家之知，穷众口之辩"②之语，指出《齐物论》此处乃辩士自言可以是他人所不是，然他人所不然③。也有学者认为此乃庄子之言，即"是就是不是，然就是不然"，庄子以此混同是与不是。余以为，"曰"的出现有一种可能是文本中存在一个与庄子对话的对象。"是不是，然不然"之后有"是若是若果是也，则是之异乎不是也亦无辩；然若果然也，则然之异乎不然也亦无辩"④一句。"无辩"明显是庄子的思想。这一句中的"无辩"肯定要针对"有辩"而发，若是混同是与不是，便没有了这个发端。故蒋锡昌之解可也。只是"然不然"之说不仅是公孙

① （宋）褚伯秀：《南华真经义海纂微：上》，中华书局2018年版，第98页。
② 郭庆藩撰，王孝鱼点校：《庄子集释》，中华书局2018年版，第531页。
③ 蒋锡昌：《庄子哲学》，成都古籍书店1937年版，第178-179页。
④ 郭庆藩撰，王孝鱼点校：《庄子集释》，中华书局2018年版，第102页。

龙,也是所有包括惠子在内辩士的重要特点,《秋水》中公孙龙自言学缘之言可证之。那么这几句可以如此理解:何谓和之以天倪?要说清这个,我们先看惠子在内的一些辩士。他们说"然不然,可不可",欲反人之口,辩论不休。但是"是"如果真的是"是",它与"不是"便有区别,无需争辩;"然"如果真的是"不然",它与"不然"也有区别,无需争辩。庄子以此表明正是惠子等人师乎成心,他们的"是"不是真正的"是","然"不是真正的"然","特未定其果是果非也",才会有争辩。表面看,庄子还有是与不是的对立,但若是往深层想,怎么判断"是"真的就是"是"呢?在庄子的逻辑中,显然是不能去作出这个判断的。故而庄子下面提到"化声之相待",化声是相对而成的,"若其不相待"就是要取消对立,如此自然没有是与不是的争论了,自然也就不需要去判断"是"是否真的就是"是"。最后庄子说道因循自然之理,"忘年忘义"①,齐同生死,齐同是非,逍遥于无物之境。

因此这则寓言也是针对惠子而发。惠子用己知"遍为万物说",试图重正名实;他以己之成心与人争辩,"以胜人为名",自身陷于是非之中,故可以是此处被庄子批评的对象,"是不是,然不然"一句更直接指向包括惠子在内的名家。

另外,从文本看,"既使我与若辩矣"归入"瞿鹊子问乎长梧子"可也,分开亦可。一旦分割,《齐物论》的庄惠对话便更加明显。"我与若辩",则庄子必有一个对话(辩论)对象存在,庄子以"辩无胜"欲从根本上否定辩论、结束辩论。这与"濠梁观鱼"中庄子以"吾知之濠上也"结束与惠子的争论异曲同工。那么"是不是,然不然"前的"曰"字,更有可能是庄子与惠子对话,以"曰"作标识表明此为惠子之言。

(4)"罔两问影"

这一则寓言在《寓言》中也有阐述。影子自述不知其行止,成疏曰:

---

① 郭庆藩撰,王孝鱼点校:《庄子集释》,中华书局 2018 年版,第 106 页。

"夫待与不待，然与不然，天机自张，莫知其宰"①，无须寻其缘由，也无须心识思虑。因此不妨脱离成心之所待，"愚芚"无"知"，任是非则不受是非之累，因顺自然，心无挂碍。

此则寓言中，罔两是惠子的代表。惠子"历物"是从自己的角度认知事物，通过正名实为事物重建标准，其"合同异"也是无法取消对立，有待于成心，陷入是非。而影是庄子的代表，他认为不妨去除认知，任其自然，"无待"而脱离是非标准。

（5）"庄周梦蝶"

这则寓言中，庄子直接现身说法。梦中的庄周与蝴蝶合二为一，不知道自己是庄周。但醒来后，发现自己还是庄周。由万物为一到物有所分，一个"醒"字表明此时庄周已经有了世俗之"知"，有了梦醒之分，而在与蝴蝶合二为一的时候，没有梦这样一个认知，因为只有醒了才知前为梦。故而在"梦"的世界中，庄周与万物冥合，不知梦而无所知。一旦有了醒，回到现实，就有了认知，有了分别之心。而下面的"不知周之梦为蝴蝶与，蝴蝶之梦周与"却推翻了前面的"觉"，从庄周自身的认知来看，自己是醒了，但是他又产生了疑惑：自己到底是作为人，在梦中变成了蝴蝶呢？还是作为蝴蝶，在梦中变成了庄周呢？庄周的"醒"再一次变成了"梦"，在这个"梦"中，没有醒，也就会如前面"不知周与"一般"不知蝶与"，再一次与物冥合，如此梦与醒的区别因为蝴蝶与我的合一而消除。从世俗的角度看，庄周与蝴蝶一定是有不同的。但是在庄子这里，庄周与蝴蝶不分，物我不分，这就是"物化"。

这则寓言可以从两个角度进行解读：物我不分。梦中，作为物的蝴蝶与作为人的庄周可以互换而不能证实主次、真假。于是庄子提出"物化"，意在消除物我界限，齐同我与万物，使得我与蝴蝶再无分别。此时"梦"成为齐同物我的桥梁，这个"梦"的世界其实就是庄子一再强调的万物可以通而为一的"道境"。取消物论。正如我之觉或许为蝶之梦，"我"所处的世界

① 郭庆藩撰，王孝鱼点校：《庄子集释》，中华书局 2018 年版，第 106 页。

到底是梦的世界还是觉的世界,若是存物我之分,最多只会像惠子一般说道"方梦方觉",存梦觉对立,无法取消争论;但庄子将我与蝶合二为一,"我"不存在,"我"给予的梦与觉的划分也不存在,此为庄子的梦觉不分,争论自消。

因此这则寓言中,庄子意在去除一切人为因素,破除我执,去除师乎"成心"而产生的种种是非争论、价值判断,齐同物论。正如释德清所言"万物混化为一,则了无人我是非之辩,则物论不齐而自齐也。①

刘凤苞曾言"庄周梦蝶"与"濠梁观鱼""文心同为高妙",但也只是从大处着眼,言二者境界不同,没有进一步思考庄周梦蝶中是否隐藏惠子。其实,我们可以将这则寓言与《秋水》中的濠梁观鱼对读。濠梁观鱼中,惠子认为鱼与我必有分别,故我不能知鱼;而庄子认为鱼与我可"道通为一",故我能与鱼相知,"鱼之乐"与"自喻适志"不是喜怒哀乐、"姚佚启态"之"乐",而是在道境之中,反真而逍遥之"乐"。因此庄周梦蝶中,"周与胡蝶则必有分矣"一句虽未如濠梁之辩般明确将惠子作为对手,但却是暗暗指向惠子固于物,存物我对立;"物化"则表明庄子如濠梁之辩中知鱼乐一般,回归道境,是与物合而为一,物我无分的。

通过以上分析,五则寓言均可针对惠子存物论是非而发,欲在"道"的层面去除是非,齐同"物论"。张浩依据缺少与主题相关的"道"与"言"的描述,将"啮缺问乎王倪""瞿鹊子问于长梧子""庄周梦蝶"三则寓言归入羼入章节的看法有待商榷。

二、《齐物论》的文本结构与行文逻辑

历来诸多治庄者虽对行文之"散"有所体认,但最终还是以思虑精密评之,认为"立言之间,举意构思,即包括始终"②,行文时明提暗点主旨,有"草蛇灰线"之奇。甚至有学者以现代议论文的方式进行解读。而从庄惠

---

① （明)释德清著:《庄子内篇注》,华东师范大学出版社2009年版,第60页。
② （明)释德清著:《庄子内篇注》,华东师范大学出版社2009年版,第28页。

对话的角度重新阐释文本后，我们可以以新的视角重新看待《齐物论》的文本结构与行文逻辑。（下面暂以今本《庄子》为论说对象。）

南郭子綦隐几而坐，颜成子游不明其境界，故有所问。南郭子綦并没有具体阐述"我"和"吾"究竟有何不同，而是以"三籁"导之。"三籁"都是自然的，与有成心的"言"不同，是"吾"。后面的"真君""真宰""道""以明""天倪"等也都是"吾"所处的境界。虽然南郭子綦并没有具体说何为"我"，但是，二者对话结束便说道"小知"之人的种种心态、与物"相刃相靡"的劳役情态，后面也说到各种是非纷杂，这些物物对立、物我对立、是非对立，都是由"我"之成见产生的，要丧的乃是成见之"我"。因此，整篇文本都是围绕"吾丧我"进行，所描述的各种"我"与《天下》中的惠子十分相似，庄子在文本中与惠子对话，希望惠子能够丧"我"归"吾"。

文本虽有一个大致的主题，但结构并不严密。无论是南郭子綦还是后面的文本都没有像现代议论文一般详细解读何谓"吾丧我"，段段之间也大多散行，下面分别阐述：

1. 先以"吾丧我"开篇，后以"三籁"导之，"吾丧我"与"三籁"都指向"道"，而"我""地籁""人籁"的声音差异暗指惠子出于成见，不明大道，物论纷杂；

2. "大知闲闲……其所由以生乎"一段。庄子将矛头指向惠子，先是总说惠子乃"小知""小言"，争论不休，与"大知""大言"的无有是非截然不同，继而详述惠子论辩的种种心态和情态，展现其陷入是非的情况。

3. "非彼无我……吾独且奈何哉"一段。庄子反思惠子是非问题的症结乃是存有彼我之对待，不明白物均是道的显现，道中无对立。在这个过程中，庄子警醒地认识到惠子"皆说"并不可能，对惠子思想把握得十分透彻。继而庄子描述惠子"逐物而不返"的劳役之态，点出"成心"是其陷入是非的根本原因，并否定了惠子"历物"命题中的"今日适越而昔至"。

4. "夫言非吹也……则莫若以明"一段。庄子先是以"言非吹也"引出惠子及其物论，继而反思惠子物论只会引起无穷是非，隐藏大道，在此基础上庄子以"莫若以明"立论，希望齐同"物论"。

5."物无非彼……天地一马也"一段，可以分为四个小部分：（1）惠子言其"合同异"，庄子以"不由"推翻其说，提出"照之于天"，合同是非；（2）庄子反思惠子存在是非，提出"道枢"取消是非对立；（3）庄子反思惠子所导致的是非无穷，提出"莫若以明"；（4）庄子反思"白马非马"等命题，主张以"道"观物，齐同万物，取消语词，并有戏谑惠子之意。本段重搭逻辑：惠子"合同异"，陷入是非，导致是非无穷，庄子意识到这一点，主张以"道"合同是非，取消是非，隐隐凸显齐"物论"之主张。

6."道行之而成……是之谓两行"一段，可以分为三个小部分：（1）惠子看到人对物的认识而产生名，剥离名实，庄子反思惠子仍是固于物，主张脱离物而"道通为一"，取消然可物论；（2）惠子设名分化万物，破坏大道，庄子由物返道，"复通为一"；（3）惠子"劳神明为一"，陷于是非，喜怒无常，庄子主张万物本可道通为一，取消是非。本段重搭逻辑：惠子剥离名实，以"合同异"重正名实，最终导向"泛爱万物，天地一体"，但仍然是非无穷，庄子反思惠子固于物，主张万物道通为一，最终取消是非，暗申齐"物"而齐"物论"之主张。

7."古之人……此之谓以明"一段。庄子提出四重境界，惠子正是处于"是非之彰"的最低境界，他分化万物看似有所小成，实则亏损大道。庄子以"坚白之昧"评之，以"图（啚）"明确反对，并再次重申"以明"，希望取消惠子的"是非之彰"。

8."今且有言于此……因是已"一段。庄子出于对言的警惕，将自己也作为被否定的对象。继而庄子不断前推，"遣之又遣"，希望将一切物、一切言消解在"无"之道境。而惠子又言"合同异"，庄子清楚地认识到惠子与物分隔而有对待、产生言，故以"万物与我为一"推翻惠子。言毕，庄子警醒，自己为阐述思想有了言，导致诸多言论，而惠子从承认万物有异、从承认"言"开始，其言只会更加无穷无尽，面对这种情况，只能停止所言，因任自然。因此，庄子在反对惠子的同时，将自己也一并否定了，免得落入惠子"言"的怪圈，如此可彻底申齐"物论"之主张，文心与"濠梁观鱼"中以"知之濠上"结束争论同为高妙。

9. 五则寓言，每一则其实都相对独立。庄子反思惠子存在对立、陷入是非，以寓言阐述其"道"，齐同物论。尤其"瞿鹊子问乎长梧子"中，惠子隐于"是不是，然不然"六字，"庄周梦蝶"中，惠子隐于"必然有分"四字，直到濠梁观鱼才将其显现出来。

整体来看，庄子是在对惠子的反转、利用中建立起自己的思想体系。庄子要"丧"之"我"指向的是与物"相刃相靡"，存在成见，包含对立的惠子。整篇文本大致可以分为四大部分，1 为第一部分，提出"吾丧我"；2、3 为第二部分，主要阐述惠子的诸多情态与陷入是非的现实情况，点出其是非之根源乃是成心；4、5、6、7、8 为第三部分，以"言非吹也"引出惠子物论无穷之弊，主张"道通为一"，申齐"物论"之旨；9 为第四部分，以相互独立的五则寓言反复重申其旨。

从对文本的分析中，我们可以发现，虽然行文中有些地方存在明显逻辑思维的痕迹，如一些段落尚有逻辑可寻，多见"则""是以""故曰"等逻辑连词；第5、6 段中，庄子有对照惠子逐渐深入的倾向。但从总体上看，《齐物论》的文本结构并不严密。首先，《齐物论》的每一段都或隐或显地存在庄惠对话，庄子与惠子表述之间的分别多没有明确提示。"不由""故为是"这些词尚能让惠子有迹可循，但更多时候我们很难区分出惠子的声音，如"非彼无我""物谓之而然"等，可能前面还是庄子在说话，后面就毫无征兆地接上惠子的话语。庄惠二者的思想本就只是一线之隔，极容易混淆，文本中又如此，不少治庄者将《齐物论》完全视为庄子的表达，产生割裂庄子的问题便无可厚非了。

其次，《齐物论》文本的段与段虽可以大致表达同一个意思，但是段落之间多没有相互承接的关系，谓之"散行"并不为过。除了第一部分外，我们可以调换其余部分一些段落的顺序。第二部分的2、3 段可以调换，庄子先指出惠子存在成心，然后言惠子由于成心而产生诸多情态，反而更符合现代论说文的序列；第三部分中第 4 段需要以"言为吹也"引出物论，不可调换，其余5、6、7、8段彼此之间相对独立，可以调换；第四部分五则寓言，或许可以将"庄周梦蝶"仍然放在最后，是庄子现身说法，其余四则可任意调换，不影响文意。

再次，庄惠的表述都具有很大的随意性。大多数时候，惠子的表述可以互换，庄子提出的主张也可以互换。如我们可以将"彼出于是，是亦因彼"与"非彼无我，非我无所取"调换，将"方生方死"与"天下莫大于秋毫之末"之类"合同异"的表述调换。庄子针对惠子，其实也在不断地重复提出自己的主张，文本中出现了三次"以明"，而且"真君"与"真宰"，"莫若以明"与"照之于天"，"天钧"与"天倪"等，均指向"道"，随文为名而已。

最后，即使文章大致围绕"吾丧我"，但整篇文本并没有如现代议论文一般明确说到"吾"为何，"我"为何，而是让读者自行体会，后面既没有反复地、明确地在行文中点出"吾丧我"，也没有如现代议论文一般条理分明、有逻辑地指出要如何去做到"吾丧我"。或许，庄子并没有严格的中心论点的概念，只是针对惠子的局限性，大致沿着某一主题，在对惠子思想的反转、利用中建立起自己的思想体系。

不少学者以《齐物论》为"回旋结构"，或将散乱的文本重新整合，或发现其中照应之处，认为这种回环使得《庄》本思虑严密，韵味无穷。余以为，"回旋"实则印证了庄惠对话的创作实际，而且表现出《齐物论》与现代论说文的严密并不相同。首先，这种回环并非有意为之，而是庄子面对惠子固着于物，"逐物而不返"的情况不得不反复申明己说。《德充符》中"叔山无趾踵见仲尼"、庄惠"人有情无情"的争论，《秋水》中"濠梁观鱼"的争论，都呈现出"悟道者与道场之外者难以沟通的状态"①。因此，若是回到文本创作的现实情境，庄惠一在"物"，一在"道"，双方的根本差异导致无法沟通，庄子只得不断重申关要，并通过引述惠子的方式希望让惠子明白"道"只是在"物"上跳跃一小步，意图点醒惠子。其次，现代论说文多在递

---

① 贾学鸿：《〈庄子〉文本链状否定结构综论》，《诸子学刊》2015年第2期。

进中深入话题，不大会出现前文未明之语留待后文的情形，这种回旋更多能体现《庄子》文本"恣肆"，"散"而非"整"。

因此今本《齐物论》文本虽然尚有一定逻辑，但若是以现代议论文的方式进行严谨的结构分析，还是有待商榷的。陈少明便认为《庄子》文本内部具有较强的跳跃性，内七篇不似现在的议论文章，段落意义大多各自独立，逻辑结构也并不严密①。从庄惠对话的角度看，此言能得到印证。后世评价庄子文章"汪洋恣肆"，也正是看到庄子行文的随意。若是一味将庄子限定在严密的逻辑框架下，不仅不符合庄子超越世俗的个性，也不符合庄子"道"中自然不受拘束的思想，更与其笔下"逍遥"的境界相去甚远。所以，林云铭、释德清等人的结构分析虽有一定道理，如今本《齐物论》的大部分之间确实有"散中取整"的倾向，但若是据此认为庄子有意"回旋""回顾"，或认为其"举意构思，即包括始终"便显得有些刻意推崇文本的完整性与逻辑性了。况且，更进一步说，即使我们在今本中发现"整"的迹象，但我们现在也很难判定这种"整"究竟是出于庄子手笔还是后人整理(详见下文《庄子》文本的流传)。不过有一点可以肯定，经过长时间的编辑，今本《齐物论》很多地方仍是"散行"，可推见原本之"散"或许更甚。因此我们如今看待《齐物论》结构，不妨暂时以"散"为文本底色，"整"为文本亮点。

贾学鸿指出，对话双方的论辩与语义结构的否定，一明一暗，互相交织，使得《齐物论》呈现出否定结构。虽然他提出的"环中套环"的否定是基于对文本逻辑严密性的认识，但是他对否定结构的挖掘有一定道理。重读文本后，我们确实发现庄子在行文中不断反思并否定惠子，《齐物论》"否定结构"的出现很大程度上是庄惠对话造成的。而且，贾学鸿发现庄子与惠子的言谈不在一个层面，文本的否定推衍呈现出"悟道者与道场之外者难以沟通的状态"。而在庄惠对话的视角下，《齐物论》中的否定也能呈现出庄惠一在"物"，一在"道"，双方无法沟通的根本差异。因此，从对话的

---

① 陈少明：《〈齐物论〉及其影响》，北京大学出版社 2004 年版，第 17 页。

角度看，《齐物论》是一个否定结构，但文本逻辑的不严密导致其无法成为层层深入的"链状否定"。

三、《齐物论》题旨解读

目前，《齐物论》的四种解读各有支持，治庄者也莫衷一是。而从庄惠对话的角度重读《齐物论》文本后，我们对题旨问题也可以有新的思考。

惠子"历物"，旨在通过研究事物运动变化之理，对物做出正确的阐述和分析，其出发点与落脚点都是在"物"的层面，实是"以物观物"。庄子称惠子"逐万物而不返""散于万物""遍为万物说"正是根源于惠子对"物"的执着。这种将"物"作为根本认知对象的思想有带来了三个特点：第一，有助于发现世人言物的问题。惠子通过对物细致的观察发现物时刻处在运动变化之中，而世人将物置于胶着、拘泥的状态下，使得物与物之间截然对立，不符合事物本身的性质，因此惠子提出"历物"命题打破世俗之见；第二，局限于物，仍存对立。世间之物繁多，将物作为根本，最终只会被这千差万别之物所迷。"历物十事"以"合同异"为精髓，惠子虽强调万物有同，但也没有取消万物之异。万物"毕同"，同样可以"毕异"；可以"异中求同"，同样可以"同中求异"，"异"始终在惠子这里始终占据了一席之地。而且，既然物物有别，那么我与物也必然有别。"历物"其实就是以"我"去观察、认知万物，命题最后落到"泛爱万物"上，一个"爱"字便表明惠子仍是将自己独立于物之外，故在濠梁之辩中，惠子认为我与鱼不可相知，在'物'的层面，坚持了主客对立，未能破除"我"执；第三，陷于是非之中。惠子既然承认物的差别，也承认我对于物的独立存在，那面对万物时，自然会用"名"。这体现在两个方面：第一，惠子无法消除对立。中与倪即使可以转化同一，但终是对立的，中倪之名没有被取消；第二，惠子重正名实，重新给万物赋名以体现其对万物的认识。只要有名，便会打破世界原本圆融一体的状态，使得万物井然有别，于是天下之物论终是不能齐。惠子本人也陷入物论，与天下人争辩，"反人之口"，"以胜人为名"，庄子所言"自有适有"的弊端正在于此，鲁胜评惠子"同异生是非"①的原因也在于此。所以，惠子最终还是仅在物之"名"上作文章，流于名辩，以生为乐，以死为哀，"终身役役"。后人在惠子"剥离名实"的体系下发展出"卵有毛，鸡三足，郢有天下"等观点，与惠子相和，"终身无穷"，物论愈发纷杂。因此，惠子"以物观物"而"物于物"，无法齐同"物论"，终是处于是非漩涡之中②。

　　庄子意识到惠子"以物观物"带来的诸多问题。他在《齐物论》中评价惠子"与物相刃相靡，其行尽如驰而莫之能止""终身役役而不见其成功，茶然疲役而不知其所归"，在《天下》中更是说他"逐万物而不反，是穷响以声，形与影竞走也"。惠子物论纷杂的情况在《齐物论》的"言非吹也"一段中也从正面充分揭示了出来，"彼是方生""不若以非马喻马之非马""辩无胜"等也暗暗表明这一情况。于此庄子在惠子之上更进一步，超越物而进于道，主张以道观物，克服惠子"物论"不齐的问题。

　　《知北游》中，庄子指出"道"无所不在。从道的层面看，无论物与物之间的差异有多大，都是可以通而为一的。这个"一"可以理解为"一指""一马"，是概念意义上的物，或言为"无"，正如黑格尔言："只有'有'作为纯粹无规定性来说，'有'才是'无'——一个不可言说之物；它与'无'的差别，只是一个单纯指谓上的区别。"③因此"一"已经处于"未始有物"之"道境"。通而为一，就是回归道，使各种私见和物情主导下的幻相恢复道的本来面目，于此万物得"齐"。"道"成为"齐物"的条件。同时，所有分化的万物可以通过消除所分"复通为一"，"道"成为"齐物"的指向。在庄子这里，"道"为本，"物"为末，以"道"为出发点观察事物方是正途，《秋水》"以道观之"即是此意。如此，庄子由惠子"固物"转向"无物"。但需注

---

①　《墨辩注》原叙　王讚源著：《墨经正读》，上海科学技术文献出版社 2011 年版，第 210 页。

②　本杰明·史华慈著，程钢译、刘东校：《古代中国的思想世界》，江苏人民出版社 2004 年版，第 230 页。

③　黑格尔著，贺麟译：《小逻辑》，商务印书馆 1981 年版，第 139 页。

意的是，仅仅在物的层面上，庄子还是赞同惠子"不齐"之"异"的，如《骈拇篇》云"凫胫虽短，续之则忧；鹤胫虽长，断之则悲"，凫胫、鹤胫的差异在物的层面仍然存在，不可避免。庄子之"齐物"其实是这样的一条逻辑：齐（道的层面，"未始有物"，万物本齐）—不齐（物的层面，具体万物，各有不同）—齐（返归道的层面，复通为一）。

由此，庄子在惠子的基础上更进一步，以"道"为出发点，以"道"为落脚点，"物物而不物于物"，提出"齐物"，为齐"物论"的阐发奠定基础。首先，"齐物"使得千差万别之物回归为"一"，回到"先前浑沌中的那种圆备"，消解了物的差异和对立，则万物无须以分割性的语言来表述，"名"自然消失。名家虽意识到名实之间的不稳定性，但不曾否定名，其"白马非马"的命题就先预设并承认了"马"这一实体和语词的存在，继以"非马"之说，意在更好地言说"马"这样一个实体。而庄子以"道通为一"为起点，首先从本体论上发现天下本无马，如此可以抛弃具体之"马"，进而从认识论上指出不妨以"指""马"之称代替万物。这是对名家的戏谑，也是将名实剥离进行到底。此时，"马"不再是世俗或名家的实物所指，仅仅作为一个语词，世俗所称的牛、车、犬等皆可用"马"这个语词表述，则具有分隔性的诸多"名"也都通而为"马"。"马"此时不仅在"齐物"之本体论层面，这一语词作为最终的"一"，也已经超出了概念名言的范畴，代表一种无语词的状态，是"道"的表述，指向了认识论。如此可见，"齐物"观下，"名"并无存在的必要，物论之"论"既不存，自然得"齐"。《逍遥游》便称："名者，实之宾也"，这是将"名"作为物的附属，而不是物之实在，更不是物之本然。既以本然之"道"观，则万物无名。

其次，"道"中无言，故无是非。庄子取消"名"，其实就是想要取消"言"。庄子多次强调去除语言，《齐物论》中长梧子回答瞿鹊子何为"妙道之行"时曰"予尝为女妄言之，女以妄听之"[1]，以"妄"字不作肯定，可见在庄子思想中，"言"需慎，"言道"这种方式其实就是对"道"的破坏，但

---

① 郭庆藩撰，王孝鱼点校：《庄子集释》，中华书局 2018 年版，第 95 页。

由于某种原因不得不"言",故只能"妄言"。而庄子也反思自身,即使自己是为了阐述"道",说了"万物与我为一",但既然有了"为一"之言,便是破坏大道,会"一与言为二,二与一为三……巧历而不能得",只有不言,才是最好的"表达""道"的方式。《知北游》中更为直接地指出"道不可言,言而非也"。如此,道中没有语言的存在,更不会有物论的存在。

最后,"齐物"去除"我",物论自止。万物一齐,"我"便无须用"知"认知、命名万物,物论可止。而且,以"我"观物,物皆纷然,以道观物,万物一齐。以道齐物必须消除"我"之成见,齐同物我,"万物与我为一""物化"正是此意也。"我"既不存,那么"我"之成心便不能发挥作用,师乎"成心"而产生的种种是非争论、价值判断自然不复存在,物论亦止。

对读《秋水》,《秋水》中河伯与北海若的对话其实也隐藏了庄惠的不同。河伯曰"吾大天地而小毫末,可乎?"北海若曰"否",从"道"的角度说道毫末不可"定至细之倪","天地"不可"穷至大之域";接着河伯又问"世之议者"所称的"至精无形,至大不可围"是否可以,北海若仍以为不可,称"可以言论者,物之粗也;可以意致者,物之精也;言之所不能论,意致所不能致者,不期精粗也"①。河伯的第一句其实是世俗之人的观点,世俗之人思维僵化,以毫末为小,天地为大,而北海若认为这种僵化思维不对,从物的角度看,物都是变化的,故小不为小,大不为大,只有从"道"来看,一切都是通而为一的,所以大小一致,无须有别;显然,河伯未解其深层"道"意,还是只从物出发,说道"历物"的第一条,"至大""至小",这个"世之议者"其实就是惠子,相较于前一种观点,惠子的看法明显是观"物"一种进步。而北海若认为这些还是在"物"的层面,"有形"而有物之"精粗",只有不言,方可脱离"物",达到"道",无大小差别观。北海若接下来指出,"以道观之""以物观之""以俗观之",其实就是指向庄子、惠子、世俗。"以道观之",意味着"齐"(大小齐一);与之对应的"以物观之",侧重于对象自身的规定,着眼于事物自身(固物,"至大,至小");

---

① 郭庆藩撰,王孝鱼点校:《庄子集释》,中华书局2018年版,第508页。

"以俗观之"则从外在于对象的准则出发，从事物自身之外的立场来考察（大天地而小毫末）。杨国荣便称"后二者的表现形式虽有所不同，但都执着于'分'与'别'"①。

由此，惠子超越世俗，而庄子超越惠子，庄子以惠子为质，不仅是对惠子的反思，也是对世俗最好的回击。可以说，庄惠都看到了小大的不确定性，只不过惠子以物观，陷入小大的知性分析，其思想结构是"逐物不返"的线性结构，他偏要认识世界，给事物作出判断，存在对立，重新赋名，陷入是非，物论纷杂，以至于其学说只能成为"方术"，在濠梁观鱼时再三欲证"子不知鱼之乐"的观点；而庄子以道观，索性脱离名辩分析，去除小大的不确定，其思想结构是一种环形结构，在"道"的视野下"齐物"，取消差异，无需言，无需判断，齐同"物论"，超越是非，返归于道，其学说也成为"道术"，在濠梁观鱼时以"知之濠上"结束争论。有学者便称，惠子的"合同异"将万物之"异"作为前提和基础，只是在"名"上合"人们常识中同异的观念"②。而庄子则认为万物"道通为一"，他"所'齐'的不仅仅是'名'，更是齐万物之'实'"③。庄子将惠子的声音隐藏，使得文本中出现了两种思想的博弈。只有在庄子的思想下，物论方可齐一。庄惠二者的核心逻辑如下：惠子：物—存差异—承认名—有物论—陷入是非；庄子：道—齐物—无名—齐"物论"—脱离是非。庄子的每一环都是以惠子为"质"，其逻辑联结也是在惠子的基础上形成，庄子在充分反思惠子后彻底超越惠子，最终脱离是非。《秋水》中也指出，若是不知道庄子对是非问题的看法，理解庄子就犹如"蚊负山、商蚷驰河"④，并不可能。这便暗示了庄子以齐是非物论为根本。

---

① 杨国荣：《庄子的思想世界》，北京大学出版社 2007 年版，第 59 页。

② 赵炎峰：《先秦名家哲学研究》，山东大学博士学位论文，2011 年，第 118 页。

③ 赵炎峰：《先秦名家哲学研究》，山东大学博士学位论文，2011 年，第 118 页。

④ 郭庆藩撰，王孝鱼点校：《庄子集释》，中华书局 2018 年版，第 534 页。

其实，在分析《齐物论》的文本结构时，我们便能发现每一部分都通过庄惠对话指向了齐"物论"。第一部分南郭子綦通过"吾丧我"去除成见，闻根本之"地籁"：天籁，其实就是暗示纷杂物论可通过去除成见的方式齐一而至于道；第二部分点出惠子物论的来源乃是"成心"；第三部分的每一段都或明或暗地通过对话申齐"物论"之旨；第四部分的五则寓言再做申说，亦是要取消对立、齐同物论。因此"庄子非毁名家"①，而是以惠子为"质"，在惠子"物"的基础上纵身一跃，建立起"道"的思想体系，以"齐物"而齐惠子未齐之"物论"。

第三节 《齐物论》的对话性与早期文本

一、对话性书写与《庄子》等早期文本的生成

1. 早期文本中的对话性书写

先秦时期，社会变革，诸侯国林立，诸侯纷纷招贤纳士，希望运用不同的学说使国家强大，学术氛围宽松，加上"士"阶层开始活跃，私学兴起等诸多因素，先秦思想空前繁荣，百家林立。为表达自己的见解，行己之道，诸家不免会产生对话，互相争辩，《庄子》所言"儒墨之是非"便是当时学术、思想环境的缩影，齐国的"稷下学宫"也是"百家争鸣"的产物。在这样的背景下，诸子百家之作在对话中表达思想。

文本中的对话体形式历史颇为久远。班固《汉志》称："左史记言……言为《尚书》。"②《尚书》记载并保存了不少君臣之间关于重大政治事件的对话，反映历史事实，属于历史叙事。文学叙事的对话可上溯至《诗经》。《齐风·鸡鸣》是妻子催促丈夫起床的对话，《郑风·东门之墠》是男女双

---

① 伍非百：《中国古名家言》，中国社会科学出版社1983年版，第760页。
② 班固：《汉书》，中华书局2007年版，第1359页。

方互诉衷肠的对话，二例均是截取日常生活的片断，一问一答的双方处于对立的位置，构成冲突。而以《邶风·式微》《陈风·衡门》为代表的对话属于独白式对话，重在展现叙述者个人的内心感受。虽然《尚书》《诗经》文本中对话的出现和意义与庄惠对话不同，但可见对话性书写由来已久。诸子百家在这样的社会背景和学术背景下，载对话入文本已为寻常之事。

《论语》中孔子多在与弟子或国君等人的对话中表达思想，是典型的语录体著作。如《为政》篇季康子问如何"使民敬、忠以劝"，孔子以"庄""孝""慈""善""教"等仁政之举而对①；《八佾》篇林放问礼之本，孔子以"俭""戚"等复礼之举而对②。《论语》中的大多数对话与这两例相似，没有形成思想的冲突。而《先进》篇中子路四人侍坐孔子时，出现了四种不同的志向，代表了两种不同的思想。子路、冉有、公西华志在为政，曾皙却与三者不同，孔子一"哂"一"与"，对两方的态度也截然不同。在这种对话的思想冲突中，孔子表达出自己"为国以礼"和晚期"道不行，乘桴浮于海"③的思想主张。《孟子》也属于语录体，保留了不少孟子与国君、公孙丑等人的对话。大多是梁惠王等人问于孟子，孟子以"仁""礼乐"等儒家思想答之，形成思想冲突的不多。而《梁惠王上》中的"寡人之于国也"暗含对立，同样是要"使民多"，梁惠王认为实行基本的治国策略便可谓"尽心"，而孟子却主张以民为本，实行"仁政"，双方于此展开对话。《滕文公下》景春认为公孙衍、张仪"一怒而诸侯惧，安居而天下熄"，可谓大丈夫。而孟子认为不可，以"礼"和"贫贱不能移"等指出自己心中"大丈夫"的标准④。以《论语》《孟子》为代表，有两点发现：第一，《论语》《孟子》都是对言行的记录，两篇文本保留了大量的对话。故而一些诸子文本的形成本就与对话

① 刘宝楠著：《论语正义》，商务印书馆1933年版，第44页。
② 刘宝楠著：《论语正义》，商务印书馆1933年版，第56页。
③ 刘宝楠著：《论语正义》，商务印书馆1933年版，第115页。
④ (汉)赵岐注，(宋)孙奭疏：《孟子注疏》，上海古籍出版社1990年版，第109页。

密切相关，文本中存在的对话形式或是无冲突而陈说己见，或是有冲突而反对对方，均可在对话中阐述思想；第二，《论语》《孟子》最初以章句行世比以篇行世的可能性更大。《论语》《孟子》以章句为主。赵歧《孟子章句》于《孟子》篇中分章，共二百六十一章，"每章之末，括其大旨，间作韵语，谓之章指"①，体例不同于其他典籍注本。《论语》诸篇中条条分开，未曾混杂于一处作整体之文章。对话是造成这一现象的重要原因。对话发生的时、地、情境具有随意性，文本要记录对话，或是随手为之，或是保留历史情境，未必出于一时，故有章句行世，为某一时之对话，相似的思想也会以不同的表现形式在不同的情境中出现，造成先秦文本之"散"。

现存名家的代表作《公孙龙子》中，《坚白论》《白马论》《通变论》都是主客对辩体。公孙龙与客的思想并不相通，即使客有时能部分触及公孙龙"名"的思想，但最终还是以僵化的思维停留在现实层面。与庄惠对话相似，公孙龙以客为"质"，通过否定客对现实的观察，阐述名家思想，建立起形而上的名的世界。我们现在无从考究这个客方究竟是谁，到底存不存在，但公孙龙在其中体现出的与世俗对话却是显而易见的。因此，与《论语》《孟子》的对话双方多不形成思想对立不同，《公孙龙子》文本中充分彰显出主方对客方思想的反思与突破。而且，从现存文本看，我们似乎可以将《公孙龙子》的章节建立起一定的逻辑联系，但这种逻辑关联到底是出于后世之手还是公孙龙之手便难以判定了。

《庄子》与《孟子》《公孙龙子》有相似之处。《庄子》中有大量对话。仅以内篇论文本中明显的对话次数，《逍遥游》中 3 次，《齐物论》中 5 次，《养生主》中 3 次，《人间世》中 5 次，《德充符》中 6 次，《大宗师》中 9 次，《应帝王》中 5 次，共达 36 次之多。外杂篇中最多的《知北游》达 11 次，最少的《在宥》也有 3 次。虽然《庄子》未必全然出于庄子手著，但问答论辩却

---

① 钱大昕：《十驾斋养新录·孟子章指》，江苏古籍出版社 2000 年版，第 52 页。

一直占据了绝对优势。而且，从《齐物论》看，议论和讲叙中有时也存在隐性对话。

《庄子》文本中的对话双方虽多为虚拟，但庄惠二者时代相仿，活动地区有交集，二者的交流应当是实际存在的。惠子对"物"的认识已经超越世俗，庄子以惠子为"质"更能指出"固物"的缺陷，在此基础上突破惠子，阐述"道"的思想更有说服力。因此《庄子》中除《徐无鬼》"无质"之叹、《天下》评述之外，明确与惠子对话的地方至少9次，庄惠对话也是内七篇中最稳定的对话。《庄子》有可能很多时候是在对惠子的反思与突破中建立思想，这与《公孙龙子》的文本表达相似。而《庄子》的文本之"散"也暗中表明其创作之初的文本生成情况或与《孟子》一般。

2. 对话性书写与篇章生成

《齐物论》最初的写作有两种情况，多次写章，整章为篇或一次写毕，即以篇行。

若是第一种情况，庄子在某一时间对惠子之言心有所感，写下某章，反思惠子，表明己意，后期又不断有章节生成，最后整理成篇。整理者或是庄子自己或是庄子后学。但短章总归是独立成意的，无论是否有意识地进行逻辑排布，今本《齐物论》尚可看出段落散行和庄惠表述的前后可替换性。陈少明、史华慈、葛瑞汉等学者便都认为内七篇原本是分散的、没有逻辑的，只是后人按照自己的理解重新整理、编辑而成如今之貌。

而原始之章与今本段落亦不可等同。如"未成乎心而有是非……吾独且奈何哉""以指喻指之非指……万物一马也"，有学者将之接续前文，也有学者将之独立为一节；"可乎可……是之谓两行"有学者作为一节，有学者分为"可乎可……复通为一""唯达者知通为一……谓之道""劳神明为一……两行"三节，也有学者分为"可乎可……道通为一""其分也，成也……两行"两节；"今且有言乎此……因是已"有学者作为一节，有学者分为"今且有言于此……其果无谓乎""天下莫大于秋毫之末……因是已"两节，有学者分为"今且有言于此……则与彼无以异矣""虽然，请尝言之……其果无谓乎？""天下莫大于秋毫之末……因是已"三节，章节排布并不固定。余以为，"未成乎心而有是非……吾独且奈何哉""以指喻指之非指……万物一马也"与上下文关系不甚紧密，单独拎出，意思完整，故可独立为一节；而"可乎可……是之谓两行"一段中，"可乎可……道通为一"为一次对话，"其分也……谓之道"为一次对话，"劳神明为一……两行"为一则完整的寓言，共可分为三节；"今且有言乎此……因是已"一段中，"今且有言于此……其果无谓乎"意思完整，为一节，"夫天下莫大于秋毫之末……因是已"为一次对话，可为一节。如此《齐物论》从庄惠对话的角度可以重新划分为具有独立意义的诸章。

因此，《齐物论》最初可能与《论语》《孟子》一般，并非以篇，而是以具有较为完整、独立意义的小章行世，只是这些章节后期被搜集整理而成篇。故在今本《齐物论》中，诸多语句与上下文联系并不紧密，仍有"散"的迹象，可以重新析出为章。李零便认为"早期的古书多由'断片'（即零散碎句）而构成，随时而作，即以行世，常常缺乏统一的结构，因而排列组合的可能性很大，添油加醋的改造也很多，分合无定，存佚无常"①。美国学者艾兰在《关于中国早期文献的一个假设》中也提出，目前出土的竹简本大多类似于章或者篇，非常短，目前的早期文本虽以多章节、长篇为主，但它们明显"由一些零星和片断的文字组成……且构成这些长篇文本的各部分之间，往往缺少清晰的逻辑联系……中国早期文献最初以短章的方式流传"②。从这个角度看，《齐物论》或以对话为章，使得篇内章节具有无序、分散的特点。而整章为篇促使文本除宏观之旨外，微观上还涉及多种问题、多样观念和多种思想，具有多元性。

当然，我们并不否定另一种猜测，庄子一次写毕，以篇为单位而作《齐物论》。余嘉锡将陈启源"人惟情动于中，始发为诗歌，以自明其义"之

---

① 李零：《简帛古书与学术源流》，生活·读书·新知三联书店2008年版，第214页。

② ［美］艾兰著，沈亚丹译：《关于中国早期文献的一个假设》，《光明日报》2012年1月。

说推至其余古书,指出古书不提撰人①,"因事为文",其文"应时而作,旋即流传,……往往多是单篇流传"②。如此诸子篇章所作具有即时性、随意性,不囿门户,也不特意立说。在这种情况下,"中国的思想家,很少是意识的以有组织的文章结构来表达他们思想的结构,而常是把他们的中心论点,分散在许多文字单元中;同时,在同一篇文字中,又常关涉到许多观念,许多问题"③。《齐物论》之"散"很大程度上便是因感于惠子而为文,欲自明其义,在文本的组织架构上缺乏自觉,不仅章节之间逻辑不严密,庄惠的表述也具有较大的随意性,"散"大于"整"。加上行文时暗以惠子为"质",文中存在两种相似却截然不同的声音,却没有明确进行区分,文本便更加难以把握了。而且联系庄子思想看,庄子本人主张不言不辩,《齐物论》行世,又不着意点出论辩客方,正能体现庄子非着意排布文章、著书立说,而是有意以"道"导之,帮助惠子摆脱困囿而已。因此即使今本,《庄子》诸篇仍汪洋恣肆。

二、对话性书写与《庄子》文本的流传

《庄子》历史上至少经过三次大的变动,西汉时刘安、刘向,西晋时郭象都重新编订《庄子》的篇目、章次、内容等,今本《庄子》与最早的古本《庄子》面貌已经截然不同。

1. 刘安五十二篇本

无论《庄子》最初是以篇行世还是以章行世,汉初应已成篇,由于传抄、简牍散乱、整理方式不一等,某一篇已有不少版本流传于世,篇中章数、章次、内容互有异同。

---

① 余嘉锡:《目录学发微·古书通例》,中华书局 2018 年版,第 201 页。
② 余嘉锡:《目录学发微·古书通例》,中华书局 2018 年版,第 265 页。
③ 徐复观:《中国思想史论集续编》,台北时报文化出版公司 1986 年版,第 3 页。

《汉书·艺文志》载《庄子》五十二篇①，整个汉代也都有五十二篇本《庄子》流传。司马迁《老子韩非列传》中称《庄子》"十万余言"②，今本三十三篇仅六万余字，则司马迁所见《庄子》或为五十二篇之古本。因此，五十二篇本成书最晚至于司马迁（公元前145—公元前70）。在此之前，目前可考的编订者乃刘安（前179—前122）及其宾客③。

陆德明以《汉志》五十二篇本为"司马彪、孟氏所注是也"④，则彪本《庄子》为《汉志》全本。《文选》在一些诗文的注中引淮南王《庄子略要》，又以司马彪之注解读《略要》之言⑤，彪注《庄》，未注《淮南》，故"彪本五十二篇中有淮南王《略要》，或《汉志》五十二篇为淮南本人秘书雠校者"⑥。后世学者经研究讨论，进一步明确刘安及其宾客整理有五十二篇古本，本文四十九篇，自撰《庄子解》《庄子后解》和《庄子略要》三篇⑦。

五十二篇本不传，刘安的整理依据今虽已不知，但结合《淮南子》，我们或可窥见一二。《淮南子·要略》称著书立说旨在"纪纲道德，经纬人事"⑧，通过学术影响时代。刘安理庄，《淮南子》多引庄子，后世甚至将《淮南子》作为道家著作，刘安这种对庄子的偏爱与时代环境不可分割，徐

---

① 班固：《汉书》，中华书局2007年版，第1368页。

② 司马迁：《史记》，线装书局2006年版，第284页。

③ 此处不对五十二篇本最早成于谁手作申说。

④ （清）郭庆藩撰，王孝鱼点校：《庄子集释》，中华书局2018年版，第5页。

⑤ （清）俞正燮：《〈庄子〉司马彪注集本跋》，《俞正燮·癸巳存稿：卷一二》，商务印书馆1937年版，第333-334页。"《文选》谢灵运《入华子冈》诗、江文通《拟许询》诗、陶渊明《归去来辞》、任彦升《齐竟陵王行状》注并引淮南王《庄子略要》：'江海之士，山谷之人，轻天下、细万物而独往者也。'又并引司马彪曰：'独往，任自然，不复顾世'"。

⑥ （清）俞正燮：《〈庄子〉司马彪注集本跋》，《俞正燮·癸巳存稿：卷一二》，商务印书馆1937年版，第333-334页。案：《汉志》承刘向，所载五十二篇本或为刘向本，但刘安、刘向本当篇数相同，否则早于刘向的司马迁不会以十万概言《庄子》。如此，刘安整理五十二篇本《庄子》是极有可能成立。

⑦ 常森：《〈庄子〉一书的早期流传和定型》，《中国典籍与文化》2021年第116期，第6页。

⑧ （汉）高诱注：《淮南子注》，上海书店出版社1986年版，第369页。

复观总结道:"一、《庄子》的铺张浪漫正好与西汉流行的赋有很多共同点;二、《庄子》的自由境界令处于恶劣政治环境的《淮南子》的作者们向往;三、《庄子》'无为'及'齐物'思想成为他们对抗西汉大一统压力的武器。"①汉初行黄老之治,汉武之时,儒家取得话语权,大一统的集权制国家开始建立,诸侯王的势力渐渐被削减。刘安理《庄》,实是希望影响汉武之时的政治环境,恢复黄老之治,维护政治利益。庄子思想区别于儒家,甚至二者之间存在不少对立。因此刘安整理的《庄子》可能重在保留自在无为、齐物等最为本然的庄子思想。

但在五十二篇本之外,汉代还流传有二十三篇本的《庄子》。高诱注《淮南子·修务》言庄子"作书廿三篇,为道家之言"②。李学勤指出目前学界对这条材料两种看法,一是认为高注是"三十三篇",等同于郭象本的篇数;二是认为"二十二"乃"五十二"字坏,这些说法都有待商榷。③ 常森认为高诱所见乃是当时"注者以意去取"④的一种版本,廿三篇本应当存世,除此之外,可能还有别的选本。因此汉初《庄子》多本并传,篇数、篇内章节、篇章面貌等都不同。而五十二篇之数乃今可考《庄子》篇数之最,字数应与司马迁"十万"之数最为接近。

2. 刘向五十二篇本

西汉时,成帝令刘向校勘群书。刘向每校一书,便总结其大意和校勘情况而作《叙录》,后又集各书《叙录》而作《别录》。刘向死后,其子受哀帝命,不久卒其父业,"总群书而奏其《七略》"。后班固又删《七略》而作《汉志》⑤。如此,刘歆、班固所集书目应为刘向所校之书,《汉志》《七略》

---

① 徐复观:《两汉思想史》第二卷,华东师范大学 2003 年版,第 119-122 页。
② (汉)高诱注:《淮南子注》,上海书店出版社 1986 年版,第 342 页。
③ 李学勤:《〈庄子·杂篇〉竹简及有关问题》,陕西历史博物馆馆刊编辑部编,陕西历史博物馆馆刊:第 5 辑,西北大学出版社 1998 年版,第 127 页。
④ (清)郭庆藩撰,王孝鱼点校:《庄子集释》,中华书局 2018 年版,第 5 页。
⑤ 班固:《汉书》,中华书局 2007 年版,第 1351 页。

《别录》也当渊源颇深。

班固载《庄子》五十二篇，则刘向所校当为五十二篇本《庄子》，数目与刘安本无差。据《汉书·楚元王传附刘向传》，刘向之父刘德好黄老之言，修黄老之术，武帝时曾治淮南王狱而得淮南王枕中之书。如此秘书都能得到，则刘安所理《庄子》即使可能因刘安谋反伏诛未大规模流传，也极有可能被刘德所得，传之刘向。篇数相似，经历若此，刘安与刘向五十二篇本可能有一定的关系①，只是二本今已不传，无法确知其同异。但陆德明既以彪注《庄子》为《汉志》五十二篇本，而《汉志》与刘向之书学缘深厚，则刘安与刘向之本当大同小异。今虽无法确考刘安校庄原则，但从刘向校书之法中，或可考察五十二篇本《庄子》成因。

刘向校《庄》必不仅限于刘安之本。余嘉锡论刘向校书之法曰："凡诸子传记，皆以各本相校，删除重复，著为定本。"②以《别录》佚文和《汉志》小序检之，此言为当。且以现存《别录》佚文看，刘向眼中群书由章组成，章成为他所校雠诸子经传文本的最小单元。因此，刘向所校之书，均有不同传本，各传本差异颇大。《庄子》五十二篇本与二十二篇本即为一例。刘向以章为主要校雠对象，参考各本，或改正错讹，或删除重复，或将公共素材、流传单章归入诸子传记，调整章之分合、篇章编次，于是这些分散的篇、章"被重新整理，按照既有的或新设的结构，然后形成一部部体系完整的书"③，不再呈现出散漫的状态。如《列子叙录》称《列子》书的各章散乱在诸篇之中，《列子新书》必然会重新整理章节次序。经刘向校后，诸子传记"几乎属于重编"④，新书相比于整理之前的旧书，文本在语言文字、篇章多寡、内容结构等诸多方面已全然不同。

① 尚永亮：《〈庄子〉在两汉之传播与接受》，《文学评论》2001年第3期，第92页。
② 余嘉锡：《目录学发微·古书通例》，中华书局2018年版，第273页。
③ 徐建委：《文本革命：刘向、〈汉书·艺文志〉与早期文本研究》，中国社会科学出版社2017年版，第73页。
④ 徐建委：《文本革命：刘向、〈汉书·艺文志〉与早期文本研究》，中国社会科学出版社2017年版，第30页。

如今，《庄子叙录》和《庄子》多数传本散佚，我们虽然不能知道刘向校勘《庄子》的情况，但从其校勘他书的方式上可推测一二：刘向对《庄子》的篇、章均有调整。《庄子》散行，章节结构不甚严密，解读空间广阔，刘向或如校《列子》般重新系统条理《庄子》诸章，增删章节，形成可理解的结构。刘向对《庄子》文句有所改动。刘向以诸子版本相校，正错讹，补脱文，但正如今本《庄子》文字存在争议一样，刘向的选择不免带有己意，《庄子》字句也难免与原初面貌有所不同。从这两个方面看，刘向本《庄子》不仅具有校勘学的意义，一定程度上也具有阐释学的意义。刘向以恢复、保留文献的原始面貌为目的，希望整理出善本。如校《晏子》一般，他对于明显的异文，会加以保留。因刘向理《庄》虽有己意，但整体上未若后世学者"以意取之"，这也是为何刘向本《庄子》以五十二篇为数的原因之一吧。且与刘安本相比，刘向总校群书，政治意图不强，整理善本的学术意图更为强烈，从这个角度看，刘向之本较刘安之本，或更能贴近庄子之意。对于刘向校《庄》，余以熊铁基之言为正，"我们没有理由也不必武断地说他们（刘向等人）会有意篡改、作伪，但也不能忽视他们的主观校定在所校古籍上留下时代痕迹，也会有某些牵强附会的内容"。①

这里需要辨析一个问题：《齐物论》中惠子的表述是否为刘向归流传短章时所加。余以为，首先，《艺文志》记有"《惠子》一篇"，为刘向所理，今已不传。刘向之前，惠子思想以章还是以篇流传未知。若是以篇流传，以诸本相校、保存善本为目的的刘向没有必要将惠子思想归入庄子，归入《惠子》即可。若是以章流传或惠子思想存在散佚之章，刘向即使一时间因为庄惠思想相似，混淆庄惠，也没有必要将惠子短章如此分散地归入《庄子》；其次，以今本《庄子》来看，庄子对惠子有反转，《庄子》中惠子的表述未曾独立成章，《惠子》之章与《庄子》之章意义不对等，甚至截然不同，以章为最小校雠单元的刘向也不会将惠子归入庄子。因此《齐

---

① 熊铁基：《刘向校书详析》，《史学月刊》2006年第7期，第79页。

物论》中惠子的表述不大可能是刘向所加。而在刘向之前，短章是早期文献流传的最小单位，内部具有一定稳定性，且庄子自言以惠子为质，今本《庄子》除《齐物论》外，尚能发现不少暗以惠子为质的地方，甚至这些出现在了一则寓言的对话之中，则这些表述当非出自后人，而是出自庄子本人之手。

刘向之后，班固对《庄子》有解说。《释文》中保存有不少班固解庄的材料。班固《汉志》承刘向、刘歆，故其所用《庄子》本或与向本《庄子》差距不大。在这种情况下，班固仍对《庄子》文字、篇章等方面做整理工作，可见《庄子》在结构、阐释上的多样性。

3. 郭象三十三篇本

魏晋之时，玄风日盛，校庄、治庄者颇多，郭象乃其中集大成者。

日本高山寺藏《庄子》古钞本《天下》篇后载有这样一段材料："庄子闳才命世，诚多英文伟词，正言若反。故一曲之士不能畅其弘旨，而妄窜奇说，若《阏亦（弈）》《意修》之首，《尾（厄）言》《游易（凫）》《子胥》之篇，凡诸巧杂，若此之类，十分有三。或牵之令近，或迂之令诞，或似《山海经》，或似（占）梦书，或出《淮南》，或辨形名，而参之高韵，龙蚳并御，且辞气鄙背，竟无深澳（奥），而徒难知，以因（困）后蒙，今（令）沉滞失乎（末）流，岂所求庄子之意哉！故皆略而不存。令（今）唯哉（裁）取长（于）达致、全乎大体者，为卅三篇者。"①材料中不少文字可与《释文序录》相互印证，经后世学者考订当为真，故以之为郭象《庄子跋》。跋文中蕴含着丰富的《庄子》传本的变易资料，也包含了郭象校庄的原则。

---

①　引文据刘文典《庄子补正》(刘文典：《庄子补正》，中华书局 2015 年版，第902 页。)，括号中字凡未加注者俱为日人武内义雄、狩野直喜校正。其中"长（于）达致"之"于"字据涂又光校补(徐又光：《楚国哲学史》，湖北教育出版社 1995 年版，第 350 页注 1)。

郭象以求"庄子之意"重校《庄子》,对其中的篇章、文字等都有所调整。第一,郭象因"牵之令近","迁之令诞",似《山海经》《占梦书》为由有删减,如今所辑佚文中有不少可以对应①。先秦时公共素材的存在得到了不少学者的证实,《山海经》《占梦书》的不少章节正是当时的公共素材,在诸多典籍中都有使用,《庄子》采用、改编不足为奇。处于文本闭合时代的郭象,以为《庄子》绝不可包含二者,余以为未可。而且,现存《庄子》涉"梦"之言仍繁,书中"神人""大木"等形象仍可与《山海经》对读,则《庄子》之文即使经过此番删减,仍与《山海经》《占梦书》等渊源颇深。推其缘由,《庄子》文风缥缈虚灵,《山海经》《占梦书》所载多可助之,庄子有意用此二书。如此,郭象以此为由进行删减有待商榷。

第二,郭象以出《淮南》为由有删减。对于这部分的内容,郭象不言"似",径定出于《淮南》,则郭象本与刘安五十二篇本应当有关。郭象认为,五十二篇本中一些篇目乃淮南王所写,今考刘安本有自著《庄子》解说三篇,郭论确是。在这种情况下,郭象或许以为五十二篇本中还存在其他出于刘安之手的篇目,整体删去。另外,今本《淮南子·齐俗训》载有一条材料:"惠子从车百乘以过孟诸。庄子见之,弃其余鱼"②,今本郭象《庄子》无此记载。从《淮南子》偏好并多引《庄子》来看,此则材料原属于《庄子》的可能性很大。若此说成立,则郭象校《庄》时,或将《淮南子》与《庄子》相似的文句删去,对《淮南子》与《庄子》的关系存在

① 常森:《〈庄子〉一书的早期流传和定型》,《中国典籍与文化》2021年第116期,第13-14页。

搜集庄子佚篇:(宋)王应麟撰,栾保群、田松青校点:《困学纪闻》,上海古籍出版社2015年版,第231-236页。

张远山:《郭象所删〈庄子〉佚文概览》,《社会科学论坛》2010年第4期,第5-15页。

汪征鲁、方宝川、马勇主编:《严复全集》,福建教育出版社2014年版,第278-283页。

② (汉)高诱注:《淮南子注》,上海书店出版社1986年版,第184页。

误解。

第三，郭象以辩形名为由有删减。现在多认为，郭象删《惠施》篇。《北齐书》卷二十四《杜弼列传》提到杜弼注《庄子·惠施》篇。王应麟《困学纪闻》卷十诸子部分尝搜辑《庄子》逸篇，自注称《惠施》篇"亦逸篇"①。郭象出于辩形名的需要，认为不应为《庄子》之篇，故不取《惠施》，或将其并入《天下》"惠施多方"以下，作评说性文字。从解读的需要看，郭象此番是希望严格区分形名诸家与庄子思想，是为求庄子之意所作的努力。但首先，郭象没有看到文本中的对话。郭象注《齐物论》中"方生方死"虽不合惠子原意，但亦是在概念思辨中同生死，现实中仍有生死之别。可他又以庄子的"一生死""无生无死"为落脚点，实乃混淆庄惠。郭未注"历物"，但其理解应与注《齐物论》中"方生方死"相似，承郭意的成玄英疏"历物"时便以庄解惠。而且，在解释《逍遥游》时，郭象言"小大虽殊"，与庄子《齐物论》中齐一小大产生矛盾，这也是全然以庄释意而产生的割裂之弊。由此观之，郭象以《庄子》文本中仅含有庄子一人的声音，对庄以惠为"质"认识不足，没有看到庄子对惠子的反转利用，故而在注意到《庄子》中的形名之言后，出于对文本严谨性的推崇，选择剔除《惠施》篇和形名之言，现在留下的我们可以剥离的惠子声音乃是在郭象思想体系中，可以以庄解之的。其次，郭象或对先秦诸子著书情况不甚了解。按余嘉锡，诸子著述不题撰人，多自明其意。庄子主张不言不辩，其言乃不得已也，《庄子》篇章的形成可能并非旨在立说，而是欲助惠子摆脱困境。庄以惠为"质"既可实现这个目的，也可自明其意，一举两得，则《庄子》文本中的惠子材料不可删去。

如此，我们重新看待郭象对篇章的调整。郭象将五十二篇本删改为三十三篇，有删除整篇，如其以《尾(卮)言》《游易(凫)》《子胥》等篇目为巧

---

① （宋）王应麟撰，栾保群，田松青校点：《困学纪闻》，上海古籍出版社2015年版，第232页。

杂而删之；有裁剪某篇篇章重归他篇，《惠施》《马锤》①篇或是；有删除章节文句，有些今尚可寻佚文补入，如陆德明引司马本、崔本、向本，认为《逍遥游》"聋者无以与乎钟鼓之声"下有"眇者无以与乎眉目之好，夫刖者不自为假文屦"二句，且据跋文推断，一些形名之言也被删除……因此，郭象三十三篇本对篇数、篇内章节、篇章结构、章节文句等都应该做过整理。

但郭象完全求得"庄子之意"了吗？从其混淆庄惠并剔除形名、《山海经》等来看，未必。清人姚鼐便认为无论是五十二篇本还是郭象的三十三篇本虽然都存在后人的羼杂之言，但恐怕郭本也删去了庄子原书的不少内容②。从阐释学角度看，文本与读者之间总会留下待填补的空白，《庄子》尤是。《齐物论》结构散大于整，其余很多篇章更是散行，逻辑不严密，故其文"最灵脱，而最妙于宕"③，解读可以多样。加上庄子认为大道不言，其言实乃不得已也，为尽量贴合大道，庄子以"三言""独与天地精神往来而不敖倪于万物，不谴是非，以与世俗处"④，"其辞虽参差而諔诡可观"⑤。如此庄子语言带有陌生化和动态化的特点，蕴含无穷大道，意味无穷，这也正是后世解《庄》者多若繁星却对诸多问题仍争论不休的原因。因此郭象虽以求"庄子之意"为准则，但他对《庄子》的阐释

---

① 《南史》卷七十二《文学列传》记何子朗尝为《败冢赋》，"拟庄周《马棰》，其文甚工"。蒋伯潜据此断定《庄子》又有《马棰》篇（参见蒋伯潜：《诸子通考》，上海古籍出版社2013年版，第36页）。而江世荣推断说："《马棰》似即今郭本《至乐》中'庄子之楚，见空髑髅，然有形，撽以马捶'以下文字。郭象或附《马锤》部分篇章于《至乐》中。"（参加江世荣：《〈庄子〉佚文举例：兼论〈庄子〉辑佚工作中的一些问题》，《文史哲》第13期。

② （清）姚鼐：《〈庄子章义〉序》，姚鼐撰，刘季高标注：《惜抱轩诗文集》，上海古籍出版社1992年版，第33页。

③ 吕璜纂：《古文绪论》，中华书局1985年版，第3页。

④ （清）郭庆藩撰，王孝鱼点校：《庄子集释》，中华书局2018年版，第962-963页。

⑤ （清）郭庆藩撰，王孝鱼点校：《庄子集释》，中华书局2018年版，第962-963页。

仅是庄意一种而已，不可避免地会带上自我特色。他所整理的三十三篇也可以称为"以意取之"的一种。王叔岷认为郭象本不是庄子原书，"定于郭氏之私意"①，此说或言之太过。但若是认为郭象理庄时据以为准则的"庄子之意"渗透了其"私意"，或可近实。只不过，庄子"固有常经常道"②，郭象能主要在"天性"体系下解庄，这已然是一种成功了。

郭象解庄自成一体，而成大家，三十三篇本《庄子》意义重大。《释文》便指出，郭注得庄子之意，为世人所重。徐仙民、李弘范便以郭本为主为《庄子》作《音》③。后世也多以郭本为源文本生成新的历史文本，甚至今本《庄子》也以郭本为祖。但正如常森所称，郭本虽然推动了《庄子》的传播，但"也从某种程度上改变或重塑了《庄子》的质性，在某些方面给《庄子》造成了不可恢复的戕伤"④。源文本中包含类似神话、梦境的一些篇章被郭象剔除，大大削弱了《庄子》跟《山海经》传统和先秦占梦传统的关系，"《庄子》浪漫精神的基源和质素都被从某种程度上遮蔽"⑤。不仅如此，对形名的去除使得庄惠关系被掩藏，《庄子》文本逐渐被认为且被塑造为静止文本，是完整的、严谨的庄子表达，以至后世解庄时出现割裂庄子思想的倾向。以这几例为代表，私意渗透下的郭本到底存在多少问题，对原本造成多大损害，我们现在难以想象。如此，我们也需意识到一个问题，长久以来，以郭本为主导，我们在认知庄子文学史、文化史时确会产生一定的偏差。

---

① 王叔岷：《庄子校诠》，乐学书局 1999 年版，第 1444 页。
② （宋）罗勉道撰，李波点校：《南华真经循本》，中华书局 2016 年版，第 2 页。
③ （清）郭庆藩撰，王孝鱼点校：《庄子集释》，中华书局 2018 年版，第 5-6 页。
④ 常森：《〈庄子〉一书的早期流传和定型》，《中国典籍与文化》2021 年第 116 期，第 13 页。
⑤ 常森：《〈庄子〉一书的早期流传和定型》，《中国典籍与文化》2021 年第 116 期，第 14 页。

4. 对话性书写在流传中的隐没

自《庄子》篇章诞生以来,便一直处在变动之中,刘安、刘向、郭象对《庄子》的整理只是《庄子》文本大规模变动的三个重要节点。从这三次整理来看,历来对《庄子》的整理多包含整理者个人的理解。以此为代表,我们可以归纳对话性书写在《庄子》文本流传过程中的变化特点。

第一,对话性书写的客方身影渐渐模糊。刘安刘向本虽不可知,但以郭象删《惠施》篇来看,最晚到郭象时,对话性书写中的客方渐渐不被列为《庄子》篇目。而且,原本《庄子》中还有其他惠子材料,现今搜集到的佚文可以证明一二:《太平御览》卷四六六记载庄子言惠子"燕雀"耳①,卷九一八记载庄子以"羊沟之鸡"喻惠子求辩论之胜②。据此猜测,《惠施》《天下》等篇章中可能保存有其他惠子命题,只是整理者不愿过多阐述惠子,删去《惠施》,将《天下》中惠子篇幅缩减至与其他诸家相似,并去除其余篇章中的"形名之言",使得惠子命题大大减少。如今看来,既然被删减的今本《庄子》尚存不少惠子材料和庄惠之辨,那原本中或许非常多,数量远远超过我们现在所能找到的,只是整理者据"私意"删减,导致惠子在庄子心目中的地位被整理者主观下降,庄以惠为"质"的一面渐渐被削弱。

第二,对话性书写在求"庄子之意"的背景下渐渐弱化。几乎所有的整理者在整理过程中,都会以求作者之意为出发点,但无论如何,"私意"的渗透是不可避免的。如郭象以求"庄子之意"为出发点,删《庄子》中的"形名之言",便是认为文本中的"形名"与庄子思想不符。但这种解读受郭象私意影响,并不符合庄子的写作意图和庄子思想建立的方式,正是对庄子

---

① 李昉:《太平御览5》,上海古籍出版社 2008 年版,第 342 页。卷四六六:"《庄子》曰:惠子始与庄子相见而问焉。庄子曰:'今日自以为见凤皇,而徒遭燕雀耳。'坐者俱笑。"

② 李昉:《太平御览9》,上海古籍出版社 2008 年版,第 216 页。卷九一八:"《庄子》曰:庄子谓惠子曰:'羊沟之鸡,三岁为株,相者视之,则非良鸡也。然而数以胜人者,以狸膏涂其头'。"

思想的偏离。可以说，理庄者愈要求庄子之意，愈会将其中与庄子不符的表述删去，使文本中仅存在庄子一个人的声音。虽然理庄者尚留下一些惠子之言，但这种保留多是无意识的。如郭象的保留是将庄惠混为一谈，后世即使认识到《齐物论》中"方生方死"乃惠子的表述，也是因其与"历物"文辞相同，且庄子这里的运用有明确的逻辑词。对于其他惠子的表述，诸多治庄者并没有区分出来。因此，他们所保留的多是自己可以解释的、明确有助于理解庄子的惠子之言。如此，在历代流传中，惠子的声音渐渐被隐藏。今本《庄子》中惠子的声音已经非常隐晦，但其存在恰恰可以反过来推测原本《庄子》中惠子的声音或许更多，也更加突出。于此，诸多治庄者求庄子之意，却愈发隐没庄子之意。

第三，对话性书写在《庄子》文本经典化的过程中渐渐被隐藏。诸子文本虽然处在变动之中，但整体上渐渐被经典化。自郭本后，《庄子》其余传本渐渐消失，不少治庄者以郭本为祖本解庄。在这种文本定型并成为经典的情况下，不少治庄者认为《庄子》文本中的每一句都可以用庄子思想进行解读。即使发现文本中存在的矛盾，也要将之全然归入庄子。举例而言，以严北溟、张松辉为代表的一些治庄者能看到庄子不成于一人之手，思想存在矛盾之处，但还是反对割裂《庄子》思想，主张将其作为整体进行研究①。严北溟、陈鼓应即使能发现"天下莫大于秋毫之末"中隐藏的"相对主义"，最终还是将此句归入庄子，即使是将之与辩者命题联系在一起的胡适，宁可将辩者命题作为庄子之说，也未将此句归入惠子。发现庄惠关系的王先谦、王孝鱼等治庄者也是在庄子体系下解读文句，甚至王孝鱼对"今日适越而昔至"的解读仍有混淆庄惠的倾向。治庄者有意无意地弥合庄惠为统一之庄子，这恰恰导致他们思想中的割裂庄子之弊一直不得解决，对话性问题也一再潜藏在文本中。而且，随着《庄子》文本的经典化，对文

---

① 严北溟：《如何评价〈庄子〉的哲学思想》，《文汇报》1962 年第 6 期。严北溟：《针对〈庄子〉重新评价》，《哲学研究》1980 年第 1 期。张松辉：《庄子考辨》，岳麓书社 1997 年版，第 28 页。

本结构的研究成为重要话题。治庄者即使看到文本之散,也要将之回到"整"的思路上来,以文本逻辑严密,结构严谨为底色,甚至有的以现代论说文的方式进行研究。但实际上,理庄者对篇章、结构都进行了调整,今本《庄子》的章节排布是被后世整理的结果,其中隐藏着理庄者的思维逻辑。出于对庄子的推崇,理庄者极有可能有意安排好文本结构,按照一定的逻辑进行整理。如此,我们现在能发现的文本结构的递进或一些文本"整"的地方或是出自后世手笔。况且,今本《庄子》文本尚且具有"散"的特征,这便恰恰可以反过来推测原本《庄子》或许更加"散行"。治庄者以经典化文本为研究对象探究结构,只会将文本之散大大隐藏,对话性书写也在这种结构理解中一再被遮蔽。

第四,提出一个猜测,随着庄子地位的提高,对话性书写被忽视。历来惠子思想多是被批评的对象,《荀子》如是,《吕氏春秋》如是。班固记载有"《惠子》一篇",但今不传,或许正是因为惠子在学术史中长期不被认可,地位不高,不得重视所致。加上"惠子相梁"之事,惠子的品格存在争议。那么在《庄子》中,惠子这样的人只能成为被庄子否定的对象,作为被庄子批判的一方出现,而《庄子》中保存的庄惠之辩确实也表明了庄子不认可惠子。出于对庄子的推崇,即使《徐无鬼》中保留庄以惠为"质"的文本,可治庄者阐述解读《庄子》文本时并不重视,不愿意承认庄子对惠子思想的利用,对话性书写一再被隐藏并忽视,自王夫之才明确指出二者之间的关系。

第五,物质性因素、写作方式等导致对话性书写的隐藏。首先,先秦时的古书多以简牍形式出现,以传抄为主。那么在战火纷纷的时代,古书在流传过程中,便经常出现散佚、窜入后人文字等情况。在刘安之前,《庄子》原本定然已有佚失,或是篇章,或是惠子之言,或是庄子之语,或仅仅是一个"曰"字……如此种种都对我们了解原本之面貌、研究庄子的方方面面存在很大影响,对话性书写的探究仅为其中之一。其次,先秦写作时没有标点。以《齐物论》而言,文本中的"既使我与若辩"一章是否属于

"瞿鹊子问乎长梧子"便存争议。若是确实可以从寓言中分割开，那么《齐物论》作为与人论辩之动态化表达，而非静态化之自我立说的特征便更为突出。而且，若是当真存在标点，庄子也会将惠子标出，对话性书写也会极为明显。可现实是，庄子引惠子，不加标识，这种写作方式进一步导致了对话性书写的隐蔽。

虽然流传中的庄惠对话一再被隐藏，但是时至今日，我们尚可从《庄子》文本中发现惠子的声音，这一方面证实了《徐无鬼》中庄以惠为"质"之言，有助于我们重新看待庄惠关系；另一方面也证实了《庄子》文本的魅力所在，即使千百年过去，经历无数整理、编辑，仍然能重新解读，探索原本，返归庄之大道。

三、对话性书写与重读早期文本

1. 重读《庄子》文本

从庄惠对话的角度重读《齐物论》，可以区分出文本中惠子的声音，并对《齐物论》的主旨、结构有新的发现。若是将对话拓展到其余《庄子》篇章也是可以的，下面重点以《逍遥游》为例。

（1）"逍遥"之义

若认为《逍遥游》中仅存在庄子的声音，则"小大之辩"便表明庄子有小大之别，"小知不及大知，小年不及大年"表明庄子崇大抑小，这便与《齐物论》中庄子将万物"道通为一"，取消对立划分的思想存在矛盾。历来不少治庄者也发现了这个问题，力图弥合思想割裂。有从篇目不同而言，如浦江清称《庄子》在其他篇章中齐同小大，但在《逍遥游》中说"小不如大"①；有从理想现实的差别而言，如尚永亮称庄子"理论上齐一大小，实

---

① 浦江清：《浦江清文存》，江苏人民出版社 2016 年版，第 135 页。

践中崇大抑小"①；也有从事实与价值两个层面入手，如刘国民称从"小大有分"和"小不知大"的事实出发可以推出"崇大抑小或大小平等两种价值判断"，而《逍遥游》意在从"小大之分归结为神人之齐小大"②。上述诸说均有一定道理，但都有可商榷之处。首先，《庄子》之书固"风云开阖，神鬼变幻"，但亦有"常经常道"，尤其内篇，不可能出现思想主旨如此龃龉之处，故浦先生之说存疑；其次，从庄子以生死为一，妻死鼓盆而歌；以物我为一，濠上知鱼等现实举措看，庄子在实践层面践行了齐一主张，故尚先生之说存疑；最后，既然事实上的小大之分、小不如大可以导致两种判断，那为何崇大抑小是被否定的一种判断？"小年不及大年"又当如何理解？事实与价值又是如何建立起联系的？刘先生并未将这些问题阐释清楚。但是尚先生与刘先生都从理论与现实、事实与价值判断两个层面弥合，这恰恰表明庄子文本中存在思想的博弈。

"北冥有鱼……不亦悲乎"。这一段先是讲述鲲鹏寓言，鲲化为鹏，背负青天，南飞九万里，蜩鸠不知鹏，不解鹏之行为，发出嗤笑和疑惑，正是小大决然有分的体现。面对这种情况，另一个声音举"适莽苍者""适百里者""适千里者"三种不同目的匹配不同行为的例子，认为小与大各有所安，因顺其性，如此小大齐一，不必区分。二虫不知此，方有疑问。但是另外又有一个声音说道"小知不及大知，小年不及大年"。"奚以知其然也"可以是有一个对话对象存在，也可以是自问自答。朝生暮死的朝菌、一年寿命的蟪蛄为小年，一千岁的冥灵、一万六千岁的大椿为大年，"小年""大年"截然不同。此时的"大年"包含一定的相对性，"冥灵"相比于"朝菌"乃为大年，相比于"大椿"又是"小年"，如此大小对立虽同于冥灵，但又未被取消，与惠子"合同异"相似。而且，惠子齐万物之名，未齐万物之

---

① 尚永亮：《矛盾的庄子与庄子的悖论——〈逍遥游〉的"小大之辩"及其它》，《苏州大学学报》2001年第1期，第77-83页。

② 刘国民：《郭象对庄子"小大之辩""逍遥游"思想的重构》，《学术界》2018年第7期，第99-108页。

实，自然会在实际中存小大之分，认为小年不及大年，有"彭祖乃今以久特闻，众人匹之，不亦悲乎"①之语。因此这一段存在三种声音的交锋：蜩鸠是世俗的声音，其言正如世俗囿于自己的世界，不知天地之广；"适莽苍者"是庄子的声音，欲以此反对小大之别；"小知不及大知"是惠子的声音，惠子欲反对庄子，自以为大知。

文本中继而有"汤之问棘"一段，同样在讲述"小大之辩"的话题，是鲲鹏、蜩鸠寓言的再现，不再划分。

"故夫知效一官……圣人无名"，此乃庄子之言。"知效一官，行比一乡，德合一君，而徵一国者"②，其自视也"若此"，即自视也若上面的惠子。实际上，惠子为魏相，治一国，囿于高位而不欲人之代己（《秋水》），正与"徵一国"相匹，然而庄子认为这种人只是自以为得大知。他以宋荣子否定"知效一官"者否定惠子为世俗评价所累，以列子否定宋荣子有荣辱、内外之分，以神人否定列子有所待，层层递进否定，庄子一步步指出惠子最根本的局限：有所待。结合惠子"物于物"的评价可以发现，惠子所"待"正是我们反复强调的"物"。从"待"出发，我们可以捋清惠子的逻辑：物于物——有所分——有偏好——同世俗。"无己""无功""无名"也包含一定的逻辑关系，"无己"即"吾丧我"，去除成见，齐同万物，无所偏好，无功利观念（"无功"），了无是非，物名自消（"无名"）。如此看来，"至人""神人""圣人"一致，均是庄子心中达于道境之人。

"尧让天下于许由"。尧认为天下因许由之立而治，欲让天下于许由，这是对名实关系的追求，希望"王"之名与其所代表的治理天下之实相符。尧的说辞也耐人寻味，他以"日月""时雨"为大，"爝火""浸灌"为小，前者出而后者不行，崇大抑小明矣。而许由认为"名者，实之宾也"，名是实在的附属，既然尧治理的天下已经治理得很好了，若自己为"王"，便是脱

---

① （清）郭庆藩撰，王孝鱼点校：《庄子集释》，中华书局2018年版，第12页。

② （清）郭庆藩撰，王孝鱼点校：《庄子集释》，中华书局2018年版，第18页。

离实，为宾为名了。如此他超越名家"名者，实之谓也"，脱离名的束缚，以实为本。而且许由比尧进步的地步还在于，他针对尧崇大抑小的说辞，提出"鹪鹩巢于深林，不过一枝；偃鼠饮河，不过满腹"①，此言与"适莽苍者""适百里者""适千里者"之语含义相似，都是要以物各安其性取消小大之别。无别则无需用名，正与许由不求名的思想相通。由此，尧代指陷入小大之分，追求名实关系的惠子，许由代指超出取消分别，取消物名的庄子。事实上，《秋水》记载庄子"宁曳尾于涂中"正是与许由行为相似。

"肩吾问于连叔"。连叔由接舆之言引出"神人""旁礴万物以为一"，不以天下为事，"大浸，稽天而不溺；大旱，金石流、土山焦而不热"②与《齐物论》中的"大泽焚而不能热，河汉沍而不能寒"③意义相同，都是在说圣人因顺万物，与物合一，"物莫之伤"。既然《齐物论》中的圣人之说针对惠子而发，那这里也是如此，惠子"物与物"，为物所限恰与神人形成对照。

"宋人资章甫而适越""尧见神人"。有文本将这一段独立为一段，不归入连叔之语。"宋人资章甫而适越，越人断发文身"，紧接着一个"无所用之"将此段之意指向"有用无用"，开启了下文的"有用无用"之争。而"尧见神人"与前文"尧让天下于许由"，肩吾言"姑射之山"联系在一起，"治天下之民，平海内之政"正是许由所说的"治天下，天下既已治矣"，而许由不受天下，尧不知如何处理，前往姑射之山见神人。神人以万物为一，"游乎四海之外"，尧受其感染，去除之前的小大之别，不执着于物之分，故"物莫之伤"，不以天下为事，归来"窅然丧其天下焉"。因此这一段乃是过渡章节。

"大瓠之种"。惠子认为大瓠不可盛水浆，不可为瓢，出于现实使用的角度指出其大而无用，而庄子以"不龟手之药"为例，指出大瓠可以为"大

① （清）郭庆藩撰，王孝鱼点校:《庄子集释》，中华书局2018年版，第25页。
② （清）郭庆藩撰，王孝鱼点校:《庄子集释》，中华书局2018年版，第32页。
③ （清）郭庆藩撰，王孝鱼点校:《庄子集释》，中华书局2018年版，第91页。

樽"，乘之"浮游于江湖"。惠子为大小所限，故有所偏好，"拙于用大"，而庄子以小大为一，故无偏执，可用小，亦可用大，不存有用无用之争。因而庄子眼中的惠子"犹有蓬之心也"。

"吾有大树，人谓之樗"。这则对话是对"大瓠之种"的引申，触及到惠子对庄子之言的评价。显然，存在小大之分，具有偏好的惠子认为樗树大却无用于现实，庄子之言亦是"大而无用"，但取消小大对立的庄子指出惠子不善用大，执着于分，不理解自己"齐"的思想境界。由此我们重看"肩吾问于连叔"的寓言，肩吾言接舆之言"大而无当，往而不返""不近人情"与惠子评价庄子之言"大而无用"相似，都是存小大之分，有用无用之分而产生的结论，而连叔所言正是庄子取消分别，齐同万物之言。因此"肩吾问于连叔"是庄惠"樗树"对话的翻版，肩吾为惠子，连叔为庄子。

从庄惠的两则对话看，"有用无用"之争与"小大之辩"是紧紧联系在一起的，有用无用正是小与大在"用"的层面的反映。因此《逍遥游》的中心问题其实只有一个：小大之辩。

剖析文本后，我们发现《逍遥游》中确实存在惠子的声音，且庄子让惠子小大之分充分展现。在蜩鸠、"尧让天下"两则寓言中，惠子崇大抑小；在后面的"肩吾问于连叔""大瓠之种""樗树"三则寓言中，惠子崇小抑大。究其根源，惠子"合同异"只是在名上，于物之实无益。因此在现实中，惠子仍有小大之别，汲汲于物，产生偏好。从寓言、对话中可以看出，惠子偏向"实用"，即于现实有益，这与《韩非子·外储说》评价"墨子大巧，巧为輗，拙为鸢"的惠子是完全一样的。因此在生命长短的问题上，他认可"小年不及大年"，在判断大瓠、大树之用时，他出于实用否定大。

以庄惠对话为视点我们继续探求"逍遥"之义。从"小大之辩"入手，惠子存在小大之分，故产生不同的价值判断，而庄子齐同万物，取消小大之别，自然没有价值判断产生。如此"逍遥"便指向小大合一，无小无大，真正的内涵是反对惠子"物于物"，主张不以物为事，无待于物而至于"未始有物"的"道境"。

（2）《德充符》"常季问乎仲尼"

这则寓言中，王骀乃是庄子眼中的得道之人。他"立不教，坐不议"，却可让弟子"虚而往，实而归"。《齐物论》以昭文不鼓琴，无成与亏表明大道无言，王骀不教不议正是达道，并欲让弟子悟道。道无所不包，弟子表面无所得，却通过悟道满载而归。常季不解其中道理，认为兀者而已，何至于能与孔子"中分鲁"，仲尼答曰，王骀无待于物，守万物之"道"本，死生无分，超出常人。但常季仍不解其意，仲尼便继续为之解答，说辞中的"自其异者视之，肝胆楚越也；自其同者视之，万物皆一也"①与惠子的"合同异"的"万物毕同毕异"之言相似。不过在仲尼看来，若能"合同异"尚且不够，还要无意弄清哪种声色更适合视听，逍遥于和谐之境，以"道"齐一万物，不存分别，取消万物之"异"，正如王骀不认为自己断脚与常人双脚正常有分别一样。如此看来，庄子引惠子之言，在惠子"合同异"，仍存"异"的思想上更进一步，道通万物为而一，无"美恶之见"②，自然不知耳目之所宜。但常季仍然心存疑惑，认为王骀不能忘智任独，何至于让众人归附呢？仲尼以"人鉴于止水""松柏""尧舜"为例，指出即使王骀如此，也是超出常人了，人们从其学并不奇怪。何况，要求得名利的人尚且能够不畏惧一切，王骀能够超越形体束缚，以六骸为寄托之具，以耳目为迹象，未丧失其本真之心，他指日飞升，大家也乐意跟随他，他哪里会把吸引众人挂在心上。这便让常季看到了自己汲汲于众人是否跟随与王骀不以此为事的区别。这里也产生了一个问题，王骀是否忘智？在常季看来，他没有；而王骀的得道却必然要求去智。王叔岷以《淮南子》"观九钻一，知之所不知"句与此处"一知之所知"相校，补一"不"字，使"一知之所知"作

---

① （清）郭庆藩撰，王孝鱼点校：《庄子集释》，中华书局2018年版，第176页。
② （清）郭庆藩撰，王孝鱼点校：《庄子集释》，中华书局2018年版，第176页。

"一知之所不知"①。如此成疏"知与不知，通而为一"②之解为当。那么仲尼前面似乎在赞同常季"王骀有知"之说，后面却以"一知之所不知"指出在王骀心中，无"知"与"不知"之别，这与《齐物论》中王倪"知与不知"实同是一致的，而常季之言出于现实之分而已，不可为准，这也是最后仲尼要以"彼且何肯以物为事"，反对常季一直以众人是否跟随为念的原因吧。

2. 重读先秦文本

庄惠对话的发现改变了我们阅读《庄子》的方式，使我们可以对庄子思想和文本的诸多问题提出新的观点。那么面对以《庄子》为代表的大批先秦文本，我们应该如何去做呢？

第一，重塑对先秦文本的一些观念。首先，先秦文本多载于简牍、布帛之上，主要靠抄写流传，在混乱的年代中极容易出现散佚、流失，后人文字羼入等情况，如"气体"一般流动性极大③，又经秦火和汉人之手，面貌已全然不同于原本。后世流传的很多周秦文本都以刘向校本为祖本，我们的不少研究也多建立在刘向文本的基础上。以刘向理书为周秦文本流传之节点，刘向之前，文本开放性很强，多本并行，后人增删乃为常事。而刘向将"分散的篇，甚至是分散的章或章组"的散漫状态终结，"按照既有的或新设的结构，然后形成一部部体系完整的书"④，使得周秦文本整体上趋于闭合。因此，刘向所整理出的周秦古书埋藏着某种量级的学术史，仅

---

① 王叔岷：《淮南子》"观九钻一，知之所不知"。俞樾云："九、一皆以数言也。数始于一而极于九，至十则复为一矣。'观九钻一'，言所观览者多，而所钻研者少也"。九进则为十，至十复归一，"观九钻一"，似谓观数之极于九，进而钻研为一也。王叔岷：《庄子校诠》，乐学书局1999年版，第178页。

② （清）郭庆藩撰，王孝鱼点校：《庄子集释》，中华书局2018年版，第180页。

③ 李零：《简帛古书与学术源流》，生活·读书·新知三联书店2008年版，第198页。

④ 徐建委：《文本革命：刘向、〈汉书·艺文志〉与早期文本研究》，中国社会科学出版社2017年版，第73页。

代表周秦文献的终点，而非起点和过程，其文本面貌与原本全然不同，如此建立在刘向本上的多种研究便容易产生问题。其次，众家对文本进行整理都不免带有"私意"。即使是以整体善本为目的的刘向，他所整理的古书也经过了他们自己的"理解、认定乃至改造"，"免不了打上时代的烙印"①。即使是以求作者之意为目的，但正如郭象一般，文本与读者之间总会留下有待填补的空白部分，作者与读者之间很难划上等号。经后人整理的文本都或多或少地夹杂自我理解，不会全然等同于原本。熊铁基便称，后世能够读到的先秦古籍都不是原本之貌，学者若不明于此，就会偏离历史事实。徐建委也指出，若是一直将早期文本作为"理解"的对象而非"研究"客体，便会忽视或刻意弥合文本内部的矛盾，弱化上古学术、思想与文学的丰富性②。因此，我们在研究时必须看到文本是被反复编辑的，打破文本定视，突破刘向本和今本的局限，还原最初真实的文本情境，避免学术研究的错位，自然会有诸多新的发现。

第二，重新看待先秦文本的思想阐发与结构变动。先秦时代，诸子百家争鸣，多在对话中阐发思想，文本也多记载对话。因此在面对一些先秦文本时，我们不仅要看到文本明面上的对话，在发现思想割裂难以弥补时，也要细读文本，思考文本中是否存在潜在对话，是否存在两种思想的博弈。《在宥》篇后期的思想叠加和《齐物论》本身的思想博弈代表了两种对话形成的方式，这便要求我们将文本对话到底是后人手笔还是作者本人手笔这一问题纳入考虑范围之内。在面对先秦文本时，尤其是结构严谨、逻辑严密的文本时，我们应该看到今本背后存在长时间的篇章整理，对原本面貌是否如此作进一步思考。余以为，从《庄子》来看，先秦诸子在对话时欲自明其义，或欲人明己之意而已，非着意著书立说，故在行文时可能会无意对文章进行严格组织排布，甚至对话的片断性都有可能导致他们以章

① 熊铁基：《刘向校书详析》，《史学月刊》2006 年第 7 期，第 73-79 页。

② 徐建委：《文本革命：刘向、〈汉书·艺文志〉与早期文本研究》，中国社会科学出版社 2017 年版，第 52 页。

写作，《孟子》就是其中的典型代表。如此，我们在探究先秦文本行文时需慎之又慎。

第三，论辩性文章的书写。论辩以名家为多，以现存《公孙龙子》为代表，《坚白论》《白马论》《通变论》均是主客对辩体，但《指物论》却比较特殊，目前对其解读有二：一是以傅山、钱穆等学者为代表，认为《指物论》与《白马论》等体例相同，只是在传抄过程中缺失了段落前的"曰"字。而黄克剑认为原文通篇便没有"曰"字，解读时可逐一补充。二是以曾祥云、胡曲园为代表，认为《指物论》的文本段落前没有"曰"字，整篇抛开客方，直接解读"物"与"指"的关系，并非主客对辩体。出于对文本体例的认知不同，两方对《指物论》的解读也各有千秋。余以为，《指物论》的体例应与《坚白论》等相同。举例而言，"指也者，天下之所无也；物也者，天下之所有也。以天下之所有，为天下之所无，未可"①一句是要表明物不可以用指来指称，这本就是对文本中"物莫非指"的反叛。后面的"天下无指者，生于物之各有名，不为指也"一句，意为名和指是不同的，既然万物有名，指与物就不存在认知关系，如此再一次反对"物莫非指"②。因此，《公孙龙子》中存在与主方相反的观点，是典型的主客对辩体。那么为何没有"曰"字出现呢？有认为是脱"曰"字，有认为是原文便没有"曰"字。若是

---

① 公孙龙撰，谢希深注，辛从益注：《公孙龙子 公孙龙子注》，中华书局1991年版，第13页。

② 余以为，此处之"指"是指物的属性，名是物名。以石头具有坚白属性为例，客方认为，石头有石头之名，说到石头，就想到它是坚硬的、白色的，故而不需要通过指认活动去认知石头这一物体的坚白属性。客在《白马论》中认为名实是完全一致的，因此执着于白马是马。在《坚白论》中他又认为"天下无白，不可以视石；天下无坚，不可以谓石。坚、白、石不相外"，即石头的形状、坚硬、白色是同时存在的。综合《白马论》与《坚白论》，客人心中存在这样的逻辑：坚、白、形状共同构成石头这一实体，也匹配石之名，因此说道石头，就是表明有坚白属性。（若要说清这个问题，可以参考朱前鸿：《以符号学析公孙龙子的〈指物论〉》，《学术研究》1997年第2期，第40-44页；江向东：《〈公孙龙子·指物论〉新诠》，《中国哲学史》2011年第1期，第39-48页。

前者,则证实了我们第一点所说的阅读先秦文本必须看到文本的流变;若是后者,就恰恰与《齐物论》将对话暗藏于文本之中相互印证。因此,先秦时的一些论辩性文章,主客对辩在明或在暗或根本不存在都需要仔细阅读文本之后才可以得出答案。

治庄者大多承认,《庄子》以内篇为要,内篇以《齐物论》为核心,《齐物论》成为庄子研究的基础和关键。但目前对《齐物论》的主旨解读仍然存在争议,且不少学者在研究中有割裂庄子思想之弊。

自王夫之始,学者渐渐注意到庄子写作与惠子的关系,但除王孝鱼以此为视点重读文本外,诸家多是散论,且王孝鱼之解也多存可待商榷之处。本文沿着这条路径,以庄惠对话为视点重读文本,希望区分出文本中潜藏的惠子的声音。

惠子虽无文本传世,但结合传世文献我们可大致了解其人。通过对"历物十事"的分析,我们发现,惠子思想以"合同异"为核心,他虽然对物的观察超越世俗,但仍然固于物,"逐物而不返",以"论"齐物,齐万物之名,存诸多对立,以至于最后陷入是非漩涡,说而不休。《齐物论》中庄子暗与惠子对话,或是引述惠子,或是探究惠子是非之弊的根源,或是针对惠子而发言,在对惠子的不断反转、利用中完成自身思想的构建,使惠子言说成为《齐物论》的潜文本。因此,庄子自言以惠子为"质",其实就是以惠子超越世俗,再进一步超越惠子,以"道"齐物,齐万物之实。

以庄惠对话为视点重读《齐物论》,我们发现,《齐物论》虽有大致主题,但庄惠的一次对话即可构成具有完整、独立意义的一章,章节之间逻辑并不十分严密,"散"的特点更加突出。而且,庄子对惠子的反转也造成了《齐物论》的否定结构,庄子脱离物而言道,终以"齐物"之道论齐惠子未齐之物论,脱离是非,与惠子分道扬镳。

《齐物论》的对话性书写对我们重新看待中国早期文本具有很大意义。对话是诸子时代思想表达的普遍话语方式,先秦文本中保留了大量对话,《庄子》也不例外。除明显的对话外,以《齐物论》为代表,文本也可能将对话对象隐藏其中。如此，《齐物论》写作之初或许是对惠子心有所感，欲助惠子摆脱困囿而已，非着意排布文章，著书立说，甚至有可能以章行世，造成文本散行。经过长时间的流传，对话性书写渐渐在篇章、字句的重新整理中隐没，难以发掘。因此，面对大量先秦文本，我们需重塑文本观念，探索文本原貌，避免学术研究的错位，而对于先秦时的一些论辩性文章，主客对辩在明或在暗或根本不存在也需在仔细阅读文本后得到答案。历来注庄者多如繁星，各有千秋，本文以庄惠对话为视点重读文本，非为盖棺定论，乃是探索一条解读《庄子》的新途径。

第四章　罗根泽《中国文学批评史》的子学精神研究

第一节　从考辨诸子到书写文学批评史

罗根泽在诸子学、文学史和文学批评史三个学术领域都有相关的研究成果，但就学术贡献和影响力而言，当推罗根泽的诸子学研究和文学批评史研究。在这两者中，诸子学研究是罗根泽的学术起点，帮助罗根泽登上了学术研究的舞台，诸子学的研究经历对他有着重要的影响，即便后来罗根泽的研究对象由诸子学变成了文学批评史。既然要探索罗根泽《中国文学批评史》中的子学精神和子学传统，那么了解罗根泽的诸子学研究经历，以及他缘何走上了这条学术之路是非常必要的。探源溯流，就要从罗根泽最初所接受文化教育开始讲起了。

一、罗根泽的教育背景

1900 年，罗根泽出生于河北深县的一个普通农民家庭。由于家境拮据，罗根泽幼年时期的求学经历十分坎坷，于民国初年(也就是至早十二岁)才进入当地小学读书。据罗根泽回忆，当时学校教给学生的知识可大致分为两种类型："学问"和"功课"①，"学问"者，实际上就是古文，"学

---

① 清华大学国学研究院主编，马强才选编：《罗根泽文存》，江苏人民出版社 2012 年版，第 416 页。

问"早晚及课间均要诵读，此类课程的授课先生均是吴汝纶①的亲戚或弟子，时称宿儒，学识渊博且会作文章；"功课"者，即其余各门科目，考核要求并不严格，敷衍应付即可。在如此培养方式下读书学习的罗根泽，养成了偏好文学的习惯也就不足为奇了。

后来罗根泽考上了深县中学，但因家里无法承担学杂费而不得不辍学，之后又考入河北省立第一师范院校就读，不久却再度退学。关于退学原因，罗根泽在《我的读书生活》一文中有谈到，说是因不能适应学校采用的新式通识教学模式，又对国文教员粗浅的文学知识储备很是不满，而自愿退学，这与罗根泽的弟子周勋初在《罗根泽在三大学术领域中的开拓》一文中的说法不同，这篇文章称当时罗根泽是因病退学，实际情况应是两种原因兼而有之。退学后的罗根泽一度十分茫然惶惑，不知未来的道路在哪，幸运的是赶上了出身深县的学者武锡珏②在当地办"北圃学舍"讲学，罗根泽见到武锡珏后，对其学问风度深感敬慕，于是拜师门下，武锡珏的教学内容以古典诗文为主。据罗根泽回忆："先生讲书很小，而且全凭兴会，经史子集，想到就讲，讲时不参考注释，也不翻查典故，想不起来的就坦然的说不知道。但奇怪得很，一经先生的念读指点，便觉深透几层。先生的批改诗文也不多动笔，偶然动一两个字，便觉全句高或全篇生色。"③从这段回忆可知武锡珏的讲学风格是比较自由随性的，但深厚的学问功底毋庸置疑，这段求学经历虽然只有短短的两三年，但是无疑帮助罗根泽积累了不少古代文学方面的知识。

1920 年，武锡珏离开河北赴北京工作，担任总统府翻译处和都门编书局编辑，北圃学舍的学生们包括罗根泽也跟随武锡珏到了北京。在北京

---

① 吴汝纶，桐城学派学者，曾于光绪年间管辖罗根泽家乡一代，并因其学术癖好，在当地推崇桐城古文的学风，因此罗根泽曾笑称自己的故乡成了"桐城文派的'殖文地'"。

② 武锡珏，吴汝纶弟子，从学多年，曾担任保定高等师范学校教授、河北大学中文系教授等职，是带领罗根泽学习古代经史诗文的启蒙之师。

③ 清华大学国学研究院主编，马强才选编：《罗根泽文存》，江苏人民出版社2012 年版，第 417 页。

时，常有旧日同门和高校学生前来拜访武锡珏，席间交谈内容自然少不了诗文学术相关，罗根泽认为即使是这种非正式的学术交谈，也帮助他增长了见闻。可惜这样的日子并未持续多久，"这年(1920年)华北大旱，秋后同学四散，我也止得回到我的家里"。① 1921年，凭借跟随武锡珏读书的经历，罗根泽找到了一份在小学教国文的工作，但学校工作似乎并不顺利。1922年的夏天，或许因工作之需要，罗根泽到天津南开大学的暑期学校，听梁启超的"国文教学法"和胡适的"国语文法""国语文学史"讲座，激发了其对旧文学的极大兴趣，这场讲座堪称罗根泽走上学术研究之路的第一个转折点。罗根泽意识到自己的工作环境对研究旧文学并不能提供便利，于是决定放弃小学教师的工作，为了重新作为学生回到校园，罗根泽开始补习英文和数学，于1925年考入河北大学的"文本科国文学系"，② 其师武锡珏当时就在该系任教授。与旧时在"北圃学舍"被动接受知识不同，此时的罗根泽有了自己的兴趣方向，除了应付规定课业和考核外，罗根泽用一年时间完成了两篇关于诸子学的研究文章，分别是《庄子学案》和《荀子学案》，可见其兴趣之大、功力之勤。可惜的是当时国内时局十分混乱，"学校时办时停，他自己也因经济关系，时读时辍"。③ 但这两篇有关诸子学的研究文章，又给罗根泽的求学之路带来新的转机。

1926年冬天，罗根泽托王峰山将这两篇文章送至梁启超处，请求批评指正，梁启超读后不但给予了鼓励，还表示愿意进一步指导罗根泽从事学术研究工作。第二年春，罗根泽前往清华园拜访梁启超，1927年秋正式考入清华大学研究院国学门"诸子科"，先后师从梁启超、陈寅恪两位知名学者学习，撰写了《孟子学案》《孟子传论》和其他考证类文章(后被收入《古

① 清华大学国学研究院主编，马强才选编：《罗根泽文存》，江苏人民出版社2012年版，第417页。

② 清华大学国学研究院主编，马强才选编：《罗根泽文存》，江苏人民出版社2012年版，第418页。

③ 陈平原主编：《中国文学研究现代化进程二编》，北京大学出版社2002年版，第150页。

史辨》四、六册）。1928 年，罗根泽又考入燕京大学国学研究所学习"中国哲学"，师从国学大师冯友兰和黄子通，同时还向正在该校任教的郭绍虞请教学习，这期间罗根泽撰写了《管子探源》，并开始接触中国文学批评史这个新领域。1929 年，罗根泽于两校毕业，两年的研究院学习经历为罗根泽后来研治诸子学奠定了重要基础。

二、古史辨的研究经历

陈平原曾用"个人机遇及才情的发挥""社会思潮的激荡"以及"学术演进的内在理路"①来分析学术范式建立之初的复杂图景，这三点同时也可以简明扼要地解释，学者与其治学方向是如何互相选择、互相成就的。

关于缘何走上诸子考证的学术之路，罗根泽在撰写的《古史辨》第四册序言时有过自白：

我现在所研究的，还只限于诸子，这是因为我对诸子特别爱好的缘故。我之爱好诸子，似与我的性质有关。我究竟是一个喜新好异的人，虽然因了内己是研究中国学问的，而被人拟"骨董"诋之。在诸子书中，可以看到各种相反的论调，可以看到类似而不同的主张；看《孟子》把墨子骂了个不亦乐乎，看《墨子》却又有他独到的见解。这些各是其是，各非其非的言论，最足以满足我这喜新好异的嗜好。由是诸子遂如胶似漆的做了我的最亲密的伴侣。这差不多已有二十年的关系了。我对于我这最亲密的伴侣，最初只是欣赏，只是爱好；放在客观的地位而加以研究，是近十年的事。②

将诸子学比作自己最亲密的伴侣，可见罗根泽对该领域兴趣之深厚，

---

① 陈平原：《西潮东渐与旧学新知——中国现代学术之建立》，《北京大学学报》（哲学社会科学版）1998 年第 1 期，第 38-49 页。

② 清华大学国学研究院主编，马强才选编：《罗根泽文存》，江苏人民出版社2012 年版，第 395 页。

早在"北圃学舍"时期，罗根泽就已经开始写一些关于先秦诸子的文章。进入清华园后，罗根泽一直躬耕于诸子学，但将具体的研究方向从诸子义理转为诸子考证。据罗根泽自述，这次转向直接受两个人的影响，分别是恩师梁启超和"古史辨派"核心人物顾颉刚，"梁任公先生的《中国历史研究法》，顾颉刚先生的《古史辨》第一册，是使我由研究诸子学说而走入考订诸子真伪年代的原动力。①

此外，罗根泽选择诸子考证，也是受学术大环境影响，做出的一种"顺势而为"，当时的中国学术界主要被一阵名为"整理国故"的学术思潮主导。"整理国故"起先作为一种学术主张，最早由胡适提出。1919 年胡适在致毛子水的信函中首次使用了"整理国故"一词，后又在《"新思潮"的意义》和《〈国学季刊〉发刊宣言》中系统阐述了"是什么""为什么"和"怎么样"三个相关问题，加之后来胡适对该主张的大力宣传和亲身力行，使得许多学者也陆续参与到讨论与实践中来，于是掀起了一阵思潮和一场声势浩大的学术运动。整理国故的目的在于打破经学权威，用客观的态度、科学的方法重新评估一切旧文学和旧文化。整理国故"不同于新文化运动之初情绪色彩浓郁的批判，而是在学理性的考证、辨析、论证中不断推进……向素来被视为神圣不可冒犯的经典、礼教乃至中国古史系统发起全面挑战，引起了强烈的文化震动"。② 这股文化的震动，影响到了整个中国学术界，一些坚守民族传统文化的旧派学者面对如此"大逆不道"之语，当即开始一番口诛笔伐，但更多的学者选择加入了整理国故的队伍。在整理国故运动发展的过程中，经学的中心地位和权威性不断受到冲击和挑战，这也与此前的新文化运动和五四运动有着密不可分的关系，因此整理国故运动在发展的前期，被视为新文化运动的一部分，然而后期的演化分异，尤其是胡适在国家危亡之际仍大力提倡青年们投入到"故纸堆"中去，让整

---

① 清华大学国学研究院主编，马强才选编：《罗根泽文存》，江苏人民出版社2012 年版，第 398 页。

② 秦弓：《整理国故的动因、视野与方法》，《天津社会科学》2007 年第 3 期，第107-114 页。

理国故逐渐变了调。

总而言之，经学被贬抑，被"捉妖打鬼"，促使了其他学术思想的抬头，子学就是在这个时期受到了前所未有的关注，得到了深入研究的机会。于是一系列关于诸子的整理、考证研究出现了，但由于史料并不充分，很多问题尽管被提出，却不能相应地得到一个确定的结论，老子年代考就是当时的一个典型案例。然而无论如何，诸子学是一块有待开垦的土地，学者们手持"科学方法"的工具跃跃欲试，罗根泽就是其中的一员。

罗根泽研治诸子学的成果大部分可见于《古史辨》。《古史辨》共七册，陆续出版于 1926 至 1940 年间，共收入了论文三百多篇，这些作者均在中国文史研究领域占有一席之地，又同"以疑古的态度讨论古史而形成一个阵容庞大的学派"（古史辨，谢桃坊），"古史辨派"的研究成果无疑是"整理国故"的重要组成部分。所谓"古史"，主要是中国先秦时期的历史和学术思想，通过对"古史"进行考证辨伪，旨在还原"古史"之本来面目，其研究方法有两个来源：一是中国传统的乾嘉朴学，二是西方实证方法，在实际操作中前者发挥的作用更大。1932 年，受顾颉刚委托，罗根泽编定《古史辨》第四册《诸子丛考》，1937 年，续编《古史辨》第六册，共计产出四十多万字的考辨成果，古史辨的研究经历让罗根泽"完成了从学历不太完整的农家子弟向前途无量的著名学者的转型"。①

三、《中国文学批评史》中的诸子学方法

从考辨诸子学到书写《中国文学批评史》，前者的经历既为《批评史》的史料整理工作奠定了一定基础，帮助罗根泽挖掘出了一些先秦时期的文学批评新资料，又让罗根泽在解释具体文论观点对子学的方法和成果信手拈来。罗根泽在《中国文学批评史》中对诸子学研究方法的借鉴和移用主要表现在三个方面：一是受子学各家的思想宗旨和区别性特征启发，倡导批评

① "哲学"与"考据"视野中的"文学史"——新版《罗根泽古典文学论文集》序，《学术研究》2009 年第 10 期，第 131-136 页。

家根本观念的提炼；二是诸子考辨方法的移用，三是以诸子哲学家的身份和思想学说作为解释其文论的根本前提。这三种方法分别应用于阐述文论、辨析文论和文论探源三个阶段，贯穿了阐释解读一家之文学批评的全过程，对罗根泽诠叙史料提供了很大帮助。

在《中国文学批评史》绪言的第十二节，罗根泽用"述创"和"述要"两个原则确立了史料选叙的标准。何为"述要"之"要"，罗根泽先否定了简单胪列纲要的做法，他认为其"要"应是需要深入探索才能洞悉的要领，并引用了黄宗羲在《名儒学案》中的论述作为说明：

> 大凡学有宗旨，是其人之得力处，亦是学者之入门处。天下之义理无穷，苟非定以一二字，如何约之，使其在我？故讲学而无宗旨，即有嘉言，是无头绪之乱丝也；学者而不能得其人之宗旨，即读其书，亦犹张骞初至大夏，不能得月氏要领也。是编分别宗旨，如灯取影。①

罗根泽认为黄宗羲所言"宗旨"就是指一人或一家之根本观念，从一人或一家的全部文字著述中提炼出一种有如核心精神一样的根本观念，这种提炼学术之宗旨的方法在先秦哲学研究中被广泛使用，最早可追溯到《吕氏春秋·不二》：

> 老耽贵柔，孔子贵仁，墨翟贵兼，关尹贵清，子列子贵虚，陈骈贵齐，阳生贵己，孙膑贵势，王廖贵先，儿良贵后。此十人者，皆天下之豪士也。②

提炼学术宗旨的好处是可以让刚入门者快速抓住一人或一家学说的基

---

① 罗根泽：《中国文学批评史》，上海书店出版社 2003 年版，第 24 页。
② （战国）吕不韦：《元刊吕氏春秋校订》，凤凰出版社 2016 年版，第 268-269 页。

本思想内容，而无需亲自钻进书海之中，逐字阅读他们的文献著作，既节省了读者的时间和精力，降低了获取知识的成本，又提高了知识的传播效率。以致今日，即使非专业学者出身，只要对先秦子学略有耳闻的，说起儒家就自然想到"仁"，提及道家、老子就知道"无为"。罗根泽由"哲学家的一切见解，以他的根本观念为出发点"推及"批评家的一切批评，也以他的根本观念为出发点"。① 为了证明此法在文学批评领域适用，罗根泽列举了一些案例。比如白居易诗论的根本观念是"上以补察时政，下以泄导人情"，故可以理解他对魏晋六朝时诗人的不满；又比如苏轼诗论的根本观念是"超然"和"自得"，因此对魏晋诗歌的态度是推崇。总之罗根泽认为"根本观念必需阐述，对作家作品的批评，则取足证明根本观念而止，不必一一肿列，因为那是可以推知的"。② 提炼根本观念在理论上确实可以达到举一反三、由此及彼的效果，但在实际操作中存在一个问题，此法虽然适用于白居易、苏轼，但并不意味着适用于所有的批评家，一些批评家的文学论说并不能提炼出一个概括其整体文论思想的根本观念，如果拘泥于此，就会导致以偏概全的弊病。事实证明，罗根泽的《中国文学批评史》也确实出现了这个问题。在讲到唐代文学批评时，罗根泽认为皮日休文学批评的根本观念是"隐逸"，但实际上皮日休也有反映现实、批判时政的"入世"观念，但碍于"隐逸"这一根本观念的约束，罗根泽只好对其"入世"文论略去不表，这是罗根泽《批评史》的疏漏之处。

在治诸子学时期，考辨是罗根泽最常使用的研究方法，经过长年累月的反复实践，这种研究方法已经内化成了罗根泽自己的研究习惯和研究个性，即便后来的研究对象已经由诸子学转变为文学和文学批评时，罗根泽仍喜欢使用考辨的方法去做一些探源辨伪的工作。例如《中国文学起源的新探》《中国诗歌之起源》《五言诗起源说评录》《南朝乐府中的故事与作者》《〈木兰诗〉产生的时代和地点》几篇文章，就是以考证辨伪为主要研究方法

---

① （战国）吕不韦：《元刊吕氏春秋校订》，凤凰出版社 2016 年版，第 268-269 页。

② 罗根泽：《中国文学批评史》，上海书店出版社 2003 年版，第 24-25 页。

的典型案例。及至撰写《中国文学批评史》时，考证辨伪自然不再是主要的研究任务，但罗根泽并未完全搁置此法，而是拿来当做解叙史料的辅助工具，解决了一些文学批评史中的小问题。比如为了弄懂汉代所谓"文"的范围是专指赋颂，还是亦包括其他类型的文学作品，罗根泽将《后汉书·文苑传》中所谈到的"文"一一列出，分析它们的文学体裁，尽管具体内容已经散佚不可见，但根据《侯瑾传》中提到的三十篇《皇德传》可知，汉代的"文"至少还涵盖传记一类，并不专指赋颂。

另外，罗根泽还会用考辨的方法来判断批评家观点的正误，例如汉代的傅玄和南朝的沈约都曾对"连珠"这种文体的起源时间有过探讨，傅玄认为"连珠"兴起于汉章帝时期(75 年—88 年)，而沈约认为扬雄(公元前 53 年—18 年)是使用这种文体的第一人，罗根泽注意到了二者说法的矛盾，为辨明谁正谁误，列举了任昉的《文章缘起》和刘勰的《文心雕龙·杂文》，其中都提到最先创作"连珠"的是扬雄，此外还查到了扬雄确有两篇"连珠"体文章留世，于是证实了沈约的说法是正确的。然而这还不算完，除了任昉和刘勰，罗根泽还找到了杨慎在《丹铅总录》对此文体的探源："连珠之体，兆于韩非"①，并且此说还被近代著名的日本汉学家儿岛献吉郎采纳，儿岛认为韩非的内、外《储说》应是杨慎所言的最初的连珠体文学。

但罗根泽并不认同此说，因为并无文献材料可以佐证，大概率只是一种推测，故仍旧依沈约等人的观点，以扬雄为创作"连珠"体第一人。类似的例子还有梁光钊与刘天惠对文笔之分的探源，钟嵘以夏歌和《离骚》的单句作为五言诗的滥觞等，罗根泽都运用了考辨的方法一一进行分析求证，基本以史实材料为判断的准绳，正因如此，文献的可信度也是罗根泽比较注意的问题，比如从《西京杂记》中总结出汉代司马相如的"赋心"说后，罗根泽不忘补充道："固然《西京杂记》乃小说家者流，未必可信。"②如此小心立说、多方求证的治史方式使罗根泽的《中国文学批评史》整体给人科

---

① 罗根泽：《中国文学批评史》，上海书店出版社 2003 年版，第 156 页。

② 罗根泽：《中国文学批评史》，上海书店出版社 2003 年版，第 92 页。

学、严谨的观感，陈平原就对罗根泽这种严谨细致、勤于考证的做法尤为推崇，并认为是其文学史著的最大特色。

《中国文学批评史》中提炼根本观念和考辨的方法都是罗根泽借鉴诸子学的研究方法而来，除此之外，罗根泽对诸子文论的解读也深受诸子哲学的影响。郭绍虞在他的《中国文学批评史》中论述诸子文论时，基本以阐释文论观点和探讨影响为主，并未对诸子文论观点之形成原因做深入探究。而罗根泽在阐释诸子文论时，会首先考虑到他们的哲学家身份和哲学思想，并以此去解释其文论形态的成因。无论是在论述孔子"乐而不淫，哀而不伤"的诗论还是文论时，罗根泽都将孔子的哲学思想视为重要的释因前提：

> 但孔子究竟是志切救民的哲学家，不是抒写性情的文学家，所以他虽然知道诗是抒写性情的，但他却要于抒写性情之外，令其披上一件道貌岸然的外衣……①
>
> 孔子生在春秋时人的"断章取义"以赋诗之后，自己又是一个志切救民的哲学家，所以他虽然知道诗是抒写性情的，却要加上"正""邪"的限制，这是因为他也是以功用的观点而重视诗，不是以文学的观点而重视诗的缘故。②
>
> 孔子的文学概念之所以如此者，最大的原因就是他是博学的哲学家，不唯不是文学批评家，也不是文学作家。哲学家之于文，只是用以说明其学术思想。③

在论述老子的文学观时，罗根泽也是开篇便先言明老子的哲学思想宗旨，"老子是怀疑派的哲学家，他怀疑一切，诅咒一切"，进而试图从老子反对美、反对言的思想主张推断老子对文学的态度，"既然反对美，反对

---

① 罗根泽：《中国文学批评史》，上海书店出版社 2003 年版，第 37 页。
② 罗根泽：《中国文学批评史》，上海书店出版社 2003 年版，第 37 页。
③ 罗根泽：《中国文学批评史》，上海书店出版社 2003 年版，第 46 页。

言，则借助于美与言的文学，更不必说了。所以老子之在文学批评史上，只是一个消极的破坏者"。①实际上老子的思想学说中没有谈及文学相关的内容，虽然凭借揣测就断言老子对文学的态度只有消极，未免有失客观严谨，但也确实为推测老子的文学观提供了一种方法。此外还有对孟子和庄子的文论阐释，都是以他们的哲学思想作为重要的阐释依据：

> 孟子虽然能提出"以意逆志"的好方法，但以自己是"讲道德，说仁义"的哲学家，而不是文学家，由是其意是道德仁义之意；以道德仁义之意，刺探诗人之志，由是诗人及其诗，皆是道德仁义了。②
>
> 庄子是自然主义的哲学家，对于"道"的意见是"任自然"，对于"艺"的意思也是"任自然"。③

这种探究文论成因的方法，在先秦诸子身上基本是说得通的。因为在当时文学是服务于政教的附属品，是诸子阐述思想学说的工具，诸子对文学的看法确实只是他们哲学思想中的一个小支流。但这却启发罗根泽找到了探究批评家文论观点的一个角度——人，人的思想、人的社会身份乃至是人的性格，这种对批评家个体情况的深入关注有别于其他文学批评史著作。比如在探究王充反抗时代的精神时，罗根泽联系到了他的家庭背景和亲缘关系；解释魏晋六朝裴子野在《雕虫论》中反对浮华的辞藻时，罗根泽认为当时的裴子野能提出如此与众不同之论，主要受他史学家身份的影响，并以裴子野在《宋略》总论中的话为证："剪截繁文，删撮事要，即其简寡，志以为石。"④认为这种追求简明扼要的语言风格势必大大影响了他对文学语言的看法。类似的还有萧子显的变化说，罗根泽同样认为这源于他历史家的身份。

---

① 罗根泽：《中国文学批评史》，上海书店出版社 2003 年版，第 60 页。
② 罗根泽：《中国文学批评史》，上海书店出版社 2003 年版，第 39 页。
③ 罗根泽：《中国文学批评史》，上海书店出版社 2003 年版，第 60 页。
④ 罗根泽：《中国文学批评史》，上海书店出版社 2003 年版，第 136 页。

罗根泽《中国文学批评史》对诸子考辨方法的移用和对诸子文论的特别关注，是两处最为明显的"子学痕迹"，也是笔者立题的灵感来源，由于此节重在阐述批评史对诸子学研究方法的借鉴和移用，故把关注点放在了方法论上，而对诸子文论的具体内容未作展开，这部分将在后面章节详细论述。

第二节　博明万事："综合体"的书写创新、视域拓展与材料扩容

中国文学批评史上最重要的批评家之一刘勰，在其著作《文心雕龙》中有一篇专门谈论"诸子"。刘勰从性质、起源、类别和成就等方面，对诸子著述进行了梳理和总结，着重论述先秦诸子，兼有对汉魏以后诸子的评价，并借此阐发了自己对"诸子"的看法：

> 若夫陆贾《新语》，贾谊《新书》，扬雄《法言》，刘向《说苑》，王符《潜夫》，崔实《政论》，仲长《昌言》，杜夷《幽求》，或叙经典，或明政术，虽标论名，归乎诸子。何者？博明万事为子，适辨一理为论，彼皆蔓延杂说，故入诸子之流。①

"博明万事"既是子书的重要特征，也是子学精神的重要内涵之一。博明万事，即能够广博地阐明万事万物的道理。罗根泽因爱好子学进入学术研究的大门，又从事诸子研究多年，在潜移默化中受到"博明万事"之精神的影响。罗根泽撰写《中国文学批评史》是聚焦于"一事"，与广泛谈论"万事"的子书不同，但他对"博明"的追求，深刻地体现在批评史的书写体例、研究视域和史料搜集这三大方面。

---

① 褚世昌：《〈文心雕龙〉句解》，黑龙江人民出版社 2009 年版，第 185 页。

一、书写体例的"博明"——综合体

自中国文学批评史学科建立以来，各种批评史著作层出不穷，研究学者们往往将这些批评史互相比较参照，以分析著者们在编写时的通性与个性。罗根泽《中国文学批评史》最突出的特色之一，这是研究罗根泽批评史无论如何也绕不开的话题。中国传统的史书撰写，通常有三种常见的体例，分别是编年体、纪传体和纪事本末体。"综合体"顾名思义，是上述三种书写体例的融合，融合三种体例是"博"，创新体例是为"明"。按照罗根泽在《中国文学批评史》绪言部分第十四节"编著的体例"中的描述，"综合体"是这样安排的：

> 先依编年体的方法，分全部中国文学批评史为若干时期。如周秦为一期，两汉为一期，魏晋南北朝为一期……再依纪事本末体的方法，就各期中之文学批评，照事实的随文体而异，及随文学上的各种问题而异，分为若干章……然后再依纪传体的方法，将各期中之随人而异的伟大批评家的批评，各设专章叙述。如东汉的王充自为一章，南朝的刘勰与钟嵘各为一章。遇有特殊的情形，则这种综合体的体例，也不必拘泥。①

这番对"综合体"的描述乍看起来有点混乱，但的确是考虑到了文学批评随时代、批评家和不同文体的变化而变化的情况，充分意识到了文学批评史料的复杂性。除了综合体本身就体现了"博明"之精神外，综合体的灵感来源也是采于多方而兼于一体的。

要想探索"综合体"的来龙去脉，首先应了解前人在这方面的表现和成就。罗根泽曾在《中国文学批评史》自序中坦言，在创作过程中曾经参阅过四部相关著作，分别是日本汉学家铃木虎雄的《支那诗论史》（1925）、陈中

---

① 罗根泽：《中国文学批评史》，上海书店出版社 2003 年版，第 40 页。

凡的《中国文学批评史》(1927)、郭绍虞的《中国文学批评史》(1934)以及方孝岳的《中国文学批评》(1934)。在这四部著作中,最早问世的是铃木虎雄的《支那诗论史》(现改为《中国诗论史》)。《支那诗论史》共分三篇,分别命名为"周汉诸家的诗说""魏晋南北朝时代的文学论""格调、性灵、神韵三诗说",从这里就可以看到,铃木虽然将著作命名为"诗论史",但在论及第二篇魏晋南北朝时,不得不根据实际情况调整,将"诗论"扩展为"文学论";在体例编排上,前两篇大体上先是按时代依次设章,再分人物依次设节,例如第一篇第七章"汉代"下列"贾谊""齐鲁韩毛诸诗家""扬雄——班固"三节;第二篇第二章"魏代——中国文学的自觉期"下列"曹丕的《典论》""曹植的评论——论辞赋"两节;但从第二篇第四章"南朝齐梁时代"开始不依前例,第一节以中国文论话语"声韵说"作标题,第二节以重要文论话题"对文学作品取舍标准的理论"①作标题,到了第三篇则更是如此,难以理清一个基本脉络,但年代、人物、话题的混合编排,虽然在直观上比较混乱,但或许在某种程度上启发了罗根泽,史书的编撰未必要从头到尾使用单独一种体例。

在铃木氏《支那诗论史》之后的是陈中凡的《中国文学批评史》,这是第一部真正意义上的中国文学批评史专著,"第一次为中国文学批评发展的历程勾划了一个粗略的轮廓,标志着现代形态的中国文学批评史学科的起步"。② 陈中凡的批评史在书写体例上较铃木虎雄之作要规范完整一些,但依旧缺乏整体性和逻辑性,例如写周秦两汉时以批评家为纲,写隋唐时以年代为纲,到了宋元明清又换文体为纲,这种安排方式前后不一,又不说明其中道理,着实让人摸不着头脑,朱自清对这部批评史的评价也不高,认为是"随手掇拾而成,并非精心结撰"。③

1934年,郭绍虞的《中国文学批评史》出版,这部批评史无论从内容深

---

① [日]铃木虎雄著,许总译:《中国诗论史》,广西人民出版社1989年版。

② 黄念然:《二十世纪中国文学批评史研究的回顾与反思(上)》,《荆楚理工学院学报》2013年28卷第5期,第32-39页。

③ 朱自清:《朱自清古典文学论文集》,上海古籍出版社1981年版,第540页。

度还是体例结构上来说都更加成熟完善。从目录来看，郭绍虞的批评史大体按照"朝代—话题—批评家"或"朝代—批评家—话题"的体例编写，已然初步具备了罗根泽所言"综合体"的雏形。另外，郭绍虞在设置章节标题时尤其善于抓住重点，例如第四篇"魏晋南北朝"中，将第五节标题命名为"反时代潮流的批评家"，下设"虞溥诸人"和"葛洪"两目①，对比陈中凡，郭绍虞开始尝试在章节标题中、在有限字数内传递给读者更多的信息，进一步发挥了目录的信息承载功能和标题的概括功能。同样运用此法的还有方孝岳的《中国文学批评》，这部著作并不以史命名，在内容的全面性上不如郭绍虞之作，但在撰述体例上很有其特色，首先作者选择最有影响最具特色的文学批评家及其文论为基本内容，"大致以史的线索为经，以横推各家的义蕴为纬"②，此外，方孝岳在叙述的同时也注重阐发个人观点，这一点同样体现在标题的设置上，如果说郭绍虞的标题设置可以概括为"特点总结式"，那么方孝岳则在此基础上又发展出了"观点陈述式"标题，前者以关键词的方式呈现，后者则扩展为陈述句。举个例子，同样是说韩愈的文学理论，郭绍虞的方式是在第五篇"隋唐五代"第二章"复古运动的高潮时期"第二节"文坛的复古说"下设"韩愈"③为一小节，而方孝岳的标题是"二十一蓄道德而后能文章是韩愈眼中的根本标准"④这样一对比，后者的标题仿佛出自一篇学术研究论文，具有很强的问题聚焦性和观点输出性。再看罗根泽批评史的目录，通过比较分析发现，罗根泽在标题设置时基本是融合了郭绍虞与方孝岳两者的特点，例如第二篇"两汉文学批评史"第一章标题为"诗的崇高与汩没"，第三章"对于辞赋及辞赋作家的评论"第三节标题为"司马相如的'赋心'与扬雄的'赋神'"，⑤ 这样处理既不至长如论文题目，又呈现了观点。

---

① 郭绍虞：《中国文学批评史》，百花文艺出版社 2008 年版。
② 方孝岳：《中国文学批评》，北京出版社 2016 年版，第 20 页。
③ 郭绍虞：《中国文学批评史》，百花文艺出版社 2008 年版。
④ 郭绍虞：《中国文学批评史》，百花文艺出版社 2008 年版。
⑤ 罗根泽：《中国文学批评史》，上海书店出版社 2003 年版，目录页。

　　梳理过四部"参考文献"的体例特点可以发现，罗根泽的"综合体"至少有三处灵感来源，一是铃木虎雄打破了一以贯之的体例书写方式，虽然在结构上比较混乱，但启发了罗根泽制定体例又不拘泥于体例的书写原则；二是郭绍虞初具雏形的"综合体"，尤其是编年体、纪传体和纪事本末体以谁为先、以谁为后的编排顺序，帮助罗根泽建立起"综合体"的基本框架；三是郭绍虞关键词提炼式和方孝岳突出观点式的标题设置，给罗根泽设置《批评史》的章节标题带来很大影响和启发。探究至此可以发现，"综合体"并不是简单的综合三种史书撰写体例，而是真正意义上的兼采众家之所长。就如同诸子学中的杂家，综贯百家、取长补短，在融合百家于一身时形成了杂家自己的思想系统和论说中心，绝非简单地折衷拼凑。在《中国文学批评史》绪言部分第十四节"编著的体例"开篇，罗根泽引用了章学诚在《文史通义·史德》中的话"欲为良史者，当慎辨于天人之际，尽其天而不益以人也"。① 这句话既是罗根泽编写批评史的初心和史学态度，也是缘何创立"综合体"的答案。

　　将罗根泽的《中国文学批评史》与前几部批评史比较观看，就可发现，用年代与批评家划分史料时，凸显的是不同时代下文学批评的演变和批评家个人的观点，但罗根泽的"综合体"却在此基础上进一步凸显了文体和文论话题这两个维度，也就是"综合体"中"纪事本末体"带来的效果："再依纪事本末体的方法，就各期中之文学批评，照事实的随文体而异，及随文学上的各种问题而异，分为若干章。"②例如先秦之际的文学批评，郭绍虞就以儒、墨、道三家为纲，依次展开书写，这是传统的范式，但罗根泽却用"诗说"和"文与文学"为纲，再依次叙述各家的观点，这样一来无疑提供了全新的线索和视野。罗根泽对文学文体的独特关注，其实早在他计划撰写《中国文学史类编》时就已经开始了。在《乐府文学史》自序中，罗根泽曾计划将中国文学的历史按照文体分类撰写，他认为"一种文学的变迁的原

---

① 罗根泽：《中国文学批评史》，上海书店出版社 2003 年版，第 38-39 页。
② 罗根泽：《中国文学批评史》，上海书店出版社 2003 年版，第 40 页。

因，和并时的其他文学的影响，终不及和前代的同类文学的影响大"。① 虽然罗根泽的计划并未全部实现，仅完成了一部《乐府文学史》，但这种观点显然延伸到了《中国文学批评史》的撰写中。罗根泽创立"综合体"并非刻意标新立异，而是为了在最大程度上还原批评史的本来面目，在朱自清看来，这个目的可以说是达成了，在《诗文评的发展》一文中，朱自清表示与此前郭绍虞的批评史相比，"综合体"的编制更为匀称，创立综合体又不拘泥于综合体的作法，考虑到了不同时代批评史的特殊性，做到了"将一时代还给一时代，将中国还给中国"②。朱自清的评价对之后的研究学者们影响很大，但也有一些观点认为综合体在组织史料时还是存在一定的局限，然而无论如何，总归是为史书撰写提供了一种范例，例如后来的王运熙、顾易生的《中国文学批评通史》，张少康、刘三富的《中国文学理论批评史》都明显以综合体的范式架构全书。

二、研究视域的"博明"——从拓宽范围到文论解读

"文学批评"是在西方学术思潮的影响下传入国内的概念，当时的学界对"文学批评"究竟是什么也有过一番争议，但是文学批评的对象是作家作品，这是毋庸置疑的。罗根泽撰写《中国文学批评史》时，正处于这门学科发展的初期，新的研究范式尚未完全建立，因此罗根泽也不拘泥于普遍的看法，从书写体例到内容等各方面都有创新尝试，甚至将一些与文学本身关系不大，介于述与不述皆可的话题也纳入进来，着实扩展了文学批评的范围和广度，体现了罗根泽广博的研究视野，是诸子学博容开放、自由批判精神的又一处典型表征。具体的例子有周秦时期的赋诗活动、古诗的编辑，还有魏晋六朝时期的佛经翻译等。

在周秦文学第二章"诗说"中第二节"古诗的编辑"中，罗根泽表达了早

---

① 清华大学国学研究院主编，马强才选编：《罗根泽文存》，江苏人民出版社2012年版，第407页。

② 朱自清：《朱自清古典文学论文集》，上海古籍出版社1981年版，第443页。

期的文学批评注重强调文学的功用性质，这一点同样体现在了古诗的编辑中。无论是商代歌谣被编成《周易卦爻辞》还是《诗经》的编辑，其出发点都是功用的，《周易卦爻辞》是帮助占卜者判断吉凶祸福，《诗经》是为了解民间状况，例如礼记·王制》中"天子五年一巡守。岁二月，东巡守……命太师陈诗以观民风"和《汉书·艺文志》中"古者有采诗之官，王者所以观风俗，知得失"①，都明确表示了这种目的。这两则表述编辑古诗之目的的文字，虽然并不属于文学批评，但确实与周秦时期文论的基本思想相通，有陈述的价值，也是从另一个角度证明了那个时期"尚用"的文学观。紧接着，罗根泽还用"春秋士大夫的赋诗"一节继续论证这一观点，举《左传》中记载的赋诗活动为例，认为春秋士大夫们赋诗目的在于言己之志，多数是断章取义的，想要表达的意思与原诗意义大多不同。对此，朱自清在《诗言志辨》中也做了类似的阐述："……赋诗却往往断章取义，随心所欲，即景生情，没有定准……断章取义只是借用诗句作自己的话。所取的只是句子的文义，就是字面的意思；而不管全诗和用意，就是上下文的意思。"②比较可见二者观点大致差不多。如果说赋诗活动、编辑古诗还与文学批评有着些许联系，纳入文学批评史的范围加以考察有其必要性，那么在魏晋六朝中关于佛经翻译的论述，则与文学批评的距离更远了。罗根泽单独列"佛经翻译论"为一章，下设十节，所占篇幅并不小，从最早的经罗根泽考证出于三国时期的《法句经序》论述翻译之难，到宋初赞宁的六例说，这十节内容跨越了年代局限，不循编年体而依纪事本末体，体现了综合体的灵活性。罗根泽将佛经翻译论这个话题捋顺清楚，想必是颇费了一番功夫的，但论及其成果价值，则引发了争议。

其实罗根泽的《中国文学批评史》自面世以来就一直以资料丰富、视野广博的特点著称，除了上述内容外，还有许多话题，都是在其他文学批评史著作中少有论述的，例如魏晋南北朝时期的音律说、晚唐五代时的"诗

---

① 罗根泽：《中国文学批评史》，上海书店出版社 2003 年版，第 34 页。
② 朱自清：《诗言志辨》，凤凰出版社 2008 年版，第 23-24 页。

格"和"诗句图"还有宋代诗话的整理，以及一些个人的文论观点如两汉时期王荀的"反对巧文"和符悦的"尚用不尚文"、唐代韩愈的"不平则鸣""文穷益工"等，关于这些内容周勋初在《罗根泽在三大学术领域的开拓》一文中有过较为详细的梳理，这里就不赘述了。资料的多和全对于史籍撰述来说本是一件好事，但也未必是多多益善。1934 年，郭绍虞的《中国文学批评史》上卷出版后，朱自清在书评中写道：

> 现在写中国文学批评史有两大困难。第一，这完全是件新工作，差不多要白手起家，得自己向那浩如烟海的书籍里披沙拣金去。第二，得让大家相信文学批评是一门独立的学问，并非无根的游谈。换句话说，得建立起一个新的系统来。这比第一件实在还困难。①

这两项困难任务中，罗根泽无疑很好地完成了第一项，至于第二项似乎不那么尽如人意。有学者就认为罗根泽将"佛经翻译论"纳入批评史范畴有碍批评史内在统一性的建立。李春青认为罗根泽对一些重要问题的挖掘，展现了中国文学批评史的独特之处，在探讨"诗的对偶及其作法"揭示了唐诗形式完美的原因；但晚唐五代的"诗格""诗句图"没有多少当代意义可言，罗根泽还为此花费不少笔墨，实际上是没有把握好存历史之真与求当代之用的平衡。罗根泽因广博的研究视野将一部分不能严格称为文学批评的史料带入了文学批评史，究竟是利大于弊，还是弊大于利？面对这个问题，需用一分为二的辩证法来分析对待。中国文学批评史是一个具有整体性的独立学科，各朝代各书各家的文学批评观点作为每个部分构成了这个整体，部分的作用一是构成丰富整体，二也有它自身的意义。周勋初对这个问题的看法应是较为公允恰当的：

> ……这些材料在我国文学批评史上应该有什么位置，那是另一问

---

① 朱自清：《诗言志辨》，凤凰出版社 2008 年版，第 221 页。

题，但它们曾经引起古代文人的广泛注意，并有不少人进行钻研，对于文学或多或少发生过影响，却是不容忽视的事实。那么罗先生对此做了辛勤的搜集和整理，为后人提供了可贵的材料，无疑是值得称道的。①

从浩如烟海的史书典籍中搜寻材料，到选择书写内容，再到编定书写体例，罗根泽在《中国文学批评史》的撰述中发挥了先秦时期诸子百家的治学精神，广博与兼容带来的不仅是史料的丰富和充沛，更是研究视野的开阔，这同样体现在了罗根泽对史料的解读上。韩经太在他的《中国文学批评史研究》中评价罗根泽的《批评史》时写道："采获资料的眼光，自然就是其构建文学批评史的眼光，也因此，罗根泽的文学批评史观便具有博采而综论的特征。"②还以罗根泽对《玉台新咏》的解读为例，虽然字里行间表现出对香艳文学的不满，但仍将其评价为一部"伟大的总集"，韩经太认为能做出这样客观的评价，体现了罗根泽论断的客观性和全面性。除此之外，还有罗根泽对王充反抗时代之精神的形成原因的挖掘，不仅提到了当时的时代问题等外部客观因素，还特别强调了王充的读书经历及家世背景等主观因素，在"王充的精神及其背景"中罗根泽写道："王充是一个健者。据《论衡·自纪》篇，他的远祖就是'从军有功'的……由此知道王充的祖若父都是雄赳赳的勇士。王充秉了这种遗传，受了这种家庭教育的熏陶，成功二个使气凌人的健者，是可以想见的。"③

文学批评随批评家而异是一个并不新颖的观点，但像罗根泽这样深入批评家本人的生活成长经历，以其个人气质等因素去解释其文字著述特点的做法就比较少见了，因为对于文学的看法毕竟只是批评家全部思想的一个支流而已，不加考量地强行解释拼凑就会导致强制阐释的问题。罗根泽

① 陈平原主编：《中国文学研究现代化进程二编》，北京大学出版社 2002 年版，第 160 页。

② 韩经太：《中国文学批评史研究》，福建人民出版社 2006 年版，第 128 页。

③ 罗根泽：《中国文学批评史》，上海书店出版社 2003 年版，第 104 页。

运用这种解读方式的次数在全书中并不多，可见他并不是不分青红皂白地套用，而是有所辨别的。此处对王充精神形成之原因的解读还是具备一定说服力的，也为读者理解批评家观点提供了一个新的视角，文中提到的"遗传"和"家庭教育"其实涉及心理学的知识，某种程度上或许可算是跨学科研究的方法。

三、材料选叙的"博明"——从诗文评到群经子史

众所周知，中国文学批评史是近代以来受西方思潮的影响启发下成立的新学科，中国古代并没有"文学批评"的概念，但却有"诗文评"，实际上就是"文学批评"的前身或可以说是古典形态。中国古代最伟大的目录学著作《四库全书总目》在集部列"诗文评"一类，"选著作六十四部，七百三十一卷，存目著作八十五部，五百二十四卷"，① 将中国古代有关诗文评的著作基本囊括其中，通过这些著作的提要，可以大体了解掌握古代诗文评的发展情况，是整理古代文学批评的重要参考文献和得力工具，但这并不意味着搜寻中国文学批评史史料的工作就可以"背靠大树"、坐享其成了。除却诗文评以外，还有大量的文学批评材料四散分布于经、史、子、集之中，要做这项整理筛选工作简直有如沙里淘金。罗根泽在撰写批评史时也注意到了这个问题，他在自序中写道：

> 窃尝以谓古昔贤俊，学贵博综，运思含毫，吐纳万象，举凡天地之大，虫鱼之微，幽明之情状，古今之嬗变，以至六府三事，众技百家，莫不随意陈辞，即事为篇。摛金振玉者，最为文集；布实达旨者，汇为笔记；文集笔记者，儒先绩业之总萃，而文学批评亦寓藏其中。此外则群经子史，总集诗集，品藻之言，亦往往间出。②

---

① 秦弓：《整理国故的动因、视野与方法》，《天津社会科学》2007 年第 3 期，第107-114 页。

② 罗根泽：《中国文学批评史》，上海书店出版社 2003 年版，自序第 2 页。

　　愈是繁杂琐碎的史料，愈是需要能够耐下心来的学者做这开辟的工作，罗根泽凭借着多年考辨诸子学锻炼而来的耐心和方法，承担起了这项事业，且在自序中借用顾炎武的话表达了对治史的看法："著书譬犹铸币，宜开采山铜，不宜充铸旧钱。文学批评史之山铜为诗话文论，而文集笔记则为沙金。"①

　　正是出于"开采山铜"的治史决心，罗根泽没有在他人成果的基础上补充裁剪，而是亲自到最原始的一手文献中采集。于瀚如烟海的史料文集中如何斟酌选择，罗根泽的方法是"虚一而静"，"虚一而静"源于《荀子·解蔽》，原意是为了防止自身已有的知识或已形成的观点看法，遮蔽了或曲解将要接受的新知识，因此要"清空"头脑、要"虚位以待"，正是如此广博的视野和兼容的态度，让罗根泽的批评史的史料内容尤为丰富，甚至超越了陈中凡和郭绍虞，尤其对经书和子书两类典籍的细密梳理，直至今天仍然具有重要价值。

　　谈到诸子学说中的文学批评，素来以儒、墨、道三家为主，可以选叙的材料并不多，郭绍虞的《中国文学批评史》对周秦时期诸子文论的叙述已经算是很全面了，但罗根泽还是有所超越。罗根泽对诸子学说的特别关注，跟此前古史辨的研究经历密切相关，这是不言自明的，多年考证诸子、诸子著作让其接触并熟悉了大量诸子学相关资料，于是在撰写《中国文学批评史》时引入的资料更多，内容更加丰富，这里以法家和墨家为例说明。

　　关于法家，罗根泽有一节"韩非的反对文学及《解老》篇的重质轻文"，此节其实已经用标题简明扼要地说清了韩非的文学观点，但罗根泽还是从韩非所谓文学之内涵这样基本的问题入手，向读者一步步地展开介绍。首先，罗根泽从《韩非子》中《六反》和《八说》两篇里摘除提及"文学"二字的文字，认定韩非所言"文学"是指一切学问，又结合《五蠹》《显学》《亡征》等篇中文字推出韩非反对文学的观点，并且从法家的政治哲学解释韩非反

――――――――――
① 罗根泽：《中国文学批评史》，上海书店出版社 2003 年版，自序第 2 页。

对文学的原因。在罗根泽以前，未见有文字表述韩非的文学观，罗根泽此节叙述虽然内容不多，阐释也不见得有多么精准深刻，但着实弥补了中国文学批评史中诸子文论的一处空白，为后来学者们继续挖掘考证提供了一个起点，具有很大价值。关于墨家文论，首先郭绍虞与罗根泽都提到了墨子的"三表法"，还有"重质""尚用"的思想本质，墨家的文论亦是如此。但罗根泽还单独列出"墨子的用诗"一节，从墨子撰写文章时引用文学材料的独特角度来探察墨子的文学观，心思之细腻、角度之新颖，可见一斑。

罗根泽列举的是墨子在《墨子·天志》中引用《诗经》《皇矣》的句子，"帝谓文王，予怀明德，不大声以色，不长夏以革，不识不知，顺帝之则。"①墨子据此得出要"顺天之意""爱人利人"的道理。罗根泽认为前者确实合于诗句本意，后者则是穿凿附会了，"爱人利人"是墨子自己的观点，这样解释等同于曲解甚至是断章取义，其目的在于为自己立说，对于诗的态度只是利用而已。其实不止墨子，周秦时期诸子对待诗歌文学的态度大体如此，相较于文学本身的意义和价值，他们更加注重教化之功用，在如此的大环境下，单独拎出墨子用诗来批评指摘似乎并无必要，但罗根泽此节内容的可贵之处并不在于从墨子的用诗推出了何种结论，而是关注到了墨子用诗的行为本身，将与文学有关的活动，不论是引用还是编撰（后文将详细论述这一点）都纳入了文学批评的范围，这在其他批评史著作中是罕见的。诸如此类的还有"晚出谈辩墨家的论辩文方法"一节，罗根泽从《墨子》里的《经》上下、《经说》上下、《大取》《小取》六篇摘出了谈辩墨家关于论辩的文字，加以条分缕析，从立论的目的到论辩的对象、方法等重要问题都一一进行了阐释。论辩原本属于语言活动，就内容而言更靠近逻辑学，罗根泽自然不会不懂这个道理，于是对将其归入文学领域做了一番解释，他认为论辩文来自论辩，考虑到论辩的方法与论辩文的方法紧密相关，因而不能不述。但论辩文是否就该纳入文学的范围呢？对此罗根泽没

---

① 罗根泽：《中国文学批评史》，上海书店出版社 2003 年版，第 51 页。

有进一步说明，是以无言的方式回答了这个问题，从这里可以看出罗根泽所持的文学观也是广义的。

罗根泽对《易传》文论的考察也是如此，首先关于《易传》文论一节的标题就起得很有意思，为“《易传》对于文学的点点滴滴”①，从标题就可以明白《易传》关于文学批评的内容并不多，但罗根泽仍然设专节叙述，正如周勋初所言“凡与文论有关者，涓滴无遗，尽行辑录”②。在这一节，真正有关文学批评的内容是比较少的，但罗根泽将一些文字与后世的文学批评内容关联起来，为它们探流溯源。例如罗根泽举《说卦》：

> 立天之道，曰阴与阳；立地之道，曰柔与刚；立人之道，曰仁与义。兼三才而两之。故易六画而成卦，分阴分阳，迭用柔刚。故易六位而成章。③

将其与后来桐城派的“刚柔说”和曾国藩的“古文四象”说联系起来，找到了这两种文学批评史的理论源头。此外罗根泽还分析了《文言》和《系辞》中谈及“文”“言”“辞”的语段，虽然就内容本质而言是讲卦象和卦辞的，与文学关系不大，但若是在广义的文学观的指导下，将这部分内容纳入也合理，只是罗根泽从中总结出的“文学模拟自然”“怀疑的批评”“文学形式论”④等文论观点，在论证中还欠缺深度与说服力，尤其从易象与八卦模拟自然外物就直接推出“文学模拟自然”一处，实为牵强，因为两种模拟实在不可划等号，前者是就形式而言，后者是指描写内容。“文学模拟自然”一题源自西方文论，放在此处并不互通，可见罗根泽虽以还原历史面目为撰史原则，也不可避免地受到西方学术思想的冲击，当然这是受时代背景、

---

① 罗根泽：《中国文学批评史》，上海书店出版社 2003 年版，第 50 页。
② 陈平原主编：《中国文学研究现代化进程二编》，北京大学出版社 2002 年版，第 161 页。
③ 罗根泽：《中国文学批评史》，上海书店出版社 2003 年版，第 51 页。
④ 罗根泽：《中国文学批评史》，上海书店出版社 2003 年版，第 53 页。

学术环境等诸多因素共同导致的。

除上述内容外，罗根泽还特别关注到一部经书——《诗经》。司空图的《二十四诗品》是用诗歌的形式书写文学批评的内容，将文学与文学批评的双重属性合为一体，构思巧妙，浑然天成，独具中国诗论之特色，但《诗经》并非如此，《诗经》是纯粹的文学作品，从《诗经》中去寻找文学批评的资料，此想法不可谓不新。罗根泽认为"批评家的意见，可以引导创作，创作家的意见，也可以引导批评。所以在叙述诸家的诗说以前，应先述诗人的意见"①，于是罗根泽搜罗《诗经》中有关论诗的文字为一节，冠名以"诗人的意见"，"诗人的意见"实际上就是回答了"缘何作诗"这个问题，例如罗根泽列举的《四月》中"君子作歌，维以告哀"、《小雅·何人斯》中："作此好歌，以极反侧"②，诸如此类的诗句在《诗经》中还可以找到很多，也确实可划为文学批评中关于创作动因的探讨。罗根泽将这些诗句中提到的创作原因归纳为表达意志、吐露愁闷、赞美赠诗、讽谏君王和勖勉万民五种，又进一步归纳为作诗言志和美刺功用两大类，并认为是表达"诗言志"思想的最初形态。出于同样的考虑，罗根泽还在两汉文论"辞及辞赋作家"中设"辞人的意见"一节，专门探讨屈原辞赋中关于创作动因的表述，总结为发愤抒情，并从辞赋中表达对"修""采""烂""芳""华"等特质的追求，推测屈原在文学上亦追求唯美，因为"唯美的文学，大半产生于唯美论的作家"③，这显然就是罗根泽的一己之见了。

从体例的制定到材料的选叙，再到史料观点的解读，罗根泽《中国文学批评史》撰写的多个环节中都体现了"博明万事"的子学精神，这种书写方式，以"明"为根本旨归，以"博"为手段方式，将中国文学批评史料从零散到系统，从"只言片语"变成一部内容丰富的史书，是中国文学理论学科创建初期的重要力作之一，在许多方面给后世的研究者们提供了参考价值

---

① 罗根泽：《中国文学批评史》，上海书店出版社 2003 年版，第 32 页。

② 罗根泽：《中国文学批评史》，上海书店出版社 2003 年版，第 33 页。

③ 罗根泽：《中国文学批评史》，上海书店出版社 2003 年版，第 89 页。

和研究范例。

第三节　批判与立言：罗根泽《中国文学批评史》的精神气质

诸子百家之所以能够自立门户、自成一家，是因为他们的核心观念各不相同，从学说内容来讲，"每家都以自己的独特思想，独步当时，流声后代"。① 但是从诸子的言说姿态中，又可以发现他们同为一类学术的共通之处。首先《四库全书总目》中说："自《六经》以外立说者，皆子书也"，"立说求治是子书的根本特征"。②求治是目的，立言是必要的手段和方式。与之相应的，有"立"即意味着要有"破"，诸子之"破"往往表现为对某些事物的批判，子学批判的基因源自先秦时期对夏商周三代官学的批判，更不用说百家争鸣，各自为营，诸子既要证明自己的方法是合乎于世的，便不得不对其他学说有所回应，孟子"辟杨墨"、庄子论"天下"、墨子"非儒"、荀子"非十二子"，再到扬雄的《法言·五百》皆有浓厚的批判色彩。总而言之，立言与批判一直是子学精神的重要内容。罗根泽的《中国文学批评史》于形式上为史书，于内容上与文学相关，但在精神气质上却带有批判与立言的子学意味。

一、观点与语言中的批判色彩

罗根泽在早期研治诸子学时，深受诸子的批判精神与论辩趣味所吸引，他在《古史辨》自序中就曾说道："在诸子书中，可以看到各种相反的论调，可以看到类似而不同的主张；看《孟子》把墨子骂了个不亦乐乎，看《墨子》却又有他独到的见解。这些各是其是，各非其非的言论，最足以满

---

① 林其锬：《略论先秦诸子传统与"新子学"学科建设》，《诸子学刊》2013 年第 2 期，第 47-59 页。

② 杨思贤：《子书特征发微》，《南京师范大学文学院学报》2020 年第 4 期，第 139-145 页。

足我这喜新好异的嗜好。"①诸子自由批判的精神给子书注入了一股生动的气息，在潜移默化、耳濡目染中，罗根泽也将此带入了他的《中国文学批评史》，使之同样具有一种自由活泼的气息和一种怀疑批判的味道，这种特色主要体现在两个方面，一是书中时常可见的批判性观点，二是措辞用语时的批判口吻，前者的表述有时离不开对后者的运用，后者的运用又经常促成前者的形成，因此这两方面是不可分开而论的，二者应是相辅相成的关系。

首先与郭绍虞、朱东润相比，罗根泽非常喜欢在《中国文学批评史》中表达自己，如果说有的史家撰写史书时为力求公正客观的印象，会有意地隐藏自己，即使需表达一己之见时，也尽量不动声色地将之融于史料，避免产生个人的、主观的色彩，而罗根泽是完全相反的风格。在诠解史料时，罗根泽不仅敢于表达自己的观点，还时不时抒发主观的情感态度，表明自己的价值取向及文学立场，也因此在语言的措辞上，偶尔会使用情感色彩明显的词汇。在叙述两汉文学批评史时，罗根泽以"诗的崇高"和"诗的汩没"作为两节标题，先摆明了自己的核心观点，又在正文部分开门见山地说诗如何崇高、如何汩没：

两汉是功用主义的黄金时代，没有奇迹而只是优美的纯文学书，似不能逃出被淘汰的厄运，然而《诗经》却很荣耀的享受那时的朝野上下的供奉，这不能不归功于儒家的送给了它一件功用主义的外套，做了他的护身符；

在汩没诗义的记功牌上，我们只得使著论家屈居第二位，因为第一位已被注疏家(就是经学家)占去了。②

---

① 清华大学国学研究院主编，马强才选编：《罗根泽文存》，江苏人民出版社2012年版，第395页。

② 罗根泽：《中国文学批评史》，上海书店出版社2003年版，第68-70页。

如此个人的判断先行，再援引史料的做法可以说是罗根泽《批评史》的显著特色，从标题设置到正文的行文方式，这部分内容除了史书的性质之外，更有一点论说文的味道。而其中的讽刺意味，很是明显：《诗经》所享受的荣耀并不来自于它本身，而被人为的"附加值"所成就，如此崇高，又何来"荣耀"？还有第二段中"汩没""记功碑""屈居"几个词语，反讽意味更强。同样在"诗的汩没"一节，罗根泽谈到了《汉书·翼奉传》中的"性情因于历律"一说，此则史料郭绍虞在他的《中国文学批评史》中亦有提及，经简要介绍后郭绍虞直接批评其"穿凿附会、绝无价值"①，此评语简明扼要、态度明确。而罗根泽的评语是"其所谓性情因于历律，真是奇之又奇了。叙述至此，应当与千古诗人，同声一哭"②，与前者相比，罗根泽的评语明显更加活泼有新意，通过创设"与千古诗人同声一哭"的情景，既表明了自己的态度，又纾解了心中的情感，在十足的讽刺意味上又平添了一点趣味性。对于片面强调诗歌政教功用的早期文论观，罗根泽时时借讽刺批判表达自己的不满：

> 　　以美刺说诗，也不是完全无根据，也不是完全错误。但每一首都替它加上美刺的作用，而加上的美刺又以圣道王功为准绳，则《诗经》中的诗，得到了"不虞之誉"，同时也背上了"不白之冤"。③
>
> 　　（美刺）是文学鉴赏上的一个强有力的障碍物，但这个障碍物便遮住了数千年来的一部分的创作家与批评家，由此你不能不颂扬它在文学批评史上的伟力了！④

虽然善于讽刺批判，但罗根泽并非专事于此，他的主要目的在于表明立场，表达自己对政教之论束缚了早期文学的不满，和对中国古代文学批

①　郭绍虞：《中国文学批评史》，百花文艺出版社2008年版，第39页。
②　罗根泽：《中国文学批评史》，上海书店出版社2003年版，第71页。
③　罗根泽：《中国文学批评史》，上海书店出版社2003年版，第71页。
④　罗根泽：《中国文学批评史》，上海书店出版社2003年版，第78页。

评关于文学性探讨的隐隐期待。因此这种讽刺批判的话语多集中在两汉文论的梳理中，后面则较少出现了。在论述魏晋六朝时期不同学者的音律说时，罗根泽认为刘善经在《四声指归》中既明确四声始于宋末，又赞同李概以四声附会五音的说法，实在是自相矛盾，不客气地评价刘善经"可怜亦复可笑！"①以及谈到徐陵选编的《玉台新咏》十卷的作者问题，也有一番有趣的论辩：按照徐陵的说法，《玉台新咏》中的诗歌每一首均出自"倾城倾国、无对无双"的"丽人"之手，罗根泽抓住"无对无双"的限定词，指出了徐陵的逻辑漏洞，举世无双的"丽人"只能有一位，那么这些诗歌全出自一人，犯不着要徐陵来"撰录"，更别提"往世名论，当今巧制"。② 其实徐陵本意应只是一种夸张的修辞，如此让本就富于香艳气息的诗歌愈艳，罗根泽自然也明白其中道理，但揪住这个逻辑矛盾进行的一顿指摘，似有先秦诸子论辩的味道，此外他还说道："《玉台新咏》十卷全是'艳歌'，但大半是'丑男'之作，出于'丽人'者很少。"③徐陵既言"丽人"，罗根泽便故意说成"丑男"，如此活泼戏谑又兼具一点讽刺的语言风格，着实是罗根泽《中国文学批评史》的独特趣味。

在上述内容中，罗根泽的批判对象是古人的文论观点，其实《中国文学批评史》中同样有对当时一些文学观点的批判。比如在绪言第十节"历史的隐藏"中，关于历史家的成见受时代意识的影响，罗根泽认为"五四"时期过于提倡缘情的文学观，导致出现许多偏激的言论，如"《汉广》是孔子调戏处女的证据"、刘勰主张载道"是出于托古改制的诡计"④等，罗根泽批判这些言论是对历史的曲解，与古人用载道的文学观曲解文学别无二致。还有在第十三节"解释的方法"中，罗根泽谈到学术无国界的话题，认为各国学术之间可以互相比较辨析，但要注意"不当以别国的学说为裁判官，以中国的学说为阶下囚……以别国学说为裁判官，以中国学说为阶下

---

① 罗根泽：《中国文学批评史》，上海书店出版社 2003 年版，第 182 页。
② 罗根泽：《中国文学批评史》，上海书店出版社 2003 年版，第 139 页。
③ 罗根泽：《中国文学批评史》，上海书店出版社 2003 年版，第 139 页。
④ 罗根泽：《中国文学批评史》，上海书店出版社 2003 年版，第 23 页。

因，简直是使死去的祖先作人家的奴隶，影响所及，岂只是文化的自卑而已"。① 20 世纪初期是中国社会各方面新旧交替的变革时期，也是中国学术从传统进入现代的过渡期，有人说中国学术的现代化本质上就是西化的过程，此话虽不免绝对，但也说明了当时西方学术思潮的涌入对我国学术界冲击之大、影响之久。罗根泽撰写此书时正身处那阵新旧交替的浪潮，见证着文化的摧毁与重建，因此这段话无疑是对当时一些主张全盘西化和民族虚无主义思想倾向的严厉批判，表现了罗根泽对西方文化的辩证态度和对中国传统文化的自信，后者的牢固树立与罗根泽多年来研治诸子学有着不可分割的联系。

二、于长篇绪言中立一家之言

朱东润在《中国文学批评史大纲》的自序中写道："一切史的叙述里，纵使我们尽力排除主观的判断，事实上还是不能排除净尽。"②原因有三，首先，完全的史实的叙述是一个理想状态，将之作为努力的目标是可以的，但在实际操作上是不能达到的。其次，作史之人无论如何都有眼光的局限性，没有人可以把握事态的全面。最后，无论是选叙材料还是比较观点，都需作史人的判断参与其中，既有判断"便不完全是史实的叙述"。③中国文学批评史的书写一则需要对文论史料进行整理陈述，二来需要书写者对具体内容进行解释与辨析，史书的撰写虽然以还原历史为宗旨，但却避免不了带入书写者个人的想法，只是或隐或现、或多或少、或有意或无意的差别，朱东润以"判断"二字来概括，可谓十分合适。书写一部史书，个人的判断是不可避免的，而研究一部史书，去归纳把握作者的"判断"更是十分重要的。

"中国文学批评史学科奠基的过程中，郭绍虞，罗根泽和朱东润三人

---

① 罗根泽：《中国文学批评史》，上海书店出版社 2003 年版，第 30 页。
② 朱东润：《中国文学批评史大纲》，武汉大学出版社 2009 年版，自序第 4 页。
③ 朱东润：《中国文学批评史大纲》，武汉大学出版社 2009 年版，自序第 4 页。

所做出的贡献最大，这是学术界所公认的。"①将郭绍虞、罗根泽和朱东润的批评史著作比较观看，会发现三位学者都在正式梳理文学批评前置有一篇绪言，无论从体制篇幅还是内容思想上来看，都有各自的特点。绪言位居全书正式内容之首，起着介绍和导入的作用，通过研读绪言内容，可以帮助读者对著作所要讲述的内容作大体上的了解，也是帮助我们认识三人之"判断"的钥匙。

郭绍虞成书最早，其绪言名为总论，下设五章，分别是"中国文学批评演变概述""文学观念之演进与复古""文学观念演进与复古之文学的原因""文学观念演进与复古之思想的原因"和"文学观念之演变所及于文学批评之影响"②。从标题设置就能发现，郭绍虞注意把握中国历史上文学观念的变化，再依此脉络叙述文学与文学批评的关系，因为郭绍虞认为"文学批评的转变，恒随文学上的演变为转移；而有时文学上的演化，又每因文学批评之影响而改变。"③正是在此思想的指导下，郭绍虞将中国文学批评划分三个时期，分别为文学观念演进期、文学观念复古期和文学批评完成期，这一划分首次将曾经混乱四散、似乎毫无条理的文学批评史料整理成一个体系，使其具备了一门学科应有的系统性。通过阅读后面各章节内容就可以发现郭绍虞确实成功搭建起了这个框架，做到了逻辑自洽、言之成理，可以说郭绍虞《中国文学批评史》的总论是对整部史书系统构建方式和原因的重要阐释，具有非常重要的作用。

而与之具有明显不同属性的是朱东润《中国文学批评史大纲》中的绪言，虽然在篇幅上远远少于郭绍虞的总论，但却包含了不少十分有价值的观点。首先，朱东润开篇便指出"文学批评"是个外来词，中国自古是没有这一说法的，但"无名"不等同于无实，从《隋书·经籍志》总集后的《文章流别志论》《文心雕龙》到《四库总目》里的诗文评，朱东润大体列出了"文

---

① 李春青等著：《20 世纪中国古代文论研究史》，山东教育出版社 2008 年版，第 392 页。

② 郭绍虞：《中国文学批评史》，百花文艺出版社 2008 年版。

③ 郭绍虞：《中国文学批评史》，百花文艺出版社 2008 年版，第 3 页。

学批评"在中国历史上的几种古典形态，这些是中国文学批评这一学科的成立之基础；进而朱东润又对"文学批评"作了定义，还注意区分了"文学批评"和"批评文学"二者的不同。接下来朱东润阐发了个人对中国文学批评的三点看法：一是认为对某类文学的批评的成熟，必然在此类文学完成之后方才出现；二是就史料形态而言将中国文学批评大致分为六种；三是以"气"为例指出中国文学批评中同一用语在不同人笔下往往有不同的涵义。此三点看法均是立足于中国文学批评的实际情况总结而来，可见朱东润对中国文学批评了解之透彻。

以上就是《中国文学批评史大纲》绪言的全部内容，主要探讨的是对文学批评和中国文学批评的看法见解，既简明扼要又独到精准，与整部大纲的语言风格是一致的。与郭绍虞、罗根泽的批评史不同的是，朱东润没有在绪言中提及编写体例的问题，而是在自序中说明此书是按以人为纲的体例编写，并详述了如此安排的原因。郭绍虞的总论和朱东润的绪言，前者重在构建阐明书写系统，后者意在梳理重要概念和观点，都对了解他们的著作有着重要的提示，但是就讨论问题的全面性和系统性而言，都不及罗根泽《中国文学批评史》的绪言。

在三部批评史经典中，罗根泽《中国文学批评史》的绪言篇幅内容最多，足足有十四节，从第一节"文学界说"到第十四节"编著的体例"，可以说是全面系统地表述了罗根泽对文学批评的理解，和对撰述中国文学批评史的理解。这十四节内容可以分为三个部分，第一部分是从第一节到第四节，这部分解释了"文学""文学批评""文学史""文学批评史"的内涵以及它们之间的关系，明确了批评史撰写涉及的重要基础概念；第二部分是从第五节到第八节，分析了中国文学批评的特点，并提出影响文学批评发展的三个因素：时代意识、批评家和文学体类，是创立"综合体"的理论基础；第三部分即第九节到第十四节，这部分主要探讨批评史的书写问题，包含个人史观的阐述、搜求材料的方法、选叙的标准、解释史料的方法和编著的体例五个方面，郭绍虞和朱东润虽然在各自的总论和绪言中也有谈到其中的两三个方面，但都不如罗根泽这样条理清晰、论述全面。

如果说其他人的绪论部分是起到介绍和导入正文的作用，那么罗根泽的绪言可以看作是整部史书的编撰纲领，也是对整部《批评史》研究范式的介绍。

这样的结构和内容，在其他同类批评史著作中是少见的，那么这又如"综合体"一样是罗根泽的独家自创吗？事实并非如此。陈平原曾在为《罗根泽古典文学论文集》撰写的序《"哲学"与"考据"视野中的"文学史"》中提到罗根泽《中国文学批评史》的绪言体例，"几乎每做一个课题，无论专著还是长篇论文，罗先生都想来一点总揽全局的'绪言'"，以此表现自己"因爱好哲学而得到的组织力与分析力"①。罗根泽撰写长篇绪言是否真如陈所言出于一种表现心理不好判断，但确实和哲学研究有些关系。1919 年胡适出版《中国哲学史大纲》(卷上)，开启了中国哲学史研究的近代化历程，在导言里胡适胪列了与哲学史研究相关的一系列问题，篇幅达二十几页，具体阐述的内容有："哲学的定义、哲学史、中国哲学在世界哲学上的位置、中国哲学史的区分、哲学中的史料、史料的审定、审定史料之法、整理史料之法、史料结论。"②

无独有偶，1923 年梁启超出版的《先秦政治思想史》还有后来冯友兰的《中国哲学史》都安排了类似篇幅的绪言，从结构安排和具体内容来看，罗根泽《中国文学批评史》的绪言与后者书中的绪论极为相似，罗根泽又曾经师从梁启超与冯友兰学习诸子学和哲学，因此基本可以推断出罗根泽《批评史》中长篇绪言的撰写方法就是借鉴了当时哲学史的书写方法。但当时朱自清对此评价却不高，在《诗文评的发展》一文中，他对罗根泽绪言中的几处观点提出了不同意见，并用"稍繁"二字评价整个绪言部分，可见他并不太认同如此写法。直到 21 世纪初，一些学者开始注意到绪言的独特价

---

① 《"哲学"与"考据"视野中的"文学史"》——《新版〈罗根泽古典文学论文集〉序》，《学术研究》2009 年第 10 期，第 131-136 页。

② 胡适：《中国哲学史大纲》，中国和平出版社 2014 年版。

值。例如黄霖①和黄念然②认为绪言部分有较高的"元批评"价值，韩经太认为绪言部分体现了罗根泽对"理论本身自足与完整"③的重视。

　　虽然罗根泽《中国文学批评史》的绪言部分确实如朱自清所言，有许多观点论断具有局限性，有待商榷，但却可以帮助读者和研究学者了解罗根泽对中国文学批评史的"判断"。罗根泽在此书自序开篇便言"余少好子集之学，长有述作之志"，④ 罗根泽撰写中国文学批评史的目的不仅在于梳理史实，更是想借此表达自己对中国文学批评史的看法，抒发一己之见、立一家之言，而设置长篇绪言就是立一家之言的第一步，罗根泽在这里输出了很多观点。陈平原认为其中一些常识类的看法本不需述，但若从欲立言的角度来看，就涉及理论框架完整性的问题，即使有赘述之嫌也不得不谈了。此外，绪言中还有不少罗根泽个人的新观点，例如对文学批评的分类，对文学批评中"批评"二字的意见，对中西文学批评差异的解读，还有对个人史观以及方法论的介绍，例如史家治史要兼顾"求真"与"求好"；以"述要"和"述创"作为选叙的标准，解读史料要注意解释意义与解释因果，以及综合体的概念与形式等，对这些问题的阐述是罗根泽意图立一家之言的表现，也是撰写整部批评史的基础。罗根泽曾经研治诸子学多年，深知一家之言总是避免不了片面性，因此他并不以自己的观点为标准自居，而是强调各人有各人的看法，比如在绪言第一节"文学界说"里，罗根泽就坦言关于文学的概念"采取广义、狭义或折中义，是个人的自由。我虽采取折中义，并不反对别人采取广义或狭义"。⑤

---

　　① 黄霖主编，黄念然著：《20世纪中国古代文学研究史 文论卷》，东方出版中心2006年版。

　　② 黄念然：《中国文学批评史研究中的历史叙述问题——以几部批评史著作为例》，《复旦大学学报》（社会科学版）2004年第6期，第102-110页。

　　③ 韩经太：《中国文学批评史研究》，福建人民出版社2006年版，第128页。

　　④ 罗根泽：《中国文学批评史》，上海书店出版社2003年版，自序页。

　　⑤ 罗根泽：《中国文学批评史》，上海书店出版社2003年版，第3页。

三、反思：从新观点看罗根泽的"见"与"不见"

长篇绪言的形式，帮助罗根泽《批评史》率先言明了本书的研究范式和研究方法，是罗根泽构建中国文学批评史体系的第一步，也是他立一家之言的第一步。而长篇绪言在具体内容上也不乏一些新观点，一方面，这些新观点表达了罗根泽对中外文学批评的理解，另一方面体现了他别出心裁想要自立新说的心态。尤其是对"文学批评"一名的异议和文学批评的形态由地理因素决定的论点，最为典型地表现了罗根泽对中外文学批评的"见"与"不见"。

根据前人经验，撰写中国文学批评史首先要对"文学批评"的概念作定义，这样才能明确论述的范围，在搜求材料时以区分什么属于文学批评，什么又不能算做文学批评，当然这是治史学者心中自有的一把尺子，未必一定诉诸文字式定义，例如郭绍虞就几乎未曾对"文学批评"下过正式定义，但通过阅读他的《中国文学批评史》和相关研究文章就可从中推测其心中准绳。陈中凡的定义，在《中国文学批评史》第二章"文学批评"中，"若夫批评文学，则考验文学著述作品之性质及其形式之学术也"。① 从这里可以发现一个问题：陈中凡虽然在书名和章节标题都言"文学批评"，但在下定义时却言"批评文学"，不过如果继续阅读前后文段并结合语境分析可以明白，陈中凡此处的"批评文学"与"文学批评"在实际涵义上并无二致，只是换了一种表述。

但两种说法确实可以通用而不会引起歧义吗？答案是否定的。朱东润指出"文学批评与批评文学，二名并悬，话训两异"，他在《中国文学批评史大纲》中对写道："凡一民族之文学，经过一发扬光大之时代者，其初往往有主持风会，发踪指使之人物，其终复恒有折中群言，论列得失之论师，中间参伍错综，辨析疑难之作家，又不绝于途。凡此诸家之作，皆所

---

① 陈钟凡：《中国文学批评史》，江苏文艺出版社 2008 年版，第 5 页。

谓文学批评也……批评文学则指其中之尤雅饬整齐者而言。"①朱东润此番
论述明确廓清了二者的关系，"批评文学"是"文学批评"的一种，后者包含
前者，绝不能等同视之。其实，"自'文学批评'传入中国后，时人对于什
么是文学批评这一问题无统一答案"②，"文学批评"一词源自西方，在西
方学界同样是有争议的，放在中国文学批评史的语境中，其指向和范围变
得更加复杂难定，因此从 80 年代开始许多学者著书都不再以"文学批评"
为名，例如蔡钟翔等人编撰的《中国文学理论史》、敏泽的《中国文学理论
批评史》以及黄霖主编的《中国分体文学学史》，甚至还有观点认为就依《四
库全书总目》定名"诗文评史"，最能代表中国文学批评原本之样貌，然而
众说纷纭，究竟以何命名至今也未能有一个定论。

　　其实早在中国文学批评史的创立初期，在学界其他人还直接挪用"文
学批评"这一名称时，罗根泽就已经意识到"批评"二字的问题，通过考辨，
罗根泽认为"批评"仅能对应文学裁判，而无法概括文学理论和批评理论，
所以无法实现准确概括的功能，此外，"批"字有了"批评"的涵义始于宋代
的场屋陋习，故不雅致，依罗根泽之见，应当用"文学评论"替代"文学批
评"，以"'评'字括示文学裁判，以'论'字括示批评理论及文学理论"。③
虽然已经有了更好的命名方式，但碍于"文学批评"已然约定俗称，罗根泽
也只好顺从大势，继续沿用"文学批评"，然而随着学科的逐渐发展和细节
完善，半个世纪后，这个问题又重新被挖掘出来，引起了学界的热议，如
今再看罗根泽当年对"文学批评"之名的破与立，其思想不可谓不超前。

　　"文学批评"一名的异议，本质上源于中西文学批评的差异，罗根泽从
中西的文学批评家谈到中西文学批评，最后探寻了差异的形成原因，由点
到面、由浅入深，发表了对该问题的独特见解。首先，罗根泽认为西方的
文学批评家专事批评，批评与创作是分开甚至对立的关系，而中国的文学

---

　　①　朱东润：《中国文学批评史大纲》，武汉大学出版社 2009 年版，第 1 页。

　　②　张海明，王波：《"文学批评"与"中国文学批评史"学科的命名》，《湖湘论
坛》2015 年第 3 期。

　　③　罗根泽：《中国文学批评史》，上海书店出版社 2003 年版，第 8 页。

批评家并不把文学批评当做专门的事业，因此也没有批评专家一说，他们大多数本身就是作家，谈论文学通常是为了鼓励或反思文学创作而作，因此批评与创作是相辅相成的关系。由此罗根泽又得出，中国文学批评因出于指导文学创作的目的，天然地注重文学理论建设，而不重文学批评，与西方偏重于文学裁判和批评理论的情况刚好相反。导致如此差异的因素有很多，罗根泽认为其中最重要的当属自然条件，也就是中西地理环境的差异。

> 欧洲的文化，发源于温和的地中海沿岸，经济的供给较丰富，海洋的性质较活泼，由是胎育的文化，尚知重于尚用，求真重于求好。中国的文化，发源于寒冷的黄河上游，经济的供给较俭省，平原的性质较凝重，由是胎育的文化，尚用重于尚知，求好重于求真。①

用地理原因解释中西文化差异的，罗根泽并不是第一人，其师梁启超就在《论中国学术思想变迁之大势》中以南北为界，从地域环境的差异分析南北两派学术风格的形成。罗根泽继承师说，以此解释中西文学批评之差异，并将之提高到最重要因素的地位，还用地理差异解释同一时期中国南北文学各异的成因，"中国南北的地理风土不同，因之人民的习俗和学艺亦异"。② 在分析南北朝文学时，罗根泽又考虑到了更多的影响因素，"到南北朝的对立时代，其差异更不仅有地理因素、而且有民族因素、阶级因素和学术因素"。③从民族情况来看，北方多平民，南方多贵族，北方受胡人统治，南方中原汉人管理，因此北方简朴尚质，善治经学，南方繁缛尚文，善作文学。此外如唐代古文运动，罗根泽亦用南北文人的民族差异来解读；分析魏晋时期文学发展的原因，结合了由治而乱的社会环境、都市庄园的文人生活状态以及政治经济文化等诸多方面去分析；谈到刘勰与曹

①　罗根泽：《中国文学批评史》，上海书店出版社 2003 年版，第 15 页。
②　罗根泽：《中国文学批评史》，上海书店出版社 2003 年版，第 256 页。
③　罗根泽：《中国文学批评史》，上海书店出版社 2003 年版，第 159 页。

丕关于作家作品的"体气"之论，认为他们过于重视主观内部因素，而忽略了时代风尚等外部因素对文学风格的影响。罗根泽如此视野开阔，跳出文学的圈子，放眼社会时代的诸多方面去解读文学与文学批评的发展与演变，在同时期的同类批评史著作中是比较少见的，当时的普遍观点是从文学内部探寻文学与文学批评的演变规律，郭绍虞的《中国文学批评史》就是此种解释方法的成功案例，而罗根泽选择在既有范式之外另尝试创建一种新视角的、多元的解释范式，对阐释中国文论提供了新的视角与方法。

罗根泽《中国文学批评史》中的几处论断虽然别出心裁，但从问世初期至今一直都有批评的声音。早期学者如朱自清，就对罗根泽归纳的中国文学批评因多出自作家而天然注重文学理论建设不以为然，并列举了曹丕、曹植等人的批评实践来反驳，几乎直接推翻了罗根泽的判断。还有将地理环境因素视为中西文学批评、南北文学差异根本原因的做法，也并未获得当今学界的认可，这是罗根泽对中外文学批评认识的局限之处。但即使是不被认可的观点，也能够引起人们的思考，促进中国文学批评史的发展。贺根民在《罗根泽〈中国文学批评史〉的文学地理观》一文中就强调了罗根泽对地理因素的特别关注，给后来的研究学者们提供了一个新起点。用罗根泽自己的话说，就是"椎轮为大辂之始，固不嫌其粗糙，因为精美的大辂不过只是一种演进，粗糙的椎轮才是创造"。①

自 1934 年，罗根泽的《中国文学批评史》第一册出版以来，评判与比较的声音便未曾断绝。第一册批评史由罗根泽的课堂讲义补充编撰而成，在各方面还不很成熟，又因有郭绍虞《中国文学批评史》这样优秀的、时至今日依旧被奉若经典的出色著作在前，故罗根泽的批评史在问世之初遭遇了不少批评的声音，有认为理论剖析粗浅不够深入的，也有指出其某些立论为出奇标新而实际上有失公允的。今天再看罗根泽的《中国文学批评史》，这些缺点依旧存在，但我们却认为它是在学术史上能够与郭绍

---

① 罗根泽：《中国文学批评史》，上海书店出版社 2003 年版，第 159 页。

虞之作平分秋色的经典，已然经受住了几十年来读者和研究学者们的考验。

在几十年来的批评研究中，罗根泽《批评史》的撰述特色和史料价值逐渐被挖掘出来，对其认知也逐步走向全面、深入与成熟，也产生了同类著作间书写特色、史观构建等视角更为深刻的比较式研究。以往研究所关注的罗根泽《批评史》之特色，大体不出综合体例、材料宏富和论说新颖这三大方面，纵观整部批评史，这确实是其最突出的特点。研究学者们论及于此，多从"是什么"和"怎么样"两个方面展开论述，关于"为什么"的追问则比较少。1996 年汪春泓谈到罗根泽批评史中某些不太稳妥的论述表现出创立新说的勇气，似有古史辨派的治学特点，对罗根泽批评史的特色进行了探源溯流，与其治诸子学的研究经历相联系起来，汪春泓的看法不同程度地启发了后来的研究学者。正是在此基础上，笔者认为罗根泽的《中国文学批评史》不仅在勇于创立新说这一点上与诸子学有关，在其他方面也受诸子精神之影响。

从形式来看，罗根泽批评史的综合体例和长篇绪言是其最突出的特点，从内容来看，罗根泽批评史立论出新、资料宏富、视野广阔也早就为学界公认，这些特点与"博明万事""立言批判"的子学精神有着密切的联系，可以说罗根泽的《中国文学批评史》虽然在本质上属于文学类史书，但各方面都在一定程度上表现出了子学精神的特质。在明确了这一点后，笔者又因此扩宽了视野，发现了两者间更多的联系，比如对罗根泽注重提炼批评家的根本观念，他认为批评家的文学批评都是以根本观念为核心展开的，这又与先秦哲学的研究方法如出一辙；还有罗根泽批评史的语言风格也有子书的味道，自由活泼、表达主观立场和情感价值取向的论说，以及时而颇具讽刺批判的观点。这番探索的过程，不仅论证了罗根泽《中国文学批评史》中子学精神的存在，还帮助笔者挖掘出了上述较为隐蔽、少有人述，但确实存在的撰述特色，这是笔者在确定论题之初未曾预料到的结果，也让笔者对这部批评史著作有了新的认识，这都要归功于新的研究视角的运用。

　　从 1934 年林分在《众志月刊》第 2 卷第 3 期上发表了第一篇关于罗根泽《中国文学批评史》的书评文章，开启了学界对这部著作的探索与研究，直到 2020 年依旧有硕士论文选择将它作为研究的对象，笔者相信，对罗根泽批评史学术价值的阐释和挖掘仍未完待续。

第五章　中国文学批评史"学案体"书写研究
——以朱东润《中国文学批评史大纲》为例

第一节　学案体书写述要

在中国学术史上，黄宗羲所撰《明儒学案》是一部具有里程碑意义的重要著作。自该书面世之后，以"学案"命名的学术史著作开始流行起来。然而，"学案"一词，古有定名，并不是黄宗羲首创。比较吊诡的是，无论是黄宗羲还是之前的学者，似乎都默契地就"学案体"这一概念达成了某种共识，却没有人为它明确地下一个定义或者做一个解释。如今想要从学案体的角度进行研究，就不得不观澜索源，回归原初的语境，去把握其产生的历史脉络，以探寻学案的学术使命和文本特征。

一、概念爬梳：从《庄子·天下》到《明儒学案》

梁启超在《中国近三百年学术史》一书中，对学案体史籍的渊源和脉络进行了比较全面的梳理。根据他的看法，《明儒学案》远绍先秦诸子和佛家灯录，近承朱熹《伊洛渊源录》，在学术史上有着深刻的影响和渊源。这一观点在近现代的研究中仍然常被采纳。

1. 溯源：先秦诸子论学术史

春秋战国时期，随着社会转型，学在官府走向学在民间，著书立说蔚然成风，诸子百家纷起争鸣，思想文化得到了极大的发展。《论语》《孟子》

《老子》《庄子》等经典著作都在这一时期诞生。但各家学术纷繁复杂，文与史尚未有明确的分野，因此，这些文学著作同时也具有一定的学术史意义。

《庄子·天下》将"道术"与"方术"区别开来，认为"道术"是普遍的准则和学问，只有少数圣人能掌握；方术则是诸子百家各执己见的学说，不具有普适性。根据当时社会的特色，庄子得出"道术将为天下裂"的结论，并进一步将当时社会的思想流派分而为六，指出每一家学说的代表人物和主要思想，逐一概括和评点。

除此之外，荀子也在《非十二子篇》中批判性地将先秦学术流派分为六派十二子。因为学术立场不一致，他的划分与庄子稍有不同。韩非批判地继承了荀子的思想，并将其与法家思想相结合。他在《显学篇》中提出儒墨并称显学，进一步总结了"儒分为八、墨离为三"的历史。

先秦诸子论学术史的概况大致如此。从中不难看出他们的缺陷——批判自觉性的缺乏。首先表现在没有形成专著，观点散见于篇籍之中。严格意义上来说，这部分内容并不能算作史。但是，对于尚未成形的新事物，我们理应多一些包容，着眼于他们在论学术史时所做出的宝贵的学术积累和大胆尝试。首先是分门别类的思想。尽管分类的标准不一样，但他们都对先秦时期的学术流派进行了明显的圈别区分。这是时代特色使然，也是学者的有意为之。其次是纲举目张的批评方法。面对百家争鸣的现状，他们都选择了以代表人物和核心思想为靶，有的放矢，从而避免了对细枝末节的重复讨论。后来的学术史著作也大多遵从了这个规律，学案亦然。

2. 肇始：《史记》与《汉书》

如果说先秦诸子对学术史的论述缺乏批判的自觉性，那么《史记》和《汉书》则很好地弥补了这一缺陷，成为了学术史的发轫之作。一方面，作者有意为史。司马迁子承父志，想要"究天人之际，通古今之变，成一家之言"，写成一部史学巨著；班固同样具有深厚的家学传统，立志述史。另一方面，作者深刻地认识到了学术史也是历史的一部分，并以专门的篇章来论述学术史上各家各派的优劣得失。

《史记》的批判自觉性首先体现在编写体例的改变。自《春秋》《战国策》以来，史书基本采用编年体和国别体的叙述方式。司马迁则独树一帜地选用了纪传体的方式，以人物为中心，梳理历史事件的发展过程，总结出历史的发展规律和经验教训。纪传体的使用兼顾了记言与记行两个方面，让读者看到的不仅是冰冷的时间和事件，更看到了全面而立体的活生生的人。这样的处理让这部史学著作增添了文学的浪漫色彩。他深刻地认识到了历史的主体是人，而这个"人"的范围不仅仅是帝王将相，也包括陈胜吴广这样的揭竿而起者和孔孟这样的圣人学者。在《儒林列传》中，他记述了儒学自孔子以来的坎坷发展历史，并按照《诗》《书》《礼》《乐》《易》《春秋》的顺序逐一记人叙事，品藻得失。在《老子韩非列传》中，则论述了道家和法家主要观点和代表人物，别开生面地提出韩非的部分思想导源于道家。除此之外，在《太史公自序》中，他沿袭了其父司马谈的看法，将先秦学派分为阴阳、儒、墨、名、法、道德六家，总叙各家各派之短长。这部分内容少而精当，不啻为一部先秦学术史大纲，成为历来研究先秦学术史的重要参考资料。

与《史记》相比，《汉书》则对儒学有着鲜明的尊崇。《汉书》因袭了《史记》的纪传体体例，保留了《儒林传》的编纂。但《汉书·儒林传》更加详备，记录了更多的学者的生平和学术思想。同时，《汉书》增设《古今人表》，将古今学者分为从上至下九等，把儒学供奉到了更高的地位。此外，班固在《艺文志》中总列篇籍，评述得当，为后世编次图书目录所效仿，成为与《儒林传》相辅相成的学术资料汇编，体现了更大的学术自觉性和系统性。学案分门别类，辑录资料，适度评点的特色与之不谋而合。

3. 借鉴：僧传灯录

佛教自传入中国以来，在不断地融合中国本土元素的同时，也在不断地发展壮大，焕发出强大的生命力，反向影响着中国传统文化的发展，甚至成为中国传统文化三大板块之一。学术史和学案体的发展也不可避免地受到了佛教因素的影响。

我国现存最早的僧传为梁朝僧祐所作的《出三藏记》。此书后三卷为后汉至萧齐32名译经僧人的传记，大体沿用了班固的书写方式。此外，以"僧传"为名的典籍不在少数，如慧皎《高僧传》、裴子野《众僧传》和道宣《续高僧传》等。以最为著名的《高僧传》为例，其中入传者257人，并附见200余人。书中将僧人分为译经、义解、习禅等十门，并在每门之后加以评论，被后代作僧传者奉为圭臬。佛教传入中国后，形成的宗派众多。这便导致了各宗各派唇枪舌剑、争夺正统嫡传地位的现象。于是就产生了各家宗史。禅宗兴起于初唐，历经六组，一步步发扬光大。禅宗的流行除了本身内容平易的原因之外，与它的传承方式也不无联系。一方面，禅宗在众多宗派中率先编写宗史，一改以往僧传荟萃诸门高僧的形式，专录习禅者的传记，实际上形成了传记体的禅宗史。另一方面，又独创灯录，记录师徒之间的心印传承。传记体宗史以记事，灯录以记言。二者相辅相成，保存了丰富的禅宗资料。这样的传承方式也促进了儒学的发展。陈垣在《中国佛教史籍概述》中也曾说："自灯录盛行，影响及于儒家，朱子之《伊洛渊源录》，黄梨洲之《明儒学案》，万季野之《儒林宗派》等，皆仿此体而作也。"①

4. 雏形：《伊洛渊源录》

从先秦诸子论学术史的偶然，到《史记》与《汉书》的逐步自觉，再到佛家宗传、灯录的引入与借鉴，学案体作为学术史的书写体例，经历了漫长的发展历史，至宋朝时才算是基本成型。标志便是朱熹所作《伊洛渊源录》。该书虽未以"学案"命名，却是谈及学案时不可回避的一部作品。

宋室南渡，务求"一道德、同风俗"；儒学更新，党争波及学术，二程道学面临危机。朱熹作为道学的执炬者，毅然选择承担起兴盛道学的使命，遂作《伊洛渊源录》以辨明二程学术的渊源与传承，彰明道学的地位。

---

① 陈祖武：《中国学案史》，东方出版中心2008年版，第21页。

《伊洛渊源录》以二程为核心，以时间为序，以地理畛域为分，绍述周敦颐，下及南宋程学门生，共录49人，凡14卷，系统梳理了程氏学说的源流。编纂特征有三：一是每卷皆由行状与遗事组成，分别实现记行与记言；二是所引资料皆注明出处，务求真实可信；三是凡有分歧之处，皆予以注明和和考订。严谨如斯，《伊洛渊源录》已经形成了一部完整的二程学术档案。

《伊洛渊源录》自面世之后，就被学者奉为编修学术史的矩矱，如周汝登《圣学宗传》、孙奇逢《理学宗传》、刘元卿《诸儒学案》、刘宗周《论语学案》等。不论是否以学案命名，都基本上遵循了朱著的编写原则。此后，黄宗羲《明儒学案》更是进一步光大学案这一书写体例，成为里程碑式的著作。

学案的发展脉络大致如此。但究竟何为学案，黄宗羲及其前辈都没有为它下过一个确切的定义。整合前人研究资料，我们不难发现，目前学界对学案的界定主要分为以下三种：第一种是认为学案即学术档案。从著作的内容着眼，视学案为犹如一人学术或者一家学术的归类"记录"①。秦嘉懿的《明儒学案》英译本正是以此为翻译理据进行的。第二种是认为学案为学术公案。从晚明的思想文化背景着眼，"视学案犹如解释禅宗公安的文字禅"②。陈祖武在《中国学案史》这一著作中便是秉承着这样的理念。第三种是将学案当做学术史或者学术思想史的撰述体裁，颇有新意。其理论依据是《明儒学案》被《四库全书》收录在"史部传记类总录之属"。梁启超的《中国近三百年学术史》即是据此写作而成的。尽管以上三种说法存在一定的分歧，但它们也达成了一个共同的认识——凡学案必兼备案中学者的

---

① 朱鸿林：《〈明儒学案〉研究及论学杂著》，生活·读书·新知三联书店 2016 年版，第 3 页。

② 朱鸿林：《〈明儒学案〉研究及论学杂著》，生活·读书·新知三联书店 2016 年版，第 3 页。

传记、学术资料以及学案作者对该学者的学术论定。① ③诚如陈祖武所言，学案体史籍"以学者论学资料的辑录为主体，合案主生平传略及学术总论为一堂，据以反映一个学者、一个学派乃至一个时代的学术风貌，从而具备了晚近学术史的意义"。②

二、学术使命：辨章学术，考镜源流

前文提到，学案的导源之作《伊洛渊源录》产生于道学式微之际。因此，学案这一特殊的学术史编写体裁，从诞生之初便承担着拯救道学、统一道德的重任。尽管后来的学案部分脱离了道学的桎梏，但他们在各自的领域内承担的学术使命却是一脉相承的——厘清学术传承，介绍学术特点，辑录必要的学术资料，以及辨析讹误。

1. 溯源流，明师承

黄宗羲在《明儒学案》序言中提到写作的初衷是"为之分源别派，使其宗旨历然"。③ 在没有现代化通信技术的古代，学术的传承是通过一代又一代学者的口耳相授和言传身教来实现的。因此，辨明学术师承就有着莫大的意义。对于学者而言，天赋异禀的毕竟只是极少数。因而得到名师的指点，更有助于达到四两拨千斤的效果。"入门须正，立志须高"正是这个道理。对于学派而言，一个学派的传承依托着学者来完成，在发展过程中不可避免地要受到其他学派的影响。要想在维系学派固有特色的同时，促进学派健康发展，就必须厘清学者之间的学问传承。

黄宗羲的著作虽然叫作《明儒学案》，但严格意义上来说，这是一部明朝理学史。首先，黄宗羲并未将明朝所有儒学家罗列在内，基本上抛开了理学之外的其他学问。其基本的选人原则是学有师承，学有宗旨，不杂于

① 朱鸿林：《〈明儒学案〉研究及论学杂著》，生活·读书·新知三联书店 2016年版，第 3 页。

② 陈祖武：《中国学案史》，东方出版中心 2008 年版，第 259 页。

③ (清)黄宗羲著，沈芝盈点校：《明儒学案》，中华书局 1985 年版，第 10 页。

佛道。其次，在编次入书的理学家中，黄宗羲也有一个主次顺序，阳明心学无疑在这个系统中居于中心地位。因此，在编写的过程中，黄宗羲对更居于正统的姚江、泰州等学派着墨更多。从中我们不难看出黄宗羲的评价体系：一是以心学内部的工夫为佳，重视王学的嫡系传承；二是心学外部的工夫以更靠近心学为上，后半卷《诸儒学案》正是以此为标准编纂而成。此后的如《宋元学案》等诸学案也基本保持了这种辨明学术传承的做法。

2. 辨异同，明宗旨

学术宗旨是学者跻身学界所必须具备的前提条件。如若宗旨不明，那么学问无疑是空中楼阁、别椽架屋，在各种观点之间游移不定。这样的人一定不能成为文坛的执牛耳者，而只能任由别人牵着自己的鼻子走。这样的思想，也一定会在历史的更迭中被淘汰。宗旨之于学术的重要性可见一斑。历来学术史的编纂者也注意到了这一点。

从先秦诸子论学术史到黄宗羲的《明儒学案》，学案体从无到有，从不自觉到相对完备，都保留了最重要的一点——作者评点。这一部分看似简约实则扼要，较为客观地总结了学者的学术宗旨和主要成就。先秦诸子时期自不必说，学术正是在他们彼此的相互攻评论辩中发展起来的，每家每派都有自己的独特见解。相应地，对于其他流派的观点也会进行臧否。在《史记》和《汉书》中，二位作者也从自己的学术立场出发，对书中所提到的学者和著述进行了精彩的品评，不少为后世引用。黄宗羲在《明儒学案》中为每位案主立传，介绍人物生平和学脉传承的同时，总括案主的学术成就和治学特色。他用"淡如秋水贫中味，和似春风静后功"①来评价吴与弼，点明吴为学贵在淡泊与平易，主张在日常处下功夫，从细微处得到修身养性的道理。而在给胡居仁的案语中，黄宗羲则重点强调了胡之学问中非佛和主敬的两个方面。不论是评点还是案语，若想切中肯綮，则必须明确其学术宗旨，辨明此学说与其他学说之间的异同。

---

① （清）黄宗羲著，沈芝盈点校：《明儒学案》，中华书局1985年版，第3页。

宋儒重渊源，明儒则重宗旨。黄宗羲希望将明儒之学打造成中衢之樽，凡后人有志于学，凡着眼于《明儒学案》时，都能持瓦瓯瓢杓而来，随意取之，满腹而归。因此，在治学方面，他最看重的是有独到见解和个人特色，有各自用得着之处，而不是倚门傍户、依样画葫芦。他编书的目的也不在于求同，而在于求异。《明儒学案·发凡》有言，"此编所列，有一偏之见，有相反之论，学者于其不同处，正宜着眼理会，所谓一本而万殊也"。① 在他看来，所有的学问最终都指向于"道德"。虽然各人方法和学问不同，但只要是从道德出发，最后能进一步提升道德的学问就是好的学问。所以，他反对以水济水、人云亦云，认为学者不必为务求完全相同而唇舌争锋。殊途同归亦无不可。

甄别异同只是手段，辨明宗旨才是最终目的。学案作为学术史著述的一种，理应要承担这样的学术职责。事实上，大部分学案体著作在效仿《明儒学案》时，也自然而然地将这种责任一并承担了。

3. 选精粹，明原著

除《明儒学案》被列入《四库全书》"史部传记类总录之属"外，其他的众多学案都被列入了子学之下。学案究竟是该被划分为子学还是史学，也一直是学界存在争议的话题。造成争议的原因是多样的。其中，最重要的一点便是学案体著作本身就汇编了大量的学术资料。争议可先按下不表，但对学案体著作中选编的这部分学术资料，我们却不能不引起重视。原因有以下三点：第一，学术资料选编在学案体著作中已经成为惯例，凡可算作学案的学术史著作，则必定荟萃了一定量的学术资料。第二，这部分内容在学案中体量极大，通常包含案主著述、对话等方面，基本上占据了学案约一半的篇幅。第三，这部分内容的存在已经引发学案的学科隶属之争。据此，我们可知学术资料选编在学案体著作中有着举足轻重的作用。

若论学术资料选编在学案体著作中的作用，笔者认为可用"论据"一言

---

① （清）黄宗羲著，沈芝盈点校：《明儒学案》，中华书局1985年版，第18页。

以蔽之。首先，就全书结构而言，从大的层面可以分为作者案语和案主学术资料摘编两部分。作者案语中囊括了案主生平小传、学术成就以及作者对案主的评价等内容。案主生平无可置疑，但余下部分内容仅凭作者一家之言则会略显单薄，需要有学术资料的支撑，即需要摘编一定的学术资料来佐证作者的论调。其次，学案撰写的目的在于为后来学者提供参考和借鉴，既以"中衢之樽"为导向，那么在内容方面则不可过于绝对。学术资料摘编的存在很好地弥合了学案作者和案主之间的裂隙——作者案语能让读者对案主思想有大概的了解；学术资料摘编则能让读者跳出作者的桎梏，更自由地去领悟和解读作者的思想精华。虽然学案中呈现的学术资料，都经过了学案作者有意识地筛选，在很大程度上肩负着作者案语的阐释功能。但有一千个读者就会有一千个哈姆雷特，所以这样的筛选并不会禁止新观念、新看法的产生。反之，这种去芜存菁的筛选，降低了读者披沙拣金的难度，为其了解原著思想和知识习得提供了便利。

朱义禄先生在《论学案体》一文中指出，学案在内容上应同时具备"三要素"，即设学案以明"学脉"、写案语以示宗旨、选精萃以明原著；在效用上要承担"两功能"，即承担着学术思想史与学术思想资料选编的双重作用。今阅览诸学案，大体如是。

三、文本特征：序、传、评、录的基本结构

论及学案，上文之言，毛目已显；下之所陈，力求剥茧。后人学案多种，但从编纂体例方面而言，多以黄宗羲《明儒学案》为鼻祖且无出其右。故本章讨论学案体的文本特征亦以《明儒学案》为例。

如前所述，总体而言，《明儒学案》遵循一个"三段式"的书写结构：第一部分为序，总论学术传承、论学宗旨或其学术在明代理学史上的地位；第二部分为传，即案主小传，简言案主生平及学术风貌；第三部分为录，即案主的学术资料选编，占比颇高，一般以反映案主学术风貌为主旨。其中，在第一二部分内容中，往往会掺杂一些作者、时人对案主及其学术的评价。这些评价虽然占比不高，但也较为精当，应当予以重视。简而言

之，一部完整的学案就其文本结构而言，包含了序、传、录、评四个部分。

1. 序：纲举目张

序之于一人学案，犹如摘要之于学术论文。今观诸序，则一学派之学术纲领已明、雏形既显。即使此前对此学派不甚了解，也能从序文中得其大概、略窥门径。

在《姚江学案》序言中，我们可以清楚地看出，姚江诸人的学术皆出自王阳明。此一脉学者都遵从"知行合一"的理念，博学、审问、慎思、明辨和笃行一样，是格致之行，能帮助人们得到良知。其宗旨都不同于程朱之学，主张良知应向内探求，而非向外格致；否则，就像指月之人不去指天上之月，反指向地之光一样，最终越求越远，脱离本心。但学案中各人的学问又不完全一样。以王门"四句教"为例。王阳明说："无善无恶者心之体，有善有恶者意之动，知善知恶者是良知，为善去恶者是格物。"①而致良知之说是阳明晚年才得出的体悟，未来得及与门人们一一详细分说，所以诸学子皆根据自己的理解对此"四句教"进行了阐释与发挥。大略相似，实则相去甚远。不论如何，不由分说的是，此学案下诸人之学问皆自阳明而来。

学案之序，大略如此。透过或长或短的序言，读者能了解一个学派的风会及传承。细度之，也可从中看出作者对这一干学人的基本态度。

2. 传：管中窥豹

序言统论整个学派的论学要旨，传略则聚焦于单个的学者。传略一般为小传，篇幅短小，一般不过二三百字。若是作者极为推崇或者在学术史上地位极其重要的人，传略的篇幅也会有所增益，洋洋洒洒千余字也是有的，如《文成王阳明先生守仁》和《文恭陈白沙先生献章》。但不拘字数多

---

① （清）黄宗羲著，沈芝盈点校：《明儒学案》，中华书局1985年版，第179页。

少，其内容是一样的，即案主生平简介和学术概要两部分。这两部分在传略中所占的篇幅通常是差不多的。在陈献章传略中，黄宗羲从外貌、音律、科举与待人接物等各个方面对陈献章进行了描摹，塑造出了一个天资卓绝的"异人"形象，正面烘托其学术成就之高。在为学方面，陈献章主章虚静。第一次参加科考之后决意不再参加，回家修筑春阳台，以静坐来修炼工夫，以求明心见性，深居简出数年。后虽再次科考并入仕，但仍然主张静坐、内省。其学术主张贯穿一生，由此可见一斑。

其他诸学者小传大多与此类似，提纲挈领地介绍了学者的生平和学术，让学案变得更加鲜活具体的同时，也为后文学术资料的选编提供了一个准则。

3. 录：经典枝条

序与传都是十分精要的概括，是学案作者根据其所掌握的资料和学术视野所归纳得到的结论。录则是用以支撑作者结论的原始材料，在各学案中均占有半数甚至以上的篇幅，让读者不得不予以重视。

这部分内容虽然多是摘录，但却相当耗费心力。一方面，能入学案者，一般都著述颇丰。这就需要学案作者博览群书，从浩繁卷帙中筛选出相应的资料。另一方面，摘编进学案的材料，都要一定程度上反映案主小传中的学术宗旨。这就要求作者不仅要看，而且要看懂这些纷繁复杂的文献资料，并对它们进行大致的分类。因此，录之水平的高低，也直观反映出了作者的学术功底，并直接影响着整部著作的质量。以《明儒学案卷十二·浙中王门学案第二》为例，案主王畿于沿海一带皆有讲舍，从者众多，为王门翘楚之一。黄宗羲摘其语录四十余条、论学书十余条及致知议辩九则，全面展示了王畿的为学方法和心学理念，所费心力毋庸置疑。

4. 评：微言大义

一人之著作，往往体现一人之学术倾向。学案的批评主要包含"一显一隐"两个方面：显指的是直接批评，即学案中所呈现的作者对学人学术的明显的评价性文字，部分为引用他人的批评言论；隐则是指选本批评，即作者在学案选材、资料选编的时候体现的一种态度和标准，需要读者细细品读，徐徐图之。

在《明儒学案》中，黄宗羲秉承着兼容并包的理念，对"相反之论"和"一偏之见"也兼收并蓄。也正是由此，书中直接的批评言论并不多，也不是独立的部分，往往散见于人物传记与序言之中。如在胡敬斋传中有言，"先生近于狷，白沙近于狂"①，将胡敬斋和陈献章对比，凸显二者的学术特点。相较之下，《明儒学案》的隐性批评则更加明显。如前文所说，本书大体遵照了以阳明心学为中心，心学之外则以更靠近心学为区分的原则，这本身就反映了黄宗羲及其恩师刘宗周的学术倾向性，具有一定的批评价值。书中所列的指斥阳明学的《杂著》一类，在一定程度上也是为了凸显阳明学的特点。

后世学案在继承黄著的基础上也有了一定的发展，学术资料摘编以外的评述性文字有所增加。带来的更明显的变化就是作者不再伪装成功成而弗居的隐者，而是更多地在明面上臧否一人一家之学术。

从《明儒学案》到《宋元学案》《清儒学案》，再到近现代的《清儒学案续编》《红学学案》等，学案体一直在不断地发展、演进、成熟。但无论如何演绎，学案的基本框架早在黄宗羲或者说朱熹时代便已经成型。前文所述，我们可以大致作结：学案作为思想史、学术史的撰写体裁，其历史渊源可以追溯到先秦诸子论学术史，至朱熹《伊洛渊源录》初具雏形；承担着明学脉、明宗旨和明原著的多重学术责任；基本遵循序、传、录、评的行文机制。正是基于学案的上述特征，笔者经过细心地比对，发现朱东润《中国文学批评史大纲》的书写体例与学案有着许多共同之处，进而展开了本文的研究。

---

① （清）黄宗羲著，沈芝盈点校：《明儒学案》，中华书局1985年版，第30页。

第二节 《中国文学批评史大纲》的学案体元素

《中国文学批评史大纲》书写体例的界定，存在一定的难度。首先，如前所述，该书以讲义为原形，其不成熟性是显而易见的——单从目录来看，我们也能发现其体例不一。作者虽然强调"以人为纲"，但书中仍然存在"西汉之文学批评""东汉之文学批评""隋代之文学批评"等明显的以时代为纲的章节，同时还存在"《诗》三百五篇及《诗序》""自《诗本义》至《诗集传》"这样的以作品为标识的内容。其次，朱东润先生一生著述颇丰，他本人对《中国文学批评史大纲》一书并不十分认可。或者说，在他心中，这部书不是一部成熟之作。朱东润晚年在《遗远集叙录（代自序）》中回顾了自己一生的学术历程和研究成果。他提到自己"在大学工作中，编过《中国文学批评史大纲》，易稿三次，在开明书店、中华书局先后出版"①，但同时认为"这些都是临时讲授用的，现在概不收录"②。

与此形成鲜明对比的是，其单篇论文《论刘勰》《〈沧浪诗话〉探故》，论文集《中国文学批评论集》《中国文学批评论集之二》，先生均花费了较多笔墨详细介绍。这虽然不是完全否定了该书的价值，但也表明了作者对其"不成熟"的缺憾。对于一部未成熟的著作，自然很难界定其书写体例与以往哪一种范式完全相符，只能略取赅要、求其神似。此外，就朱东润的自序来看，他自认为该书与同时代其他中国文学批评史著作存在明显差别，并自得于该书的编写特色。这些特色在一定程度上也成为研究其书写范式的潜在可能。与郭绍虞、罗根泽二位先生的著作相比，《中国文学批评史大纲》则保留了一定的"学案"式书写的元素。如：人物传记、学术资料选编和作者评点相互结合的文本内容；以人物为中心的编排布局；同样都重

---

① 朱东润：《朱东润文存·遗远集叙录〈代自序〉》，上海古籍出版社 2014 年版，第 4 页。

② 朱东润：《朱东润文存·遗远集叙录〈代自序〉》，上海古籍出版社 2014 年版，第 4 页。

视作者所处的"当下"的学术研究现状等。

一、案、学、评的书写结构

整体看来，除却自序与附录外，全书凡 76 节，仅有 10 节未以人物命名，其以人为纲的特色在全书的编排布局中明显占据主要地位。这种谋篇布局的方式与学案以人物为中心的结构不谋而合。同时，除第一节《绪言》外，每一章都援引了较多的原始文献，用以佐证作者的论述，也供学生和读者选取。更值得注意的是，该书的本质是批评史著作。若按照史的精神，本该持中而客观，但作者却在书中给出了许多自己或他人的批评言论，这也与学案的特色遥相契合。

1. 案：以人为纲

朱东润在自序中说："本书的章目里只见到无数的个人，没有指出这是怎样的一个时代，或者这是怎样的一个宗派。"[①]与同时代的其他几部中国文学批评史著作相比，《中国文学批评史大纲》最鲜明的特色就是以人为纲。作者还说，"这一切都是出于有意"。[②] 这样的编排并不代表作者否认了时代和宗派对个人的影响。

相反，作者正是在此影响的基础上，辩证地去看待个人对时代的顺应和抵抗，个人风格与宗派主流之间的差异。在朱东润看来，个人的特色是做文学批评史应该着眼的地方，因为这些人往往是凭借其特色在他的时代主持风会，以致影响后世。以人为纲的写法大致可以归之为学案之"案"。

以此观之，每一案的展开也基本上遵照了传统学案的"序、传、录、评"的模式。这样的因循在以单个人为章节的内容中表现得格外明显，下以刘勰一节略作说明。篇首便言："吾国之文学批评，以齐、梁之间最为盛……此时批评之精神极为发展，不独文学批评而已也……批评文学于此

---

① 朱东润：《中国文学批评史大纲》，上海古籍出版社 2016 年版，第 2 页。

② 朱东润：《中国文学批评史大纲》，上海古籍出版社 2016 年版，第 3 页。

期中独盛，岂偶然哉………对于当时文坛之趋势，皆感觉有逆袭狂澜之必要。"①作者以相当的笔力描述了齐梁时批评精神及文学批评极盛的时代特点，进而引出刘勰作《文心雕龙》的中心思想就在于"逆袭狂澜"、反对浮靡。这部分内容总括了刘勰的思想主旨，即可看作"刘勰学案"之序。紧接着，作者引用了《南史》中关于刘勰的记载，其官至东宫通事舍人，撰有《文心雕龙》，负书候车，出家改名，受惠于佛等重要事件都被列入其中，不失为一部刘勰小传。随后，朱东润将刘勰对时人文风的批评总结为一个"讹"字，并摘录了《序志》《通变》《定势》诸篇的部分内容以佐证"讹"之批评。学案之录实是如此。更值得注意的是，朱东润在文中加入了许多自己和他人对刘勰的评论，并对有异议的地方进行了精要的勘误。如清代纪昀在评论《文心雕龙·乐府》时说此篇针对的是当时宫体诗"竟尚轻艳"的文风。朱东润则指出，宫体诗乃是该书成书之后三十年左右才形成的，因而得出纪氏所言有误的结论。在论述刘勰的复古思想时，朱东润更是一针见血地指出刘勰复古之意在于革新，标榜复古不过是"假物以为济"罢了。这样的批评言论在书中并不鲜见，可对应学案之评。除刘勰之外，书中其余论述单人者亦大致遵循了这样的模式。

依上所言，从宏观角度看来，《中国文学批评史大纲》以人为纲的写法，虽不完全与传统学案一致，但二者大体的风貌实则是十分相似的，都凸显了案主的地位与书写的主线。从微观角度看，作者在叙写案主的文学批评思想时，也基本继承了传统学案之序、传、评、录的内在肌理。

2. 学：论其要旨

对于学案而言，案只是框架，学才是内核。这里所谓之"学"即与案主学术或文学批评所相关的一切因素，如学术渊源、学术特色、批评对象和学术倾向等。论及学术渊源，就不得不提及宗派。大多数人都认为同宗派中各人是大同小异，但朱东润别具慧眼地提出这些人很有可能是"小同大

---

① 朱东润：《中国文学批评史大纲》，上海古籍出版社 2016 年版，第 55 页。

异"，因而他在书中取消了宗派的罗列，而是标举个人。这是以人为纲的必然要求，同时也与黄宗羲著《明儒学案》的路径如出一辙——求异不求同。

司马迁和班固同为汉代史学家，二人的著作也都享誉后世，但朱东润则注意到了二者之间微妙而显著的区别。论及司马迁，朱东润仅用"史公论文，多重情感"①八个字加以概括。用来支撑这一观点的则是著名的"发愤著书说"。朱东润认为仅此一论就已经十分显然——司马迁将伟大作品的诞生极大程度上归因于作者本人的"郁积"，高扬了作者主体地位的同时，也在一定程度上忽视了客观环境和其他因素对文学的影响。在论及班固的时候，朱东润并未在其他方面多加赘述，而是紧紧抓住了班固与司马迁对《离骚》的不同评价，以小见大地指出二者学术态度的不同。司马迁认为《离骚》可与日月争光，班固则认为屈原露才扬己，"虽非明智之器，可谓妙才者也"②。至于二者缘何对同一经典作品有如此反差的态度，朱东润在作结时给出了他自己的思考——汉初与东汉思想的转变。寥寥数字的背后是汉武帝罢黜百家、独尊儒术的宏大历史背景，与前文所述"武帝时代，实为古今断限，不可不知"③遥相呼应。司马迁生活在武帝时期，崇尚的是黄老之道；班固则是站在儒学正统的位置对文学作品重新评价。据两位史学家的不同态度，可以反观两个时代的学术风貌和治学环境。

纵观全书，类似这样的以小见大的地方并不鲜见，处处体现着作者的有意和用心，也折射出作品所承担的学案特色与学术使命，彰显着一个作者乃至时代的学术特色。

3. 评：见微知著

历史分为两种：辑录的历史和编撰的历史。前者由史料的丰俭所决定，与作者无甚大干系；后者则更大程度地取决于作者态度和视野。学案

---

① 朱东润：《中国文学批评史大纲》，上海古籍出版社 2016 年版，第 16 页。
② 朱东润：《中国文学批评史大纲》，上海古籍出版社 2016 年版，第 21 页。
③ 朱东润：《中国文学批评史大纲》，上海古籍出版社 2016 年版，第 15 页。

作为一种思想史、学术史的撰写体裁，评是其中最能直接体现作者态度的部分。在《中国文学批评史大纲》这部书中，评主要由朱东润自己的观点与援引自他人的批评言论两部分组成。

郭绍虞、罗根泽二位先生常常先对所论述对象的观点进行现代化的整理。如郭著论袁枚，即分为"与当时诗坛之关系、性灵与神韵、怎样建立他的性灵说、修正的性灵说"几部分，明显地是以"性灵"作为中心来论述袁枚的文学批评理论的。而朱东润则有所不同，也许是作为讲义的缘故，朱著更多地保存了古人的"原貌"。在论及沈约时，作者先引用《文赋》《诗品》的说法，指出陆机、范晔、谢朓等人皆为论声律的"道宗主"，沈约由于寿命最长且历齐入梁时正值江左文运最为昌盛之时而声隆。这当然是朱东润凭借自己的识力所做出的大胆判断。

在明确了整个南北朝的声律背景后，作者接下来论述的沈约对"建安风力"和"浮声切响"的推崇与批评，而将后世最为看重的"四声八病说"放到了最后，还原了一个更加全面的沈约诗文评。在"浮声切响"部分，作者广泛征引了《文心雕龙·声律》、何义门《读书纪》和李梦阳《与何景明书》的文字，对"浮声"和"切响"进行了严谨的梳理与论证。沈约之后的齐梁时代，朱东润断言伟大批评家有刘勰、钟嵘、萧统和颜之推四人而已，并认为这四人对于当时的文坛有"逆袭狂澜之必要"；而萧纲、萧绎等人与其说是批评家，不如说是作家。论及刘勰的文学批评思想时，朱东润指出刘勰在《情采》篇中所推崇的为情造文与当时文坛所标举的为文造情不同，并征引了后世李格非和熊铢的类似批评言论。然而，朱东润也坦承刘勰的这一观点在当时影响甚微。同时，朱东润还引用了纪昀对《通变》的评论，进一步指出刘勰的通变即为复古。在介绍完刘勰的文学批评理论之后，朱东润以简短的文字对刘勰的《文心雕龙》进行了简单的批评，认为刘勰虽然有颇多"进步"的文学主张，但落实到《文心雕龙》的写作上却也难逃"颇病烦碎"的命运。当然，朱东润也认识到这是时代的弊病所在。刘勰身在其中，作品难免会被打上时代的烙印。

如上所列，书中所呈现的朱东润本人的批评言论都是十分独到而犀利的，书中所援引的他人评论也都是十分经典的。相较于郭、罗二先生的著作而言，朱著的批评言论显得更加细碎而零散，也更加原始，更加贴近学案精神。对于埋首于繁芜的文献资料中的读者而言，这些微末的批评无疑是点金之笔，让读者在知晓作者治学态度的同时，亦收获醍醐灌顶之效。对于整部《中国文学批评史大纲》大厦而言，案是筋骨框架，序、传、录是一砖一瓦，而评则是其中的明灯，是整个建筑的灵魂之美所在。

二、整体观照的书写态度

罗根泽先生在其《中国文学批评史》中将文学批评史分为史学家所著和文学批评家所著两类。其中，史学家所著文学批评史或独重记述过去的文学理论，或兼重指向未来的文学理论；文学批评家所著文学批评史或务求从旧的理论中发展新的文学批评理论，或为自己的文学批评寻找历史依据。很显然，郭、罗、朱诸先生所撰写的中国文学批评史都承担着既记述过去也指向未来的责任，一方面希望读者能透过著作了解中国文学批评的历史框架和大致内容，另一方面也启发着未来中国文学批评的方向。这种责任在《中国文学批评史大纲》中的体现即是作者"整体观照"的书写态度。

1. 历史的整体性

以《明儒学案》为首的大部分学案都是"断代"的学案，仅仅选取一个朝代或者一个特定时期的学者入案。究其原因有二：一是有黄宗羲珠玉在前，《明儒学案》已经取得了巨大的成就，也为后世编修学案提供了蓝本，后来学者直接借鉴这样的撰写方式，更加容易和便利；二是历朝历代思想家、文学家众多，著述丰赡，截取一个朝代立案已经十分复杂，想要撰写一部"通史"类的学案，难度颇高，并且也会在一定程度上重复前人的工作。在这一点上，《中国文学批评史大纲》率先打破僵局。在此书之前，所有的中国文学批评史著作绝大部分止步于唐朝，而朱著一直叙写到清末，第一次完整地勾勒出中国文学批评史。不论是从学科发展的角度还是从学案的角度来看，这无疑是浓墨重彩的一笔，同时也从侧面凸显出了作者的开创性、全局观和整体性视角。

从中国文学批评史的学科发展历程来看，《中国文学批评史大纲》所体现的历史的整体性确有其必然性。历史如同车轮滚滚向前。毫无疑问，有唐以降，中国的历史、文学和文学批评都在继续向前发展，并且呈现出其不同以往的特色。就宋朝而言，是中国历史上又一次"学术下移"的时期。宋朝的诗歌一方面由诗入词，雅文化进一步与俗文化融合，发展出了宋词这样独特的文学体裁；另一方面，在唐诗达到顶峰之后，宋诗另辟蹊径地向重义理方向发展。相应地，宋朝的文学批评也有了新的发展。可以说，唐朝以后的中国文学及文学批评仍然是十分重要的研究课题，值得被载入史册。然而，前辈们的著作却到唐朝就戛然而止，这是不合理的。这段历史的空白有被续接上的历史必然性。

从学案体书写的角度来看，《中国文学批评史大纲》所体现的历史的整体性也有其必要性。首先，作为一门专门的学科，与理学学案、儒学学案等诸学案相比，中国文学批评史介于历史与文学之间，具有更鲜明的史学特色。这就要求其书写不能是"断代"的，而应具有从古至今、从无到有、从小到大的发展脉络。其次，由于特殊的历史背景，中国文学批评史学科的建立深受西方和日本的影响。在民族危亡之际，学术也开始觉醒，迫切想要摆脱西方和日本的影响，提高文化自信和民族自信。这就要求学者们必须正本清源，回到中华文化本身，从其发展历史中寻找其生生不息的力量和生机。

从先秦到清末，朱东润完整地勾勒出了中国文学批评史的大纲，以其所具备的历史的整体性影响着其后同类书籍的撰写，推动了中国文学批评史这一学科的发展，同时也成为了学案体学术史书写的巨大突破。

2. 个人与时代的整体性

在朱东润这里，我们很难看到一个个接续的时代，更不容易看到一个个林立的宗派。我们所能看到的就是一个又一个"伟大"的人。不容忽视的是，这些单个的人，并不是完全独立于时代和宗派之外的。他们或顺应于时代，或反抗于宗派，身上不免带有时代和宗派的烙印，是时代和宗派中的一部分。

元好问以论诗自负。作者也着重编次了他的诗论，指出其论诗注重一个"真"字。而此种持论的源头主要有三个：陆龟蒙、杜甫和苏轼。本于陆龟蒙，元好问在评论诗三百时自取"惟意所适"①，盛赞其民俗淳厚，"满心而发，肆口而成"②。因为推崇杜诗，元好问也曾厉言批评元稹，以至于有失偏颇、不能持中。尽管黄庭坚以后，江西诗派流传和影响甚广，但因为推崇东坡，元好问对江西诗派众人大多加以讥弹，批评他们一味苦吟。朱东润虽然认为这些伟大的文论家超越于时代，超越于宗派，却也不得不承认元好问所论"重在流别"③，也不得不承认陆、杜、苏三人以及元好问所处的特殊时代背景带给他的深刻影响。论及刘克庄时，朱东润先从江湖派的由来入手，然后详细介绍了刘克庄学诗的历程：先是"于四灵一派，颇多心契"④，继而与江湖派人游，最终息唐律，专造古体。不难看出，刘克庄作诗深受各家各派的影响，同时，其论诗的态度也随之发生改变。在朱东润看来，刘克庄论李杜并无新意，而论柳永却独有见地，原因在于柳诗清灵，与刘克庄的追求吻合，故而能知音。虽然作者并没有界定刘克庄属于哪个宗派，但也在江湖派等对其影响深远之处着墨不少，肯定了这些人和宗派给刘克庄论诗带来的影响。

时代海海，宗派流流，出彩的文论家则是其中踏浪弄潮的扁舟。个人身在时代中，便很少能真正做到遗世而独立，完全独立于时代和宗派之外。那么，在论述个人的时候，就不能将这些客观因素完全消弭掉。如元好问、刘克庄二例，朱东润也恰是注意到了这一点。而学案的一大特点就是注重学脉和师承的梳理，注重个人与时代、宗派的异同，从个人学案中窥伺时代的文化流向。这与朱东润的创作实际也有异曲同工之妙。

---

① 朱东润：《中国文学批评史大纲》，上海古籍出版社 2016 年版，第 224 页。
② 朱东润：《中国文学批评史大纲》，上海古籍出版社 2016 年版，第 224 页。
③ 朱东润：《中国文学批评史大纲》，上海古籍出版社 2016 年版，第 223 页。
④ 朱东润：《中国文学批评史大纲》，上海古籍出版社 2016 年版，第 203 页。

3. 论诗与论文的整体性

"中国文学批评史究竟不是文论史、诗论史、词曲论史的联合的组织"①朱东润认为中国文学批评史不是简单的诗论、文论、曲论的简单组合，而是一个有机统一的整体。因此，在这部书中，朱东润也放弃了分门别类的叙述，力求让读者看见"整个的"文论家。

苏轼之诗词散文皆不乏佳作，在论诗论文方面也有所建树。苏轼为文，则词理精当；苏轼论文，则辞达而已。"如万斛泉涌，不择地皆可出……随物赋形……常行于所当行，止于不可不止。"②这段话是苏轼论文最为人所熟知的，也是最具有代表性的言论。在朱先生看来，苏轼此言概括起来即是"辞达"。辞达，并非是直白而不加修饰，而是追求自然得当。对于时文，苏轼最厌王安石一派，因为他们"好使人同"③，明显与辞达相悖。至于论诗，苏轼眼界至高，下语至切，多有不同于常人的识见，然归其宗旨则重在平淡。这与其论文是相辅相成的整体。在朱东润看来，这就是苏轼与旁人不同的根本所在：旁人常常推重文以载道、文以言道，苏轼作为一名资深作者，倡导的却是为文言文，即好的诗文不一定要承担统治阶级的道德教化职责，它本身就有其审美和艺术价值。而苏轼之所以会有此一论，关键在于他深谙佛理、兼学黄老，并深受其影响。辞达也好，平淡也罢，归根到底都统一于"圆转"，即浩如烟海、无所不尽，但无卖弄炫技之嫌，使人读之明了、味之深远。

书中所列百余人，其论诗、论文的主张都被整合在一起，苏轼只是其中的代表。这与学案的做法并无二致——尽量全面地展示案主的学术、思想，并以原著摘编的形式加以佐证，而不将其学术和方法割裂，尽管案主在不同年龄阶段的思想可能互相龃龉。在《中国文学批评史大纲》中，我们

---

① 朱东润：《中国文学批评史大纲》，上海古籍出版社2016年版，第2页。
② （宋）苏轼：《苏轼文集》第五册，中华书局2017年版，第2096页。
③ 朱东润：《中国文学批评史大纲》，上海古籍出版社2016年版，第141页。

看见的是如同学案中一样全面的"整个的"文论家。

三、远略近详的书写视域

距离作者生活的时代越近，资料的搜集也就相对更加便利和丰赡，也就能更好地反映当时的学术全貌。因此，学案所辑录的多为作者同时代或者相近时代学者的治学方法及宗旨。与之类似，朱东润在《中国文学批评史大纲》的书写过程中采用了远略近详的书写视域。

1. 对"信而好古"的扬弃

与远略近详相对的是信而好古。朱东润说："中国是一个富于古代历史的国家，整个的知识界弥漫了'信而好古'的气氛。"①五四运动以前的好古自不必说，而五四运动以后，尽管呼吸了一些新鲜空气，但大家仍然好古。在文学领域的具体表现就是，大学的文学史课程只讲到唐宋，而相应的专著也见不到宋代以后的作品。这在当时是一个普遍的现象。但是，朱东润认为，我们生活的年代无法超越近代而直接遥接古人，因而花费一点精力去了解近代的文学和历史相当有必要。基于此，朱东润在自序中已经明确指出，这是一部特别注重近代的文学批评的著作。

与之对举的，是郭绍虞的《中国文学批评史》。在第一篇《总论》中，郭先生将中国的文学批评发展分为三个时期：文学观念的演进期、文学观念的复古期及文学批评的完成期，并用了"文学观念之演进与复古""文学观念之演进与复古之文学的原因""文学观念之演进与复古之思想的原因""文学观念之演变所及于文学批评之影响"等几章详细论述了文学观念的演进与复古及其带给文学批评的影响。在这里，复古期囊括了上至隋朝下迄北宋的漫长历史。郭绍虞认为，"此则复古的潮流所以又终究不免逆流的进行也"②。即使历经几番增改，这样的论述，在朱东润的著作里，也是全然

① 朱东润：《中国文学批评史大纲》，上海古籍出版社2016年版，第4页。
② 郭绍虞：《中文学批评史》，百花文艺出版社2008年版，第12页。

未见的。朱东润认为，其他"远详近略"的著作已经足矣，即使《中国文学批评史大纲》遵循了"远略近详"的原则，也不算是一种违背，而可算作一种补充。正是由于朱东润的大胆尝试，"信而好古"的学术风气才日渐得以矫正，此后的文学批评史才注意到了近现代这一块"盲区"，从而让中国文学批评史的叙写更加完整。

2. 对周秦及唐朝文学批评的缩略

《中国文学批评史大纲》对于先秦文学批评的论述十分简略。纵然朱东润认为这些哲人巨子的言论对于中国文学影响深远，但也仅用两小节介绍先秦诸子和《诗经》《诗序》中的文学批评观念。郭绍虞则在其著作中，对孔门文学的"尚质"与"尚用"、孟子的"知言养气"等理论进行了更加深入细致的介绍。罗根泽更是用 3 章 33 节 65 页的篇幅，对先秦的文学观念及文学批评进行了系统而翔实的梳理。与后面两位相比，朱东润对这一阶段的描写简直可以算作"一笔带过"。这是可考的距今最久远的时代，因而即使其奠定了中国文学批评的雏形，也着墨最少。

都说"文必秦汉，诗必盛唐"。唐朝物阜民丰的时代背景也决定了其文化的高度繁荣与发展。郭绍虞虽然认为唐宋时期的文学是"复古"，但是他也认为唐朝的复古将文学的讨论中心从外在的形转变为内在的质，是"尚文"向"尚质"的回归。基于此，他用了相当的篇幅来论述唐朝文学的复古，共 3 章 10 节 75 页。在他这里，我们可以看到唐朝复古风气的兴起与销沉，也可以看到"标榜的批评""象征的批评"等近代产物。罗根泽则更加不拘繁琐，用了浩浩近两百页的篇幅介绍唐朝的文学批评家及其代表著作、批评言论，用丰赡的史料和深厚的学力勾画出了唐朝文学批评的阡陌津渠。反观朱东润，则仅以 7 节 31 页对唐初史家及司空图等代表性论诗学者及其理论加以介绍，其中还杂以唐人论诗杂著。朱东润对"古"之文学批评之惜墨大抵如上。先秦与唐朝对中国文学的影响之巨不必赘述，朱东润敢于大刀阔斧地删减，体现了前所未有的魄力，同时也是对"远略近详"的极力贯彻。

3. 对唐宋以降文学批评的续写

针对当时大学课程和论学专著基本止步于唐宋的问题，朱东润率先扛起大旗，续写唐宋以后的文学批评史，且对这一部分着墨甚多、颇为用心。

从章节目录来看，《中国文学批评史大纲》全书共 76 节，自第 24 节至第 76 节皆为唐朝之后的文学批评。仅清朝的文学批评就占据了 15 节之众的篇幅，几乎可以和整个先秦至唐朝的内容对举。从具体的文学批评家来看，在先秦至唐朝的漫长历史中，朱东润仅仅选取了极具代表性的几个批评家予以介绍。而愈往近代，则介绍愈为详细，选录标准也愈为宽容，几乎宋代以后叫得上名号的文学批评家都被录入其中。如在介绍曲论时，朱东润选取了贯云石、周德清和乔吉三位。论及知名度，上述三家则远不如李杜苏黄等人，但作者同样在书中给予了他们一席之地，只因其在词曲方面有自己独到的见解。这些见解或许不够完善、十分微末，但朱东润本着远略近详的初衷，也将他们罗列其中。唐宋以后的文学批评史，在那个时代还十分鲜见。朱东润此举无疑是一个创新之举，因而他才不得不将目光发散开来，唯恐错过一位伟大的批评家，唯恐遗漏一个闪光的批评理论。垦荒的工作是艰难的，朱东润为此耗费的精力可想而知。然而，此举的效果也是显著的。1947 年，郭绍虞的《中国文学批评史》下册出版，也将论述范围延伸到了清代。这其中不乏朱东润和他的《中国文学批评史大纲》的影响。这是中国文学批评史上的一大进步，学者的眼界也由此变得更加开阔，此后的中国文学批评史著作都打破了止于唐宋的僵局，开始着眼于近现代的文学批评家和文学批评理论。

选择远略近详的书写视域，扬弃"信而好古"的传统理念，续写唐宋以降的文学批评史，为学科的进步作出了巨大贡献，体现了朱东润本人学科思维的现代化，同时也是学案精神的传承与保留。不同的是，学案对遥远时代的舍弃部分源于资料搜集的便利，而朱东润在《中国文学批评史大纲》中锐意革新的目的在于唤醒大众对近代批评思想的认知。二者出发点虽略有不同，但归根结底都是为了某一思想或者学术得到更好的传承。

第三节 《中国文学批评史大纲》对学案体书写的通变

《中国文学批评史大纲》面世已久，研究者不乏，但就其书写体例而言，鲜有人对其有明确的定义。前人多将其称为"传记式"书写或"纪传体"书写。前文备述，《中国文学批评史大纲》在一定程度上保留了学案体思想史的书写元素，但由于特殊的产生背景，该书也不完全以传统的学案体为矩镬，而是有一些新的发展。下文将试论之。

一、学派师承的退出

传统学案所承担的重要功能之一就是明学脉，厘清一人学术的来源与传承，辨明一个学派的发展动向。但是，在《中国文学批评史大纲》中，这个功能显然有所衰退。这是作者的有意为之，也是学科发展的内在要求。

1. 学科要求

中华文化在清朝末年经历了漫长的停滞时期，于世纪之交开始被迫觉醒。在战火和枪炮中日渐觉醒的国人率先提出"师夷长技"，以谦逊的姿态向西方学习、向欧洲学习、向日本学习。诸多专业术语被翻译和引进过来，许多新兴的学科在这样的环境中建立起来。中国文学批评史便是其中的一门。

对于这门新兴的学科，人们的心理充满着矛盾和抗争。一方面，人们对它寄予厚望，企图借此重新梳理中国的文学批评理论，增强国人的文化自信和精神力量，以此来消弭历史虚无主义和民族虚无主义所带来的消极影响。另一方面，学者们又迫切地希望摆脱西方文学理论的影响，建构属于中华民族自己的文学理论，改变以西释中的局面。正如朱自清所说"'文学批评'一语不用说是舶来的。现在学术界的趋势，往往是以西方观念（如'文学批评'）为范围来选择中国的问题。姑无论是好是坏，这已经是不可避免的事。"①在这样的情境下，黄侃先生率先在大学开设讲席讲授《文心雕龙》，陈钟凡先生着笔撰写《中国文学批评史》。朱东润先生的《中国文学批评史大纲》也在同一时期结撰。

在这一时期，个人本位和个体价值显得格外重要。一方面，西方国家的文化崇尚个人主义。我们在学习和借鉴的同时也不自觉地将这一点吸纳进来。另一方面，半殖民地的状态折损了人民的信心。许多学者相信，通过高扬个体价值，可以唤醒华夏民族的内心，给予他们更高层次的精神力量。事实上，这也确实在一定程度上发挥了积极的作用。在这样的背景下，朱东润先生接到了讲授文学批评史的任务，也自然了解其特殊性和艰巨性。因而，他做出了大胆的尝试，将一批伟大的文学批评家拎出来，瞩目于他们对时代和宗派的超越性，而梳理出一部以人物为中心的中国文学批评史。这样的做法更能让读者和学者意识到这些个人的伟大之处，更能意识到作为个人的他们对中国文学和中国文学批评所做出的贡献。

2. 学术背景

与郭绍虞、罗根泽等人相比，朱东润有更深厚的西学根底，其著作也自然更多地受到西学的濡染。

朱东润先生 17 岁赴英留学。求学三载，为了支付学费，除了完成学校的课业之外，还在课余时间接受了大量的翻译工作。这样的经历使得他有了更高的英文和西学水平。回国后，他先后执教于广西第二中学、南通师范学院，从事长达十余载的英语教学工作。在这样的环境中，朱东润深受西学浸染。在西方文学中，以 20 世纪初斯特拉屈的《维多利亚女王传》为代表的现代传记文学最能吸引朱东润的目光。与中国古代的传记作品对比后，朱东润认为："史汉列传底时代过去了，汉魏别传底时代过去了，六代唐宋墓志铭底时代过去了，宋代以后年谱底时代过去了，乃至比较好的

---

① 朱自清：《朱自清古典文学论文集》下册，上海古籍出版社 1981 年版，第 541页。

作品，如朱熹的《张魏公行状》、黄榦的《朱子行状》底时代也过去了。横在我们面前的，是西方三百年以来传记文学的进展。"①而且他断定，当时的"中国所需要的传记文学"，就是这种"有来历、有证据、不忌繁琐、不事颂扬的作品。至于取材有抉择，持论能中肯，这是有关作者修养的事情"。②

在出国留学之前，朱东润曾在南洋公学附小读书。时间虽然不长，但在此期间，他积攒了深厚的旧学基础。

1931 年，在闻一多的建议和邀请下，朱东润开始在武汉大学讲授中国文学批评史。中国文学批评史既是历史也本乎文学。而历史指向事件，传记指向人物。在这样的情境下，朱东润尝试将西方传记文学与传统的中国文学结合在一起。于是，到了《中国文学批评史大纲》这里，这种"以人为纲"的"传记式"写法更加突出。③ 突出以人为纲，那么人物所属的宗派和时代就顺其自然退居二线，不再成为作者想要阐述的主体部分。

3. 不完全的退出

早年，朱东润的兄长因参加反清起义而惨遭屠戮。这件事对他的触动颇大。终其一生，朱东润都抱定反帝反封、爱国爱民的精神追求，有着强烈的观照现实的情怀。因而，他对西方传记文学的研究并不是照搬照抄，而是希望从中探求中国文学发展的新路径。在这样一位现实主义的学者笔下，是不可能出现完全脱离现实的人物的。在《中国文学批评史大纲》这部书中，我们处处能体会到作者对案主所处时代和所属宗派的关注。换句话说，学派师承并没有完全退出该书的编写范围。

门户之见，在宋朝尤为严重。在论及欧阳修时，作者花费了不少的笔力介绍了欧阳修与韩愈之渊源以及欧阳修对其后文坛的重大影响。欧阳修

---

① 朱东润：《张居正大传·序》，开明书店 1943 年版，第 4 页。

② 朱东润：《张居正大传·序》，开明书店 1943 年版，第 4 页。

③ 杨发宁：《试论朱东润的中国文学批评史研究》，《剑南文学〈经典教苑〉》2013 年第 7 期。

少时在家乡大户那里见到了韩愈的《昌黎先生文集》，感于其文之深厚雄博。进士及第后，欧阳修极力倡导和学习韩愈之古文，推崇文以言道之说。至于其后的文坛，苏轼兄弟、王安石及曾巩等人皆为欧阳修一手提携而成为宋朝文坛的中流砥柱。朱东润指出，欧阳修主管科举阅卷一事，实为北宋文风转移之一大关键。而永叔门下，论文一事，又数曾巩最得欧阳修真传。欧阳修之于北宋文坛兴衰转变的影响，大抵如是。其后，政党之争波及文坛，洛党、蜀党、朔党之争纷绵不绝。王安石和司马光于政见相左。以二人为中心，形成了两个政治团体，当他们聚在一起时，难免唱酬应和，于是日渐形成了迥然不同的两种文风。而苏轼则因为自己的旨趣，立于两派之间，不为其中任何一派相容。在这里，朱东润虽然没有将党派凌驾于这些作家之上，但党派对于文学的影响已经跃然纸上。我们可以清晰地洞见宋朝文学发展的大致脉络。

文学家和文学批评家是时代中的人物，他们的经历都与时代息息相关。他们在书写时代的同时，时代和宗派也在陶铸着他们。这些，我们都能在《中国文学批评史大纲》中有所领略。

二、立案范围的拓展

传统的学案体著述往往聚焦于一个特定时期的学派、学术或者学人。《中国文学批评史大纲》脱胎于讲义，更多地侧重于对这一门学科历史的梳理，其书写范围为中国文学批评史发展过程中所有的重要人物及其观点。因而不论是从时间跨度而言，还是从学术风貌的全面性和学术精神的包容性而言，该书较之传统学案的立案范围都有所拓展。

1. 亘古通今的时间跨度

诸如《明儒学案》《宋儒学案》等带有明确时间限定的著作，仅从命名就可知道其入选之人的时代断限。而如《红学学案》等未在命名上有明确时间限定的著作，跨度也相对较短。中国文学批评史同中国文学史、中国哲学史一样，是该学科的入门课程，需要让学生能通过这门课程了解学科的发展全貌。因而，必须是一部从无到有、由微而显的全史、通史。

尽管"文学批评"是近代才引进的"舶来品"，但中国的文学批评却不是近代才产生的。按照朱东润的说法，先秦诸子虽然不一定是严格意义上的文学批评家，但他们的言论风采、流风余韵却影响着中华民族的民族精神，虽千百载而历久弥新。他们对于民族精神的影响，较之一般的文学批评家更甚。中华民族的民族精神早在春秋时便已开始形成。至于宋朝以降，倡古文、兴词曲，文学与百姓生活更紧密地结合在一起而出现新的转机。及至清朝，纪昀受命总纂《四库全书》，系统整理修订历代经、史、子、集，集中国古代文化之大成。其所撰《四库全书提要》以其用力之勤、用语之精而成为中国文论研究者绕不开的里程碑式作品。逮至清末，面临百年未有之大变局，文学又随之一变。

秉承着这样的识见，《中国文学批评史大纲》上迄先秦诸贤，下至清朝末年，囊括了中国文学批评发展的整个历史。在时间跨度上，该书不泥于朝代及时代的桎梏，获得了极大的拓展。

2. 兼收并蓄的学术风貌

传统的学案往往专注于某一门特定的学问，如儒学、理学、红学等。中国文学批评则打破了这样的壁垒，将所有影响中国文学及文学批评发展的重要人物都列入其中。

黄庭坚之后，江西诗派作为中国历史上第一个有正式名称的诗文流别，在宋朝大行其道。他们尊崇黄庭坚的"点铁成金""夺胎换骨"之说，重典故、重立意、重炼字，法度森严。然而，这样的模式在受到追捧的时候也遇到了严峻的现实问题——"学之愈力，作之愈寡"①。究其原因，在于圭臬太多，以至于诗人心中思绪甚多而轧轧不能出一语。在这样的情况下，许多诗人便开始另觅机杼。杨万里便是其中代表。他学诗始于江西诗派，遇到瓶颈，而后辞谢江西诸人，顺其自然，作平率坦易之诗，成为宋

---

① 朱东润：《中国文学批评史大纲》，上海古籍出版社 2016 年版，第 175 页。

诗的又一个巅峰。这不仅是他学习作诗的理路，也是他论诗的转向。在《中国文学批评史大纲》中，我们不仅可以看到江西诸君子的言论，还可以看到杨万里、姜夔等反对江西诗派的言论。同样的，在论及初唐及盛唐时代之诗论时，朱东润虽然将其分为为人生而艺术和为艺术而人生两大类，但其后即对两派诸人都进行了详尽的叙述。《诗经》被誉为中国诗之祖，《毛诗序》也在中国文学史上有着非凡的历史地位。然毛序之说，历来褒贬不一，如风雅颂之说、风刺之说、变风变雅之说等。本着开放的学术精神，对于这些观点的争论，朱东润也给予了一定的篇幅加以阐述，而不是站在自己的角度给出一个独断的结论。

该书兼收并蓄的特点由此可见。也正是因为如此，该书给了我们一个相对全面的关于中国文学批评史学科的历史风貌。

3. 海纳百川的学术精神

观诸学案的创作，皆是为了明此学术之宗旨、学脉及原著，以期将此种学术发扬光大、流传愈广。经过苦心孤诣的筛选和甄别，本门学术之外的学术被刻意地忽略。然而，《中国文学批评史大纲》则更多地给予了包容。

除却文学内部的批评言论之外，朱东润对来自史学的文学批评言论也分外注意。司马迁和班固的文学评论分别见于西汉、东汉之文学批评，前已备述。该书第十七节则专录《唐代史家之文学批评》。隋朝下令禁止私人编修国史。唐人代隋，则主张官家修史，于是南北朝诸史得以结撰。当时之文学批评亦散见于诸家史书。对于这些零散的部分，朱东润并未选择忽视。唐朝虽然统一了南北，但通过这一部分，我们仍能看出当时南北文化仍然并未完全融合，南北文论仍在对举。南方重清绮，北方贵雅正。这是南北朝时期就演变出来的分歧。姚思廉是修史众人中唯一的南人，因而持论与他们有所不同，这一点在论梁简文帝时显得尤为突出。姚思廉称其"以轻华为累"，较为温和。而魏征等人则提出了较为尖锐的批评，称其为"淫放"的"亡国之音"。在指出这种区别之后，朱东润还进一步分析了产生分歧的原因：一是梁、陈接连覆没，而前有"亡国之音哀以思"的论调，故而对梁、陈文风多有诋毁；二是由于历史原因，唐朝的历史根植于北方，更看重北方而轻视南人，因而也鄙薄南人的文化。历史之于文学和文学批评的影响由此可见一斑。此篇之后，朱东润还专门用了一节的篇幅介绍刘知幾，论述其持论中与文学关系紧密的部分。

中国古代的文学、历史和哲学本就水乳交融，界限不甚分明。文学家亦有史学功底，史学家亦有文学论调。不能将之完全分离，也不能抑此扬彼。因而朱东润此举非但不是多此一举，相反，更加体现了他包容开放的学术精神，也更利于中国文学批评史更长足、深刻地发展。

三、书写内容的嬗变

传统学案体著述往往立足于治学方法及学术特点，《中国文学批评史大纲》则主要梳理学者们在文学批评方面的创见，并尽可能全面地辑录一个人在诗论、文论以及词曲评论等各方面的观点。因其适用领域不同，该书的书写内容也在传统学案的基础上做出了调整和改变。

1. 从治学方法到文学评论

以《明儒学案》为代表的传统学案，往往聚焦于一个特定时期特定学派的学人及其治学理路，而《中国文学批评史大纲》则主要着眼于文学批评的理论与方法。《明儒学案》所列出的各家要旨，如主敬、诚心、致良知等都可落到实处，文学批评理论则更多地起着高屋建瓴的作用，不仅与创作实践有一定的距离，更是脱离了道德实践。在严羽一节中，朱东润首先指出中国的文学批评家多为作家，往往在写作方面用力更勤而将批判今古视为次要的事情。严羽则不然——自负识力，评论单刀直入，一跃成为宋代唯一的批评名家。小传之后，朱东润着重介绍了严羽的诗论：一是对江西诗派的攻讦，主张参活句而非死句；二是以禅喻诗的理论；三是对辨别家数的重视；四是对诗体、诗法及诗品的区分。这些都是围绕着文学批评理论层面的内容，都是严羽在他的批评实践中提炼出来的精髓，而未介绍严羽师承何处，也未说明严羽如何习得这样的理论，更未告知其治学方法为何。正如朱东润所说，其说皆为"浮光掠影"，后人虽然深感契然，却也不易学习。

由此可见，《中国文学批评史大纲》虽然在宗旨上与传统学案并无二致——都是希望后来学者能从书中得到启发，让这一门学科或者学问发扬光大；但在内容上却大相径庭。

2. 从论诗论文到词曲、小说评论

若说从治学理路中跳脱出来是《中国文学批评史大纲》在书写内容上做出的第一个改变，那么将中国文学批评的范围从论诗论文拓展到词曲评论则是第二个改变。尽管词曲在民间取得了广泛的受众，得到了长足的发展，甚至传唱至宫廷府邸。但在部分文人的眼中，词曲仍然是"不入流"的非正式文学作品。关于词曲的批评理论也相应地被忽略。朱东润则以更加包容的态度将它们纳入其中。

除李清照、清初论词诸家等专门的词论家以外，朱东润还注意到其他人的词论。如在杨慎一节中，他说："有明一代论词之作，殊不多见，《升庵词品》于两宋诸家，择尤摘录，于明人中独具只眼。"[①]明朝论词者稀少，但朱东润并没有因此就放弃这项工作，而是披沙拣金，从中找出一些珍贵的案例。明末以来，戏曲、小说评点蔚然成风，其中最负盛名者当属金圣叹、李渔二人。在书中，朱东润以独立的两节来介绍他们的批评理论。并深刻地指出，金圣叹评点《西厢记》全是文人见地，不能透彻体会戏曲之甘苦；李渔才是以戏曲家论戏曲家，其对戏曲评点之妥帖为历代仅有。在这里，朱东润区分了二者的不同，给予了李渔高度的赞美，也可见他对戏曲这一文学形式的褒扬和认可。

词曲、小说评点虽然流行日久。在此之前却很少被纳入中国文学批评这一领域来郑重其事地讲解。朱东润开一代之先河，在一定程度上为其正

---

① 朱东润：《中国文学批评史大纲》，上海古籍出版社 2016 年版，第 249 页。

名，促进了中国文学批评史的发展。

学案作为一种思想史、学术史的书写体裁，固有定名，却无定义。但在当今学界，学案所遵循的序、传、录、评的书写结构及其所承担的"三要素两功能"已经几乎是公认的标尺。然而，近现代以来，研究已有学案的文章与著作颇多，几乎形成了一个关于学案的知识体系。

虽不可武断地认定《中国文学批评史大纲》的书写体例即为学案体，但与郭绍虞、罗根泽二位先生的批评史著作相比，该书带有明显的学案体书写元素。从宏观层面而言，该书大略秉承以人为纲的框架和远略近详的学术视域，遥承了学案的布局特色和学术使命。从微观层面而言，该书的每一章节也保留了案、学、评的论述结构，体现了整体观照的学术态度，大致与传统学案保持相同。与此同时，该书也在书写过程中弱化了对学派师承的描摹，拓展了其立案范围，改变了其书写内容，体现了作者的通变精神。其书写体例的确定，是对个人价值的倡导，也是对"以西释中"的扬弃；是对封建压迫的反抗，也是对传统文化精粹的重提。

综观近现代以来的中国文学史、中国文学批评史乃至中国哲学史，大体上遵从了"编年+例证"的编排结构，即以自先秦至近代的历史断代为大背景，在总论每个阶段的文学批评特点之后，再拎出该阶段中成就卓绝的个人为例证。这样的编排虽然不完全与学案相同，但也呈现出鲜明的"学案化"倾向。近些年来，针对这样的现象，学界出现两种不同的声音。一方面，事件哲学成为大陆新的知识热点，使得部分学人聚焦于事件性而非连续性。这就意味着要打破传统书写过程中的共时性和历时性，着眼于事件本身。代表人物为华东师范大学刘阳教授、陕西师范大学人文高等社会研究院傅刚教授和东北大学宋伟教授等。另一方面，以复旦大学葛兆光教授为代表的一批学人也对此提出质疑与反思——每个时代挑选出来几个典型的个人，他们能否代表整个时代？前者的发展无疑是"学案化"思想史书写的有力支撑，如傅刚教授已经在中国文学批评理论事件化方面取得一些成果；而后者不仅是对"学案化"文学批评史书写模式的挑战，同时还发展出了一些新的书写思路，如大文论和文论关键词研究等。

　　不论未来的中国文学批评史书写如何发展，学案式的书写仍是目前的主流书写模式。《中国文学批评史大纲》虽然不是一本成熟的著作，但它在学科建立之初开辟出了一条新的道路。学科建立百年之际，其书写方式也迎来了新的发展。传统的文化精华需要继承，新的理论思想也需要汲取和淬炼。重新研究《中国文学批评史大纲》的书写体例，目的不在于复古，而在于革新——希望新与旧的碰撞能够为文学批评史的书写带来新的发展。